영어, 내 마음의 식민주의

당대

영어, 내 마음의 식민주의

ⓒ 윤지관

책임편집 | 윤지관

펴낸이 | 박미옥

펴낸곳 | 도서출판 당대

제1판 제1쇄 인쇄 | 2007년 3월 24일

제1판 제1쇄 발행 | 2007년 3월 29일

등록 | 1995년 4월 21일 (제10-1149호)

주소 | 서울시 마포구 서교동 395-99 402호

전화 | 323_1315 323_1316

팩스 | 323_1317

dangbi@chol.com

ISBN 978-89-8163-136-9 03840

영어는 외국어다. 우선 이런 상식부터 확인하자. 우리 모두는 국민 교육을 통해 영어를 필수로 배우고 있지만, 이 나라의 어떤 지방, 어떤 계층, 어떤 연령층에서도 영어를 일상적인 소통어의 일부로라도 사용하고 있는 곳은 없다. 절대 다수의 한국인들은 일상생활에서 영어를 사용하지 않고도 그다지 심각한 불편 없이 생을 영위할 수 있다. 절대 다수의 책이, 신문이, 방송이 모두 모국어로 나오고 있기 때문에, 영어를 특히 많이 사용해야 하는 사람이 아니라면 영어 없이도 얼마든지 원하는 정보를 얻을 수 있다.

그럼에도 불구하고 수년 전 영어를 공용어로 해야 한다는 주장이 한 구석에서 나오자 기다렸다는 듯이 이에 동조하는 소리들이 한다 하는 지식인들 사이에서 터져 나오고, 정부에서조차 제주도 같은 일부 지역에서나마 그 주장에 부응하는 정책을 수립해야 한다고 나왔다. 모국어의 지위가 흔들리는 그런 엄청난 일이 혹여 일어나면 갑자기 일상생활이 심히 괴로워질 것이 분명한 일반시민들도 이런 주장에 솔깃해하는 혼란을 겪기도 하였다.

이 현상은 우리 사회가 안고 있는 정체성 위기의 한 양상을 보여준다는 점에서도 주목할 만하다. 알고 보면 영어를 일상용어로 사용하지 않으면서도 공용어로 채택한 나라는 세계 어디에도 없다. 심지어 식민지 시대에 영어권의 통치를 받았던 탓에 영어가 통용어의 하나로 사용되고 있는 곳에서조차, 가령 교육매체로서의 영어사용에 제한을 가하여 수학과 기술 교육에만 한정시킨 필리핀의 경우가 그렇듯이, 거꾸로 자국어를 진흥하는 길을 모색하기도 한다.

그럼에도 한국의 경우, 영어를 잘하기 위해서는 공용어로 받아들일 수도 있다는 성급한 발상이 꼭 한때의 해프닝만이 아니라는 것은 도처에서 목격하는 영어에 대한 과잉몰두가 입증하고 있다. 정부가 그 결과가 미심쩍은 영어 조기교육 도입을 주도한다거나 지자체마다 제대로 준비도 없이 영어타운 만들기에 나선다거나 대학에서 영어수업을 강요하고 영어전용 기숙사를 앞다투어 짓는다거나, 하여간 영어를 잘해야 한다는 한 가지 지상목적에 따라 지방행정과 교육방침이 정해지는 사태가 이어지고 있는 것이다.

이 모두는 영어실력이 개인적·국가적 경쟁력이라는 소위 세계화의 논리에 토대를 두고 있다. 영어든 무엇이든 외국어를 잘한다는 것은 훌륭한 자산이고 개인적으로나 공적으로나 의미 있는 실력일 수 있다. 그러나 영어를 잘하는 것이 다른 가치들을 초월하는 지상목적인 것처럼 가장하거나 착각하는 것은 잘못이다. 이런 가장이나 착각에 빠져 있으면 개인적으로도 삶의 다양하고 충분한 실현에 장애가 될 것이며, 사회적으로는 엄청난 자산의 낭비와 가치관의 혼란을 초래할 것이다.

가령 영어실력을 높인다고 영어강의를 강요하는 대학들이 최근에 많이 생겨나고 있다. 그러나 누구나 알다시피 학생들의 하루 공부시간의 총량은 변함이 없다. 그들이 영어에 공부시간을 더 많이 바치면 바칠수록 여타의 언어나 전문적 지식을 익힐 시간은 줄어들 것이며 그 결과는 뻔하다. 영어는 약간 나아졌을 수도 있겠지만 머리는 덜 차 있는 어중간한 상태로 대학문을 나서게 될 것이다.

물론 영어란 존재는 이제 현실적으로 국민 다수에게 부과되는 억압으로 다가와 있다. 영어를 잘하는 것이, 말하자면 선택이 아닌 필수로까지 지위가 상승하여 모두에게 강요되고 있는 것이 현실이다. 사정이 이러하니, 그냥 대세를 따르자는 것만으로는 부족하다. 도대체 영어가 무엇이기에 우리한테 이런 시련을 안기는 것인지, 도대체 우리에게 영어가 무엇인지, 영어가 중요한 것이 엄연한 사실이라면 그것을 어떻게 대하고 공부하는 것이 옳은지, 한마디로 영어의 자리를 우리의 입장에서 성찰해 보는 것이 중요한 국면이 되었다고 편자는 생각한다.

이 책은 바로 이 물음들에 대한 응답의 한 방안으로 구상되고 엮어졌다. 영어에 관한 수많은 논의들이 학계를 비롯한 지식인 사회에서 있어왔지만, 영어가 우리에게 무엇인가라는 근본 질문을 염두에 두면서 이루어진 경우는 그리 많지 않다. 대개는 영어의 지배를 당연시하면서 영어에 대한 학문적 연구나 아니면 영어학습의 기술적 차원에 대한 논의에 치중하기 때문에, 영어를 우리의 상황이나 삶의 질과 관련지어 숙고하고 그 대책을 강구하는 글은 드물었다. 그런 점에서 이 책에 실린 글들은 영어의 문제를 전체적으로 사고하고 대응하고자 하는 시도들로서 학문적인 차원에서든 영어현장에서의 문제의식이라는 차원에서든 매우 소중한 작업들이라고 할 수 있다.

이 책의 열다섯 분 필자들 가운데는 사회학자와 사회언어학자도 있지만 대다수가 영문학이나 영어학을 전공하고 대학에서 영어를 가르치는 영어전문가들이다. 이들의 시각이나 주된 관심사는 서로 다르더라도, 현재의 과도한 영어 몰두현상에 대해서 우려하고 이 문제를 근원적으로 새롭게 사고하고 대응을 모색해 나가야 한다는 점에서는 일치한다.

이 책은 주제별로 세 부분으로 나누어져 있다. 제1부 "우리에게 영어는 무엇인가"는 영어가 우리 사회에서 어떻게 이해되어왔고 또 이해되어야 하는가의 문제에 초점을 두었다. 편자가 쓴 「영어의 억압, 그 기원과 구조」는 전체 책의 서장 격에 해당하는 글로, 영어가 어떻게 한국인의 삶에 억압으로 작용하는지를 전체적으로 조감한다. 영어 자체가 자본주의의 발흥과 함께 세계어로 올라서는 역사적인 과정을 가진 자본의 언어라는 점과 이것이 우리에게 주는 억압이 가지는 심리적이고도 사회적인 의미를 짚어보고자 하였다. 박종성 교수의 「한국에서 영어의 수용과 전개」는 영어가 수용되는 과정을 구한말부터 현재에 이르기까지 시대별로 고찰하면서 앞으로의 수용방향을 제언하고 있다. 강내희 교수의 논문도 영어의 수용에 관한 글인데, 특히 식민지시대의 영어교육을 상세하게 다루면서 영어가 식민지하에서 어떻게 문화론적으로 의미 부여되었는가를 살폈다. 최샛별 교수의 「한국사회에서 영어실력은 문화자본인가」는 현재의 영어문제에 대한 사회학적 접근의 드문 예다. 영어실력이 어떻게 계급질서와 맺어져 있으며 우리 사회에서 중요한 문화자본이 되어 있는지를 분석하였다. 영어실력이 부모의 사회경제적 지위와 밀접하게 연관되어 있다는 결론은 상식을 벗어난 것이 아닐지 모르나 사회과학적인 논증으로서 의미 있다 할 것이다. 마지막으로 송승철 교수의 「영어: 근대화, 공동체, 이데올로기」는 영문학 교수로서의 체험과 현재의 영어현상에 대한 관찰을 토대로 영어문제를 바라보는 바른 시각을 모색하였다.

　제2부 "영어, 어떻게 배우고 가르쳐야 하나"는 영어교육과 그 방향에 대한 논의들을 모았다. 영어교육에 관하여 쓴 논문이나 글들은 수없이 많지만, 여기에 수록된 글의 필자들은 우리 사회에서 영어가 차지하는 위치에 대한 반성적 인식을 바탕으로, 그리고 영어를 제대로 한다는 것이 무엇인가를 고려하는 문제의식을 가지고 영어학습의 과제에 접근하고 있다. 원로 영문학자인 김진만 선생의 두 글 「영어의 문제」와 「영어교육에 대한 몇 가지 사견」은 영어에 대한 강박이 오히려 올바른 영어교육을 저해하고 있는 현실을 '인권유린 수준'이라고 호되게 비판하고, 아무한테나 영어를 강요할 것이 아니라 영어학습에는 취미와 동기 그리고 말을 익히는 재주라는 대전제가 있어야 함을 환기시키며, 부질없이 미국인처럼 말을 하려고 기를 쓰지 말고 "교양 있고 지적 균형이 잡힌 국제인은 만들기 위해" 영어를 배우고 가르쳐야 함을 말하였다. 이병민 교수는 현

재의 학교 영어교육이 가지고 있는 한계와 학교 밖에서 이루어지는 영어 학습의 현황을 살펴보면서, 영어에 과도하게 의미를 부여해 온 우리 사회의 영어 우상화에서 벗어나서 객관적인 현실을 바탕으로 하여 수요와 필요에 따라 영어교육을 새롭게 체계화해 나갈 것을 주문한다. 엄용희 교수는 대학의 영어교육에 초점을 맞추어 영어수업이 실용영어 중심으로 개편되면서 언어학습 및 전공공부의 기본이 되는 읽기와 쓰기의 능력이 홀대받고 저하되는 현상을 우려하면서, 대학영어에서 사라지고 있는 교양영어의 개념을 살려나갈 것을 제안한다. 박찬길 교수와 더글라스 루미스 씨는 소위 영어회화 능력의 문제에 대해서 흥미로운 글을 선보인다. 박교수는 자신의 유학경험을 전하면서 진정한 영어실력은 유창한 회화능력에 있는 것이 아니라 자기 생각을 떳떳하게 표현할 수 있는 사고력과 어휘력에 있음을 말하고, 루미스씨는 일본에서 영어회화를 가르친 경험으로 영어회화 학습이란 것이 결국 미국 중심의 세계관에 무비판적으로 젖어드는 과정일 수 있음을 경고한다.

　제3부 "영어의 지배, 어떻게 대응할 것인가"는 세계화와 더불어 영어의 지배가 강화되는 현실에서 한국과 같은 소수언어권의 대응이 어떠해야 하는가를 모색하는 글들을 모았다. 이승렬 교수의 「세계화와 영어제국의 논리」는 세계화의 성격과 영어가 제국주의적 팽창과 맺어져 있음을 논의하면서 근년에 사회문제가 된 영어공용어화론의 배경과 문제점을 짚었다. 또 영어공용어화론자들이 내세우는 경쟁력 강화 논리의 맹점에 대한 비판과 이와 관련된 영어교육의 방향에 대한 성찰은 채희락 교수의 글에서 이루어졌다. 한편 이석호 소장도 이 주장이 어떻게 영미권의 패권과 관련된 언어 제국주의와 맺어져 있는지를 논증한다. 우리 사회와

유사하게 이웃 일본에서도 영어 제2공용어화론이 제출되어 논란이 된 바 있는데, 일본 히토츠바시 대학에 재직중인 이연숙 교수의 「일본의 영어 공용어화론」은 그 배경과 전말 그리고 쇠퇴과정을 면밀히 보여주고 있다. 또 식민지를 겪은 민족의 언어문제를 첨예하게 드러낸 아프리카에서의 영어문제를 다루는 이경원 교수는 아체베와 응구기의 상반된 대응을 비교하면서 탈식민적 저항의 가능성을 모색한다. 여기에 영어지배 시대에 민족과 모국어 및 그 창조적 성취의 의미를 짚어본 필자의 「영어, 내 마음의 식민주의」를 끝에 배치하였다.

근래 들어 영어라는 주제만큼 우리 사회에서 자주 거론되고 논의된 것도 드물 것이다. 개인적인 삶의 차원에서든 국가적인 정책 차원에서든 영어문제는 시급히 해결해야 하는 과제 가운데 하나가 되어 있다. 그럼에도 도대체 영어가 우리에게 무엇인가라는 영어의 정체에 대한 근본 물음에는 그다지 관심이 두어지지 않았다. 그리고 이 같은 근본 물음을 바탕으로 하여 주체적으로 영어문제를 해명하고 영어교육의 과제에 대응하려는 자세도 매우 부족하였다. 이 책에 실린 글들이 이 모든 문제와 과제들에 대한 해답을 제공할 수는 없겠지만, 적어도 좀더 우리 삶에 밀착하여 영어를 이해하고 대책을 마련하려는 노력의 한 시발점이 될 수 있으리라고 본다. 아울러 이 책의 발간을 계기로 하여 영어문제에 대한 활발하고 진지한 논의가 우리 사회에서 일어나기를 기대한다.

2007년 2월
윤지관

차례

편자 서문 _ 우리에게 영어는 무엇인가   **5**

1. 우리에게 영어는 무엇인가

영어의 억압, 그 기원과 구조 윤지관   **17**

한국에서 영어의 수용과 전개 박종성   **45**

식민지시대 영어교육과 영어의 사회적 위상 강내희   **67**

한국사회에서 영어실력은 문화자본인가 최샛별   **105**

영어: 근대화, 공동체, 이데올로기 송승철   **131**

2. 영어, 어떻게 배우고 가르쳐야 하나

영어의 문제 김진만   **153**

영어교육, 어떤 새로운 옷을 입혀야 할 것인가 이병민   **173**

영어교육에 대한 몇 가지 사견 김진만   **194**

대학 영어교육의 방향: 교양영어냐 실용영어냐 엄용희   **209**

500단어의 유창한 영어실력과 어느 아랍 외교관의 차이 박찬길   **229**

영어회화의 이데올로기 더글라스 루미스   **239**

3. 영어의 지배, 어떻게 대응할 것인가

세계화와 영어제국의 논리 이승렬   **265**

영어 공용어화/모국어화의 환상과 그 대안 채희락   **289**

제국주의 시절의 영어 정책과 영어 공용화에 부치는 몇 가지 단상들 이석호   **314**

일본의 영어공용어화론 이연숙   **336**

아체베와 응구기: 영어제국주의와 탈식민적 저항의 가능성 이경원   **361**

영어, 내 마음의 식민주의 윤지관   **387**

1

우리에게 영어는 무엇인가

1. 우리에게 영어는 무엇인가

영어의 억압, 그 기원과 구조   윤지관

한국에서 영어의 수용과 전개   박종성

식민지시대 영어교육과 영어의 사회적 위상   강내희

한국사회에서 영어실력은 문화자본인가   최샛별

영어: 근대화, 공동체, 이데올로기   송승철

영어의 억압, 그 기원과 구조

윤지관[*]

1. 영어의 억압과 정복

외국어 가운데 하나인 영어는 우리 생활에 깊숙이 들어와 있고, 전문적인 업무뿐 아니라 일상적인 삶을 영위하는 데조차 유용하고 필요한 도구가 되어 있다. 그러나 그와 동시에 그 유용성과 맞어져 영어가 우리 사회의 절대 다수 구성원들에게 커다란 억압으로 작용하고 있다는 것도 부정할 수 없다. 실상 영어로부터 비롯되는 심적인 부담은 개인에 따라 정도의 차이가 있겠지만, 때로는 절박하기까지 한 생존의 문제로 닥쳐오기도 한다. 개별적인 필요나 욕구와 맞어져 있는 것이 사실이라 해도, 이 같은 심리는 다수 한국인에게 집단

---

[*] 덕성여대 교수. 주요 논문으로 「번역의 정치학: 외국문학 번역과 근대성」 「지구화에 대한 고찰」 등이 있다.

적으로 부과되는 일반화된 억압의 한 양태이기도 한 것이다.

이 글의 목적은 영어가 우리에게 주는 억압이 어디에서 기원하며 어떤 방식으로 우리의 삶에 영향을 미치고 있는가를 고찰해 보는 것이다. 이것은 영어가 한국인인 우리에게 도대체 무엇이며, 영어 자체의 이 같은 지배와 사회적인 구조의 관계는 무엇인지를 묻는 일이기도 하다. 모국어가 사적인 일상과 공적인 생활 모두에서 전국민의 통용어로 자리잡고 있는 우리 상황에서, 영어라는 외국어가 우리에게 부과하는 이 특별한 억압은 도대체 어떻게 해석되어야 할 것인가? 이것은 무엇보다도 인간의 삶과 관련하여 사회현상을 바라보는 인문학적인 고찰의 대상이 될 만하고 되어 마땅한 주제이다.

그러나 영어를 둘러싼 문제가 갈수록 심각한 사회적 현안이 되고 있음에도, 그것이 주는 억압이라는 이러한 근본적인 인간문제에 대한 본격적인 혹은 학문적인 관심은 거의 부재했다고 할 수 있다. 영어의 억압이라는 이 같은 현상의 상시적인 존재와 점증하는 그 절실함에 견주어보아서는, 이러한 부재 자체가 하나의 생각거리를 제공한다. 영어의 억압은 현존하고 있고 누구나 느끼고 있음에도, 의식적으로 환기되고 공개적인 논점으로 제기되지 않아왔다는 것, 그것은 우리 학문의 고답성이나 실천성의 부족과도 무관하지는 않겠지만, 영어에 대해서 형성된 억압기제가 우리 사회와 인간들의 심층에 거의 습성처럼 깊이 자리잡고 있다는 한 반증일 수 있다. 영어가 근대 이후 우리 삶에서 발휘해 온 위력이 가히 폭발적으로 커가면서, 그것은 의문을 떠올릴 여지조차 없이 그야말로 반드시 습득되어야 할 당위의 모습으로 우리의 심리 속에 굳어져 온 것이다.

  영어의 권위가 사회 내에 그리고 이 같은 사회적 권위의 투사로서 각 개인의 심리 속에 견고하게 자리잡을수록, 이에 대한 적응과 순화의 노력이 개별적인 차원에서 일어나고 그것을 소유하고자 하는 욕망을 불러일으키며, 그러나 결코 완전히 성취할 수 없는 그 욕망의 끊임없는 좌절이 마음속의 특정한 심리적인 결핍으로서의 억압을 탄생시키는 것이다. 그 때문에 영어가 턱없이 스트레스를 주고 있음에 때로는 통탄하고 때로는 분개하면서도, 왜 이 낯선 언어가 우리에게 이토록 삶의 문제를 야기하는가 하는 물음 자체는 은폐되고 심지어 망각되어 왔을 수 있다.

  영어의 억압은 일차적으로는 각 개인에게 닥치는 스트레스의 형태로 나타나는 것이지만, 그 같은 개별적 발현의 근저에는 우리 개개인의 삶뿐 아니라 사회의 방향 전체를 추동하는 어떤 구조적인 모순이 자리잡고 있다는 것이 필자의 생각이며, 그것이 앞으로 논의하고자 하는 바이기도 하다. 영어를 잘하는 사람이건 못하는 사람이건 한국어를 모국어로 하는 사람이라면 영어에 대한 어떤 자의식(주눅 들린 열등감으로 나타나든 거꾸로 속물적인 우월감으로 나타나든 혹은 그 양자가 결합된 양태로 나타나든)을 완전히 벗어나기는 힘든데, 이것은 영어라는 외국어와 관계맺음에서 민족구성원들에게 필연적으로 일어나게 마련인 어떤 착잡한 심리적 곤경을 말해 주는 것이다. 이 착잡함에는 인정하기는 싫지만 받아들일 수밖에 없는 현실, 즉 스스로 내키지 않음에도 이방의 언어를 강제로 배워서 익혀야 하는 처지에 있다는 점, 그 이방의 언어가 실질적인 위력과 권력을 가지고 다가오고 있다는 점, 그것의 소유가 이 사회에서의 자기실현에 필수적인 조건이 되고 있다는 점 등에 대한 쓰라린 인정이 (혹은 때로는 속물적인 우월감이) 깔려 있다.

영어의 억압이 존재하는 한 그것을 소유하고자 하는 욕망이 생성된다. 그것은 억압의 대상에 대한 일종의 공격적인 형태의 소유욕, 흔히 쓰이는 말로 '영어를 정복'(conquest of English)하고자 하는 욕구로 표출된다. 일상화된 이 같은 어구 속에는 단순히 하나의 외국어로서 영어를 접하고 배우는 태도, 즉 배움에 요구되는 일정한 평상심을 넘어 있는 억압과 욕망의 뒤엉킨 심리상태가 숨어 있다. 그러나 아무리 '영어정복'의 욕망과 그것을 부추기는 외부적 충동이 강하다 해도, 이 같은 '정복'은 끝내 이루어질 수 없는 불가능의 영역에 존재하며 이 불가능함이 오히려 그 욕망의 지속성을 보장하게 된다.

한국어를 모국어로 가진 사람에게 영어의 영토에는 끝내 정복되지 않는 부분이 남게 마련이니, 이로 인해 야기될 수밖에 없는 한없이 되풀이되는 실패에도 불구하고 한번 마음속에 구조적으로 자리잡은 욕망은 사라지지 않을 뿐더러 더욱 부추겨지고 재생된다. 그것을 가능케 하고 지속시키는 강력한 기제가 현실 속에 존재하기 때문이다. 그러한 기제는 우리 사회에서 공적 영역으로는 교육제도를 통해서, 사적 영역으로는 상업적 이익과 결합되어 있는, 영어산업이라고 지칭해도 좋을 각종 사업들을 통해서 우리의 일상생활에 작용한다.

영어를 자기 것으로 삼고 말겠다는 이러한 소유욕과 공격충동은 한편으로는 잡히지 않는 영어에 대한 좌절감의 표현이지만, 동시에 영어를 습득해 가면서 느끼는 성취감을 동반하기도 한다. 영어정복에의 험한 도정에서 이 같은 상반된 감정들이 교차하는 체험은 끊임없이

되풀이된다. 그러나 이 같은 험로를 거쳐 자랑스럽게 도달하는 습득의 단계들이 한편으로는 영어라는 제국에 정복되는 과정이기도 함을 동시에 읽을 필요가 있다. 우리가 영어를 정복하는 것이 아니라, 영어가 우리를 정복하는 것이다.

영어를 어느 정도 정복하여 제법 마음먹은 대로 부리게 되었다고 생각하는 순간, 영어는 어느새 우리의 마음을 지배하고 자기의 뜻대로 우리를 조정하는 힘을 획득한다. 언어는 '우리'가 활용하는 수단으로서의 어떤 (정복의) '대상'일 뿐만 아니라, 우리 속에 개입하고 우리를 형성하는 힘이기도 하다. 영어를 정복하겠다는 욕망의 성취가 결국 영어에 지배되는 결과로 나타나는 것은, 영어라는 언어에 동반된 문화적인 힘이, 비록 정비례하는 것은 아니라 할지라도 우리 속에 영어가 자연스러워지는 정도에 따라 어떤 방식으로든 우리의 정신에 작용하게 되기 때문이다. 영어와의 얽힘은 결국 한 민족이나 그 구성원들의 (문화적) 정체성의 문제를 불러일으키게 된다.

지배적인 외국어의 존재가 민족구성원의 삶에 야기하는 정체성의 위기와 그 왜곡의 기록은 일찍이 프란츠 파농(Franz Fanon)의 초기 저작에서 인상적으로 기록된 바 있다. 파농은 『검은 피부, 흰 가면』(*Black Skin, White Masks*)에서 프랑스 식민지였던 서인도 안틸제도(the Antilles)의 흑인이 프랑스어를 습득함으로써 프랑스 백인과 자신을 동일시하고자 하는 심리기제에 휩싸이게 되는 현상을 실감나게 그려낸다.[1] 이 과정에서 흑인은 백인의 인정을 받고 그의 사고방식에 자신을 일치시키고자 하는 욕망을 통해, 스스로를 심리적으로 백인과 동일시하고 흑인 됨을 부정하는 자기분열에 빠진다. 이 같은 언어체험을 거치면서 흑인은 결국 자신의 존재에서 소외되고 가짜 백인의 욕망에 빠져 정체성의 왜곡을 겪는다. 식민지배가 피식민지인들에게 초래하는 심리적 악영향과 소외는 이처럼 지배자의 언어를 매개로 하여 나타나고 또 강화된다.

파농이 기술한 서인도제도의 상황이 우리의 그것과 일치하는 것은 아니지만, 식민주의의 심리적 영향이 언어문제와 맺어진 양상에 대한 관찰은, 영어라는 언어의 제국주의적 속성이 더욱 뚜렷해져 가는 지금의 현실에서 작지 않은 시사를 던진다. 영어 제국주의의 존재와 그 영향에 관한 논의는 주로 영미의 식민지 지배와 관련하여 이루어져 왔고, 영미권의 구식민지에서도 프랑스어와 피식민지인의 관계에 대한 파농의 기술(記述)이 유효하다고 본다.

그러나 지금에 와서 과거 형태의 식민지는 더 이상 존재하지 않거니와, 새로 부각되는 영어의 제국주의적 성격은 세계화를 통한 미국적 대중문화의 전지구적 확산이라는 현상과 결합되어 나타난다는 점에서, 파농의 문제틀을 벗어나는 새로운 면모도 보여주고 있다. 하여간 영어가 세계어로 등장하고 또 그것을 이념적으로 뒷받침하는 주장들이 증폭되는 가운데, 영어라는 언어의 지배가 한 민족공동체에 던지는 정체성의 위기는 다시금 첨예한 문제로 떠오른다. 영어의 억압에 대한 고찰이 단순히 우리 사회의 문제에만 국한된 것이 아니라, 지구화의 문제와 미국 중심의 세계 자본주의 체제의 강화 그리고 다변화된 문화침투의 양상을 동반하는 제국주의의 새롭다면 새로운 국면에 대한 해석을 필요로 함은 이 때문이다.

2. 영어의 지구적 확산과 특수성

1) 영어확산의 역사적 구조와 우리 상황의 특수성

우리 사회에서 영어가 가지는 특별한 지위는, 영어의 세계지배라는
보편적인 현상의 반영이면서 또한 우리 나름의 특수한 성격을 지닌
다. 영어의 확산, 문자 그대로 지구적인 확산은 비단 근래에 한정되
는 현상이 아니라, 영국이 해외진출을 본격화한 17세기 이후부터
유구한 역사를 가진다. 말할 것도 없이 이 같은 영어확산은 식민주
의와 긴밀히 맺어져 있으니, 영국과 미국이라는 영어사용권 제국의
등장에 결정적으로 의존한다. 영어의 세계적인 확산을 촉진해 온
이 같은 식민주의 기획은 대개 20세기 초 전후(戰後) 식민지들이 독
립하기 시작한 때까지 수백 년간 지속·강화되어 온 것이다.

물론 시기적으로 다소간의 차이가 있는 대로 여타 유럽어들, 가
령 프랑스어와 포르투갈어, 스페인어가 식민지들에 유입되는 현상
과 영어의 확산은 그 점에서 유사한 속성을 가진다고 할 수 있다.
그러나 영어는 몇 가지 중요한 계기, 말하자면 영국이 근대세계의
실질적인 패권국가가 되었다든가, 미국·캐나다 그리고 오스트레일
리아라는 대규모의 영어사용 독립국이 생겨났다든가 20세기 초에
이르러 그중에서 미국이 새로운 강자로 등장했다든가 하는 요인들
을 통해, 여타의 유럽어를 제압하고 바야흐로 '세계어'(global
language)의 지위와 위력을 획득하게 된 것이다.[2]

한국은 유럽이나 미국이 아닌 일본의 식민지였으며 서양어가 강

요되거나 유포된 경험은 없지만, 크게 보아 영어권이 패권을 장악하고 있던 시기에 세계질서 속으로 편입되었고 영어권 문화의 영향을 깊이 받아왔다고 할 수 있다. 처음에는 직접적인 영향이라기보다는 주로 일본을 통한 것이기는 하지만, 문학의 영역에서만 보더라도 개방 전후나 일제 강점기 동안 서구문학 가운데서도 영미의 작품들이 압도적으로 번역되었다는 사실은 이 같은 정황을 반영하는 것이다.[3] 해방 이후 남한사회가 미군 점령하에서 국가의 형태를 갖추어감에 따라, 그리고 그후로 미국에 대한 정치적·경제적·군사적 종속이 지속·강화되면서, 실제로 영국이나 미국의 직접 식민지시기를 거친 민족과는 차이는 있지만, 영어에 대한 요구는 다른 어떤 외국언어에 대한 그것보다도 압도적인 것이 되었다.

국가건립의 초창기에 미군정청은 군정기간중 영어를 '공어'(公語)로 선포하고 사용하였으며, 자연히 주로 미국유학 출신의, 영어에 능숙하고 친미적인 성향을 가지고 있는 한국인들이 정책결정에 관여하는 권력을 행사하게 되었다.[4] 특히 이 시기에 확립된 교육제도는 미국의 형식을 그대로 수용한 것으로 이후 한국사회의 교육과 가치관의 형성에 절대적인 영향을 미치게 된다. 우리 현대사가 말해 주듯이 한반도, 특히 남한에 대한 미국의 주도적인 개입이 진행되고 미국에 대한 남한의 종속적인 관계가 굳어지면서, 미국과 미국적 사고방식을 경험하고 영어를 구사할 줄 아는 자들이 실질적인 지배세력으로 새롭게 부상하였다. 남한사회의 각 분야에서 소위 지도층으로 불리는 세력의 절대 다수는 다름 아닌 미국 유학생 출신으로 짜이게 된 것이다. 이런 조건 아래 영어의 특권과 지배는 제도적으로 정착되고, 영어가 권력어로서 신분상승을 꿈꾸는 일반인들의 선망의 대상이자 필수 요건으로 자리잡는 환경이 조성되었다.

물론 우리의 역사적 과정과 환경은 영어권 식민지의 경험을 가진 지역들과는 차이가 있다. 남한의 경우에 영어의 본격적인 지배는 소위 신식민지 시대라고 불리는 2차대전 이후인 점에서, 진작부터 영어가 강요되고 침투하여 이미 사회의 몸체 속으로 진입해 들어와 버린 구 영어권 식민지와는 구별된다. 가령 아시아와 아프리카의 영어권 식민지들, 인도·말레이시아·싱가포르·필리핀이라든가 탄자니아·케냐·나이지리아·가나 등에서 영어는 사회구조 속에 크든 작든 자리잡았고, 실제로 이 모든 나라들에서 식민지 지배언어였던 영어는 독립 이후에도 쉽게 벗어던질 수 없는 일상적인 소통어의 일부이자, 나아가서는 대개의 신생독립국에 요구되는 '국민적 통합'을 위해 필수적이기까지 한 '연결어'(link language)의 역할을 하기도 했던 것이다. 이와 같은 여건에서 나이지리아의 아체베(Chinua Achebe)처럼 각 나라의 '국민문학'(national literature)이 식민지 이전의 분산된 부족어가 아닌 영어를 매체로 가능하다는 주장과 실천이 나오게 된다.[5] 영어권 구 식민지들이 공식적으로든 비공식적으로든 영어를 공용어(official language)로 할 수밖에 없었던 사정은 이처럼 오랫동안 이루어져 온 영어의 산포(散布)와 유관하다.

그러나 이 신생독립국들에서 영어라는 언어의 존재는, 새롭게 발흥하는 민족국가의 통합이념으로서의 민족주의와 필연적으로 충돌하게 된다. 민족통합을 위한 '연결어'의 역할을 일정 정도 하는 것도 사실이지만, 때로는 오히려 부족간의 분쟁을 촉발하는 수단으로 동원되기도 하고, 근본적으로는 이 같은 '연결' 자체가 영어소통이 가능한 소수 교육계층에 한정되어 다수 일반민중에게는 무용하거나 그들을 소외시키는 데 일조하기도 하기 때문이다.[6]

독립 후 한동안 영어를 공용어로 인정하던 말레이시아가 결국 1969년 토착어인 말레이어를 유일한 국어(national language)로 정하는 개혁을 추진하였을 때 이를 둘러싸고 일어난 사회적 갈등의 확산과 분열이라든가,[7] 인도에서 힌디어와 영어의 경합이 초래한 착잡한 인종 및 계급 분쟁의 문제 등을 볼 때, 영어라는 외국어는 구 식민지국에서 먹기도 힘들고 버리기도 어려운 계륵과 같은, 그러면서 탈식민 사회의 모순구조를 반영하고 증폭시키는 정치적 계기로 작용해 온 것이다.

특히 인도의 상황에 대한 아마드(Aijaz Ahmad)의 다음 발언은 구 식민지국에서의 영어의 애매한 지위가 사회구조와 얽혀 있는 딜레마를 잘 드러내준다. 아마드는 영어가 식민지시기부터 통합하는 힘으로 여겨진 것이 피식민지국의 부르주아계급의 공고화와 팽창에 연결되고 있으며, 영어로의 글쓰기가 '지역적인'(regional) 것을 벗어난 '민족적인'(national) 문학임을 내세운 것이 소수 영어 엘리트계층의 이데올로기임을 날카롭게 지적하면서도, 다음과 같이 쓰고 있다.

그것이 애초 식민주의를 통해 삽입되었다는 근거에서 이제 와서 영어를 거부할 수 없는 것은, 같은 이유로 철로를 보이콧할 수 없는 것과 마찬가지이다. …인도의 문명적 에토스라는 것이 만약 있다면, 그것은 어떤 경우에서든 어휘들과 도구들의 인도화의 과정에 깊이 새겨져 있다. …영어는 이제 어엿이 인도 자신의 언어들 가운데 하나이고 현금의 문제는 그것을 축출할 가능성이 아니라 우리의 사회적 조직 속으로 그것을 동화시키는 양식과 언어적 차이의 어떤 다른 기본적인 구조와도 마찬가지로 이 언어가 지금 이곳에서의 계급형성과 사회적 편견의 과정에서 사용되는 방식이다.[8]

아마드의 고민은 영어라는 언어의 존재가 인도사회에 일으키는 혼란의 차원에 머물지 않고 인도사회의 구조적 모순에 그것이 결합되어 있는 양상에까지 닿아 있다. '지금 이곳'에서 이러한 근본 딜레마를 야기한 그 시원은 물론 식민지 경험이라는 업보이다. 여기에는 애초 영어가 식민지에 부과될 때, 그것이 무엇보다도 식민지의 계급적 분리를 창출·고착해 내는 요인이 되었다는 치명적인 역사적 사정이 깔려 있는 것이다. 즉 식민자들이 소수 토착민 지배엘리트와 결탁하는 과정에서 영어교육은 결정적인 역할을 하였다. 영어로 교육을 받은 소수 엘리트는 다수 민중과 스스로를 분리시켰으며, 이로써 영어라는 언어는 식민국에서 특권과 기회 그리고 지배의 언어로 자리잡아 나갔던 것이다.[9]

이처럼 명백한 식민기획 아래 영어가 확산·통제·조절되는 과정은 '영어 제국주의'가 실제로 작용하는 모습을 보여주고, 이처럼 이식된 영어와 계급분리의 구조는 독립 이후에까지 구 식민지 제3세계에 쉽게 해소될 수 없는 갈등과 딜레마를 생성시킨다. 영미권의 식민지들이 독립 후에도 실질적으로 대미 혹은 대영 종속관계에서 벗어나지 못하고 있는 것도, 부를 장악한 지배층, 기본적으로 영어교육을 받은 소수 부르주아 엘리트들이 각 나라에서 여전히 경제적·정치적 지배블록을 형성하고, 여기에 근대화의 이념을 접목하면서 반제국주의적 민중부문에 대한 통제를 실현해 왔기 때문이다.[10]

이 구 식민지들의 상황은, 대미종속이 해방 이후에야 이루어져 급속도로 공고화되는 남한사회의 경로와는 다르고, 더구나 다수의 종족어가 공존하고 때로는 갈등하는 상황에서 영어의 기능 중 중요한 것으로 부각된 사회통합의 매체라는 성격이, 한국처럼 하나의 통일된 언어가 확고하게 자리잡은 곳에서는 전혀 유효하지 않다는 점에서도 엄연히 다르다. 따라서 영어문제는 각 지역이나 민족의 조건에 따라서 구체적으로 대응되고 실천되어야 할 사안이지, 세계적인 영어의 존재와 그에 대한 합리화의 논리를 우리 현실에 그대로 적용할 수는 없는 것이다.

그럼에도 우리 근대사에 대한 미국의 결정적인 개입이 준 영어의 권력화 현상에 대해서는 앞에서도 언급하였거니와, 가령 영국문화원이나 풀브라이트(Fulbright) 재단이 그 한 기능을 담당해 왔듯이, 우리 현대사에서도 영어 엘리트층을 형성하고 재생산해 내는 영어권의 교육 및 문화 활동이 어느 곳 못지않게 활발하게 이루어져 온 것이 사실이다. 우리 사회에서 영어문제는 구 식민지들과는 분명 다르지만, 사회구조 속으로 틈입해 들어와 계층적인 문제를 유발한다는 점에서라면 유사한 면모가 없지 않은 것이다.

영어가 '제국주의적' 과거를 지닌 언어이고 지금도 그런 속성을 지니고 있지만, 그것이 이미 사회 속의 일부로, 소통의 도구로 뿌리내린

곳에서 이를 배척하고 토착어를 유일한 언어로 채택하는 방식이 현실성이 없다는 것은 분명하며, 남한사회 또한 영어라는 존재가 유입되어 온 역사와 그에 수반된 제도적 장치들과 관념들을 송두리째 들어낼 수도 없거니와 그 같은 상황에서 영어의 파급과 위력을 부정하고 모국어의 순결성을 강조하는 자민족 중심적인 논리로 영어를 배격하는 방식이 제국주의에 맞서는 기획으로서도 한계를 가지는 것은 너무나 분명하다. 식민화와 동시에 진행된, 그리고 우리의 삶이 거기에 따라 구조화될 수밖에 없었던 근대화라는 과정 자체가 서구어 특히 영어와의 연계를 떠나서 이루어질 수 없었던 것이 제3세계의 일원으로서의 우리의 운명이기도 했던 것이다.

그런 만큼 영어라는 외국어는 손쉽게 끊어낼 수 없게 우리의 삶속에 들어와 있는 것이며, 또 그러하기에 역으로 영어와의 씨름은 삶의 제 국면에 걸친 어떤 본질적인 문제에 대한 싸움으로 이어질 수 있는 가능성의 터전이기도 한 것이다. 여기에서 민족 전체의 차원에서나 더 국지적인 지역의 차원에서 실천적인 활동과 결합된 '영어의 정치'(politics of English)가 작용할 여지가 열리게 된다.

2) 지구화의 계기와 세계영어의 이데올로기

영어확산의 기원과 전개는 이처럼 오랜 기간에 걸쳐 이루어진 셈이지만, 근래 들어 제기된 '세계영어'(global English 혹은 world English)에 대한 개념 혹은 관념은 영어의 정치에 새로운 도전을 야기한다. 무엇보다도 현재 우리의 사회적 문제라고도 할 영어에 대한 이상 과열현상은 해방 이후의 전통적인 영어중시 정책에 보태어 이 같은 영어의 세계화에 대한 의식과 주장들에 추동되고 뒷받침 받고 있다. 영어가 세계언어라는 말은 어폐가 있으니, 실제로 사용인구가 한정되어 있기도 하고 지역적으로 프랑스어나 중국어·스페인어·아라비아어 등 여타 공통어(lingua franca)들이 공존하기 때문이다. 그럼에도 냉전이 끝난 1990년대 이후 국제적·상업적인 혹은 학문적인 용도에서 영어가 세계에서 사실상 유일한 공통어로 통합되어 가는 현상은 그것대로 더욱 현저해지는 것처럼 보인다.[11]

실제로 수년 전부터 우리 사회에서 영어공용어화 주장이 제기되어 사회적으로 논란을 벌였고 또 아직도 그 불씨가 가라앉지 않고 있는 것도, 이와 유관하다. 기본적으로 이 같은 주장 자체는 영어가 통용되는 영역이나 지역이 존재하지 않는 나라에서는 터무니없이 과격하고 현실성도 없으니, 심지어는 영어권의 구 식민지처럼 영어가 사회의 일부에서 혹은 전반적으로 유통되고 있는 조건에서조차 그것의 공용어 지정 문제를 둘러싼 사회적 싸움이 벌어져 온 것이 세계현실인 것이다. 가령 말레이시아가 말레이어를 유일한 국어로 인정한 것이나, 필리핀이 영어를 자연과학 분야에만 허용하고 일반적인 교육의 매체로서는 제한하는 조치를 취한 것이 그런 예들이다.[12]

우리나라처럼 영어가 민족구성원들의 일부에서조차 전혀 일상어로 통용되지 않는 곳에서 공용어 주장이 나온다는 것 자체가 세계적으로도 흔치 않은 일인데, 그럼에도 불구하고 여기에 부응하는 목소리들'이 일부 지식인들이나 심지어 정권담당자의 입에서조차 거침없이 나온다는 사실은 영어와 미국의 지배력이 얼마나 깊이 우리의 사회적 무의식 혹은 의식을 장악하고 있는지를 반증하는 것이다. 그러나 동시에, 영어에 대한 이 같은 과잉의식이 미국을 중심으로 한 지구화의 피할 수 없는 현실과 맺어져 있는 것은 그것대로 진실이며, 이 것은 마찬가지로 영어가 통용되지 않는 다른 동아시아 국가, 즉 중국이나 일본에서도 정도의 차이는 있다 해도 이 같은 주장이 일각에서 대두하고 있는 사정을 연상시킨다.[13]

세계어로서의 영어라는 관념은 영어를 지배와 식민화의 매개체로 이해하는 시각과 첨예하게 대립한다. 무엇보다도 영어는 모든 상이한 언어들이 공존하는 상황에서 세계 내 종족이나 민족간의 소통을 가능하게 해주는 공통어로, 그런 점에서 편리하고 필수적인 하나의 소통도구로 이해된다. 이 같은 시각에서 영어의 지배언어로서의 성격을 그 적극적인 가치에서 찾고자 하는 논거 가운데 가장 핵심적인 것은 다음 두 가지이다. 하나는 영어는 중립적인 매체라는 것이며, 다른 하나는 영어는 '강요'되는 것이 아니라 오히려 '요구'된다는 것이다.

영어의 중립성에 대한 주장에서는 영어가 이제 어느 특정 국가의 민족어가 아니라 세계에 산포된 세계어라는 현실이 강조되고, 여기에 기본적으로 언어는 무엇을 전달하는 도구일 뿐이라는 언어관이 뒷받침된다. 한마디로 영어는 현재 가장 소용이 닿고 그런 만큼 그 용도에 따라 사용하면 그뿐이라는 것이다. 이 중립성에 대한 주장이 영어를 언어 제국주의의 첨병으로 보는 관점과 상충하는 것은 물론이다. 세계어로서의 영어의 가치를 적극 주장하는 대표적인 논자 가운데 한 사람이 "영어가 일찍이 어떤 이유로 퍼지게 되었든지

간에" 지금의 현상을 인정할 수밖에 없고 영어를 식민 과거와 연관 짓는다거나 나쁜 영향을 끼치는 것으로 보는 것은 피해야 한다고 주문하는 것이 그 대표적이고 전형적인 예이다.[14]

영어가 강요되지 않고 요구된다는 두번째 주장도 중립성의 문제와 결합되어 있다. 영어가 세계적으로 유용한 도구이니 필요한 사람들이 스스로 찾게 마련이고, 따라서 그것을 강요할 필요도 그럴 이유도 없으며, 그런 점에서 영어의 확산과 지배는 자연스러운 현상이라는 것이다.[15] 이러한 관념들이 현재 영어의 성세와 그 현상을 부추기고 환호하는 움직임과 결합되어 있다는 것은 분명하다.

영어의 보편성에 대한 이러한 주장들은 지구화의 담론이 성행하고 그것이 현실적으로 힘을 얻고 있는 지금의 상황과 부합한다. 그러나 지구화가 영어의 지위와 성격에 미친 변화를 십분 감안하더라도, 이와 같은 세계영어의 관념은 현실의 심층을 호도하는 하나의 신화이자 허구이다. 중립성의 주장 가운데서도 영어 자체의 속성에서 그 원인을 구하는 태도가 지닌 이데올로기적 성격은 분명하지만,[16] 영어가 더 이상 특정 민족의 언어가 아니며 보편적인 것이라는 주장은 영어의 산포와 각지에 생성된 비표준영어(각 지역의 다양한 영어의 변형들과 pidgin이나 creole 영어)들의 존재를 염두에 둔 것이다.

여기에는 더욱 전복적인 관점들이 게재되어 있기도 한데, 가령 이 같은 비표준영어의 지위를 인정하면서 표준영어의 특권과 권위에 도전하는 최근 영어학의 한 가지 흐름이 '해방언어학'(liberation linguistics)의 별칭을 얻고 있는 것도 그런 까닭이다.[17] 그러나 변형영어의 현상을 단순히 인정하자는 것만으로는, 그 각각의 지역에서

이 같은 변형된 영어가 지배계층과 단단히 맺어져 권력을 행사하고 있으며 그것이 미국 중심의 세계질서의 이해관계와 결합되어 있다는 정치현실을 묵과하게 될 위험이 크다.

영어가 중립적이라는 주장에는 또한 언어 자체가 하나의 도구라는 발상이 전제되어 있고 이 같은 발상은 그 자체로 아주 틀린 것은 아니지만, 볼로시노프(Volosinov)의 표현을 빌려서 말하자면, 언어가 중립적인 '기호'(sign)일 뿐 아니라 그 기호에 역사적으로 부착된 '의미'(meaning)이기도 하다는 점을 도외시한 주장이다. 실상 언어라는 기호 자체가 실생활에서의 구체적인 사용의 맥락을 떠나서 독자적으로 존재하지 않는다는 것이 볼로시노프의 관점이며, 현실 속에 살아 있는 이러한 언어활동에 대한 인식 속에서 언어에 구조화된 기성 질서에 개입할 공간이 열리는 것이다.[18] 다음 장에서 상술되다시피, 이와 같은 언어의 본원적인 사회성과 창조성을 괄호 쳐두는 도구주의적인 혹은 기능주의적인 언어관이야말로 영어의 득세와 관련되어 가장 심각한 삶의 왜곡을 야기하는 관념이라고 할 것이다.

영어의 억압의 기원과 구조를 살핌에 있어 필자의 물음은 결국 우리 사회에서 특히 최근 두드러지는바 영어에 대한 과잉함몰이 어떤 사회적인 역학관계 혹은 병리학과 맺어져 있는가 하는 점으로 모아진다. 기본적으로 영어에 부가된 의미는 우리 사회에서 분명 과잉되어 있는데, 이것을 한국인들의 어떤 심성과 관련지어 설명하는 것도 아주 불가능한 것은 아니다. 이를테면 쉽게 끓어오르고 쉽게 식어버리는 한국인의 심성이니 하는 것이 그런 것이다.

그러나 이 같은 개별적인 혹은 집단적인 심성과는 무관하게 영어가 하나의 숭배의 대상이 되다시피 한 이 현상의 근저에서는, 영어를 그 자체대로 하나의 언어로서가 아니라 물신화하는 기제가 작용하고 있다. 영어에는 그것에 수반되는 온갖 매혹과 미신과 환상이 부착되어, 마치 그 자체로서 생명을 얻은 영험한 존재처럼 우리의 정신영역에 자리잡는 것이다. 즉 영어는 어느새 투명한 매체가 아니라 부와 진보와 문명의 표상들이 온통 부여된 물신이 되었으며, 이처럼 신격화된 대상으로서의 영어야말로 그것이 자본주의의 언어라는 명제를 확인해 준다. 영어가 물신으로 자리잡는 현상에는 모든 것을 사물화하는 자본주의의 기제가 작용하고 있으며, 이것은 자본주의의 전개와 영어의 세계적 확산의 긴밀한 관련성을 다시 한번 환기시킨다.[19]

실상 영어의 확산이 그 이전의 지배적인 언어이던 라틴어나 프랑스어와 그 성격을 달리하는 것은 그 기원이 다름 아닌 자본주의의 발흥과 때를 같이하고 있다는 점이며, 영국에 이어 미국이 패권을 장악하는 금세기에 이르러 자본주의 언어로서의 영어의 위상은 더욱 공고해진 셈이다. 그리고 이제 자본주의 체제가 완성을 향해 가는 지구화의 시대에 이르러 영어는 이 시대에 어울리는 가장 자연스럽고 보편적이고 매력적인 매개체가 된다.

결국 우리를 억압하는 영어라는 외국어의 정체는 그 심층에서 자본주의 체제의 구조 그 자체와 맺어져 있는 것이다.[20] 이 때문에 영어의 확산은 영어의 언어로서의 창조적인 가능성이 아니라 그 효용성을 제고하고자 하는 방향으로 쏠리게 되고, 이것이 공리주의(utilitarianism)라는 자본주의의 핵심 이념과 결합되어 있음은 자명하다. 단적으로 영어에 대한 제도적인 부추김과 강요는 인간을 자본주의적 생산성의 도구, 즉 인간자본(human capital)으로 보는 관점과 이어져 있다.

이와 같은 맥락에서 보자면 우리 사회에서 근년에 일어나고 있는 영어에 대한 일종의 광증이 자본주의의 지구화라는 거대한 흐름과 연결되어 있음을 이해할 수 있게 된다. 신자유주의 이념에 종속된 일부 학자나 지식인들의 영어공용어론이 그 이데올로기적인 공세의 일환이라면, 가령 작년 제주도의 국제자유도시화 계획과 관련하여 제주도에서의 제한적인 영어공용을 정책적으로 제기한 우리 정부와 집권당이 영어에 대해, 그리고 영어정책에 대해 보여준 천박한 이해도 그것대로 지구화가 동반하는 신자유주의의 충실한 수행과 관련 있는 만큼 반드시 돌출적인 것만은 아니다. 그러나 그것이 일반국민에 대한 극심한 언어억압의 한 형태로 부과된다는 점만은 짚어두어야 할 것이다.[21]

3. 비판적 영어교육의 가능성: 영어억압을 넘어서

한국인으로서 영어의 억압을 피할 길이 없다면, 영어가 강요되고 그것이 심리적 압박감으로 존재하는 상황은 우리에게 하나의 운명처럼 여겨지기도 한다. 실상 이것은 지구화라는 현실 속에서, 그리고 어느 곳 못지않게 미국의 강한 영향력 아래 살아야 하는 우리 민족에게 부과된 피할 수 없는 형벌일 수도 있다. 비유적으로 말하자면 우리는 우리의 땅에서 이국의 언어를 숭배하고, 우리말로 생활하면서 이국의 언어가 존중받는 이산민(diaspora)의 처지에 빠진 격이된 것이다. 국가기구가 앞서서 이 같은 언어적 이산을 강요하는 마당이니, 개별인간의 삶에서 그 추세를 감당하기란 힘겨워 보인다.

그러나 달리 보면 억압은 어떤 모순에 대한 인식의 실마리를 제공하기도 하며, 한편으로 모순을 해체해 내는 에너지의 원천이 되기도한다. 영어로 인한 억압이 강화되는 환경이 거꾸로 이에 대한 저항의터로 발전할 가능성을 찾는 일, 이것은 말하자면 지구화의 전일적인공간 속에서 어떤 파열점을 찾아내려는 노력과 상통한다.

이 같은 전제에서 볼 때 영어를 가르치고 배우고 익히는 생활은 단순히 유용한 한 언어를 숙달하는 차원에 그치는 것이 아니라, 식민화와 탈식민화 그리고 나아가서 자본주의와 지구화의 상황에 대한 감각을 훈련할 수 있는 장이 될 수도 있다. 이 경우 필자는 핵심적인 사유의 고리를 흔히 사용하는 '실용영어'라는 개념에서 찾을 수 있다고 본다. 대수롭지 않은 듯 보이는 이 말 속에 언어와 인간의 삶에 대한, 그리고 문명의 방향까지도 둘러싼 쟁점이 내재해 있기 때문이다.

현재 우리 사회의 대다수에게 가해지는 영어억압의 직접적인 원인은 다름 아닌 이 '실용영어'에 대한 공포와 욕망에 관련되어 있다. 일상생활에서의 의사소통을 캐치프레이즈로 내건 이 실용영어라는 관념은 현재 교육현장과 영어정책 입안자 모두를 거의 완전히 장악하고있다. 실용이란 것이 나쁠 리 없고, 영어의 '실용성'을 추구하는 것이필요한 것도 사실이다. 그러나 언어의 실용성이란 것이 단순히 일상회화의 차원에 있는 것만은 아니며, 근본적으로 언어에 실용성만이 존재하는 것도 아니다. 언어를 실용성의 차원에서만 이해하는 것은, 언어가 창조적인 이룩함의 공간이며 동시에 한 문화의 축적이 일어나는 장소라는 점을 도외시하고 있다. 언어의 진정한 용도를 실용성만으로 환원할 때, 거기에는 상품의 거래와 같은 기계적인 소통의 차원만이 남을 것이다.

영어의 제국주의적 성격이 국제어로서의 영어 교습과정에서 그대로 드러나는 점에 주목한 필립슨(Robert Phillipson)은 『언어제국주의』(*Linguistic Imperialism*)에서 1960년대 이래 '효율성'을 중심으로 이루어진 영어 가르치기가 영어가 "'진보'와 번영의 약속의 땅"으로 인도한다는 자연스런 전제를 깔고 있음을 지적하면서, 그 같은 방향이 영어교육을 기술과 기능에 초점을 두는 전문가주의로 나가게 하는 결과를 낳았다고 비판한다.[22] 실상 우리 영어교육의 현장에서도 실용영어라는 관념의 지배와 그에 대한 맹목적인 추구가 더욱 힘을 얻고 있고, 영어교육에 대한 소위 '전문가'들의 기술적 접근들이 일종의 거역할 수 없는 대세처럼 되어가고 있다.

이것 자체가 필립슨이 말하는바, '약속의 땅'으로서의 영어에 대한 허상에 토대를 두고 있기도 하거니와, 우리 영어학습에서 실용영어가 중시되는 것은 무엇보다도 실생활에서의 경쟁력을 앞세우는 신자유주의적 정책과 긴밀히 맺어져 있다. 그러나 실용영어로 길러지는 경쟁력이란 외국인과 직접적인 상거래에서 큰 손해를 보지 않고 상대할 수 있을 언어기술을 획득하는 정도의 것이며 그것이 아주 무의미하지는 않겠으되, 사실 그러한 차원의 경쟁력을 위해서는 해당 분야의 전문가 양성에 집중하는 것이 더 효과적일 것이다. 그럼에도 이 같은 최소한의 경쟁력 획득을 위해서 언어교육의 전체계를 효율 중심으로 '개혁'한다는 목표 아래 거의 모든 국민에게 대개는 불필요하고 과도한 억압을 가하고 있는 것이 현재의 영어정책이다.

그러나 이것은 유독 우리 정부의 영어정책이 특이해서 그런 것만은 아니다. 실제로 영어는 특히 지구화의 대세가 확립된 후에 더욱더 하나의 기능어로 스스로를 규정하는 움직임을 보여왔다. 즉 국제어로서의 영어는 기능어인 셈이다. 이것은 영어가 워낙 근대화와 개발 그리고 기술공학(최근의 컴퓨터언어에까지)과 가장 밀접하게 연관된 언어라는 현실 및 이미지와 일맥상통하는 것으로, 전혀 부자연스럽게 보이지는 않는다. 그럼에도 이 같은 지경에 처한 영어라는 언어는 그것이 역사적으로 그리고 그 모국에서의 일상적인 사용에서조차 담지하고 있는 창조적인 활동의 영역이 거세되어 버린, 단적으로 말해서 기능만 남은 죽은 언어로 화하게 된다. 비유컨대 '실용영어'의 관념과 정책은 이 죽은 언어를 습득하는 것을 최대한의 목적으로 삼는 제사행위와 같은 것이다.

실제로 영어교육의 이데올로기는 처음부터 영어를 '중립적'이고 '자연스러운' 것으로, 말하자면 그 정치적·사회적 맥락을 배제한 순수하고 추상적인 언어체계인 것처럼 가장하는 데 있다. 언어는 언어이지 정치가 아니라는 것이다. 영어의 가르침과 배움이 일어나는 공간에서 영어에 담긴 모든 정치학이 휘발되고, 순수한 기술로서의 언어라는 환상이 작용한다. 그러나 이 같은 영어교육의 이데올로기는, 역사적으로는 언어가 담지한 문화적인 차원의 식민화를 은폐해 왔고,

지금에 이르러서는 그것의 배후를 이루는 경쟁체계와 상품 중심의 세계를 당연시하는 논리로 기능한다. 더구나 영어는 이제 무언가를 전하는 그릇일 뿐 아니라 그 자체가 하나의 목적으로서의 상품이 되었고 영어산업은 실용영어의 환상을 부추기는 환경에 힘입어, 그리고 영어모국의 재생산과 이해관계를 반영하여 날로 팽창한다.[23] 우리 사회에서 큰 영역을 차지하게 된 이 영어교육의 공간 자체가 삶의 창조적인 재생 및 자기실현과 맺어지기는커녕 오히려 그것에 역행해 온 것이 일반적인 현실이며, 그 같은 추세는 지구화가 진행되는 과정에서 더욱 가중되고 있는 것이다.

우리에게 존재하는 영어의 억압이 이처럼 구조적인 차원에서 기원할 때, 그리고 그것이 재생산의 기제까지 갖추고 있을 때, 여기에 맞서고 이를 막아낼 여지는 그만큼 좁아 보인다. 영어의 억압을 해소할 방책은 스스로 영어를 정복하는 것밖에 없다는 해답 아닌 해답이 나올 수도 있겠으되, 그 정복의 과정 자체를 역전시켜서 오히려 억압을 증폭시키는 방향으로 돌려놓을 수 있는 것이 바로 이 기제의 무서운 힘이기도 하다. 근본적으로 영어에 실린 과잉부하를 막아내고 오도된 영어정책에 개입하는 실천적인 방법들을 모색하는 일이 특히 영어를 업으로 삼는 전문가들에게 맡겨진 이 시대의 요청이라면, 이것은 작게는 영어 교육현장을 지배하는 신자유주의적·기능주의적 대세에 맞서는 일이자, 크게는 지구화의 흐름 전체에 대한 문제제기와 결합되어 있기도 하다.

구체적인 개입의 방식을 찾는 일이 단순하지도 쉽지도 않은 까닭도 그 때문이겠지만, 이것이 필자를 비롯한 소위 영어 연구자 및 교육자들의 실천의 과제인 점을 확인하면서, 여기서는 교육의 현장과 관련하여 전문 연구자들의 기본적인 자세의 문제를 짚어보는 것으로 그칠 수밖에 없겠다. 무엇보다 현재 성행하고 강화되고 있는 영어교습 형태에 담긴 이념적 성격에 대한 인식을 더 의식화할 필요가 있으며, 이것은 우선 내 마음속의 억압을 철저하게 들여다보는 데서 시작될 수 있을 것이다.

미약한 시작처럼 보일지 몰라도 누구에게나 이 같은 억압이 내면화되어 있다면, 영어와 관련된 자기성찰을 떠나서 영어를 비판적으로 사고하고 공부하는 것이 가능하지도 않을 터이다. 영어의 문제를 자기 삶과 우리 사회의 맥락에서 이해하는 인문적 시각이 자리잡을 때, 영어교습의 현장은 영어모국의 제국주의적 이념의 지배에 맞서는 의미 있고 주체적인 언어교육의 장으로 변화할 단초가 열릴 것이다. 여기에는 언어를 도구나 기술의 차원만이 아니라 창조의 과정이자 역사와 정치가 실려 있는 사회적 장소로 바라보는 시각이 기본이 되어야 한다. 즉 어느 때보다도 영어선생들의 주체적이고 의식적인 역할이 필요한 국면인 것이다.

이와 관련하여 팔레스타인 출신의 미국비평가 에드워드 사이드 (Edward Said)가 1980년대에 중동지역을 방문했을 때의 체험을 상기해 볼 수 있다. 사이드는 중동 걸프지역의 대학들에서 두 가지의 영어가 존재하고 있는 것을 본다. 하나는 상업과 공업기술이라는 일상생활과 결합된 기능적인 영어이고, 다른 하나는 단지 전문적인 연구의 대상으로서의 고상한 영문학이다. 사이드가 보기에 이 양자는 왜곡된 형태의 영어공부로, 모두 영어 제국주의에 대한 대응에서는 무능할 수밖에 없다.[24] 그렇다면 과연 우리 현실은 어떠한가? 영미의 연구를 순전히 학문으로서 되풀이하거나, 아니면 철저하게 기능적으로 영어를 대하고 가르쳐오지 않았는가? 영어선생의 한 사람으로서 반성이 되면서도, 그러나 한편으로는 우리 영문학계에서는 사이드가 본 걸프지역의 대학들과는 달리 주체적인 영문학 연구의 노력이 일각에서 진행되고 있으며, 그것이 영어의 정치에 대응하는 힘이 될 수 있으리라는 기대와 다짐으로 이 글을 마치고자 한다.

(『안과밖』 12호, 2002)

주

1. Franz Fanon, *Black Skin, White Masks*, trans. Charles Lam Markmann, New York: Grove Press 1967, pp. 17 ~ 40.
2. 세계어로서의 영어의 지위에 대한 주장과 개괄적인 설명으로는 David Crystal, *English as a Global Language* (Cambridge: Cambridge Univ. Press 1997) 참조.
3. 김병철, 『한국근대번역문학사 연구』, 을유문화사, 1975. 번역된 영미권 문학 가운데서도 해방 후부터 영국작품보다 미국작품이 현저한 우위(해방 후 5년간, 가령 시는 2배, 소설은 3배)를 보이는 역전현상에 대한 언급과 자료소개는 같은 책(824 ~ 37쪽) 참조.
4. 미군정청이 친미적인 영어구사자들을 한국인 보조역으로 중용한 것에 대한 상세한 소개와 논의는 이길상, 「미군정의 국가적 성격과 교육정책」(『정신문화연구』 47, 1992, 193 ~ 209쪽) 참조. 과장된 말이긴 하지만 당시 미군정청의 한 관리(Robert W. Wiley)는 "모든 한국의 중등학교 졸업생들의 꿈은 어떤 희생을 무릅쓰고라도 미국에 유학 가는 것"이며 "미국에 가는 것이 당시 한국 젊은이들에 의해 특권으로 받아들여지고 있었"다고 증언한 바 있다.
5. 영어로 쓴 작품의 '국민문학적' 성격을 의식적으로 주장한 아체베에 맞서 이를 비판하고 아프리카어의 재생을 통한 민족문학의 민중성을 강조한 응구기(Ngugi wa Thiong'o)의 입장이 날카롭게 대립하는데, 이에 대한 상세한 논의는 이 책에 실린 이경원, 「아체베와 응구기: 영어제국주의와 탈식민적 저항의 가능성」 참조.

6. 가령 아프리카에서 영어가 부족들의 분쟁을 촉발하는 수단으로 사용된 예에 대한 지적으로는 T. Ranger, "The Invention of Tradition in Colonial Africa"(*The Invention of Tradition*, ed. E. J. Hobsbawm and T. Ranger, Cambridge: Cambridge Univ. Press, 1983, pp. 247~52). 또 영어가 연결어이기는 하나 소수 지배층만을 위한 도구가 된 스리랑카의 경우는 Arjuna Parkkrama, *De-hegemonizing Language Standards: Learning from (Post) Colonial Englishes about 'English'*(London: Macmillan Press, 1995, p. 175) 참조.
7. 말레이시아의 국어문제를 둘러싼 갈등과 말레이어와 영어의 쟁패를 둘러싼 착잡한 정치적 문제에 대해서는 Alastair Pennycook, *The Cultural Politics of English as an International Language*(London: Longman, 1994, pp. 183~221).
8. Aijaz Ahmad, *In Theory: Classes, Nations, Literatures*, London and New York: Verso, 1992, p. 77.
9. 인도의 경우, 식민 초기에 식민자들은 자기들의 목적을 위해서 인도의 언어와 문화를 장려하는 정책을 펴려고 했으나, 인도의 부르주아계층이 오히려 이를 반대하고 영어 중심의 교육을 주장하였던 사실은 시사적이다. 이후 19세기 중엽부터는 다수에게는 지방어를, 소수 엘리트에게만 영어를 교육하는 방식으로 영어 엘리트 정책을 강화하게 된다(Alastair Pennycook, 앞의 책, pp. 75~80 참조).
10. 아프리카의 경우, 전체 국가들의 60%가 영어를 공용어로 하고 있으나 영어 자체는 소수만이 구사하는 언어이며, OAU(Organization for African Unity)가 아프리카어의 사용을 권장하였으나 스와힐리어 같은 극소수를 빼고는 주변화를 면하지 못하고 있고, 거꾸로 이 기구의 언어국이 1986년 폐지된 것이 이 같은 정책을 못마땅해하던 영어 엘리트들의 압력이라는 사실에 대한 흥미로운 지적은 Robert Phillipson, *Linguistic Imperialism*(Oxford: Oxford Univ. Press, 1992, p. 27).
11. 이와 관련하여 일반적으로 공통어(lingua franca)로 불리던 다른 언어들과 구별되는 것으로서 분류되던 영어가 지금에 와서는 오히려 사전적(辭典的)으로도 유일한 공통어로 올려진 현상에 대한 지적은 Robert Phillipson, 앞의 책(pp. 41~42).
12. Joshua A. Fishman, "Sociology of English as an Additional Language," *The Other Tongue: English Across Cultures*, ed. Braj Kachru, Urbana and Chicago: Univ. of Illinois Press, 1992, p. 22.
13. 일본의 경우는 수년 전 영어공용어화에 대한 총리의 언급으로 우리와 유사한 논란을 겪은 일이 있고, 최근 영어학습 열기가 널리 알려진 중국에서도, 영어가 "거의 국제적인 의사소통에만 쓰이던 데서 중국인들 사이의 의사소통으로 확대"되어야 한다는 주장이 학계에서 제기되었다는 소개는 Robert Phillipson, 앞의 책(pp. 30~31).

14. Braj B. Kachru, "Models for Non-Native Englishes," *The Other Tongue*, p. 67.

15. 현상적으로 그릇된 말은 아니지만, 이것은 자본주의 사회에서 수요는 자연발생적인 것이 아니라 창출된다는 경제학의 기본에 대한 무시이며, 동시에 영어가 제도적·문화적·이념적으로 부추겨지고 강제되는, 말하자면 비폭력적인 '강요'에 따라 이루어지는 현실과도 어긋난다. 국제어로서의 영어에 대한 담론과 그것이 제도적으로 뒷받침되어 영어확산을 가속화하는 점에 대한 상세한 논의와 비판은 Alastair Pennycook, 앞의 책(pp. 11 ~ 24) 참조. 또 영어 확산이 시장주의와 맺어져 있는 점에 대한 지적의 예로는 Marnie Holborow, *The Politics of English*(London: Sage Publications, 1999, pp. 72 ~ 73).

16. 가령 영어가 세계어가 된 이유 가운데 하나를 그 개방적인 성격에서 찾는 Peter Strevens, "English as an International Language"(*The Other Tongue*, pp. 31 ~ 32) 참조.

17. 이 표현 자체는 랜돌프 퀴크(Randolf Quirk)의 것이나 원래 이 경향에 반대하는 입장에서 경멸적으로 붙인 명칭인데, 이러한 '해방언어학'의 주창자들이, 가령 카크루(Kachru)가 그러하듯이, 실은 영어의 지배현상을 긍정하고자 하는 경향을 보여주고 있다는 점이 흥미롭다. 이 대목에 대해서는 Robert Phillipson, 앞의 책(pp. 25 ~ 27) 참조.

18. 볼로시노프의 언어관에 대해서는 V. N. Volosinov, *Marxism and the Philosophy of Language*(trans. Ladislav Matejka & I. R. Titunik, New York and London: Seminar Press, 1973, pp. 17 ~ 24) 참조.

19. 이 문제에 대해서는 Marnie Holborow, *The Politics of English*(제3장 "Money Talks: The Politics of World English," pp. 53 ~ 96)가 명쾌하다.

20. 이와 관련하여 흥미로운 사례 하나는, 영국의 식민지였던 아프리카의 두 인접국 케냐와 탄자니아의 경우로, 자본주의 체제의 전자에서 영어의 특권적 지위가 광범위하고 압도적이 된 반면, 사회주의를 받아들인 탄자니아는 스와힐리어가 공용어로 자리잡는 대비를 보여주었다. 이와 함께 지구화가 본격화되면서 영어의 힘이 커감에 따라 탄자니아에서도 그 같은 정책이 도전받고 있는 것도 시사적이다(Alastair Pennycook, 앞의 책, p. 16).

21. 제주도의 영어공용어 정책의 제기는 무엇보다 제주주민자치연대를 비롯한 제주 시민단체들의 강한 반발에 부딪혀 외국인의 외국어 공문서를 허용하는 선으로 물러선 것으로 알려져 있다(『제주일보』 2001. 10. 22). 영어 문제를 둘러싸고 제주도에서 벌어진 이 같은 갈등과 그 잠정적인 귀결은 영어가 민족적 혹은 지역적 정치학의 한 중요한 고리가 되고 있는 현실을 환기시킨다. 즉 영어공용어 정책에 대한 일부 이권집단의 옹호와 다수 시민들의 반발은, '영어의 정치학'이 반민중적인 성격의 신자유주의 정책에 대한 시민적 저항으로 이어진 한 사례라는 점에서 주목된다.

44

22. Robert Phillipson, 앞의 책, p. 216.

23. 영어가 영어 모국들에게 '황금알을 낳는 거위'라는 말은 단순히 과장만은 아니며, 지구화가 본격적으로 거론되기 전인 1980년대 후반에 이미 영어권 국가들의 영어교습 시장과 토플 등 시험시장이 엄청난 규모로 성장하였고, 특히 한국이 그 가운데서 중요한 수입원이 되고 있다는 조사결과에 대해서는 Alastair Pennycook, 앞의 책(pp. 154 ~ 58).

24. Edward Said, *Culture and Imperialism*, New York: Vintage Books, 1993, pp. 304~305.

한국에서 영어의 수용과 전개

박종성[*]

1. 머리말

이 글에서는 구한말 개화기부터 현재까지 영어의 수용과 전개에 대한 역사적 고찰을 통하여, 과연 우리에게 영어란 무엇인가 하는 문제를 짚어보고자 한다. 영어의 수용역사에 대한 비판적 성찰을 통하여 새로운 방향모색을 하는 것은 매우 의미 있는 작업일 것이다. 구체적으로 말해 영어를 왜, 누가, 얼마나 배우려 하는지를 살펴보고자 한다. 본격적인 논의에 앞서 영어가 이식된 토양, 즉 한국의 지정학적 위치를 간략하게 살펴보는 것이 필요할 것 같다.

한국은 중국, 러시아, 일본에 에워싸여 있으며, 여기에 미국이 막강한 정치적·군사적 영향력을 행사하고 있다. 즉 한국은 4대 강국

* 충남대 영문학과 교수. 주요 저서로는『탈식민주의에 대한 성찰』과『더 낮게 더 느리게 더 부드럽게: 절충과 완만의 미학, 영국문화 이야기』가 있다.

들의 틈바구니에서 생존을 모색해 온 약소국이다. 이런 역사가 보여주듯, 한국인의 언어적·문화적 순수성은 항상 위협을 당해 왔다. 세종대왕이 한글을 창제하기 이전까지는 어렵고 복잡한 한문을, 일제 강점기에는 일어를 각각 배워야 했으며, 해방 이후부터 현재까지는 영어를 배워야 한다는 필요성이 단연 압도적이었다. 강대국의 언어와 질서에 포박을 당한 느낌이다.

한민족이 생존할 수 있었던 비결은 아마도 단일 혈통에 대한 집착이었을 것이다. 이런 성향은 특히 구한말 대원군이 취했던 쇄국 고립정책을 낳았고, 그 결과 근대화에 역행하는 심각한 부작용을 초래했다. 그런데 이런 폐쇄적 민족주의는 상호간 국경을 자유롭게 넘나드는 오늘날 같은 글로벌 시대에는 악덕으로 간주된다. 이제 우리는 서로 다른 언어, 문화, 민족 간의 교류와 융화로 빚어지는 크로스오버 혹은 퓨전이 규범이 되어버린 시대에 살고 있다. 하지만 문화 제국주의에 대한 경계심을 지녀야 할 것이다.

따라서 필자는 자국의 언어적·문화적 정체성을 지켜나가면서 '잡종성'(hybridity)의 언어와 문화를 꽃피우는 일이 무엇보다도 중요하다고 생각한다.[1] 필자는 우리가 네덜란드의 생존전략에 관해 사례연구를 해볼 가치가 있다고 생각한다. 일명 홀랜드로 불리는 이 나라는 유럽 북서쪽 독일과 벨기에 사이에 위치한 나라로서 인구 약 1550만 명, 면적 4만 1548km²(우리나라의 1/5배)인 작은 나라이다. 네덜란드의 제1국어는 게르만어족의 한 갈래인 네덜란드어이며 국민 대다수가 영어 및 프랑스어, 독일어 등을 자유자재로 구사한다. 예를 들면 우리에게 친근한 거스 히딩크 전(前) 한국 국가대표팀 감독은 영어를 비교적 자유롭게 구사한다. 네덜란드의 사례는 약소국이 어떻게 자국의 정체성을 유지하면서 이웃국가들의 언어를 습득하는 것이 자국민들에게 도움이 되는지를 잘 보여준다. 영어수용에 있어서도 단순한 모방의 차원이 아닌 창조적 변용의 과정을 거쳐야 할 때 의미가 있는 것이다. 필자는 영어를 수용해야 할 필요성을 인정하면서도, 잘못된 영어습득 방법론을 지적하고 개선안을 제시하고자 한다.

오늘날 우리 사회에 불어 닥친 영어열풍이 한글을 오염시키고 사대주의를 드러내는 것이라는 비판도 일고 있다.[2] 100% 영어로만 가르친다는 '영어유치원'에서부터 미국 등 영어권 나라로의 조기유학·어학연수·대학입학이 갈수록 인기를 더해 가고 있다. 이에 대해 우리가 자발적으로 미국의 식민지가 되는 것이 아닌가 하고 우려하는 사람들도 있다.

필자는 우리에게 정말 필요한 것은 열린 민족주의 혹은 다문화주의 정신과 함께 민족의 정체성을 지켜나가면서 외국의 것을 창조적으로 변용하는 지혜라고 생각한다. 또한 영어를 배우는 방식도 국민징병제와 같은 강압적 방식이 아니라 자율적 선택에 의해서 이루어져야 할 것이다. 좋은 영어교육 환경을 모든 사람들에게 싸게 혹은 무료로 제공하는 획기적인 방안도 마련되어야 할 것이다. 영어가 권능의 언어로, 문화권력으로, 특권층의 전유물이 되어서는 곤란하다. 영어를 지나치게 숭배하고 영어권 국가들 맹목적으로 동경하는 것은 우리의 정체성을 심하게 위협한다.

2. 영어 수용과정에 대한 시대별 고찰

논의의 편의상 구한말 개화기(1883~1909), 일제 식민지 시대(1910~45), 해방 이후 시대(1946~80년대), 세계화 시대(1990년대~현재)로 나누어서 한국에서 영어의 수용과 전개에 대한 밑그림을 그려보고자 한다. 각 시대별 특징을 순서대로 나열하면서 의미를 정리하고 평가하는 구성방식을 취할 것이다.

1) 구한말 개화기(1883~1904) : 영어교육의 파종기

한국에서 영어수용의 원년은 최초의 근대식 외국어 교육기관인 동문학(同文學)이 설립된 1883년으로 잡는다. 구한말 고종황제 때 외교고문으로 활동하였던 독일인 묄렌도르프(Mr. Paul Georg von Möllendorf)가 설립한 동문학은 정부의 후원과 관리 아래 세워진 관립 영어학교로서, 통역관·외교관·사무관 같은 정부관료를 양성하는 것이 설립의 주된 목적이었다.

한 가지 특기할 만한 점은, 설립자가 독일인이었기 때문에 동문학이 영어교육에만 편중되지 않았다는 점이다. 영국·미국·독일과의 통상수호조약이 필요해져 이곳에서는 독어와 프랑스어 교육도 실시했다. 외국인 교관에 의해 외국어로 모든 수업을 진행하는 '직접 교수법'(direct method)이 사용되었지만, 영어를 능통하게 구사하는 원어민 교사의 부족과 이들의 한국어 구사력의 부족으로 직접 교수법이 실효를 거두기에는 상당히 미흡했다.

구한말에 영어수용은 서구의 선진문물을 받아들여 국가의 근대
화로 이르는 창으로 인식되었다. 흔히 한국 최초의 영어통역관으로
윤치호(1865~1945)를 꼽는데, 그는 조선주재 미국공사였던 푸트의
영어통역을 맡았다. 1881년에 일본에 건너가 근대문물을 수입하기
위해 일본어를 배우던 중 그는 "일본을 거치지 않고 태서(서양)문
명을 직접 수입하려면 영어를 배워야 한다"는 김옥균의 권유를 받
고 그 이듬해 화란영사관으로부터 5개월간 영어를 배웠다.[3] 개화기
엘리트였던 그에게 영어를 배워야 한다는 열망과 책임은 아주 컸던
것으로 보인다.

동문학의 뒤를 이어 영어를 가르치는 다른 관립학교와 선교 교육
기관들도 잇따라 생겨났다. 업무로 바빠진 묄렌도르프는 동문학을
영국인 할리팍스(T. E. Hallifax)에게 인계하였다. 수병 출신이었
던 할리팍스는 전신기술자로 일하고 있다가 통역관 양성학교를 문
열어 아주 잘 운영하였다.[4] 할리팍스 이외에도 미국대학에서 교육
받은 중국인 선생이 두 명 있었는데, 당소위(唐紹威)와 오중현(吳仲
賢)이었다. 당은 컬럼비아 대학에서, 오는 뉴욕 대학에서 각각 교육
을 받았다.[5]

관립 영어학교로는 1886년 9월(고종 23년)에 설립된 육영공원(育
英公院)이 있었는데, 1893년에 영국인 허친슨(W. du F.
Hutchinson)이 육영공원을 인계받아 이름을 바꾸어서 영국인 할
리팍스, 프램턴(G. Russell Frampton)과 함께 64명의 학생에게
직접 교수법으로 영국식 영어를 가르쳤다.

육영공원의 교수진으로는 길모어(G. W. Gilmore, 길모吉毛),

벙커(D. A. Bunker, 방거方巨) 그리고 헐버트(H. B. Hulbert, 흘법訖法)가 있었고, 미국영사가 이들을 한국으로 데려왔다. 이 교관들은 학식·인품·열의 등에서 뛰어난 청년들이었다.[6] 이들은 영어로 쓰인 현대과학을 영어로 가르쳤다. 길모어의 기록에 따르면, 고종은 서구의 문물을 직수입함으로써 근대화를 달성하고자 열망했던 '진보주의자'였으며 육영공원이 이런 근대화에 필요한 인재를 양성해 주길 기대했다고 한다.

육영공원은 처음에 동문학 출신의 한국인을 통역조교로 사용하였으나, 나중에는 통역이 영어습득의 장해요인이 된다고 생각하여 통역조교들을 해임하였다. 당시 학생들은 '영어서당'인 이곳에서 10개월 미만의 짧은 기간에 무려 3천 단어를 읽힐 정도로 영어학습에 아주 열성적이었다고 전한다.

선교 교육기관으로는 1886년 6월에 문을 연 배재학당과 이화학당 그리고 1893년 개교한 경신학교와 뒤를 이어 개교한 정신여학교와 배화학당이 있다. 배재학당은 선교사에 의한 한국 최초의 근대식 사립학교였다. 이곳에서 영어는 포교수단에 불과했기에 단지 여러 과목들 가운데 하나였다. 더구나 영어교과서는 성경이었으며, 학교의 이념은 기독교 지도자와 신자 양성에 있었다. 이화학당은 미국 감리교 선교사였던 스크랜턴 씨의 부인인 메어리 스크랜턴(Mary Fitch Scranton)이 설립한 근대식 여성 교육기관이었다. 여기서는 찬송가를 암송하는 방식으로 영어를 가르쳤다. 이처럼 영어는 기독교 전파 혹은 '계몽'이란 목적과 결부된 도구적 기능의 성격이 강했다.

경신학교는 1886년 미국 장로교회 소속의 언더우드(Horace Grant

Underwood) 선교사에 의해 설립되었으며, 주로 한문과 영어 그리고 성경을 가르쳤다고 전한다. 이곳에서 영어를 가르친 목적은 기독교 지도자 혹은 신자 양성을 위한 예비작업, 즉 영어성경을 읽고 해독하고 선교를 하기 위한 것이었다.

그런데 영어를 가르치는 외국인 선교사와 영어를 배우는 한국인 학생들 사이에 커다란 시각의 차이가 존재했다. 즉 대다수 한국인 학생들에게 영어는 출세의 수단이었지만, 선교사들에게 포교의 수단이었다. 그래서 선교사들은 영어를 조금만 가르치거나 아예 나중으로 미루고 교육과 의료 사업에 헌신하는 방식을 택했다. 대표적인 인물로는 1885년 문을 연 광혜원에서 의료선교사로서 그리고 현대의학의 교관으로 일했던 앨런(Horace Newton Allen, 안연 安連) 그리고 교육선교사로서 일했던 언더우드와 아펜젤러(Henry G. Appenzeller)를 꼽을 수 있다.

아펜젤러의 기록에 의하면 조선학생들이 영어를 배우는 목적은 한결같이 '벼슬을 하기 위해서'(to get rank)였다고 한다.[7] 이종배는 구한말 영어를 배우던 학생들의 세태를 다음처럼 꼬집고 있다.

학생들 대부분이 너무 공리적이어서 취업이나 출세만을 바라고 그 짧은 수학연한이나마 끝내 학업에 정진하지 않았고, 더구나 육영공원의 학생들은 대부분 태만 그 자체였다.[8]

영어를 통한 선교의 목적도, 근대화의 달성이란 목적도, 모두 출세라는 세속적인 관심사에 의해 뒷전으로 밀려나게 되었던 것이다.

당시의 이런 솔직하고 세속적인 태도는 놀랍게도 현재 한국사회에도 여전히 유효하다. 흔히 "프랑스어를 알면 자유가 보이고 영어를 알면 돈이 보인다"는 말처럼, 오늘날 영어는 취업과 승진, 돈벌이, 성공의 보증수표로 통한다. 송승철의 지적대로 한국사회에서 "영어가 단순한 '매체'가 아니라 그 자체로 독자적인 가치를 지닌 물신(fetish)이 되었다"[9]는 것은 우려할 만한 현실이다.

이렇듯 초창기에는 원어민 교사의 부족, 단어암기 위주의 영어공부 방식 그리고 출세의 수단으로서 영어학습 태도 등으로 인하여 별다른 성과를 거두지 못했다.

2) 일제 식민지 시대(1905~45): 영어교육의 암흑기

이 시대를 일반적으로 한국 영어교육의 암흑기라고 부른다.[10] 1937년에 조선어 사용 금지령이 내려졌고, 그동안 질적인 영어교육을 담당해 오던 선교학교가 억압당하다가 미국으로 철수하기에 이른다. 일제 식민지 시대를 다음 4단계로 세분화할 수 있다. 1단계는 보호기(1905~10), 2단계는 군사적 지배기(1911~19), 3단계는 문화적 지배기(1920~38), 4단계는 전쟁기(1938~45)이다. 특히 미국과의 전쟁기에는 영어가 '적국의 언어'로 간주되어 사용이 전면 금지되었다. 논의의 편의상 초점을 영어교육의 가장 어두운 암흑기에 해당하는 마지막 4단계에 두고자 한다.

이 기간 동안 가장 특이할 만한 점은 모국어인 한국어와 적국의 언어인 영어의 사용을 말살시키고 일어사용을 강요한 점이다. 따라서 한국어와 영어를 사용하는 사람들을 감시하고 처벌하는 푸코 식의 국가권력의 작동양상을 엿볼 수 있다. 식민지 시대 교육목표는 한국인을 일본인으로 완전히 동화시켜 제국의 신민으로서 자질을 계발하는 것, 미국과의 전쟁 수행에 필요한 자원과 노동력을 조달하는 것, 식민통치를 원활하게 하기 위해 단일 언어를 사용하여 의사소통 체계를 확립하는 것 등이었다. 아울러서 일본은 한국인들에게 제국에 충성을 맹세하는 의식, 즉 신사참배를 강요했다.

이런 억압적인 제국주의 기획은 다른 언어와 문화와 종교에 대해 전혀 관용을 보이지 않는다는 점에서 다문화주의 정신과는 거리가 멀다. 일본이 한국 내에서 선교사들의 종교활동과 영어사용을 금지시키자 이에 대한 반발로 미국 북장로교회가 1938년 5월 한국 내 선교학교에 대한 재정지원 중단과 선교사들의 철수를 선언했다.[11] 1942년에 이르러 한국 내 미국인들과 선교사들이 모두 본국으로 되돌아가면서 영어교육의 첨병 역할을 담당했던 선교학교의 수가 급격히 줄어들게 되었다. 한국의 영어교육과 근대화가 심각한 타격을 받았던 시기였다.

일본은 영어와 영어로 쓴 작품과 저서에 대한 반감이 강했다. 배두본에 따르면 일본은 자국의 정책과 제국주의 이념에 맞지 않는 양서의 수입과 영국과 미국 작가들의 작품을 교재로 사용하는 것을 모두 금지시켰다.[12] 아울러서 학교시설에 영어간판을 사용하는 일과 미국과 유럽으로의 유학과 여행도 금지시켰다. 1939년에 일본 정부는 중학교의 영어 수업시간을 대폭 줄였으며 입시과목에서 영어를 아예 빼버렸다.[13] 또한 전쟁기에는 군수산업(과학)을 중점적으로 육성했기 때문에 인문학의 중요성은 뒷전으로 밀려났다. 요약하면 일본의 국수주의는 반미의 감정을 낳았고 영어수용에 아주 심각한 타격을 주었다.

한국에서 영문학 연구의 제1세대에 속하는 피천득의 경우를 살펴보면, 일제시대 영어와 영문학 수용과정에 대한 대략적인 밑그림을 그려볼 수 있다. 피천득은 전쟁기 이전 제일보고(경기중학교)에서 일본인 영어선생님에게서 처음 영어를 배운 후 상하이(호강) 대학 영문과에서 4년 동안 미국인 문학교수들로부터 영어로 강의를 들었다. 그러나 이렇게 교육을 잘 받았던 그도 한국인이란 이유만으로 한국에서 영어선생 자리조차도 쉽게 얻을 수가 없었다. 반면에 소학교 교장자리는 거의가 일본인들의 몫이었다.[14] 일본의 조선인 차별정책에 대해 무력할 수밖에 없는 식민지 지식인의 비애감을 느낄 수 있다.

식민지 시대에 선교사들과 원어민들이 본국으로 되돌아가면서 원어민과 의사소통할 수 있는 기회가 거의 없어지면서, 음성 위주의 직접 교수법보다는 문자 중심의 '문법·번역식'(grammar-translation method)이 사용되었다. 영어 발성능력이 부족한 일본인이나 이들에게서 영어를 배운 한국인 교사가 지도하게 되면서 소위 '벙어리' 영어공부가 시작되었다. 김덕기는 다음처럼 쓴 소리를 한다.

의사소통 위주의 영어교육을 향한 가장 큰 걸림돌은 역시 영어를 영어로 가르치지 못하는 교사들입니다. 교사들이 듣기와 말하기에 자신이 없으니 당연히 미국인도 정확히 모르는 일본식 영문법에 집착하게 되고 시험 역시 대부분 독해와 자질구레한 어법들에 치중할 수밖

에 없게 되는 것입니다.[15]

또한 이완기의 지적대로, 한국 영어의 고질병, 즉 문법·번역식 영어교육이 이 당시부터 비롯되었는데,[16] 바로 이 점은 오늘날 우리가 청산해야 할 식민 유산 중 하나이다.

3) 해방 이후 시대(1946~80년대): 영어교육의 새로운 시작기

해방 후 미군 군정시기(1945. 8. 15 ~ 1948. 5. 15)가 시작되면서 영어구사 인력이 필요해지면서 영어수요가 급증하기 시작했다. 모든 제도와 행정이 미국식으로 정비되고 모든 공문서 작성에는 영어가 필수적으로 사용되었다. 또한 영어교안이 마련되어 중등학교에 보급되었다.

미군 군정기에는 영어를 표현할 수 있는 사람이 돈을 벌거나 출세할 가능성이 높았다. 해외유학파 영문학자 피천득은 해방 이후에 텍사스 석유회사 서울지점에서 .영문편지를 작성하거나 번역하는 일과 군정청에서 학무국장의 보좌역을 맡았다. 1946년 9월에는 경성대학이 폐지되고 국립 서울대학교가 설치되었으며, 이때 문리대 영어영문학과가 생기면서 국내 영어영문학 연구가 비로소 시작되었다.

그러나 5년 후인 1950년에 한국전쟁이 터지면서 사회는 다시 혼란에 빠졌고 영어교육과 근대화 작업은 다시 중단되었다. 1953년 휴전과 더불어 한국 영어영문학회가 창립되어 영문학·영어학·영어교육에 관한 논문을 발표하고 수록하면서 영어영문학 교육에 이바지하기 시작했다. 미국원조의 일환으로 원서가 수입되어 보급되었고, 미국 정부와 사회단체의 도움을 받아 미국으로 유학을 떠나 1년 정도 체류한 후에 귀국하는 소장파 영문학자들이 잇따라 생겨났다. 한미재단(Korean-American Foundation)은 미국유학생을 모집하였으며, 미국공보원(USIS)은 호손의 『주홍글자』(*The Scarlet Letter*)와 유진 오닐과 테네시 윌리엄스의 극작품 등의 미국문학을 번역하여 국내에 출간했는데 바로 이 시기가 미국문학의 파종기였다.

1961년 5·16군사혁명은 정치적 혼란을 수습하고 교육을 새로이 정비할 수 있는 계기를 마련했다. 풀브라이트 커미션(Korean-American Educational Commission, 한미교육위원단)과 동서문화센터 그리고 미국공보원은 한국과 미국의 학자들을 양국에 상호 초청하여 연구와 연수를 할 수 있는 기회를 제공했다. 또한 피바디(Peabody) 대학의 교육학자들이 내한하여 한국의 교사들에게 영어교수법을 강의하고 훈련시켰다. 또한 미국의 평화봉사단(Peace Corps)이 한국의 중·고등학교에 파견되어 영어를 가르치는 봉사를 함으로써 병역의무를 마쳤다. 그리고 한미 군사작전 수행을 원활하게 하기 위해서 군사용어집의 번역작업과 통역장교 양성 프로그램이 활성화되었다. 아울러서 한미 군인간의 의사소통을 돕기 위해 '청각구두 교수법'(Audio-Lingual Method)이 대두되면서 언어실습실이 설치되었다.

급속한 경제성장과 더불어서 영어수요가 급증하자 이에 대처하기 위해 정부는 1973년에 중등학교에 단일 영어교과서를 보급하였다. 영어 교과과정 개편도 계속되었지만 수업방식은 여전히 문법 위주였다.

의사소통 영어를 지도할 수 있는 교사들의 절대 부족과 일본인 교사로부터 영어를 배운 한국교사들의 활용으로 생겨난 예상된 부작용이었다.

그러나 다행히도 1980년대 들어서면서 영어교육은 문자 중심에서 음성 중심으로 분명히 전환되기 시작했다. 어학실습실이 전국 중·고등학교와 대학에 보급되기 시작했다. 1983년부터는 전국 중·고등학생들에게 영어 듣기능력 평가가 도입되었으며, 1984년부터 현재에 이르기까지 대학입학 수학능력시험에서 듣기능력 평가가 이루어지고 있다. 아울러서 1980년 중반부터 영국과 미국에서 박사학위를 받은 영문학·영어학·영어교육 학자들이 귀국하면서 영어학습 상황은 많이 호전되기 시작하였다. 그리고 1988년 서울올림픽을 개최하면서 한국은 해외 여행/유학 자유화 조치를 발표했고 이로 인하여 영어권 국가로 유학을 떠나는 사람들이 급증하기 시작했다.

정리하면 비록 이 시기는 영어교육의 새로운 시작과 지속적 성장이라는 순기능도 낳았지만 미국의 혜택과 원조로 인하여 한국의 대미 의존과 종속 현상, 특히 언어적·문화적 제국주의에 의해 포섭되는 역기능도 낳았다.

4) 세계화 시대(1990년대 ~ 2002): 영어교육의 혁신기

1990년대 들어서 세계어로서 영어의 중요성이 한층 부각되기 시작하였다. 김영삼 정부는 국제경쟁력 강화를 이유로 세계화 정책을 적극 추진했다. 1994년 한국은 세계무역기구(WTO)에 가입하면서

교육시장을 개방하는 데 합의했다. 1994년에 영국 출판사들에게 한국은 세계에서 11번째로 큰 영어교육의 시장이 될 정도였다. 게다가 1999년 여름 토니 블레어 영국 수상은 1조 파운드(1.5조 달러)의 수입을 올린 영국의 영어교육 사업을 더욱 강화하는 방안을 주도하고 나섰다.[17]

1997년에 이르러 정부는 초등학교 3학년부터 주당 2시간씩 영어를 필수 정규교과로 지정하여 운영할 만큼 영어교육에 열성적이었다. 그러나 1997년 말 국제통화기금(IMF)에 구제금융을 신청하는 외환위기를 맞이하게 되면서, 한국의 영어교육이 다소 주춤하게 되었다. 환율의 급상승으로 인해 해외 유학과 여행이 대폭 줄어들었고, 국내에서 영어를 가르치던 많은 원어민들이 계약이 만료되기 이전에 자발적으로 한국을 떠났다. IMF의 위기에서 점차 벗어나면서 한국인의 (조기) 해외 유학·연수·여행과 원어민들의 한국행은 다시 증가하는 추세에 있다.

복거일은 1998년 6월에 출간된 『국제어 시대 민족어』에서 세계화 시대에 적극적으로 대처하는 방안으로 잠정적으로 영어를 한국어와 함께 공용어로 삼은 후 궁극적으로 모국어로 삼아야 한다는 주장을 내놓아 한국사회에 영어공용어화 논쟁을 촉발시켰다.[18] 복거일은 "영어를 공용어화하면 기회의 평등에 이바지할 수 있는 장점이 있다"라고 주장하는 반면에, 한학성은 대부분의 사람들은 영어를 사용할 일이 별로 없기에 영어 공용어화는 전국민을 영어의 노예로 만드는 일이라고 주장한다.[19] 필자는 영어교육이 국가가 주도하는 강압적 방식이 아니라 공교육에 집중적인 투자를 통해 이루어져야 한다고 생각한다. 또한 만국 공용어인 영어 이외에도 다양한 외국어 교육을 받을 수 있는 인프라를 구축해야 한다고 생각한다.

오늘날 한국인들은 영어 배우기에 너무 열광하고 있다. 온 나라가 영어로 도배된 세태에 대해서 신경구는 "언어학적 관점에서 한국은 자발적인 미국의 식민지에 속한다"[20]라고 냉소적인 말을 한다. 서울 강남지역에서는 '영어유치원'에 자녀를 입학시키기 위해 학부모들이 밤새 줄을 서는 진풍경도 생겨나고 있다. 그리고 많은 대학들은 영어능력을 갖춘 인재를 배출한다는 점을 홍보하기 위해 학생들에게 각종 졸업능력 인증제를 도입하여 실시하고 있다. 이런 추세에 대해 신경구는 "영어인증제는 황국신민 선서보다도 더 무섭게 온 국민을 자발적으로 영어 제국주의에 종속시키고 있다"[21]라고 쓴소리를 한다. 필자는 영어가 결코 가치중립적이지 않다고 생각한다. 따라서 "영국과 미국의 식민지도 아니었던 한국에서 자발적 선택과 동의에 의해 영어를 배우려는 것은 영국과 미국의 헤게모니에 순응하는 정반대의 결과를 초래할 수 있다."[22] 일명 '영어병 환자들'이 영어를 종교처럼 맹신하는 풍토가 획기적으로 개선되어야 할 것이다.

급기야 2002년 1월 27일 방영된 KBS 제1TV의 『취재파일 4321』 프로그램에서는 100회 특집으로 "영어 열풍의 허와 실"에 대해 집중 조명했다.[23] 2002년 2월 5일자 『동아일보』도 "영어 열풍의 허와 실"이란 동일한 제목으로 한국의 영어교육 실태를 3부에 걸쳐 특집으로 다루었다. 그만큼 영어열풍은 한국사회의 대표적인 사회적 문제 가운데 하나로 부각되었다. 『취재파일 4321』 취재내용의 결론은, 조기가 아닌 적기에 제대로 된 영어교육을 공교육을 통하여 실시하는 것으로 요약될 수 있다.

한국인들이 토플과 토익 등 영어인증시험을 위해서 지불하는 직접 비용만도 연간 350억 원에 이르며, 한 해 영어교육에 9~10조의 비용이 든다고 한다(이중 4조 원은 해외 영어연수 비용으로 국외로 유출되는 돈이다). 2004년 한 해 동안 전세계적으로 450만 명이 토익에 응시했는데, 이중 183만 명이 한국인이었을 정도다. 게다가 4년 만에 대학을 졸업하는 학생은 '조기졸업생'이라 부를 정도로 1년 동안의 해외 어학연수는 일반화되었다.

이런 시간적·금전적 투자에도 불구하고 점수 위주의 영어학습 방식을 여전히 탈피하지 못하고 있는 실정이다. 한국에 진출한 외국인 기업들은 해외 어학연수 경험이나 토익성적을 믿지 못하고 직접 영어 면접과 영어논술을 실시하고 있으며, 미국의 일부 대학들은 한국인의 토플성적을 신뢰하지 말라는 지침을 만들었다고 전한다. 분명히 한국의 영어공부 방식에는 뭔가 잘못이 있다. 그렇다면 영어수용과 영어교육은 '어떻게?'라는 문제가 제기된다.

3. 맺음말: 영어수용의 회고와 전망

지금까지 필자는 구한말에서 현재에 이르기까지 한국에서 영어의 수용과 전개를 역사적으로 개관해 보았다. 이 과정에서 얻은 통찰력을 바탕으로 앞으로 한국에서 영어를 수용함에 있어서 탈피해야 할 점과 추구해야 할 점에 대해 종합적으로 정리하면서 글을 맺고자 한다.

첫째, 초등학교부터 대학원 박사과정까지 이루어지고 있는 영어교육의 양적 확대가 영어교육의 질적 심화로 이어져야 한다. 이를 위해 영어교육 종사자가 좋은 책을 소개하고, 원서에 각주를 달아서 읽기를 도와주는 길잡이 역할을 해야 하며, 주체적 관점에서 외국문학을 수용하려는 노력도 있어야 할 것이다. 영어학습자는 자신의 수준에 맞는 책을 골라 읽어야 할 뿐만 아니라 영어학습과 관련된 다양하고 풍부한 자료에 접근하여 이를 활용할 수 있어야 한다. 위성방송과 인터넷 그리고 멀티미디어를 이용한 영어학습이 얼마든지 가능한 현실이 되었다. 국내에서 본토영어를 배워 외화유출을 막는 것이 어느 정도 가능하다고 본다.

둘째, 전공자에 의한 문학작품 번역이 더욱 활성화되어야 할 것이다. 여석기는 원전을 우리말로 옮기는 번역작업의 중요성을 강조한다. "나는 영문학 전공자가 해야 할 몇 가지 덕목 가운데 문학번역을 아주 중요한 것으로 봅니다."[24] 그는 셰익스피어 전집을 한국어로 번역하여 한국인들이 풍부한 교양을 쌓고 어휘력을 향상시키는 데 커다란 공헌을 하였다. 과거에 성경번역이 그랬던 것처럼, 현재에는 조앤 롤링의 해리포터 시리즈의 번역이, 한국어의 어휘를 풍부하게 하고 상상력을 키워주는 데 공헌하고 있다. 의사소통 위주의 실용영어의 습득도 중요하지만, 영어로 된 책 그리고/혹은 한국어 번역본을 읽어서 생각의 지평을 넓히는 것은 더욱 중요하다. 이상섭은 번역을 경시하는 세태에 대해서 "번역서를 교수의 연구업적 평가에서 인정하지 않는 홀대하는 풍토는 정부나 대학당국의 큰 잘못이다. 그러나 일차적인 책임은 번역을 천역으로 여기기 시작한 데 있다"라고 비판한다.[25] 사실 외국문학의 번역은 서구와 미국의 사고와 문화를 섭취하여 근대화를 향하는 주된 관문이다.

셋째, 영어로 자유롭게 말하고 쓸 수 있는 의사소통 위주의 교육이 강화되어야 할 것이다. 이메일로 의사소통이 보편화된 21세기에 영어로 자신의 의사를 간결하고 명확하게 전달하는 능력은 필수가 되었다. 토플시험에서 쓰기시험(Writing Test, 30분 동안 1문항에 대한 논술 영작문)이 새로이 추가되고, IBT테스트가 도입되었다는 점도 이런 시대적 흐름을 반영하는 것이다. 원로 영어영문학자 김진만 교수는 "우리는 영어를 잘 지껄이는 사람보다는 영어를 잘 쓰는 인재를 더욱 요구한다고 생각한다"라고 결론지었다.[26] 필자도 다소 더듬거리더라도 자신의 생각과 느낌을 논리적으로 구사할 줄 아는 능력이 더 중요하다고 생각한다. 유엔과 국제무대에서 반기문식 영어가 당당하게 통한다는 점을 인식할 필요가 있다. 품위 있고 정확한 영어가 바로 좋은 영어다.

넷째, 사회 전반에서 벌어지고 있는 영어능력 하나로만 사람을 선발하고 승진시키는 풍토는 개선되어야 한다. 한학성의 지적대로 "영어는 한국사회의 최고의 엘리트를 규정하는 가장 중요한 척도의 하나로 자리 잡게 되었다."[27] 그러나 영어능력이 한 개인의 교양과 전문지식을 평가하는 절대적인 척도가 될 수 없다. 더욱 심각한 문제는 서길수가 다음과 같이 개탄하듯이, 비효율적인 영어공부 방식인 것이다. "세계에서 가장 많은 시간을 할애해서 전국민이 영어를 배우고 있는 나라 한국, 그러나 그 영어를 일생 동안 거의 써먹지 않는 한국인, 이

것이 우리의 가장 비경제적인 현실이다.”[28] 입시 위주의, 점수 위주의, 출세 위주의 영어공부가 바람직한 영어수용과 영어교육에 파행을 초래했음이 분명하기에 이런 방식을 탈피해야 한다. 작금 대학이 ‘영어학원’으로 전락한 느낌이다. 영어열풍이 대학의 교양교육과 전공교육의 부실화를 낳는다.

다섯째, 제대로 된 영어교육을 공교육에서 하루빨리 실시해야 한다. 초·중·고와 대학에서 의사소통 능력을 갖춘 우수한 학생과 교사를 양성해야 하는데, 이를 위해 영어연극 공연을 지원하며, 영어 웅변 및 논술교육 강화 등의 다양한 방안을 통해 양질의 영어교사를 국산화하는 것이 요구된다. 서울시 교육청은 2002년 3월부터 영어교육 강화방안을 실시한다고 밝혔다. 여기에는 서울시내 초·중·고교 영어교사 300명을 뽑아 미국·캐나다·오스트레일리아에 4주간 해외연수를 통한 영어 교습법을 터득하는 ‘해외 인턴십 연수’ 방안과 초·중·고교 전체 영어교사 6400명 중 3400명을 대상으로 외국인에게 직접 생활영어를 지도받는 ‘원어민 연수’ 방안이 포함된다.[29] 바람직한 일이라고 생각한다. 하지만 원어민 강의가 속빈 강정인 경우가 많아 영어로 수업을 진행하는 것이 능사는 아니라고 생각한다. 또 다른 대안으로서 일본의 경우처럼, 매년 영어권에서의 대졸자를 중·고등학교 영어교사로 선발하는 방안을 검토해야 할 것이다. 이렇게 하면 무자격 원어민과 한국인 교사들에 의한 영어교육의 폐해를 상당 부분 줄일 수 있다.

요점은 공교육에 의사소통 능력을 갖춘 유능한 한국인·원어민 교사들을 집중적으로 투입하여 많은 학생들이 빈부의 차이에 관계없이 영어를 배울 수 있어야 한다는 것이다. 일부 부유층 자녀들만 조기 영어교육을 받고, 조기 해외유학을 가고, 해외연수를 가고, 그 결과 출세를 위한 유리한 위치를 차지한다면 이는 지극히 부당하다. 박노자의 지적대로 "영어학원과 영어연수 그리고 외국유학에 드는 고비용을 부담치 못할 빈곤층은 삼류시민으로 전락하게 될 것이다."[30] 공교육을 통하여 서민층 영재들과 일반인들이 무료로 영어를 배울 수 있는 정책적 배려와 인프라 구축이 있어야 한다.

영어는 어떻게 어느 정도 받아들이는가에 따라서 '득'이 될 수도 '독'이 될 수도 있다. 지금까지 살펴본 걸림돌과 디딤돌이 무엇인지를 염두에 둔다면, 21세기 한국의 영어 수용과 전개는 좀 더 나은 방향으로 나아갈 것이다.

(『안과밖』 12호, 2002)

주

1. 필자는 우리가 네덜란드의 생존전략에 관해 사례연구를 해볼 가치가 있다고 생각한다. 일명 홀랜드로 불리는 이 나라는 유럽 북서쪽 독일과 벨기에 사이에 위치한 나라로서 인구 약 1550만 명, 면적 4만 1548km²(우리나라의 1/5배)인 작은 나라이다. 네덜란드의 제1국어는 게르만어족의 한 갈래인 네덜란드어이며 국민 대다수가 영어 및 프랑스어, 독일어 등을 자유자재로 구사한다. 예를 들면 우리에게 친근한 거스 히딩크 전(前) 한국 국가대표팀 감독은 영어를 비교적 자유롭게 구사한다. 네덜란드의 사례는 약소국이 어떻게 자국의 정체성을 유지하면서 이웃국가들의 언어를 습득하는 것이 자국민들에게 도움이 되는지를 잘 보여준다.
2. 대표적인 글로서는 김영명『나는 고발한다: 김영명 교수의 영어 사대주의 뛰어넘기』(한겨레신문사, 2000); 영어 공용어화론에 대해 회의적인 시각을 드러내는 또 다른 글로는 한학성『영어 공용어화, 과연 가능한가』(책세상, 2000)가 있다.
3. 송승철, 「영어: 근대화, 민족, 영문학」,『안과밖』 4호, 1998년/상반기, 8쪽.
4. George W. Gilmore, *Korea from Its Capital*, Philadelphia: Presbyterian Board of

Publication and Sabbath School, 1982, p. 233.

5. Oryang Kwon, "Korea's English Teacher Training and Retraining: A New History in the Making," 『영어교육』 54권/4호, 1997/겨울, 156쪽.

6. 이종배, 「구한말의 영어교육과 교수법」, 『영어교육』 15호, 1978, 13쪽.

7. 문용, 『한국의 영어교육: 지난 100년의 회고와 전망』, 시사영어사, 1982, 13쪽.

8. 이종배, 앞의 글, 28쪽.

9. 송승철, 「영어: 근대화, 민족, 영문학」, 『안과밖』 4호, 1998년 상반기, 15쪽.

10. 강내희는 "일제시대를 뭉뚱그려 영어교육의 암흑시대로 규정하는 것은 정확하지 못하다"고 주장한다(「식민지시대 영어교육과 영어의 사회적 위상」, 『안과밖』 18호, 2005년/상반기, 276쪽). 강내희는 1차 조선교육령 실시 당시에는 조선지배를 강화하기 위해 영어교육이 배제되었고 1941년 진주만 공습 이후 미국과 적대적 관계가 형성되기까지 영어사용이 억압된 것은 사실이나, 전반적으로 영어교육이 약간 축소되었을 뿐이라고 주장한다. 게다가 식민지인들의 영어교육의 열망이 지속되었으며, 영어강습소와 야학의 형태로 영어교육이 주체적으로 진행되었다는 점을 적시하고 있다. 식민지 시대의 생활상을 미시적으로 고찰한 점을 고려해 보면 필자의 식민시대는 '영어교육의 암흑기'라는 주장은 지나치게 단순한 것일 수 있다. 여하튼 강내희의 주된 논점은 일어든 영어든 강대국의 언어 배우기가 훈육의 기제로서든 열망의 대상으로서 작동하는 현실에 대한 인식의 촉구이다.

11. 이화 100년사 편찬위원회, 『이화 100년사』, 이화여자대학교 출판부, 1994, 277쪽.

12. 배두본, 『영어교육 연구』, 한신문화사, 1990, 130쪽.

13. 익명의 필자가 쓴 미발표 논문(영문), "Japanese Colonial Government's Educational Policies and English Language Education in Korea, 1938~1945," p. 18.

14. 「민족사의 전개와 초기 영문학: 피천득 선생을 찾아서」, 『안과밖』 3호, 1997년/하반기, 317쪽. 해방 후 대학 강단에 선 피천득은 영문학 강의를 통하여 영국과 미국의 사고와 문화에 관한 풍성한 내용을 학생들에게 전달하였다. 또한 그는 외국문학 전공자들이 창작을 할 경우에는 폭넓은 시야를 지닐 수 있는 장점이 있음을 언급한 바 있다.

15. 『취재파일 4321』 100회 특집: 영어열풍의 허와 실(KBS 제1TV). 내용전문은 http://www.kbs.co.kr/4321에서 볼 수 있다.

16. 이완기, 『초등 영어교육론』, 문진미디어, 2000, 56쪽.

17. Oryang Kwon, "Korea's English Education Policy Changes in the 1990s"(p. 49)에서 영문을 한글로 번역하여 재인용함.

18. 영어 공용화 논쟁에 관한 글로서는 복거일 『국제어 시대 민족어』(문학과지성사, 1998); 한학성, 앞의 책 참조.

19. 「영어열풍 이렇게 본다」, 『동아일보』 2002. 2. 5.

20. 신경구, 「영어의 과잉, 영어인증제의 과잉」, 『안과밖』 11호, 2001년/하반기, 67쪽.

21. 같은 글, 69쪽.

22. 박종성, 『탈식민주의에 대한 성찰』, 살림, 2006, 49쪽.

23. 내용전문은 http://www.kbs.co.kr/4321에서 볼 수 있다.

24. 「여석기 선생을 찾아서」, 『안과밖』 5호, 1998년/하반기, 242쪽.

25. 이상섭, 「한국 영문학 50년의 반성과 전망」, 『영어영문학』 광복 50주년기념 특집호, 1996, 16쪽.

26. 김진만, 「영어교육에 대한 몇 가지 사견」, 『안과밖』 4호, 1998년/상반기, 31쪽.

27. 한학성, 앞의 책, 18쪽.

28. 서길수, 「민족주의는 세계화의 안티테제 아니다」, 『인터넷 조선』 2000. 7. 15.

29. 『조선일보』 2002. 2. 4.

30. 박노자, 「영어공용화론 망상」, 『한겨레』 1999. 1. 30.

식민지시대 영어교육과 영어의 사회적 위상

강내희[*]

1. 영어의 대두

한국 근대문학에서 한국인 남녀가 정분을 나누기 위해 영어로 의사를 소통하는 장면이 나오는 것은 아마도 이인직의 『혈의 누』(1906)가 처음일 것이다. 두 남녀가 상대방 감정을 확인하면서 영어로 대화를 나눈다고 한 설정은 적이 궁금증을 자아낸다. 작가는 왜 한국인끼리 청혼하는 장면을 묘사하면서 둘로 하여금 모국어가 아닌 외국어로 그런 말을 하게끔 만든 것일까? 두 사람이 영어로 대화를 하는 이유는 일견 뻔하다. 망국을 당한 처지에 둘은 만리타국 미국으로 유학을 갔던 것이다. 작가는 모국어로써도 충분히 의사소통이 가능한 두 사람이 미국에서 유학생활을 한다는 상황을 전제로 영어

---

[*] 중앙대 영문학과 교수. 주요 논문으로 「문화연구와 '문형학': 문학의 새로운 이해」 등이 있다.

로 청혼하고 답변하게 만들었던 것 같다.

　하지만 좀더 중요한 이유는 새로운 사회풍속의 형성과 함께 새로운 언어적 감수성이 요청된다는 생각이 작용한 데 있다는 생각도 든다. 두 연인이 직접 서로 상대방의 의사를 확인하는 절차를 갖는 것은 '연애'라는 근대적 남녀관계가 형성되었기 때문이며, 이로써 새로운 표현의 영역이 필요해진 때문은 아닐까? 지금은 '사랑한다'는 말이 흔하게 쓰이지만 근대 초만 해도 그런 표현은 하기가 쉽지 않았다. 자기 의사를 직접 표현하는 대신 "행주치마 입에 물고 입만 방긋"하는 것이 사랑의 표시였던 시절이었던 것이다. 이런 점을 고려하면『혈의 누』에서 두 사람이 상대에 대한 사랑을 고백하는 순간을 서술하면서 그 일을 영어로써 한다고 설정한 것은 새로운 표현의 방식이 등장했음을 말해 주는 듯하다.

　1917년에 발표된 이광수의『무정』에도 새로운 시대상황에서 영어를 사용하는 주인공들이 등장한다. 이 소설은 경성학교 영어교사 리형식이 김장로의 딸 선형에게 영어 개인교수를 시작하는 것으로 첫 장면이 이루어지는데, 이때 이미 영어교사가 남자 주인공의 직업으로 설정되어 있고, 영어를 매개로 교육이 벌어진다는 점이 눈에 띈다. 일부에게만 해당되겠지만 영어가 벌써 조선인의 삶 속에 깊이 파고들었으며, 영어교육이 "過渡期I과도기의 朝鮮I조선의 眞實I진실한 形像I형상"[1]을 구성했음을 보여주고 있는 것이다. 다음은 김동인의 말이다.

　서양서는 남녀가 미리 交際I교제를 하다가야 約婚I약혼한다는 말을 듯고 리형식을 자긔 딸에게 영어를 가르킨다는 名目I명목으로 數月

間l수월간 서로 보게 하고, 인제는 다 되엿거니 하고 형식을 불러서 婚姻l혼인을 請l청하는 김장노나, 영채를 따라 平壤l평양까지 갓다 온 그 길신의 먼지가 아직 잇는 동안에, 김장노의 딸과 婚約l혼약하 기로 승낙한 리형식이나, "에그 엇쩌나, 어쩌면 조화?" 하면서도 약 혼을 승낙하는 김선형이나, 이것이 모도 하나님의 뜻이라고 靜觀l 정관하며 축복하고 잇는 목사님이나, 이 멋 개의 인물이 모혀 안저 서 엄숙한 형식 아레서 行l행한 一場l일장의 喜劇l희극은, 當時l당 시 朝鮮l조선의 형태를 너무도 如實l여실히 그려낸 것으로서 文獻的 價値l문헌적 가치로도 우리가 保存l보존하여 둘 만한 것이다.[2]

개화기, 식민지시대 한국에서 영어로 말하고 영어를 배우는 것도 이 '일장의 희극'에 속할 게다.

둘은 내가 거긔 숨어 잇는 줄은 모르고 영어로 무어라고 소근소 근 그리며 지나간다. 그중에 이 말이 제일 똑똑이 들리엇다. (그때 는 몰랏지만 지금 생각하니 아마 이 말인 것 갓다.) 그가 "Love is blind" (사랑은 맹목적이라지요)라니까 누님은 소리를 죽여 웃으며 "but, our love has eyes!" (그런데 우리의 사랑은 보는 사랑이지 요) 하엿다.

앞은 1920년 현진건이 발표한 「희생화」(犧牲花)의 한 장면이다. 여기 등장하는 두 인물은 열여덟 소년소녀, 당시 고등보통학교 남 자부 4년급(18세)과 여자부 4년급으로 설정되어 있다.

황석우는 소설의 배경을 이루는 "十年 전의 朝鮮에 이런 英語와 傾向 術語ㅣ경향 술어를 능히 쓸 만한 중등 이상 정도의 학생을 同學ㅣ동학케 한 학교가 잇섯는가?"[3] 하며 이야기 전개가 역사적 사실과 부합하지 않음을 지적한 바 있지만, 눈여겨보고 싶은 점은 1920년에 이르면 식민지 조선에서도 중등학생 사이의 영어회화가 가능한 양 상정되고 있다는 것이다. 『혈의 누』『무정』「희생화」를 거쳐 오는 사이에 영어는 조국의 멸망과 전화를 겪고 외국으로 나간 남녀, 신식교육과 신식연애의 '선구자' 남녀를 거쳐 이제는 중등학교 학생들이 평소 사용하는 외국어로서 일상의 자리에까지 들어온 셈이다.

유길준, 남궁억, 서재필, 윤치호, 이승만, 안창호, 신채호, 김규식, 조만식, 허헌, 여운형, 송진우, 홍명희, 이광수, 변영태, 변영로, 윤치영, 장면, 김활란, 주요한, 박헌영, 윤봉길—한국 근대사에 큰 족적을 남긴 이들의 공통점 하나는 영어 배우기에 힘을 썼거나 영어능력을 통해 자신의 활동영역을 넓혀갔다는 점이다.

남궁억은 한국 최초의 영어 교육기관인 동문학ㅣ同文學 출신이고, 유길준·서재필·윤치호·이승만·김규식·조만식·장면·김활란 등은 미국유학을 다녀왔다. '국수주의의 항성(恒星)'이라던 신채호도 영어 배우기에 힘을 쏟은 것은 마찬가지이다. 변영로는 "어느 겨울에 연구하섯는지 영어를 精通ㅣ정통하야 칼라일의 영웅숭배론, 끼본의 라마쇠망사ㅣ羅馬衰亡史 등 書籍ㅣ서적을 책장에 담배스진은 만히 뭇치실망정 원어로 읽으신다"고 전한다.[4] 독학으로 영어를 배워 작문실력을 드높인 이도 있다.

지금 美國 領事|미국 영사에 잇는 李源昌氏|이원창씨와 中央高等
普通學校|중앙고등보통학교에 잇는 卞榮泰氏|변영태씨와 如|여한
이는 그러한 독학 성공자 중의 저례|著例됨을 不失|부실하겟다. 즉
李卞 兩氏|이변 양씨의 독학에 成|성한 영어의 독특은 일반이 공인
하는 바이니와 특히 卞氏|변씨는 高級的|고급적의 영어작문에 造詣
|조예가 深|심하야 여간한 영문학자의 企及|기급을 不許|불허한다
는 말이다.⁵

대중적으로 영어를 배울 수 있는 곳도 제법 생겨난 모양인데,
YMCA가 대표적인 경우였다. 박헌영의 경우 외국으로 나갈 기회를
엿보면서 YMCA에서 영어를 배웠다 하고, 장면도 미국유학 전에 거
기서 영어를 배웠다. 개화기에서 식민지시대에 이르기까지 주요 인
사들의 영어 배우기는 이처럼 대세였다.

그러나 이 글의 목적은 유명 인사들이 어떻게 영어를 잘할 수 있
게 되었는지 살피는 것은 아니다. 그보다는 식민지시대에 영어교육
이 어떻게 이루어졌고, 이 교육이 일상생활에서 어떤 효과를 발휘
했는지 살펴보려는 데 관심이 놓여 있다.

앞에서 언급한 유명인사들 옆에, 뒤에 이름 없는 수많은 다른 사
람들이 영어를 배우고 사용했을 것이다. 식민지시대 조선인은 어떤
목적과 이유로 영어를 배웠던 것일까? 당시 영어를 배우는 특징적
인 방식은 무엇이었고, 영어교육은 어떤 훈육효과를 만들어냈을까?
널리 사용되던 영어독본에는 어떤 것이 있고, 그 내용은 어떻게 구
성되어 있었을까? 영어학습은 근대적 주체로서의 조선인의 정체성
형성에 어떤 역할을 했는가? 식민지 조선에서 영어능력은 개인들에

게 어떤 사회적 능력을 제공했고, 영어를 습득한 사람은 어떤 문화자본을 획득한 것일까? 이 글은 이런 질문들로 시작한다. 그러나 그동안 진행한 작업의 한계로 여기서 충실한 답을 제시할 수는 없다. 식민지시대 영어교육 실상을 편린만이라도 그려보자는 것이 이 글의 목표이다.

2. 영어교육의 도입

1904년에 창간한 『대한매일신보』에는 영문판 『더 코리아 데일리 뉴스』(*The Korea Daily News*)가 있었다. 『대한매일신보』가 외국어판으로 영문판만 냈다는 것은 근대 초기 한국에서 영어가 외국어로서 그만큼 중시되었다는 말이다. 당시 대중적으로 보급된 다른 서양언어 신문은 없었으며, 1920년 4월 1일에 창간된 『동아일보』 창간호의 경우도 외국어판으로는 영문판만 따로 나왔다.

영어가 중요하다는 인식은 1883년 독일인 묄렌도르프(P. G. von Möllendorf)가 영국인 할리팍스(T. E. Halifax)를 주무교사로 삼아 세운 동문학(일명 통변학교)과 영어통역관 배출을 목적으로 조선왕조가 이를 대체하며 정식학교로 세운 육영공원(育英公院)이 모두 영어교육 중심이었다는 사실, 배재학당·이화학당·경신학교 등 국내 최초의 근대적 학교들인 외국인 설립 미션학교들이 모두 영어 중심의 교육을 했다는 사실[6] 그리고 갑오개혁 다음해인 1895년 영어를 비롯한 일어·독어·불어·한어·러시아어 등의 외국어를 좀더 체계적으로 교육

시킬 목적으로 세운 관립 외국어학교에서도 영어학교 등록학생이 가장 많았다는 사실 등을 통해 확인된다.[7]

영어교육의 중요성에 대한 인식은 19세기 말 영국과 미국 등 영어권이 가장 강대한 제국주의 국가를 이루고 있었다는 사실과 무관할 수 없다.[8] 1882년 한미수호조약이 체결되고 1884년 보빙(報聘)대사로 사절단을 이끌고 미국을 시찰한 민영익이 귀국 후 영어를 가르치는 "현대식 학교의 설립을 건의"한 것도 "미국의 문명과 문물의 뛰어남을 국왕에게 보고하"는 자리에서였다.[9]

이런 상황은 19세기에 일본에서 영학(英學)이 가장 유력한 외국학으로 등장한 것과도 일맥상통한다. 원래 일본의 주된 외국학은 난학(蘭學)이었으나 19세기 초부터 미국 포경선이 근해에 출몰하고 특히 19세기 중엽에 페리(Matthew C. Perry)가 이끈 미국함대의 침공을 받은 뒤 영학이 부상하여[10] 초대 미국공사, 초대 문부대신인 모리(森有札)는 1872년 "영어를 일본의 국어로 채택할 필요가 있다"고 주장할 정도였다. 일본에서 "영어는 구미 선진국의 말로서, 영어를 배우는 목적은 일본이 서양문명을 섭취하여 '서양식의 문명부강국'이 되어 서양의 열강에 들어가 독립을 유지하려는 것이었다."[11] 영어의 일본 국어화 주장의 타당성 여부와는 별도로 일본에서 영어교육의 중요성 강조는 외국어 연구와 교육에 대한 사회적 필요성의 인식에서부터 비롯된 것으로 보인다. 일본에서는 이미 1885년에 『英文學生學術雜誌』(*The Student*)가, 1898년에는 영어교육 전문 간행물인 『英語靑年』의 전신 『靑年』(*The Rising Generation*)이 나온다.

반면 조선에서는 쇄국이 지속되었기 때문에 외국학으로서의 영어교육의 필요성에 대한 인식이 늦게 생긴 편이어서 1880년대에 이르러서야 외국어 통역관 양성을 위한 영어교육 과정이 생겨났다. 그뿐 아니라 독자적 근대화를 이루지 못했기 때문에 영어교육이 전략적 학문으로 발전될 수도 없었다. 일본에서는 영학이 경제·법률·역사·논리·심리·지리·철학·수학 등 다양한 방면의 서양학문 수용 전략으로 활용된 반면, 조선에서는 심도 깊은 영학의 발전은 이루어지지 않은 것이다.

하지만 한국에서도 영어교육은 그 의도에서만큼은 일본처럼 전략적 학문으로 구상되었고, 많은 사람들에게 중요한 의미를, 특히 실용학문의 성격을 띤 것으로 보인다. 영어를 가르친 육영공원은 국가에서 설립했을 뿐더러 학생들도 모두 국왕이 선택한 고관자제였다. 스크랜턴(Mary Scranton)이 1886년 5월 31일 이화학당을 열었을 때 하인을 거느리고 처음 찾아온 학생은 영어교육을 통해 신분상승을 하려던 여성이었다. "고급관리의 소실인 그는 언젠가는 왕후의 통역관이 되리라는 희망을 가지고 영어를 배우러 왔던 이화의 첫 학생이었다."[12] 아펜젤러(H. G. Appenzeller)가 설립한 배재학당에 온 학생들도 영어를 배워 출세하고 싶어했다. "한인들의 영어공부열은 대단하다. 새 언어를 조금만 알아도 어떤 고관지위에 올라가는 기회가 된다고 생각하는 것은 예전이나 오늘이나 마찬가지다. 당신은 왜 영어공부를 하려 하느냐고 물으면 언제나 변함없이 '벼슬을 하련다'고 대답할 것이다."[13]

이런 사정은 1890년대의 관립 외국어학교에서도 비슷했다. 이 학교에서 가르치는 외국어는 일본·청·러시아·미국·영국·독일·프랑스 등

제국주의 국가들의 경쟁과 부침에 따라서 그 중요성이 변해 1900년 대에 이르면 영어와 일어 학교는 갈수록 인기가 높아진 반면, 한어와 러시아어 학교는 지원자가 자꾸 줄어들었다고 한다. "1901년 정월에는 고종이 친히 각 외국어학교 교사들을 궁중으로 불러 알현하고, 궁내부에서 연대(宴待)하였"으며, "학부에서도 6개 외국어학교 하기시험의 우등생 73명을 본부로 불러 진급장을 수여하는 동시에 상품으로 성종, 우산, 만국지지, 대한지지, 칼, 연필, 지도 및 공책 등을 분급하였다"[14]는 점을 고려하면 영어와 일어 등의 외국어 학습이 학생들의 장래와 직결되어 있었음을 짐작할 수 있다. 이런 정황은 대한제국에서도 일본에서처럼 영학이 수립될 가능성이 있었음을 보여준다.

동문학, 육영학원, 관립 외국어학교가 설립되었다는 것은 영어는 꼭 배워야 한다는 사회적 인식이 번진 때문일 것이다. 다음은 김기환이란 이의 말이다.

願|원컨드 靑年|청년이여 自由文明|자유문명의 米山米水|미산미수에 出脚活步|출각활보ᄒ야 華盛頓 獨立軍|화성돈 독립군의 使用|사용ᄒ던 英語를 使用ᄒ며 萬國 政治界|만국 정치계에 廣行|광행ᄒ던 英文을 學得|학득할지라. 此 日本國|차 일본국도 高等學校|고등학교는 卽|즉 英語學校|영어학교며 上等文學|상등문학은 卽 歐米文學|구미문학이니라.[15]

산옹|山翁이라는 사람에 의하면, 우리 민족이 신문화 수용에 뒤

쳐진 것은 조선에 온 선교사들이 영어를 제대로 가르쳐주지 않았기 때문이다.

만일 우리 민족이 중국이나 일본과 같이 구미의 문화를 일쭉 받았던들 우리가 동양의 우등 민족이 되었을 것이외다. …조선에 온 선교사들은 미국사람들 중에 문화운동에 상당히 활똥할 만한 수양을 넉넉히 가진 이가 적었고 또는 그들의 정책이 단순히 종교만 전파하고 문화운동에는 매우 등한히 녀기었읍니다. 다시 말하면 그들이 우민(愚民)정책을 쓰었다 하여도 과언이 아니외다. 그들이 얼마 전까지에도 영어 배우는 것을 금시한 것만 보아도 가히 알 것이외다. 그럼으로 늦게 들어온 문화인 망정 속히 발쩐되지 못하고 매우 뒤떨어지었읍니다.[16]

물론 영어교육에 반대하는 사람도 없진 않았다. "남궁억이 영어공부를 시작하자 문중에서는 가문을 망친다고 비난했고, 친구들마저도 남궁억을 길에서 만나면 ABC 서양학을 공부한다고 해서 부채로 얼굴을 가리고 상대도 않으며 비켜갔다고 한다."[17] 갑오경장 당시 학부대신이던 신기선은 "국문을 쓰는 일은 사람을 변하여 짐승을 만드는 것"이라며 한문을 고수했으니 영어학습을 권장했을 리가 만무하며,[18] 황현처럼 죽을 때까지 한문을 고집한 이들 역시 영어교육에는 반대했을 가능성이 높다. 하지만 이들과는 달리 영어가 중요한 언어임을 알고 공부하는 이의 수는 늘어났다.

영어의 중요성을 깨달은 이는 독학으로 영어를 배워 『로마쇠망사』

를 읽었다는 신채호에 국한되지 않는다. 한글연구의 효시 주시경도 1893년 배재학당에 들어가면서 영어를 배우기 시작하여 자신의 영어학습 경험에 바탕을 두고 한국어 연구를 진행한 것으로 알려져 있고, 남궁억 역시 동문학을 다녀 영어를 배우게 된다. 다음은『동아일보』사장을 지낸 송진우의 회고담이다.

山寺遊學ㅣ산사유학이 1년을 남엇슬 때 선고(先考)께서 하로는, "애야 이제는 漢文ㅣ한문만 배와서는 쓸데 업는 시절이 왓다. 英語ㅣ영어를 배워라!"하시엿다. '英語'를 배워야 하신단 말삼을 어데서 드럿는지, 내 자신은 英語라니 무슨 말인지 몰낫스나, 엇잿든 西洋學問ㅣ서양학문이거니 하엿다.[19]

송진우가 산사유학을 끝내고 김성수의 장인 고정주가 그의 아들과 사위의 '신식학문' 공부를 위해 전남 창평(昌平)읍에 세운 영학숙(英學塾)에 들어가 영어를 배운 것은 1907년이다. 이런 점을 보면 당시 행세깨나 하던 집안의 상당수는 영어를 배워야 출세가 가능하다는 판단을 하고 있었음이 분명하다. 주시경 역시 어른들로부터 "애야, 너 같은 才質ㅣ재질로써 英語나 漢語 같은 것을 잘 공부하면 장래에 돈벌이라도 착실히 할 것인대 그까짓 언문은 무엇하자고 밤낮 들여다보고 있어? 에이 미련한 것 보겟지!"하며 '訓戒的ㅣ훈계적 꾸중'을 들은 것으로 알려져 있다.[20]

이처럼 영어학습이 대세가 된 것은 영어가 근대문명으로 나아가는 통로로 인식된 것과 무관하지 않다. 일본에서 유학을 하고 연희

전문에서 영문학 과목을 담당했던 정인섭은 "日本語|일본어만을 通|통하야 우리의 完全|완전한 世界|세계의 文化構成|문화구성이 可能|가능할가?" 묻고, "語學|어학은 言語|언어 그 자체에 目的|목적이 잇는 것이 아니라 그것을 善用(선용)하는 대 잇다"며, "우리 朝鮮社會|조선사회의 文化形式|문화형식을 爲|위하야는 이제부터 모든 것이 出發點|출발점이라면 外國語|외국어의 絶對必要|절대필요를 부르짓지 안흘 수 없는 것이다"고 했다.[21] 그는 또 "果然|과연 英語의 國際的 地位|국제적 지위는 크다. 歐洲|구주의 諸國語中|제국어중에 1801年에는 露語|노어가 最多數|최다수를 占|점하얏드니 1921年부터는 英語가 第一位|제1위를 占하게 되엇다. 國際的 補助語|국제적 보조어로서 '에스페란트'가 잇지마는 아직도 局部的|국부적에 不過|불과하고 그러한 言語의 創造 裡面|창조 이면에는 현대인의 言語難|언어난을 스스로 證明|증명하는 바가 잇다. 그러나 모든 文化의 實際的 運行|실제적 운행에서 잇서서 英語에 비할 시대가 아니다" 하기도 했다.[22]

식민지 한국에서의 영어교육열은 당연히 미국에 대한 관심에서도 비롯된다. 일본에서 영어교육 역시 19세기 이래 미국 포경선의 근해 출몰과 페리에 의한 피습 등 미국과의 통상외교라는 현실적 이유로 시작되었으나 다른 한편으로는 영국과의 친연성을 내세워 영어교육의 필요성을 강조하는 경우도 많았다면,[23] 한국에서는 그런 인식보다는 미국의 문물에 대한 경외감으로 인해 영어를 배워야 한다는 인식이 강했다. 이는 민영익이 보빙대사로 미국을 시찰하고 온 뒤 설립된 동문학, 육영공원 그리고 19세기 말에 설립된 미션계 학교가 모두 미국인에 의해서 세워진 뒤로 일관되게 나타나는 흐름이다.

1920년대에 이르면 미국의 대중문화 영향이 식민지 조선에서도 느껴지게 된다. 허헌(許憲)이 미국을 가리켜 "황금의 나라 物質文明 至上!물질문명지상의 나라 자본주의 최고봉의 나라 여자의 나라 享樂!정악의 나라 자동차의 나라"라고 한 것이 그 예이다.[24] 허헌이라면 유명한 사회주의자였는데 그런 사람까지 이런 말을 했다면 당시 미국을 동경한 사람들이 결코 적지 않았을 것인데, 이런 정황이 식민지 조선 영어교육열의 배경이었던 듯하다. 영어에 대한 관심은 1920년대 이후 미국의 대중문화가 유입되면서, 특히 할리우드 영화가 국내에 상영되기 시작하면서 더욱 높아졌을 것이다.

3. 식민지시대 영어교육

통상 일제시대는 영어교육의 암흑기로 표현된다.[25] 개화기 한국에서 자주적인 영어교육, 나아가서 외국어교육이 형성되다가 일제의 한국지배가 강화됨에 따라서 중국어와 러시아어는 대중의 외면을 받게 되고, 반면 영어와 일본어의 인기는 상승하다가 일제가 1910년 8월 대한제국을 식민지로 합방한 뒤 1911년 8월 조선교육령을 제정하면서 일본어 이외의 외국어교육을 막았다는 사실로 미루어볼 때 이 말이 크게 틀린 것 같지는 않다.

식민지 조선에서의 영어교육은 일본에서의 영어교육 정책의 변화와 연동될 수밖에 없었다. 일본에서는 메이지시대 초부터 영학이 발달했으나 대략 1900년부터 '영학의 종언'과 함께 영어는 외국어로서 그 지위가 새롭게 매겨진다. 영어를 공용어로 만들어 신문명을 받아들이겠다는 생각과 태도를 이때부터 접고 '민족적' 제국, 자국 중심의 제국을 건설하겠다는 의지를 다져간 것이다. 한일합방과 함께 조선의 공식교육에서 영어교육은 일본어교육에 밀릴 수밖에 없었다. 일본어학교 출신이 일제하 조선에서 출세의 길을 걸을 수 있었다면 영어교육을 받은 사람들은 그런 기회를 얻을 수 없었을 것이니 당연한 일이다. 그러나 식민지시대가 영어교육의 암흑기라는 표현이 사실과 얼마나 부합하는지는 따져봐야 한다.

일제는 1911년 조선교육령을 선포하며 관립 외국어학교를 없애고 고등보통학교·여자고등보통학교를 두고, 영어교육을 제한한다. 우선 관립외국어학교가 폐쇄되고, 고등보통학교·여자고등보통학교·실업학교 등에서 영어교육 시수가 크게 줄어들었다. 고등보통학교의 경우 주 30시간 가운데 영어는 1, 2학년에는 전혀 배정되지 않았으며 3, 4학년에 이르러 주 2시간이 그것도 수의과목으로 배정되었을 뿐이다. 고등여학교의 경우는 영어과목이 아예 없었고 농업·상업·공업 등 실업학교도 사정이 같았다. 이것은 물론 일제가 조선을 합방하면서 본국과는 차별되는 교육을 식민지에서 실시했음을 보여주는 증거이다.

그러나 영어교육이 계속 배제된 것은 아니다. 1910년대에 공식 교육과정에서는 영어교육이 제한되었을지라도 여러 통로를 통해 영어교육을 받는 사람들의 수가 늘어났다. 이미 1920년대 중반에 영어를 배운 사람이 많아졌다는 인식도 생겨난다. 다음은 이상재의 회고담이다.

지금은 미국의 유학생도 만코 따러서 영어 잘하는 사람도 만치마는

그때만 하야도 영어가 퍽은 귀햇섯다. 번역관이라 하는 이도 기시
외무아문에서 불과 1년 공부에 지나지 못하야 간신이 쉬운 말이나
할 뿐이라. 미인과 국제교제를 할 때에는 미국인으로 조선에 와서
의사 노릇하든 某氏|모씨와 가티 통역을 하얏는데 그도 역시 조선
어가 不充分|불충분하야 항상 교제할 때면 미국 반벙어리와 조선
반벙어리가 서로 절장보단 하야 의사를 소통하게 되엿다.[26]

이상재가 말하는 '그때'는 1890년대이고, '지금'은 1926년이다. 그
의 말대로 1920년대 중반에 "미국의 유학생도 만코 따러서 영어 잘
하는 사람도 많"아졌다면 1910년대에도 어떤 형태로든 영어교육이
이루어졌을 것으로 추측된다.

식민지시대 영어교육은 정세에 따라서 부침을 겪는다. 일제는
3·1운동 이후 1919년 12월에 고등보통학교와 여자고등보통학교의
규칙을 일부 개정하여, 고등보통학교의 수의과목이던 외국어(영·독
·불어)를 정과로 했고, 여자고등보통학교에서도 수의과목이긴 하지
만 외국어교육을 도입했다. 1922년 제2차 조선교육령이 시행되면서
영어교육은 훨씬 더 강화된다. 당시 고등보통학교의 각 학과목 교
육시간은 전학년에 걸쳐 주 32시간이었는데 이 가운데 외국어는 1
학년이 6시간, 2~3학년이 7시간, 4~5학년이 5시간이었다.[27] 일본어
및 한문 과목이 1~2학년 8시간, 3학년 6시간, 4학년 5시간, 5학년 2
시간이었고, 조선어 및 한문이 1~2학년 3시간, 3~5학년 2시간이었
던 것과 비교하면 결코 적은 시수가 아니다. 이는 제1차 조선교육령
시기에 비해 실업과목을 감축하고 고등보통학교의 인문 중고등학

교로서의 성격을 강화한 결과로서, 눈여겨볼 점은 이 시수가 1920년 이후 20년대 말까지 일본이 본국에서 외국어교육에 배당한 시수와 정확하게 일치한다는 것이다. 식민지시대에도 중등교육을 받을 기회를 가진 사람들에게는 외국어교육이 일정한 기간은 일본에서와 비슷하게 이루어졌다는 말이다.

당시 일본에서는 영어교육 존폐를 둘러싼 논쟁이 벌어지고 있었다. 1916년 오오카 이쿠조(大岡育造)가 영국숭배를 비판하며 중학교에서의 필수 외국어과목을 없애자고 주장한 것이 발단이었다.[28] 일본에서의 영어배척 흐름은 1920년대에 미국에서 일본인 이민을 차별하는 법안이 통과된 것을 계기로 더욱 강화된다. 1927년 동경제대 국문학과 교수 후지무라 쓰쿠루(藤村作)가 "모방을 경계하고 창조를 앙양"해야 한다는 천황의 교지를 받들어 이제는 모방의 시대는 넘어서야 한다며 중학교·고등학교에서 영어교육의 부담이 다른 학과목에 비해 너무 무거워 폐해가 크니 영어교육을 폐지하자고 주장한 것도 이런 배경 때문이었다.[29]

영어교육 폐지를 둘러싼 논란은 결국 영어교육 축소를 가져온다. 1928년 9월 일본 문부성이 문정심의회의 자문을 받아서 1920년 이후 유지되어 온 1학년 6시간, 2~3학년 7시간, 4~5학년 5시간의 시수 대신 4학년부터 1종과 2종 과정으로 분리 편성하는 학교의 경우는 1~2학년에 5시간, 3학년에 6시간, 4~5학년 1종은 2~5시간, 2종은 4~7시간으로 줄이는 조치를 취했고, 3학년부터 1종과 2종으로 구분할 경우에는 3학년 1종은 2~5시간, 2종은 4~6시간으로, 4~5학년 1종은 2~5시간, 2종은 4~7시간으로 영어교육 시간을 줄인 것이다.[30]

이런 상황에서 일제가 식민지 조선에서 2차 조선교육령을 실시하고 영어교육 시간을 늘린 까닭은 무엇일까? '내지'에서의 영어교육 축소정책을 반영하지 못할 사정은 무엇이었을까?

중일전쟁 및 태평양전쟁을 도발하는 과정에 실시된 제3차 조선교육령 기간(1938~43)에 영어교육은 약간 축소된다. 이전의 고등보통학교를 일본인 학교와 같은 중학교로 바꾼 일제는 일정한 수준의 교육을 받은 병사와 노무자의 수요 충당을 위한 교육을 실시하는데, 이 과정에서 일본어 및 한문 과목을 이전과 거의 비슷하게 유지하면서 조선어는 수의과목으로 전환하고 영어시간은 1~2학년 5시간, 3학년 6시간, 4~5학년 5시간으로 소폭 줄인 것이다. 하지만 영어시간이 실제로 크게 줄어든 것은 태평양전쟁의 확대에 따른 전시동원 체제 가동을 위해 1943년에 시행하기 시작한 제4차 조선교육령 시기이다. 이때 영어교육은 아예 없어지지는 않았으나 1~3학년 3시간, 4~5학년 2시간밖에는 배정되지 않았으며 그나마 수의과목으로 전락했다.[31]

따라서 일제시대를 뭉뚱그려 영어교육의 암흑시대라고 규정하는 것은 정확하지 못하다. 적어도 1922년부터 43년까지 21년에 걸친 기간 동안 영어교육은 다른 교과목과 비교하면 그런 대로 충실하게 유지되었다. 이런 점은 일본 내에서의 영어교육 철폐와 관련한 논의를 고려할 때 좀더 분명하게 느껴진다.

물론 일제가 식민지에서 처음부터 영어교육을 강화하려 한 것은 아니었다. 제1차 조선교육령을 실시할 당시 일제는 조선지배를 본격 강화하고 있었고, 이때 실시된 조선인 교육에서 영어교육은 배제되었다. 하지만 3·1운동이라고 하는 대중운동이 조선에서의 일본 교육정책도 바꿔놓았으며, 영어교육 역시 강화하게 만든 원인이 아닌가 싶다. 태평양전쟁이 발발한 뒤인 1938년에 시작한 제3차 조선교육령 시기에 조선어는 수의과목으로 그 지위가 추락한 반면, 영어교육은 시간이 약간만 축소된 채 그대로 유지했다는 점도 주목할 만하다. 영어시간이 유지된 것은 조선어의 경우는 일제가 내선일체 등의 지배전략을 펼치며 갈수록 그 사용을 금지할 필요가 있었던 반면, 적어도 1941년 진주만 공습 이후 미국과 적대적 관계가 형성되기 전까지는 영어교육을 억압할 이유는 없었을 것이다.

식민지시대에는 공식학교 이외의 곳에서 영어교육이 이루어지는 경우도 많았다.[32] 『동아일보』를 보면 1920년 이후 영어강습소가 열리고 영어강습이 개최된다는 기사가 자주 나오고,[33] 영어강습이 야학의 형태로도 이루어지고 있다는 기사도 심심찮게 보인다.[34] 『동아일보』에서 야학 또는 강습의 형태로 영어교육을 한 것으로 보도한 곳은 서울만이 아니라 평양, 의주, 진남포, 옹진군 마산면 온천리, 해주, 함흥, 원산, 정평, 강화, 장단, 인천, 춘천, 가평, 원주, 김천, 진주, 마산, 군북, 동래, 대구, 통영, 여수, 전주, 안주, 영동 등 전국 곳곳을 포괄한다. 강습회나 야학을 연 주체들은 사설 강습소, 『동아일보』 지국이나 교회, 학생회 등이었고, 특히 종교 관련 또는 지역의 (남녀)청년회가 많았다.[35]

야학이나 강습 형태 이외에 통신교육으로 영어를 배우게 하는 영어통신연구회, 통신영어보급소도 있었다. 통신영어연구회가 있어서 1922년 조선통신영어연구회로 개칭했다고 하고(『동아일보』 1922. 3.

16), 1922년에는 통신영어보급회가 생겼다는데(1924. 2. 4), 영어통신연구회는 아래서 보겠지만 영어강의록을 발행하기도 했다.

　이런 사실은 1920년대에 들어와서는 일제가 통제하는 공식 교육체제에서 영어가 가장 중요한 외국어로 복권되었을 뿐만 아니라 공교육 외부에서도 영어교육에 대한 수요와 관심이 크게 늘어났음을 말해 준다. 경성고등상업학교 주최로 "조선에서는 처음 잇는" 영어웅변대회가 열리고(1923. 6. 4), 영어웅변대회에서 배재고보가 1등을 차지했고(1924. 7. 1), 중등영어웅변대회에서 역시 배재 학생이 1등을 차지했으며(1927. 11. 28), 연희전문과 이화전문이 열리던 영어 웅변대회가 연기되었다(1926. 12. 11)는 것이 뉴스로 떠오른 것도 1920년대이다. 또한 영어발음에 대한 관심도 높아졌다. 1924년에는 중앙기독교청년회 주최로 두 차례의 영어발음 교수가 있었고, 같은 해 종로청년회관과 이듬해 함흥기독교청년회에서 영어발음 강좌가 열렸다는 기사가 『동아일보』에 나온다.

4. 교과서

외국어로서 영어는 자동으로 배울 수 있는 것이 아니라 학교의 교과과정이나 강습 등 체계적인 학습이 필요하다. 이때 중요한 것이 영어교과서이다. 일제하의 영어교육에서 주로 사용한 교과서는 무엇이었을까? 그동안 살펴볼 수 있었던 영어교재는 모두 4권밖에 되지 않는다.[36] 이중 둘은 공식교육기관의 교과서이고, 나머지 둘은 자습 참고서이다.

먼저 *The New King's Crown Readers Book Ⅱ* (The Third Revised Edition)는 1935년에 나온 조선총독부검정서로서 "The Weather" "Spring" "Fishing" "Aesop" "The Meals" "Asking the Way" "Which?" "Sheep" "My Home" "An Early Rose-Oliver Herford" "What Use Is a River?" "The Land of the Nile" "The Clover Leaves" "London" "Summer" "The Cinema" "Dean Swift" "A Trip by Air" "In New York City" "The Naughty Boy-John Keats" "The Peasant and the Demon" "A Letter" "The Post-Office" "The Bear's Skin" "Keep Off the Grass" "At the Doctor's" "Visits" "The Merchant and the Robber" "At Dover" 등 모두 29장으로 이루어져 있었다. 각 장은 제목에서 볼 수 있듯이 날씨, 계절, 낚시, 여행, 영화 등 무색무취의 내용들을 다루고 있다.

다음은 1938년 일본문부성 검정으로 나온 *Aoki's Grammar and Composition*(수정 6판)이다. 이 책은 모두 24장으로 이루어져 있으며 각 장은 "The Parts of Speech" "Phrase" "Sentence" "Object and Complement" "Clause" "Summary" "Classes of Nouns: Number" "Gender: Case" "Summary" "Personal Pronoun" "Possessive: Interrogative" "Adjective Pronoun" "Relative Pronoun Ⅰ" "Relative Pronoun Ⅱ" "Summary" "Kinds of Adjectives; Their Uses" "Comparison" "Article" "Summary" "Kinds of Verb" "Conjugation" "Tense: Uses Ⅰ" "Tense: Uses

Ⅱ" "Summary" 등의 순서로 되어 있다. 내용은 모두 문법과 구문에 해당하며, 내용요약이 되어 있다.

나머지 두 책은 영어통신연구회가 발간한 『速修英語講義錄』이다. 이 책은 *English in Six Months*라는 영어제목을 가지고 있으며, 필자가 살펴본 것은 1935년에 발간한 4호와 1936년에 나온 6호였다. 4호의 목차는 "현대어강의" "복습" "교과서강의" "복습" "영문법강의" "회의강의" "단어집"의 순으로 되어 있고, 6호의 목차는 "현대어강의" "교과서강의" "영문법강의" "숙어강의" "선문영역" "영자신문강의" "영문편지Ⅱ강의" "이력서 쓰는 법" "회화강의" "과외강화" 등으로 되어 있다.

당시 우리나라에서 사용한 영어교과서 가운데 가장 많이 사용된 유형은 독본이었던 듯하다. "싀골 잇는 우리 사촌옵빠야. 東京留學l 동경유학을 하다가 집안사정 때문에 하는 수 업시 돌아오셧다. 지금 여긔서 영어공부를 하고 잇다. 영어공부를 하신다니 우리처럼 무슨 讀本l독본이나 배우는 줄 아늬. 아주 어려운 문학책만 보신단다."[37] '독본'은 여기서 기초영어, 예컨대 *The New King's Crown Readers Book Ⅱ*에 실린 것과 같은 낮은 수준의 내용을 배우는 것으로 상정되어 있다. "몃칠 후에 花羅l화라와 晶愛l정애는 정말 英語冊l영어책을 가지고 왔다. 卷數l권수로는 3卷이라도 내이순낼 2卷 程度l정도가 되략 마략한 女子用 英語 讀本l여자용 영어 독본이엇다."[38]

이 대목을 통해 두 가지 점이 유추된다. 하나는 여기서 언급되는 '내이순낼'이 허헌의 '나슌날'과 같다면 동종 교과서가 관립 외국어학교에서 사용되다가 이후 외국어학교가 폐쇄되고 고등보통학교 등 새로운 체계로 전환한 이후에도 계속 사용되었다는 것이고, 다른 하나는 여학생들이 다니던 여자고등보통학교의 경우 남학생들이 사용하던 것보다는 수준이 더 낮은 교재를 사용했다는 것이다.

어느 날 저녁때이라. 종노로 오려니깐 XXX가 무슨 책을 들고서 지내간다. 또 저 친구는 무엇 하려 가나 하고 가보니깐, 손에 『크라운』 둘재권을 들고 간다. 나는 속으로 우섯다. 그는 영어야학에 가는 모양이다.[39]

여기 나오는 『크라운』이 1935년에 조선총독부검정서로 나온 『크라운』교재와 어떤 관계가 있는지 확인할 수는 없다. 하지만 일본에서 1910년대부터 Kanda's Crown Reader 시리즈가 있었고, 또 여학생들을 위한 Girl's Crown Reader 시리즈가 있었던 점을 생각하면 같은 것이거나 관련된 것일 가능성이 높다.

직접 내용을 확인할 수는 없었지만 일제시대 가장 중요한 영어교과서는 『나슌날』또는 『내이슌날』라 불린 독본교재였던 모양이다. 허헌이 1929년 6월 『三千里』(삼천리)에 쓴 글에 "영어야 청년시절에 漢城外國語學校(한성외국어학교)에서 나슌날 5권 정도를 배웠고"[40]라는 내용이 나온다. 허헌이 말하는 한성외국어학교는 1906년에 설립한 관립외국어학교일 것이다. 허헌은 1885년 출생이니 그의 청년시절은 1906년 이후에 해당한다고 할 수 있다. 당시 외국어학교에 등록한 학생들 대부분은 20대였다 하니 그가 청년시절에 외국어학교에 다녔다고 봐도 크게 틀리진 않을 게다.

식민지시대 한국인들이 『나슌날』교재를 자주 언급하는 까닭은 일본에서 중학교 영어교재로 『나쇼나루 리다』(ナショナル・リーダー)를 자주 사용했기 때문이다. 일본에서는 메이지시절부터 미국에서 영어교과서로 사용되던 The New National Reader 시리즈를 수입하여 사용해 왔고, 이중 가장 많이 사용되던 4권을 종합적으로 해설한 『ナショナル第四讀本研究』를 필두로 이 교재의 해설서를 포함하여 이 시리즈를 사용한 학습을 돕는 자습서가 1910년대에 100종 가까이 나온다. "고등학교·전문학교 입학 후에 참고서·전문원서를 읽을 수 있을 정도의 어학능력을 기르는 것이 중학교에서의 어학교육의 당연한 목적"[41]이 되어 영어교육에 치중한 결과이다. 당시 한국의 영어교육 역시 이런 사정의 일본 영향을 받았을 텐데, 그 구체적인 실상은 아직 베일에 가려져 있다.

5. 영어의 훈육효과

1880년대에 도입된 뒤로 한국에서 영어교육은 지속적으로 이뤄진 것으로 보인다. 제1차 조선교육령이 발효된 1910년대에 학교교육에서 영어교육을 크게 축소했지만 이상재가 "지금은 미국의 유학생도 만코 따러서 영어 잘하는 사람도 만치마는"이라고 한 1920년대 중반에 이르면 영어에 대한 관심이나 교육열이 무척 높아졌음이 분명하다. 이 결과 영어가 일상생활에서 사용되는 빈도도 높아졌다.

이럴 지음에 누가 대문을 가비야이 흔들며 떨리는 소리로 "S씨! S 씨! 주무셔요" 한다. 누님은 이 소리를 듯고 얼른 일어낫다. 애인의 음성은 이럴 때라도 잘 들리는 것이다. 나올 듯 나올 듯 하는 울음을 입술로 꼭 다물어 막으려 급히 나갓다.

대문 소리가 나더니 "K씨! 오셔요" 하며 우는 소리가 들린다.

현진건의 「희생화」(140쪽)에서 따온 이 글에서 궁금한 점은 왜 등장인물의 이름을 영어로 처리하느냐는 것이다. 송이나 김과 같은 한국인 성을 사용하지 않고 영어 이니셜로 사람을 지칭하는 관행은 식민지시대 지식인들이 K生, P生과 같은 필명을 쓰는 데서도 확인되는 바, 이런 예에서 영어가 표준언어처럼 작용하는 것을 볼 수 있다.

자음 '△' 音價ㅣ음가는 英語의 Z와 비슷한 것인데 이제 ㅇ(喉音ㅣ후음 곧ㅏ야줄의 子音ㅣ자음 자리에 잇는 소리)와 ㅅ두 소리로 變ㅣ변하엿다.[42]

여기서 영어는 기준언어이다. "白蟻ㅣ백의는 영어로도 White ant(흰개암이)라고 하여 명칭상으로 보면 蟻의 일종일 것 가트나 동물학상으로는 兩者ㅣ양자가 대단히 틀린다"[43]라는 말이나, "恐慌ㅣ공황이란 원래 영어의 Crisis란 醫學上 術語ㅣ의학상 술어를 번역한 말이니 生産ㅣ생산의 無政府 狀態ㅣ무정부 상태로 말미암아 週期的ㅣ과도적으로 폭발하는 자본주의 사회의 한 가지 특징이다"[44]라고 하는 데서도 영어는 비슷한 역할을 한다. 한국사회에 도입된 지 얼마 되지 않아서 영어가 근대적 지식을 드러내는 표준언어로서의 역할을 하게 되었음을 알 수 있다.

왜 영어가 표준언어가 된 것일까?

이제야 잘 알 것은 漢文ㅣ한문 많이 배우신 어른들이 漢文을 많이 쓰려고 하는 성벽이 두텁은 것이외다. 저도 쥐꼬리만큼 알는 영어에 툭하면 영어만 나아오지요. 이 글에도 영어가 벌서 몇 마디 있음니다. 가만히 그 원인을 살피어보니까 그 말이 아니면 내 감정을 그대로 그릴 수 없는데 우리말에 담으면 값이 떨어지는 듯 느끼는 까닭이외다. 여긔에는 다소 논난이 있겠지마는 얼는 생각하면 그렇단 말이외다.[45]

미국에 유학중이던 임동빈이라는 이의 말이다. 임동빈은 미국에 유학중이어서 더 심한 경우겠지만 어쨌든 사람들이 영어를 사용하지 않으면 자신의 "감정을 그대로 그릴 수 없"다고 느낄 정도가 된 것이다. 1926년의 다음 기사 역시 그런 느낌을 지닌 사람이 쓴 글임이 분명하다.

스폿트 맨의 돈 잇는 사람의게 노예화—운동경기장이 도박판이 된 대서야 좀 거북한 일이다. 홈·런·빨·뽈 한 개에 멧 만원의 도박금이 대통 매여달리고 번연한 스트라이크 뽈은 뽈이라고 선언하는 한 마듸에 멧 천원의 입 씻기는 돈이 양복 주머니 속으로 드러가게 되어서야 氣管ㅣ기관 속에… 구역이 치미러 오른다.

日本ㅣ일본서는 야구 때문에 씨름이 세월을 일케 되고―따라서 뺏트 한 번만 보기 좃케 갈기게 되면 그는 곳 美姬ㅣ미희의 歡喜ㅣ환희를 사 게 된다. 곳 뒤를 이어 모던 껄의 동경하는 관녁이 되고 만다. 朝鮮ㅣ조 선은 아즉 가지고 이약이할 거리가 되지 못하지마는 于先ㅣ우선 日本 만 하여도 전에 머리타리씀의 橫行時代ㅣ횡행시대 쯤은 양가의 처녀가 陸軍少尉ㅣ육군소위 아모개 海軍中尉ㅣ해군중위 아모개 하던 것이 지금 은 어느 대학팀의 핏춰캣춰를 임설 우에다 올녀 놋는다. 참으로 새 것, 시대, 문화를 따라가는 사람의 심리란 측량키 어려운 것이다.[46]

스포츠 기사에서의 빈번한 영어어휘 사용은 아무래도 근대적 감각 의 형성과 무관하지 않을 것이다. 이 글을 쓴 승일이란 사람은 한문을 "우리말에 담으면 값이 떨어지는 듯 느끼는" 과거 유학자들을 대체하 며 등장한 새로운 감각의 소유자이다.

그는 물론 인용문에서 스포츠계 풍경을 풍자하느라 영어를 사용하 기는 하지만, 이제 그의 글을 읽는 독자는 '스폿트 맨' '홈·런·빨·뽈' '스트라이크 뽈' '뺏트' '모던 껄' '머리타리씀' '핏춰캣춰'와 같은 외국어를 한글문장에 섞어 써야 새로운 "감정을 그대로 살릴 수" 있 다고 여기게 된 것이다.

1931년 『동광』 31호를 보면 영암인이라는 이가 의미를 궁금하게 여 긴 단어목록을 제시하고 제시 단어들에 대한 간단한 설명을 붙인 독 자 서비스가 나와 있다. 파시즘(Fascism), 파쑈化, 뽀이콭 (Boycott), 쎅스-아필(Sex-appeal), 타부(Taboo), 까운(Gown), Y談, 핸드백(hand bag), 메일업(Make-up), 콤팩드(Compact), 모터(Motor), 아스팔트(asphalt), 메트로폴리스(Metropolis), 피케 (Picket), 씨가복스(Cigarbox), 노스탈자(Nostalgia), 다와릿슈, 멜랑코리(Melancholy), 적날리스트(Journalist), 햅피엔드 (happy end), 스트라글(Struggle), 페아풀레이(Fairplay), 크레 디트(Credit), 발랜스·어브·파워(balance of power), 풀(Pool), 로이드(Lloyd), 빠자대회, 블랙쳄버, 펑[磁], 흠라[和了] 등이 이 목록에 등장하는 단어들이다.**47** 이 가운데 다와릿슈(러시아어), 펑, 흠라를 제외하면 모두 영어단어임을 알 수 있는데, 당시 사람들이 국내의 책과 잡지를 통해 접촉하는 외국어는 대부분이 영어였음을 여기서 추측할 수 있다.

영암인이 궁금해하는 단어가 주로 영어라는 것은 그만큼 사람들 이 영어에 관심이 많았다는 것일 텐데, 이런 점을 반영하듯『조선일 보』(1934. 4. 24)는 미국의『시카고 트리뷴』(*Chicago Tribune*)이 철자간소화의 대상으로 발표한 단어 23개를 그대로 소개하기도 했 다. 다음은 1920년대 중반 당시 교회를 중심으로 일어나는 풍속도의 일면이다.

"오, 미세스 X! 아이, 웨이트유 임페쉔트리"(오, X녀사 나는 일각 이 여삼추로 당신을 기다렷습니다) 하고 X군이 떠드럿다.

"오, 댕큐, 베리, 머취. 쏘, 아이, 컴, 히여 헤이스트리, 애스 쑨, 애스 아이 캔."(곰압습니다. 그래서 제는 할 수 잇는대로 빨리 왓땀 니다.)

이러케 서로 주고밧으면서 자기 서재로 갓다. 그들은 흡사히 서

양사람들 모양으로, 도모지 조선말을 모르는 모양으로, 영어의 담화
가 버려젓다.

△XX의 유창한 영어와 군의 무주군 얼굴처럼 검붉은 얼굴은 대조
가 넘우도 격세의 감이 업지 안엇다. 점점 마춰되는 X군의 눈동자와
△XX의 신비로운 웃음의 꼿치 맛치 험상구진 나븨를 기다리고 잇는
듯도 하엿다. 나는 원래 불란서 말은 그저 남부럽디 안케 하지만 영어
는 중학교에서 배운 것뿐임으로 그들의 이야기를 잘 알 수는 업스나
대개 중요한 것만은 나도 알어듯겟다. X의 말 가운데는 이런 말이 잇
섯다.

"…러부, 유어 허스뺀드?"(…남편을 사랑하심니까?)

그리자 이 말 대답은 안이하고 △XX는

"…러부, 유어, 와이푸?"(부인을 사랑하심니까?)

"노―. 아이 헤이트 허 베리머춰, 앤드, 아이, 메이드업, 마이마인
드, 투, 띄보스, 위드 허, 푸롬트리."(안이요. 나의 여편내를 몹시 XX
함니다. 그래서 곳 XX를 할여고 결심햇습니다.)

"그래 XX 어듸 갓습늬까?"(이제부터 영어는 략해 버린다.)**48**

여기서 영어로 대화를 하는 남성은 '미국서 새로 온 사람'이다. 이
상재가 언급한 '미국의 유학생'일까, 벌써 "도모지 조선말을 모르는
모양으로" 영어를 사용하는 사람이 나타났다. 더 흥미로운 것은 이 글
을 쓴 평신도처럼 중학교를 나온 사람까지도 영어로만 하는 대화의
일부를 이해할 수 있게 되었다는 점일 게다. 평신도는 "중학교에서 배
운 것뿐임으로 그들의 이야기를 잘 알 수는 업스나 대개 중요한 것만

은 나도 알어듯겟다"라고 하면서 한편으로는 영어로만 말하는 남녀
를 비판적으로 보면서 다른 한편으로는 자신의 영어이해 능력을 보
여주고 있기도 하다.

1920년대 초부터 중등학교에 영어교육이 강화되고 학교 바깥에
서도 영어를 위한 강습이나 야학, 통신교육이 이루어지면서 영어능
력을 갖춘 경우 칭찬거리나 주목거리가 되고 영어가 행세하는 사람
들에게 일종의 '문화자본'이 되고 있다는 점을 확인할 수 있다.[49] 영
어가 '문화자본'으로 사용된다는 것은 다음과 같은 표현에서도 확
인할 수 있다.

더욱 더욱 奮鬪ㅣ분투하라! 분투해서 조선 女性의 모범이 되고 자
극제가 되라. 영어마디나 하고 글줄이나 쓰면 조선 一流女性ㅣ일류
여성같이 생각하는 유치한 조선 女性界ㅣ여성계를 위하여서라도 분
투하라![50]

여기서 '영어마디나' 한다고 유세하는 것이 비난의 대상으로 되
고는 있지만, '영어마디나' 할 줄 안다고 유세를 하는 사람들이 있
다는 것 자체가 영어의 권능을 보여주는 증거이다. 1932년의 『별건
곤』에는 문암 사는 최청룡이라는 이의 다음 요청이 등장한다.

여러 선생님 안영하십니까? 요즈음 세계정세는 더 할말 업시 感
謝ㅣ감사합니다. 미안한 말삼이오나 기사 중에 나오는 영어를 눈 어
두은 저이들이 아라보도록 노력해 주십시요. 저의들은 여러 선생님

들의 붓끗만 바라보고 잇슬 뿐입니다.[51]

　이런 요구가 나온다는 것은 당시의 신문이나 잡지들에 영어가 숱하게 등장했다는 말이 아닐 수 없다. 하지만 더 중요한 것은 많은 사람들이 '선생님들의 붓끗'만 바라보고 있고, 붓을 쥔 필자는 이제 곧잘 '눈 어두은 저이들'은 알 수 없는 영어를 사용하곤 한다는 점이다.

　1930년 『별건곤』에서 박노아는 "仙女│선녀들의 말과 가치 尊崇│존숭을 밧든 영어가 아메리카니즘의 反動│반동으로 점점 그 聲價│성가가 低落│저락되고 露語│노어가 그 자리를 점령한 것"[52]을 상상한다. '선녀들의 말과 가치 존숭'을 받았다고 하는 것을 보면 그는 영어가 지나치게 좋은 대접을 받는다고 느낀 모양이다.

　비슷한 시기 『삼천리』는 별꼴의 남녀상을 알아보는 설문조사를 한다. '조선영화 스타지오' 소속 여배우 한은진은 꼴불견 남자의 모습으로 "'카피' 혹은 '코피'-'코-히' '고-히' 어느 말이 옳은 말인지 몰나도 모두 영어 잘하는 척 茶娘│다낭들과 씰눅이는 것"[53]을 꼽고, 박기채는 현대여성의 악취미로 "모르면서 아는 척할려구 말을 할 때 되지도 안는 영어를 석거 쓰는" 것을 꼽는다.[54] 모두 당시 사람들이 영어로 유세했다는 증거이다.

　연희전문의 문과교수 정인섭은 1920년대 말 '언어난'을 언급한 적이 있다.

　특히 조선의 지적 추구의 사정에 있서서는 보통학교에 입학한 ㅅ대부터 이중삼중의 언어난에 ＊＊하고 중등정도의 학과에 잇서서는 영어

라는 괴물을 면대하게 되어 있다.[55]

여기서 '언어난'은 영어학습의 어려움을 가리킨다. 정인섭은 또 "문제된 근원은 재래의 영어공부란 것이 '노력과 정력과 시간의 과대한 소비에 비하면 그 결과의 효력이 박약하고 하등의 참된 능률을 엇지 못했다'는 데 있는 것이다"라고도 한다.[56]

조선에 잇서서도 영어란 것이 수입된 이래로 학교에서나 일반 출판계에서 수십 년 동안 자제들에게 영어지식을 보급해 왔섯다. 그러나 그 결과에 있서서 과연 예상하고 기대하는 정도의 효력을 사회 전체로 또는 개인으로 보아서 구득하엿느냐 하면 극소수의 특수생활환경에 의하야 그 언어의 숙달을 체험한 자 이외에는 대부분이 '영어를 배운 기억은 잇스되 아모 소용없는 것이 되였다'는 늣김을 가지고 있는 것이다.[57]

그러나 이런 느낌을 가진 사람이 많았을지라도 영어에 대한 열망이 식거나 그것을 배우려는 사람의 수가 준 것은 아니다. 1943년 중학교에서 영어교육이 수의과목으로 전락하지만 2년 뒤 광복을 맞으며 미국의 영향권 아래 들어가면서 한국의 영어교육은 오히려 더 확산되었으니까 말이다.

6. 맺음말

식민지 조선에서 영어교육이 일제의 교육정책에 의해 좌우되었다는 것은 분명한 사실이다. 그런데 일본에서의 영어교육도 정세에 따라 변동을 겪었음을 생각하면 조선의 학교교육이 일방적으로 일제의 억압을 받았다고 보는 것은 당시의 실상 이해에 별로 도움이 되지 않는다. '영어교육 암흑기' 설은 네 차례의 조선교육령을 통해 식민지 영어교육이 중대한 변화를 겪었다는 사실만이 아니라 영어에 대한 관심, 영어를 배우고자 하는 열망, 영어교육에 대한 수요 증가가 대세를 이루는 가운데 식민지인들이 영어교육을 주체적으로 수용한 사실까지 무시한다. 1920년대에 들어오면 영어를 섞어 쓰지 않으면 표현 부족을 느끼는 사람도 생겨났다. 영어교육의 도입이 새로운 감수성과 능력을 형성하는 데 작용했으며, 식민지 조선의 일상 속에서 새로운 주체들이 형성되었다는 말일 게다.

이 새로운 주체들은 과거 한문을 습득하며 문화자본을 축적한 조선왕조의 유학자들과는 전혀 다른 방식으로 외국문화를 접했음이 분명하다. 이 변화는 새로운 언어지형의 형성과 관련이 있다. 개화기에서 식민지시대에 이르기까지 한국에서 경합한 언어들은 크게 보면 한국어, 중국어, 일본어, 영어 넷이다. 이중 중국어는 1894년의 갑오개혁과 함께 한국어가 '국문'으로 제자리를 찾게 되면서, 그리고 국문전용은 아니라도 국한문혼용이 퍼짐에 따라서 한국어 문장에 섞여 쓰이는 단어로 그 적용범위가 크게 축소되었다.

한국어의 경우는 한문의 지배에서 벗어나면서 국문으로 자리를 잡

는 듯했지만 일제강점과 함께 다시 지위가 전락한다. 일본어가 '국
어'로 격상되고, 이미 국제어로서 가장 큰 영향력을 지닌 영어가 반
드시 배워야 할 언어로 다가온 사이에, 한국어는 식민지언어인 '조
선어'로 규정되고 만 것이다. 그러나 이때는 동시에 한국어가 새로
이 근대언어로 태어난 시기이기도 하다. 1920년대를 거치며 한국어
는 종결어미가 '~라'와 '~다'로 혼용되던 전근대적 언어체계에서
완결된 종결어미 '~다' 체계로의 전환을 이루었고, 이 과정에서
"발화된 내용을 사실로 수용하게 만드는 효과" "발화내용과 일종의
동시대화 또는 공감을 일으키게" 하는 힘을 갖게 되고, 객관적 진술
의 능력을 갖추게 되는 것이다.[58]

　물론 1940년대에 이르러 한국어의 이런 성장도 큰 타격을 입는
것이 사실이다. 굳이 일제에 의한 언어검열을 들지 않더라도 1910년
대부터 일본어를 국어로 배우기 시작한 세대가 30대가 되기 시작하
는 1940년대에 공식적 영역에서의 언어사용은 갈수록 일본어 중심
이 되어가고, 이 결과 한 예로 1930년대까지만 하더라도 정지용, 이
태준 등 한국어 능력이 걸출한 작가들이 주도하던 조선문단이 일본
어를 모국어처럼 사용한 최재서 같은 사람의 영향력 속에 넘어가는
것이다.[59] 이 글의 맥락에서는 정지용과 최재서가 영문학을 전공하
고 영어를 가르친 사람이었음이 주목되는데, 더 중요한 것은 일본
어를 알긴 알아도 일본어 작품을 쓸 정도는 아니었던 정지용보다는
"조선인 학생들에게는 일본말만 하고 일본인 교수, 학생하고만 친
한 조선인"[60] 이었던 최재서가 일제 말로 갈수록 더 중요한 문단인
물로 부상했다는 사실이다. 한문이 퇴각한 이후 한국어, 영어, 일본

어가 어떤 권력관계에 놓여 있었는지 짐작하게 하는 대목이라 하겠다.

앞에서 살펴본 영어교육은 언어들간의 이런 권력관계가 작동하는 속에서 이루어진 셈이다. 영어교육은 그것을 배우는 사람들에게 다양한 권능들을 부여했을 것이나 동시에 평신도나 한은실, 박기채, 박노아 등이 보여주듯이 비판적 분석의 대상이 되기도 했다. 출세의 수단이고, 근대문명의 수용통로이며, 유세의 수단이었을 영어를 배움으로써 한국인들은 새로운 언어적 감수성을 갖게 되었을 것이며, 식민지 근대성의 지형은 그와 함께 복잡해졌을 것이다.

영암인과 최청룡 같은 영어를 잘 알지 못하는 사람들, 반대로 말할 때마다 영어단어를 입에 올리지 않으면 자기 감정을 제대로 옮기지 못하는 것으로 여기는 '미국서 새로 온 사람' 그리고 영어를 '존숭하는' '아메리카니즘'에 대한 비판적 의식을 지닌 박노아 같은 지식인들이 함께 어우러진 상황은 새로운 언어들이 각축하는 문화적 상황 그것이었고, 사람들은 그 속에서 새로운 언어적 감각들을 익히며 살아갔을 것이다.

일제하에서 영어는 분명 유세하는 사람들의 언어였으나 득세에 가장 유리한 언어는 아니었다. 최재서의 예는 영어를 잘하더라도 일본어를 더 잘해야 문단이든 어디든 최고지위에 오를 수 있었음을 보여준다. 하지만 그래도 일제하에서 영어교육은 결코 나락으로 빠진 것은 아니며, 한때는 중학교 영어교육이 일본에서보다 더 많은 시수를 가진 적도 있었던 듯하고, 공식교육 외부에서 한국인의 영어교육에 대한 열의는 지속되었던 것으로 보인다. 이는 당시 식민지 조선만이 아니라 일제까지도 '황금의 나라' 미국이 사고의 중심이 된 20세기 국제정세의 영향일 것이다.

　따라서 1945년 일제로부터 해방된 뒤 미국의 영향권 아래 들어간 한국에서 영어가 과거 일본어의 위치를 차지하게 된 것은 당연한 일이다. 물론 신식민지 한국에서 미국인은 일본인과는 달리 직접 행정이나 교육 등을 장악하지는 않았기에 영어가 공식 언어로 쓰인 경우는 없지만 최근 영어공용어론이 등장하는 것을 보면 이제 한국은 또 다른 차원에서 일제하와 유사한 국제질서에 포박되기 시작한 듯하다. 자신의 언어를 국제화하고 세계화하는 제국이 이미 등장한 것이다.

(『안과밖』 18호, 2005)

주

1. 김동인, 「春園硏究(三)」, 『삼천리』 제7권/1호, 1935, 155쪽.
2. 같은 곳.
3. 黃錫禹, 「犧牲花와 新詩를 읽고」, 『개벽』 6호, 1920, 87쪽.
4. 卞榮魯, 「國粹主義의 恒星인 丹齊 申采浩 先生…」, 『개벽』 62호, 1925, 38쪽.
5. 필자 미상, 「隨聞隨見」, 『개벽』 30호, 1922, 82쪽. 변영태의 경우 1916년에 중국의 협화대학을 1년 다녔으니 영어를 꼭 독학했는지는 의문이다. 그러나 이 글을 쓴 이를 포함한 당시 많은 사람들에게 영어독학은 상당한 관심의 대상이었던 모양이다.
6. 이와 관련해서는 김영우, 『한국개화기의 교육』(교육과학사, 1997, 496~500쪽)을 참조할 것.
7. 같은 책, 509쪽.
8. 이 시기 조선과 외교관계를 맺고 있던 서구의 국가들도 프랑스를 제외하면 모두 영어로 된 문서를 보냈다는 점에서 영어는 이미 당시에 만국 공통어(lingua franca)의 지위를 갖고 있었다고 봐야 할 것이다.
9. 김영우, 앞의 책, 493쪽.
10. 일본 영학의 아버지 후쿠자와 유기치(福澤諭吉)의 경험이 당시 상황변화를 잘 보여준다. 후쿠자와는 원래 난학을 배웠으나 1857년 당시 개항한 요코하마에 갔다가 네덜란드 말로는 상점의 간판도 읽을 수 없다는 것을 알고 "양학자로서 영어를 알지 못하면 어떤 것도

아무것도 통하지 못한다"는 것을 알고 그후 영어를 배웠다고 한다(川澄哲夫 編,『英語教育論爭史』資料日本英學史 2, 大修館書店, 연도 미상, 6쪽에서 재인용).

11. 같은 책, 44쪽.

12. 정충량,『이화80년사』, 이대출판부, 1967, 43~44쪽; 김영우, 앞의 책, 499쪽.

13. Methodist Episcopal Church Report for 1886, 267쪽. 김영우, 앞의 책, 498쪽에서 재인용.

14. 김영우, 앞의 책, 507쪽.

15. 金淇驥,「韓國 今日의 靑年事業」,『대한흥학보』6호, 1909, 21쪽.

16. 산웅,「낙관과 비관」,『동광』12호, 1927, 3~4쪽. 산웅의 이 비난은 서울의 배재, 경신, 이화 등 미션계 학교들이 영어교육 도입에 중요한 역할을 했다는 점을 무시하고 있다. 기독교가 식민지시대 영어교육에 미친 영향을 모르고서는 식민지시대 영어교육의 실상을 파악하기 어렵지만 이 글에서는 자세한 논의를 생략한다.

17. 손인수,『한국 교육사상가 평전 II』, 문음사, 1992, 264쪽. 이현주,「한서 남궁억의 여성교육관에 관한 연구」, 춘천교육대 박사학위논문, 2000에서 재인용.

18. 이응호,『개화기의 한글 운동사』, 성청사, 1975, 247쪽.

19. 宋鎭禹,「交友錄」,『삼천리』제7권/5호, 1935, 49~50쪽.

20. 李允宰,「한글 運動의 先驅者 周時經先生」,『삼천리』제7권/9호, 1935, 89쪽.

21.『조선일보』1928. 11. 24, 25.

22.『조선일보』1929. 6. 1.

23. 1916년 4월에 열린 일본의 제3회 영어교원대회에서 "영국인의 정신을 배우지 않으면 안 된다"는 발언이 나온 것이 한 예이다. 영국에서 배워야 한다는 정신은 1870년대 이전 옛 영국의 것이었다. "그때까지의 영국은 자본주의 상승기였고, 크게 번영하고 자유롭고, 정직과 근면으로 출세할 수 있는 나라였다"는 것이 그 이유이다(川澄哲夫, 앞의 책, 147쪽 참조). *The New National Reader* 등 일본에서 사용된 교과서 대부분은 미국에서 출간한 것이었으나, 이들 교과서의 내용은 "1870년 이전의 옛 영국"에서 크게 벗어나지 않았다.

24. 허헌,「世界一週紀行(第一信), 太平洋의 怒濤 차고 黃金의 나라 美國으로! 布蛙에 잠감 들러 兄弟부터 보고」,『삼천리』1호, 1929, 8쪽.

25. 박종성은 "이 시대를 일반적으로 한국 영어교육의 암흑기라고 부른다. 1937년에 조선어 사용 금지령이 내려졌고, 그동안 질적인 영어교육을 담당해 오던 선교학교가 억압당하다가 미국으로 철수하기에 이른다"고 말하고 있다(「한국에서 영어의 수용과 전개, 1883~2002」,『안과밖』12호, 2002, 55쪽).

26. 李商在,「상투에 갓쓰고 米國에 公使갓든 이약이, 벙어리 外交, 그래도 評判은 조왓다」,『별건곤』2호, 1926, 10쪽.

27. 당시 중학과정 학교에서 외국어는 영어반, 독어반, 불어반으로 나눠 운영했지만 영어반을

둔 곳이 가장 많았다.

28. 川澄哲夫, 앞의 책, 148~50쪽.

29. 같은 책, 231~36쪽.

30. 이 시점에 정인섭이 『조선일보』에 「당면한 영어과문제를 논함」이라는 글을 1928년 11월 17일부터 12월 2일까지 열 번에 걸쳐 나눠 발표한다. 그는 일본에서의 영어교육 시간 단축을 언급한 뒤 "그들에게는 그래도 半世紀।반세기 동안이란 現代文化।현대문화의 向上時期।향상시기가 잇섯고 그 內容의 形式이 잇섯스니" 그런 일이라도 할 생각을 할 수 있겠지만 "이 問題।문제를 萬一।만일 朝鮮對象।조선대상으로 생각해 본다면 말할 수 업는 긴장을 늣기게 된다"며 "우리 朝鮮社會।조선사회의 文化形式।문화형식을 爲।위하야는 이제부터 모든 것이 出發點।출발점이라면 外國語।외국어의 絶對必要।절대필요를 부르짓지 않을 수 업는 것이다"라고 했다(「당면한 영어과문제를 논함(7)」, 『조선일보』 1928. 11. 24).

31. 이런 변화는 조선에서만 일어난 것이 아니라는 점도 지적할 필요가 있다. 미국과의 전쟁기간에 영어는 적국의 언어가 되어 일본 안에서도 중등학교에서는 영어교육이 거의 전폐된다.

32. 여기서 말하는 공식교육은 일제의 직접통제를 받은 교육으로서 기독교 미션학교는 포함되지 않는다. 당시 미션계 학교는 일제와의 타협을 통해 성경교육을 계속했는데, 이 교육의 매개가 영어였다. 그러나 이 교육은 성경교육에 치중되었기 때문에 미국인 선교사들은 "단순히 종교만 전파하고 문화운동에는 매우 등한히" 했다는 산옹의 비판이 나온 듯하다.

33. 1920~31년에 『동아일보』는 41회에 걸쳐 영어강습에 관한 보도를 하고 있다.

34. 1920~28년에 『동아일보』는 모두 24회에 걸쳐 야학에 관한 보도를 했다.

35. 학교교육 외부에서의 영어교육을 담당한 주요 장소의 하나는 YMCA이다. 앞에서 언급한 대로 장면은 미국유학 전에 YMCA에 다니며 영어를 배웠고, 박헌영 또한 유학의 기회를 보며 YMCA에서 영어를 배웠다. YMCA에서의 영어교육에 대해서는 좀더 살펴볼 필요가 있지만 나중의 작업으로 미룬다.

36. 이 글을 준비하며 국내 최대의 교과서박물관인 교과서주식회사 부설 박물관에 문의했으나 일제시대 도서는 없었고, 서울 소재 교육자료 도서관에서만 여기서 언급한 교과서 4점을 확인할 수 있었다. 일제시대 영어교육의 실상을 좀더 파헤치려면 당시 사용된 영어교과서를 확보하는 것이 중요하며, 일본에서 사용한 영어교과서 연구 또한 필수적이다.

37. 憑虛, 「지새는 안개(第二回)」, 『개벽』 33호, 1923, 46쪽.

38. 같은 글, 124쪽.

39. 平信徒, 「平信徒의 手記」, 『별건곤』 6호, 1927, 101쪽.

40. 허헌, 앞의 글, 6쪽.

41. 佐久間原, 「中等學校英語科問題(其四)」, 『英語靑年』 1928. 11. 川澄哲夫, 앞의 책, 395쪽에서 재인용.

42. 이극로, 「조선말의 사투리」, 『동광』 29호, 1931, 9쪽.

43. 鏡花, 「白蟻의 社會生活」, 『별건곤』 27호, 1930, 159쪽.

44. 朴露兒, 「女性恐慌時代」, 『별건곤』 30호, 1930, 57쪽.

45. 林英彬, 「美國와서 보는 朝鮮」, 『동광』 12호, 1927, 42~43쪽.

46. 승일, 「라디오·스폿트·키네마」, 『별건곤』 2호, 1926, 105쪽.

47. 『동광』 31호, 1932, 35쪽.

48. 平信徒, 앞의 글, 96쪽.

49. "文人ㅣ문인들의 외국어에 대한 능력을 조사하여 보면 徐恒錫ㅣ서항석씨는 獨逸語ㅣ독일어에 能ㅣ능하고 梁柱東ㅣ양동주씨 佛蘭語ㅣ불란어에 能하고 에쓰페란토엔 金億ㅣ김억씨요 英語에 는 春園ㅣ춘원, 요한, 樹州ㅣ수주, 懷月ㅣ회월씨 등이 第一指ㅣ제일지에 들 것이다."(「文壇雜話」, 『삼천리』 제4권/10호, 1932, 93쪽)

50. 太虛, 「醫師評判記(其二)」, 『동광』 30호, 1932, 64쪽.

51. 「讀者싸룬」, 『별건곤』 55호, 1932. 『별건곤』 편집부는 "외국어 句ㅣ구가 나오는 경우에는 그 아래 괄호를 치고 그 뜻을 적어너켓습니다" 하고 있지만, 이런 독자 요청을 싣고 있는 꼭지 ('독자싸룬')에는 계속 영어가 쓰이고 있다.

52. 朴露兒, 「十年後 流行」, 『별건곤』 25호, 1930, 105쪽.

53. 「現代 男性의 惡趣味」, 『별건곤』 제10권/8호, 1938, 50쪽.

54. 「現代 女性의 惡趣味」, 『별건곤』 제10권/8호, 1938, 162쪽.

55. 정인섭, 「英語敎授法의 新局面―展覽會開催에 際하야(二)」, 『조선일보』 1929. 5. 30.

56. 정인섭, 「英語敎授法의 新局面―展覽會開催에 際하야(三)」, 『조선일보』 1929. 6. 1.

57. 이와 관련해서는 강내희, 「종결어미 '~다'와 한국의 언어적 근대성」(『근대성의 충격』 국제 학술지 『흔적/迹/Traces』 서울학술대회 자료집, 2000, 93쪽) 참조.

58. 같은 글.

59. 김인수, 「1940년대 식민지 조선의 사상공간과 언어검열: 최재서 『국민문학』을 중심으로」, 『일본의 제국주의 지배와 일상생활의 변화』 한국사회사학회 2005년도 특별심포지엄 자료집, 2005, 184쪽.

60. 같은 글, 187쪽.

한국사회에서 영어실력은 문화자본인가

대학생들의 영어학습 실태와 영어 능통자에 대한 인식을 중심으로

최샛별*

전세계의 공용어라는 것을 감안한다고 할지라도, 우리나라에서 영어가 지닌 의미는 남다르다. 대형서점의 베스트셀러는 대부분이 영어관련 서적이며 출판계가 극심한 불황을 겪고 있어도 영어와 관련된 서적은 늘 호황이다. 또한 대학생들은 유창한 영어회화를 구사하기 위해, 영어 공인시험을 준비하기 위해 열심히 영어학원을 찾고 많은 비용을 들여 해외로 어학연수를 떠난다.[1] 영어를 잘한다는 것은 그 사람의 매우 큰 능력으로 간주되며, 실제로 취업이나 승진에 있어서도 영어는 중요한 평가기준이 된다.

---

* 이화여대 사회학과 교수. 이 글은 「한국사회에서의 영어 실력에 대한 문화자본론적 고찰: 대학생들의 영어학습 실태와 영어 능력자에 대한 인식을 중심으로」(『사회과학연구논총』 11, 5~21쪽, 2003)를 일부 수정한 것이다.

　　이 글은 한국 대학생의 영어학습 실태와 영어 능통자에 대한 인식 조사 자료를 바탕으로 하여 이러한 한국사회에서의 영어의 위상과 그 기능을 부르디외(Bourdieu)의 문화자본론적 시각에서 조명해 보고자 한다.

1. 이론적 배경: 문화자본이란?

'문화재생산' 또는 '문화자본' 개념으로 특징지어지는 부르디외의 이론은 끊임없는 관심의 대상이 되어왔다. 특히 그의 자본개념은 마르크스주의적 계급구분에 베버주의적 지위문화를 접목시킴으로써 계급분석에 있어 이정표적인 전환을 가져왔다고 평가된다. 그는 기존의 경제이론의 획일적인 자본개념을 비판하면서, 자본이란 사회적 경쟁에서 (의식 혹은 무의식적으로) 도구로 사용할 수 있는 모든 에너지로 보았다.

　　그리고 계급 재생산의 진정한 메커니즘은 세 가지 형태의 자본, 즉 계급구조의 기본이 되는 '경제자본'과 이를 바탕으로 생성되고 또 일정한 조건하에서 경제자본으로 전환될 수 있는 '문화자본' 그리고 '사회자본'[2]에 근거하고 있다고 주장하였다.[3]

　　다양한 자본의 형태 중에서 부르디외는 "지배계층이 전수하려고 하는 언어적이고 문화적인 능력, 문화적이고 사회적인 선별에 사용되는 고급지위 문화의 선호로서 문화적 태도와 선호, 학력"[4]으로 정의되는 문화자본에 특히 주목한다. 이는 사회구성원들이 당연하게 여기는 것에서, 사회적 재생산을 가능하게 하는 숨겨진 경로, 제도들, 행위자(행위주체) 또는 인식(지식)을 발견하는 것이야말로 사회학의 가장 중요한 역할이라는 그의 믿음에 비추어볼 때 매우 당연한 것이다. 부르디외는 과거에는 직접적인 경제자본이 사회질서가 유지되고 지배-권력관계가 재생산되는 과정에서 핵심적인 역할을 행해 온 반면, 이러한 메커니즘은 사회적·구조적 변동과 함께 약화되었다고 본다. 그리고 간접적이면서 비가시적인 문화자본이 지배계층의 상징적 구분짓기의 수단, 즉 새로운 재생산기제로서 등장하게 되었다고 주장한다.[5]

문화자본이 재생산의 메커니즘에 있어 강력하게 작용하면서 사회적인 정당성까지 인정받을 수 있는 것은 바로 다음과 같은 이유에서다. 첫째, 문화자본을 소유하기 위해서는 장기간에 걸친 많은 투자가 필요하기 때문에 계급상승을 시도하는 사람들에게 극복하

〈그림1〉『교육, 사회 그리고 문화에 있어서의 재생산』『구분짓기』에서의 부르디외의 주요 이론적 틀

A. 『교육, 사회 그리고 문화에 있어서의 재생산』: 사회재생산에 있어서의 학교의 역할

B. 『구분짓기』: 사회재생산에 있어서의 사회적 권위가 부여된 '고급문화'라는 개념의 역할

기 힘든 장애물로 작용한다. 둘째, 경제적 자본과 달리 수량화가 어렵고 사회구성원들이 잘 인식할 수 없기 때문에 사회적 재생산에 있어서 이들 자본의 역할은 가시화되지 않는다. 따라서 문화자본의 소유 여부는 집단간 문화적 취향의 차이와 사회적 지위의 차이를 발생시킬 수 있는 역량과 연결된다.

〈그림 1〉은 부르디외의 영향력 있는 저서들인 『교육, 사회 그리고 문화에 있어서의 재생산』(이하 『재생산』)[6]과 『구분짓기』[7]의 논의를 단순하게 도식화한 것이다.[8] 이 도식에서 체화된 상태(embodied state)의 문화자본이란 그것을 소유한 사람에게서 풍기는 품위, 세련됨, 교양 등을 의미한다. 이는 '외적인 부'(경제적 자본)가 긴 사회화 과정을 통하여 '아비투스'(habitus)의 형태로 취향이나 태도 등과 같은 개인의 내적인 한 부분으로 자리잡은 상태로서, 이를 축적하기 위해서는 일정한 시간과 환경적 노출이 필요하다. 따라서 체화된 상태의 문화자본은 부모를 포함한 가정적 배경의 영향을 가장 많이 받으며 사람들이 가장 인지하기 어려운 자본의 형태라고 할 수 있다. 제도화된 상태(institutionalized state)의 문화자본은 체화된 문화자본이 제도로 자리잡음으로써 사회적인 정당성을 획득하게 된 것으로 학위, 학교 졸업장, 자격 등이 대표적인 예이다.[9]

부르디외는 『재생산』에서 〈그림 1〉의 A와 같이 가정에서 체화된 문화자본으로 개개인에게 전수된 언어나 태도가 학교라는 제도의 상징적 폭력(symbolic violence)을 통하여 개개인의 우수함, 또는 학위 등으로 인정을 받고, 그로 인해 계급재생산에 대한 사회적 정당성이 획득되는 과정을 추적하고 있다. 여기서 그는 인간자본론이 주를

이루고 있던 교육사회학계에서 다음의 두 가지 제도, 즉 아비투스
로서 문화자본을 내면화시키는 역할을 하는 가족제도와 문화자본
의 불평등을 정당화시키는 역할을 담당하는 교육제도가 사회적 재
생산에 있어 가장 강력한 주체임을 밝혀냈다. 이로써 부르디외는
보울스와 긴티스,[10] 콜린스,[11] 번스타인,[12] 젠크스 등[13]과 함께 교육
의 역할을 계급구조를 재생산하고 정당화시키며 사회적 구분을 능
력으로서 승인하는 가장 중요한 제도 중의 하나로 규정한 최초의
교육사회학자 중 한 사람이 되었다.[14]

또한 부르디외는『구분짓기』(〈그림 1〉의 B)에서 프랑스 사회의
책, 음악, 예술작품과 같은 문화상품의 소비와 의복이나 음식 같은
상품의 소비에 대한 광범위한 조사를 통하여 일상생활에서 개개인
의 취향이라고 불리는 것들이 실제적으로는 자신이 속해 있는 계급
적 지위에 의해 내재화된 아비투스의 발현이라는 것을 밝혀냈다.
이를 근거로 하여 각각 구분되는 계층의 문화의 가치 판단은 전적
으로 권력에 의해 결정되는 임의적인(arbitrary) 것이라고 주장함
으로써 고급문화의 근본이 상층계급의 취향을 반영하는 '취향문화'
에 불과하다는 비판을 제기하였다.[15]

나아가 이러한 고급문화 또는 문화자본의 임의성을 재생산의 틀
에 연결시켰다. 지배계급의 문화는 일반인들이 가지고 있는 고급문
화의 개념에 의해 그 계층의 특수한 문화가 아니라 보편적인 고급문
화로 인정된다. 그리고 각 개인의 취향은 이를 기준으로 등급이 매겨
지게 되며, 고급문화에 대한 상류계층 구성원들의 친숙성은 이들을
다른 계층들로부터 구분하고 계층간 위계의 재생산을 정당화한다.

〈그림2〉 이 글의 구성

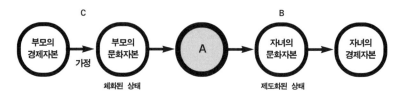

A: 영어 능통자에 대한 사회적 인식
B: 영어공인시험에서의 성적, 영어에 대한 자신감에 있어서의 계층적 차이
C: 영어를 시작한 나이와 동기 그리고 학습방법의 계층적 차이

    정리하자면, 부르디외는 경제자본의 세대간 재생산을 가능하게 하는 매개적인 역할을 하면서도 업적주의라는 미명하에 계층 구조화된 사회를 은폐시키는 데 기여해 온, 사회적으로나 학문적으로나 당연하게 권위가 인정되었던 주체들을 수면 위로 부각시키고자 했던 것이다.

    이 글에서는 이러한 부르디외의 기본적인 틀을 바탕으로 한국사회에서 영어의 문화자본적 위상과 역할을 보여주고자 한다. 〈그림 2〉는 이 글의 구성을 요약적으로 제시한다. 첫째, 한국사회에서 영어를 잘하는 사람들에 대한 이미지와 그 인식은, 한국사회에서 영어를 잘한다는 것은 사회적인 성공을 보장받을 수 있는 능력과 성품을 가지고 있다는 것을 의미한다는 것을 보여준다(〈그림 2〉의 A). 이는 영어실력이 사회적으로 공인받는 제도화된 문화자본이 될 수 있는 기본 요소가 된다.

    둘째, 영어실력과 부모의 사회경제적인 지위의 연관성을 밝힌다. 개개인의 능력이라고 생각되는 영어실력이 사실상은 부모의 경제적 자본과 밀접하게 관련된 체화된 문화자본이며, 영어에 대한 사회적인 인식을 통하여 제도화된 문화자본임을 밝힐 것이다(〈그림 2〉의 B).

마지막으로, 영어실력이 가정이라는 영역에서 어떻게 부모의 사회경제적인 지위와 관련성을 가지며 자녀들에게 문화자본으로 체화되어 가는지를, 부모의 사회경제적 배경에 따라 자녀가 영어를 시작한 나이와 동기 그리고 영어 학습방법, 부모의 영어숙달도 등에서 어떤 차이가 나는지를 중심으로 살펴보고자 한다(〈그림 2〉의 C).

2. 연구결과 및 논의

1) 조사대상

연구조사는 2002년 4월에서 6월까지 국민대, 동아대, 서울대, 이화여대, 전북대, 한림대 등 전국 6개 대학의 대학생을 대상으로 실시되었다.[16] 총응답자수는 1719명으로 학교별로는 국민대 209명, 동

〈표1〉 응답자의 일반적 특성   (단위: 명, %)

대학별 표집인원		전공별 분포		학년별 분포		성별 분포
국민대	209(12.2)	인문계열	932(54.4)	1학년	316(18.4)	남자
동아대	295(17.2)	자연계열	624(36.4)	2학년	554(32.3)	여자
서울대	329(19.1)	예체능계열	157(9.2)	3학년	409(23.8)	합계
이화여대	320(18.6)	합계	1713(100.0)	4학년	437(25.5)	
전북대	304(17.7)			합계	1715(100.0)	
한림대	262(15.2)					
합계	1719(100.0)					

아대 295명, 서울대 329명, 이화여대 320명, 전북대 304명, 한림대 262명이었다. 응답자의 기본적인 특성인 학교별·전공별·학년별·성별 특성은 〈표 1〉에, 그리고 사회경제적 특성인 월평균수입, 자신들의 계층에 대한 상대적 평가,[17] 부모의 교육수준과 직업은 〈표 2〉에 제시 되어 있다.

〈표2〉 응답자의 사회경제적 특성 (단위: 명, %)

가족 월평균 수입		자신의 계층에 대한 평가		
150만원 미만	182(11.6)	1	최고	84(5.3)
150 ~ 200만원 미만	237(15.2)	2		175(11.0)
200 ~ 250만원 미만	310(19.8)	3		269(16.9)
250 ~ 300만원 미만	199(12.7)	4	중간	556(34.9)
300 ~ 400만원 미만	256(16.4)	5		266(16.7)
400 ~ 500만원 미만	159(10.2)	6		176(11.0)
500만원 이상	219(14.0)	7	최저	69(4.3)
합계	1563(100.0)	합계		1595(100.0)

부모의 학력			부모의 직업		
중학교 이하	239(14.2)	389(23.6)	전문직	155(10.3)	76(4.8)
고등학교	644(38.2)	819(48.5)	관리직	365(24.2)	35(2.2)
대학교	594(35.2)	416(24.7)	반전문 기술직	175(11.6)	109(6.9)
대학원 이상	209(12.4)	54(3.2)	사무직	303(20.1)	71(4.5)
합계	1686(100.0)	1687(100.0)	판매직	176(11.7)	123(7.8)
			서비스직	83(5.5)	28(1.8)
			생산직	129(8.5)	28(1.8)
			농어민	89(5.9)	54(3.4)
			미취업	35(2.3)	984(62.4)
			합계	1510(100.0)	1719(100.0)

일단 전체 응답자의 95%인 1635명이 영어가 중요하다고, 또 64%
에 해당하는 1085명의 학생이 대학입학 후에도 영어공부를 계속하
고 있다고 응답하였다. 영어공부를 계속하는 이유로는 70% 이상인
754명이 취업 및 진학을 꼽았으며, 전공이나 개인적인 흥미 등은
10%에도 훨씬 미치지 못하였다. 이는 한국사회에서 진학이나 취업
에 있어서의 영어의 중요성을 보여주고 있다.

　왜 하나의 외국어에 지나지 않는 영어를 잘한다는 것이 진학과
취업에서 이렇게 중요한 역할을 한다고 여겨지고 있을까? 이에 대
한 대답은 본 연구를 위하여 총 20명의 남녀 대학생들에게 예비조
사로 수행된, 한국사회에서 영어를 잘하는 사람(이하 '영어실력자')
에 대한 심층면접에서 도출된 다음의 두 가지 특징적인 결과에서
얻을 수 있다.

　첫째, 한국사회에서 영어를 잘한다는 것이 단순하게 한 가지 외
국어를 잘한다는 것을 의미하지 않는다. 면접결과를 바탕으로 하여
선정한 한국사회에서 영어실력자에 대한 13개의 이미지와 요인분
석 결과는 〈표 3〉에 제시되어 있다. 선정된 13개의 이미지에 대해
서는 일반인 중에 영어를 잘하는 사람들에 대해 각각의 이미지를
갖고 있는 사람들이 얼마나 되느냐를 5점 척도(1점 '아주 적다', 5
점 '아주 많다')로 질문하였다.

　이들 항목들의 주요 성분분석(component analysis) 모델을 이
용한 요인분석의 결과는 요인부하값이 0.5 이상이 한 집단을 이룬

다고 봤을 때 전체 분산의 59.6%를 설명해 주는 세 가지 요인이 추출되었다. 이중에서 능력 있다/똑똑하다/성실하다/성공할 것이다/사회에 기여할 것이다/부럽다는 '능력과 성공의 이미지'로, 이국적이다/세련됐다/건방지다/사회의 주변인이다/위화감을 준다는 '이국적 또는 부정적 이미지'로, 집안이 부유하다/부모님의 교육수준이 높다는 '사회경제적 이미지'로 명명하였다.[18]

〈표3〉 영어실력자 이미지에 대한 요인분석

항목	요인 I	요인 II	요인 III	공통분산비	크론바흐-α
능력과 성공의 이미지					
1)능력있다	.817	.004	.004	.670	.8362
2)똑똑하다	.821	.001	.005	.676	
3)성실하다	.712	.005	−.007	.514	
4)성공할 것이다	.771	−.003	.133	.613	
5)사회에 기여할 것이다	.639	.128	−.002	.425	
6)부럽다	.651	−.128	.159	.466	
이국적 또는 부정적 이미지					
7)이국적이다	.009	.768	.001	.598	.7631
8)세련됐다	.316	.656	.004	.532	
9)건방지다	−.008	.801	.148	.670	
10)사회의 주변인이다	−.167	.713	.189	.571	
11)위화감을 준다	−.009	.563	.288	.408	
사회경제적 이미지					
12)집안이 부유하다	.005	.292	.843	.798	.7859
13)부모님의 교육수준이 높다	.174	.163	.864	.804	
요인에 의해 설명된 %	26.6	20.3	12.7		

* 주: 요인추출 방법은 주성분 분석을 이용하였으며, 회전방법 베리맥스를 이용하였다.

둘째, 상당수의 심층면접 대상자가 국내에서만 성장하고 영어를 잘 하는 사람과 외국에서 거주한 경험이 있어 영어를 잘하는 사람을 구분하여 생각하였으며, 이 두 집단에 대한 이미지가 상당히 달랐 다. 이러한 심층면접 결과를 바탕으로 질문지에서는 외국거주 경험 이 있는 영어실력자와 그렇지 않은 영어실력자를 구분하여 질문하 였다. 〈표 4〉는 국내에서 성장한 영어실력자(이하 '국내파')와 해외 거주 경험이 있는 영어실력자(이하 '해외파')의 13개 이미지들에 대한 평균값과 세 가지 요인들로 묶인 이미지들의 평균값을 제시하 고 있다.

일단 요인별로 묶인 세 가지 이미지 중에서 국내파는 '능력과 성 공의 이미지'에서 그리고 해외파는 '사회경제적 이미지'에서 가장 높은 수치를 얻고 있다.

특히 국내파의 경우에는 '능력과 성공의 이미지'로 묶인 6개의 이 미지들 모두에서 '사회에 기여할 것이다'를 제외하고는 5점 척도상 에서 대부분 4점 이상의 평균을 보였다. 그중에서도 '능력 있다'가 평균 4.27로 가장 강한 이미지로 나타났으며, 그외에도 똑똑하다/ 성실하다 등 성공을 하기 위해서 사회에서 요구하는 긍정적인 성향 들에 대한 강한 이미지를 갖고 있다.

이와 비교하면 해외파에 대한 '능력과 성공의 이미지' 수치는 낮 게 나타나고 있으며, 특히 '성실하다'라는 이미지에 대해 낮은 수치 (2.63)를 보이고 있다. 그러나 해외파에 대한 이미지에 있어서도 능력 있다(3.71)/성공할 것이다(3.65)에 대해서는 평균이 비교적 높아, 한국사회에서 영어를 잘한다는 것은 능력이 있다는 것으로 인식되고 있음을 보여준다.

이와 같은 결과를 통하여 왜 영어가 입학이나 입사, 승진 등에서 중요한 기준으로 작용하는가를 다음과 같이 유추해 볼 수 있다. 한국사회에서의 영어실력이란 단순한 외국어실력이 아니라 그 사람의 능력과 성공의 자질 그리고 성실성을 보여주는 지표로 간주되기 때문이다.

해외파에 대해서는 가장 높은 수치를 보인 '사회경제적 이미지' 중에서도 '집안이 부유하다'라는 이미지를 일반적으로 강하게 가지고 있

〈표4〉 국내파 영어실력자와 해외파 영어실력자의 이미지 비교

항목	국내파	국내파
능력과 성공의 이미지	**4.04±0.63**	**3.37±0.64**
1)능력있다	4.27 ±0.71	3.71 ±0.98
2)똑똑하다	4.16 ±0.70	3.23 ±1.00
3)성실하다	4.04 ±0.89	2.63 ±0.92
4)성공할 것이다	4.06 ±0.84	3.65 ±0.92
5)사회에 기여할 것이다	3.54 ±0.97	2.85 ±0.95
6)부럽다	4.17 ±0.91	4.16 ±0.95
이국적 또는 부정적 이미지	**2.37±0.65**	**2.70±0.69**
7)이국적이다	2.47 ±0.86	2.90 ±1.01
8)세련됐다	2.76 ±0.95	2.90 ±1.01
9)건방지다	2.26 ±0.91	2.77 ±1.04
10)사회의 부변인이다	2.06 ±0.86	2.12 ±0.91
11)위화감을 준다	2.33 ±0.96	2.86 ±1.07
사회경제적 이미지	**2.95±0.89**	**3.45±0.94**
12)집안이 부유하다	2.76 ±0.98	3.52 ±1.08
13)부모님의 교육수준이 높다	3.14 ±0.99	3.38 ±1.01

다. 그리고 이는 예비조사 단계에서도 특징적으로 나타났듯이, 국내파와 비교해 봤을 때 성실함을 포함하여 전반적으로 능력과 성공에 대한 이미지가 낮고 이국적이고 부정적인 이미지가 높은 것과 많은 연관을 맺고 있는 것을 알 수 있었다.

즉 해외파의 경우 영어실력은 그 사람의 진정한 능력이 아니라 부모의 경제적인 도움과 가정적인 배경에 의해 운 좋게 얻어진 것으로, 자신의 능력과 노력으로 영어실력을 쌓은 국내파 실력자들과는 다르다는 인식이다.

그렇다면 정말 한국에서만 성장한 국내파 영어실력자들은 다른 사람들과 비교했을 때 자신의 능력만 뛰어난 것일까? 지금부터는 한국사회에서 능력과 성공의 아이콘으로 생각되고 있는 영어실력이라는 것이 사실상은 부모의 경제적 자본과 연결된 체화된 문화자본으로, 이와 같은 국내파 영어실력자에 대한 사회적인 인식을 통해 공인된 제도화된 문화자본임을 주장하고자 한다.

3) 제도화된 문화자본으로서의 '영어실력': 영어에 대한 자신감과 부모의 사회경제적 배경의 관계를 중심으로

해외거주 경험이 없는 경우의 영어실력에는 과연 사회경제적인 환경이 영향을 미치지 않는 것일까?[19] 일단 영어를 잘한다는 것, 즉 영어실력을 정확하게 측정하는가는 쉬운 문제는 아니다. 사회적으로는 공인된 어학능력시험의 점수를 사용하는 것이 가장 일반적이며 또한 가장 객관적이고 신빙성 있는 것으로 간주된다.

그러나 공인 어학능력시험을 응시해 본 학생은 전체 응답자 중 37% 인 636명에 지나지 않아 분석에 사용하는 데 난점이 있었다. 차선책 으로 사회적으로 공인을 받는 어학시험에서 높은 점수를 받는 학생들 은 영어에 대해 자신감을 갖고 있을 것이라는 논거를 가지고 영어에 대한 자신감을 TOEFL(CBT/PBT 41명/63명), TOEIC(390명), TEPS(241명) 중 응답자가 가장 많이 응시한 TOEIC과 교차분석하 였다.[20]

X^2값은 71.875로 0.001 수준에서 유의미한 것으로 토익점수가 높 을수록 자신감도 높고, 반대로 토익점수가 낮으면 자신감도 낮아진다 는 것을 알 수 있다. 이에 근거하여 영어에 대한 자신감을 영어실력을 나타내는 지표로 사용하고자 한다. 부모의 사회경제적 지위라고 할 수 있는 소득(〈표 5〉)과 생활수준(〈표 6〉), 부모의 학력(〈표 7〉) 그리 고 아버지의 직업(〈표 8〉)[21] 각각을 영어에 대한 자신감과 교차분석해 본 결과는 이러한 영어실력이 자신만의 능력이라는 이미지가 매우 잘 못된 것일 수 있다는 것을 제시한다. 일단 이 모든 계층관련 변수들과

〈표5〉 소득별 영어에 대한 자신감 (단위: 만원, 명, %)

영어에 대한 자신감	소득							합계
	150만원 미만	150만원 이상~200만원 미만	200만원 이상~250만원 미만	250만원 이상~300만원 미만	300만원 이상~400만원 미만	400만원 이상~500만원 미만	500만원 이상	
자신 없다	115 (63.2)	142 (59.9)	180 (58.3)	94 (47.2)	124 (48.4)	76 (47.8)	92 (42.0)	823 (52.7)
보통이다	49 (26.9)	66 (27.8)	93 (30.1)	74 (37.2)	87 (34.0)	57 (35.8)	63 (28.8)	489 (31.3)
자신있다	18 (9.9)	29 (12.2)	36 (11.7)	31 (15.6)	45 (17.6)	26 (16.4)	64 (29.2)	249 (16.0)
합계	182 (100.0)	237 (100.0)	309 (100.0)	199 (100.0)	256 (100.0)	159 (100.0)	219 (100.0)	1561 (100.0)

X^2 = 56.339 p=.000

〈표6〉 부모의 생활수준별 영어에 대한 자신감

(단위: 만원, 명, %)

영어에 대한 자신감	소득							
	1	2	3	4	5	6	7	합계
자신 없다	62 (73.8)	105 (60.0)	166 (61.7)	299 (53.9)	131 (49.2)	57 (32.6)	18 (26.1)	833 (52.6)
보통이다	12 (14.3)	55 (31.4)	71 (26.4)	185 (33.3)	92 (34.6)	62 (35.4)	22 (31.9)	499 (31.3)
자신있다	10 (11.9)	15 (8.6)	32 (11.9)	71 (12.8)	43 (16.2)	56 (32.0)	29 (42.0)	256 (16.1)
합계	84 (100.0)	175 (100.0)	269 (100.0)	555 (100.0)	266 (100.0)	175 (100.0)	69 (100.0)	1593 (100.0)

X^2 = 119.217 p=.000

〈표7〉 부모의 학력별 영어에 대한 자신감

(단위: 명, %)

영어에 대한 자신감	아버지의 학력					어머니의 학력				
	중학교 이하	고등학교	대학교	대학원	합계	중학교 이하	고등학교	대학교	대학원	합계
자신 없다	147 (61.8)	387 (60.1)	274 (46.2)	78 (37.3)	886 (52.6)	254 (64.0)	443 (54.1)	169 (40.7)	21 (38.9)	887 (52.6)
보통이다	58 (24.4)	191 (29.7)	210 (35.4)	66 (31.6)	525 (31.2)	95 (23.9)	269 (32.8)	150 (36.1)	12 (22.2)	528 (31.2)
자신있다	33 (13.9)	66 (10.2)	109 (18.4)	65 (31.1)	273 (16.2)	48 (12.1)	107 (13.1)	96 (23.1)	21 (38.9)	272 (16.1)
합계	238 (100.0)	644 (100.0)	593 (100.0)	209 (100.0)	1684 (100.0)	397 (100.0)	819 (100.0)	415 (100.0)	54 (100.0)	1685 (100.0)

(아버지)X^2 = 77.227 p=.000   (어머니)X^2 = 73.951 p=.000 *

〈표8〉 아버지의 직업별 영어에 대한 자신감

(단위: 명, %)

영어에 대한 자신감	아버지의 직업									
	전문직	관리직	반전문기술직	사무직	판매직	서비스직	생산직	농어민	미취업	합계
자신 없다	62 (40.0)	152 (41.8)	97 (55.4)	165 (54.5)	100 (54.5)	50 (61.0)	78 (60.5)	66 (74.2)	18 (51.4)	788 (52.3)
보통이다	47 (30.3)	133 (36.5)	53 (30.3)	85 (28.1)	61 (34.7)	23 (28.0)	35 (27.1)	17 (19.1)	15 (42.9)	469 (31.1)
자신있다	46 (29.7)	79 (21.7)	25 (14.3)	53 (17.5)	15 (8.5)	9 (11.0)	16 (12.4)	6 (6.7)	2 (5.7)	251 (16.6)
합계	155 (100.0)	364 (100.0)	175 (100.0)	303 (100.0)	176 (100.0)	82 (100.0)	129 (100.0)	89 (100.0)	35 (100.0)	1508 (100.0)

X^2 = 76.045 p=.000

〈표9-1〉

소득	영어를 처음 배운 시기				
	취학전	초등학교 1~3학년	초등학교 4~6학년	중학교	합계
	$X^2=139.709$ p=.000				
150미만	4(2.2)	9(5.0)	55(30.6)	112(62.2)	180(100.0)
150이상~200미만	8(3.4)	23(9.8)	100(42.6)	104(44.3)	235(100.0)
200이상~250미만	9(2.9)	37(12.0)	142(46.0)	121(32.9)	309(100.0)
250이상~300미만	9(4.5)	29(14.6)	93(47.0)	67(33.8)	198(100.0)
300이상~400미만	16(6.3)	35(13.7)	116(45.3)	89(34.8)	256(100.0)
400이상~500미만	11(7.0)	34(21.7)	70(44.6)	42(26.8)	157(100.0)
500이상	27(12.6)	57(26.6)	88(41.1)	42(19.6)	214(100.0)
합계	84(5.4)	224(14.5)	664(42.9)	577(37.2)	1549(100.0)

〈표9-2〉

소득	영어를 배우게 된 동기				
	본인의 선택	부모님의 권유	교과과목	기타	합계
	$X^2=81.922$ p=.000				
150미만	18(9.9)	34(18.7)	114(62.6)	16(8.8)	182(100.0)
150이상~200미만	24(10.2)	67(28.4)	133(56.4)	12(5.1)	236(100.0)
200이상~250미만	32(10.3)	111(35.8)	142(45.8)	25(8.1)	310(100.0)
250이상~300미만	21(10.6)	75(37.9)	84(42.4)	18(9.1)	198(100.0)
300이상~400미만	23(9.0)	98(38.3)	108(42.2)	27(10.5)	256(100.0)
400이상~500미만	14(8.8)	75(47.2)	55(34.6)	15(9.4)	159(100.0)
500이상	32(14.9)	104(48.4)	60(27.9)	19(8.8)	215(100.0)
합계	164(10.5)	564(36.2)	696(44.7)	132(8.5)	1556(100.0)

〈표9-3〉

소득	학습방법				
	원어민 과외	비원어민 과외	학습지	학원	과외여부
150미만	5(4.7)	12(11.2)	24(22.4)	89(83.2)	100(55.2)
150이상~200미만	9(6.0)	21(13.9)	43(28.5)	128(84.8)	145(61.4)
200이상~250미만	20(9.1)	42(19.1)	57(25.9)	175(79.5)	212(68.6)
250이상~300미만	17(11.2)	32(21.1)	52(34.2)	122(80.3)	152(76.4)
300이상~400미만	31(16.3)	63(33.2)	69(36.3)	147(77.4)	190(74.5)
400이상~500미만	32(25.8)	50(40.3)	40(32.3)	104(83.9)	119(74.8)
500이상	57(32.6)	80(45.7)	42(24.0)	141(80.6)	173(79.4)
합계	171(15.3)	300(26.8)	327(29.9)	906(81.0)	1091(70.1)

〈표9-4〉

생활수준	영어를 처음 배운 시기				
	취학전	초등학교 1～3학년	초등학교 4～6학년	중학교	합계
$X^2 = 113.659$ ***					
1	5(6.0)	4(4.8)	25(30.1)	49(59.0)	83(100.0)
2	8(4.6)	14(8.0)	74(42.3)	79(45.1)	175(100.0)
3	8(3.0)	27(10.1)	116(43.4)	116(43.4)	267(100.0)
4	27(4.9)	69(12.5)	240(43.6)	215(39.0)	551(100.0)
5	11(4.2)	49(18.6)	126(47.9)	77(29.3)	263(100.0)
6	17(9.9)	38(22.1)	76(44.2)	41(23.8)	172(100.0)
7	8(11.9)	26(38.8)	23(34.3)	10(14.9)	67(100.0)
합계	84(5.3)	227(14.4)	680(43.1)	587(37.2)	1578(100.0)

〈표9-5〉

생활수준	영어를 배우게 된 동기				
	본인의 선택	부모님의 권유	교과과목	기타	합계
$X^2 = 139.709$ p=.000					
1	5(6.0)	20(23.8)	55(65.5)	4(4.8)	84(100.0)
2	17(9.7)	49(28.0)	96(54.9)	13(7.4)	175(100.0)
3	29(10.8)	72(26.9)	145(54.1)	22(8.2)	268(100.0)
4	59(10.7)	203(36.8)	246(44.6)	44(8.0)	552(100.0)
5	20(7.6)	120(45.6)	94(35.7)	29(11.0)	263(100.0)
6	26(14.9)	77(44.3)	52(29.9)	19(10.9)	174(100.0)
7	11(15.9)	36(52.2)	17(24.6)	5(7.2)	69(100.0)
합계	167(10.5)	577(36.4)	705(44.5)	136(8.6)	1585(100.0)

〈표9-6〉

생활수준	학습방법				
	원어민 과외	비원어민 과외	학습지	학원	과외여부
1	4(8.3)	10(20.8)	13(27.1)	40(83.3)	42(50.0)
2	8(7.9)	17(16.8)	26(25.7)	82(81.2)	98(56.3)
3	17(9.1)	33(17.7)	54(29.0)	159(85.5)	179(66.5)
4	56(13.6)	97(23.5)	116(28.2)	331(80.3)	407(73.6)
5	35(17.3)	69(34.2)	69(34.2)	155(76.7)	199(75.1)
6	34(24.6)	54(39.1)	40(29.0)	115(83.3)	136(77.7)
7	23(40.4)	23(40.4)	12(21.1)	42(73.7)	55(79.7)
합계	177(15.5)	303(26.5)	330(28.8)	924(80.8)	1116(70.2)

영어에 대한 자신감은 모두 0.001 수준에서 통계적으로 의미 있는 관계가 있다.

소득, 생활수준, 부모의 학력이 높아질수록 영어에 대해 자신이 있다는 응답자는 늘어나는 반면 자신이 없다는 응답자는 소득, 생활수준, 부모의 학력이 낮아질수록 많아진다. 특히 생활수준과의 교차분석 결과 주관적 생활수준을 가장 낮다고 응답한 84명 중 74%인 62명이 자신이 없다. 그리고 12%인 10명만이 자신 있다고 응답한 반면에 생활수준을 가장 높은 편이라고 응답한 69명의 경우 자신 있다는 비율이 42%(29명)로 4배에 가까웠다. 그리고 직업별로 봤을 때는 아버지가 전문직(29.7%)이나 관리직(21.7%)에 종사하는 경우에 자신 있다고 응답하는 학생이 많았으며 농어민인 경우 자신 없다고 응답한 비율(74.2%)이 가장 높았다. 결과적으로 집안환경이 부유하고 부모의 교육수준이 높은 학생일수록 또 부모가 전문직이나 관리직에 종사할수록 영어에 대한 자신감, 다시 말해 영어실력이 높다는 결론을 내릴 수 있다.

이는 한국사회에서의 영어실력이란 단순한 외국어실력이 아니라 그 사람의 능력과 성공의 자질 그리고 성실성을 보여주는 지표로 간주된다는 영어실력자들에 대한 이미지 분석결과와 함께 고려될 때, 한국사회에서의 영어실력이 왜 제도화된 문화자본인가를 설명해 줄 수 있다.

부모의 사회경제적인 배경과 긴밀한 관계를 맺고 있는 영어실력은 영어실력자에 대한 사회적인 인식을 통하여 부모의 사회경제적인 배경과 관계없는 개개인의 능력으로 전환된다. 그리고 입학이나 입사나 승진 등에서 중요한 기준으로 작용함으로써 개개인의 사회경제적 지위의 재생산에 있어서도 많은 영향을 미칠 수 있다. 뿐만 아니라 많은 사람들은 영어를 잘한다는 것을 부러워하며 그들의 실력을 인정하고 더 나아가 이들의 성공을 당연시함으로써 사회적인 정당성까지를 획득할 수 있는 제도화된 문화자본으로서의 역할을 수행한다.

4) 영어는 어떻게 문화자본으로 체화되는가?

왜 이렇게 부모의 사회경제적인 요건에 따라 영어에 대한 자신감, 즉 영어실력에 있어서의 차이가 뚜렷한 것일까? 하나의 언어를 습득하는 데는 많은 시간과 노력 그리고 환경적인 노출이 필요하다. 이 점에서 언어는 문화자본 개념에서 중요하게 다루어져 왔다.[22] 그러나 문화자본, 즉 영어라는 한 언어가 체화되는 과정은 몇 개의 간단한 항목으로 측정되거나 보여줄 수 있는 간단한 과정은 아니며, 보다 장기간에 걸친 입체적이고 상세한 연구 또는 기술이 필요하다.

이 연구에서는 이러한 보다 상세한 연구는 이 연구의 한계점으로 후속연구의 과제로 남겨두고, 환경적인 노출과 투자시간 등을 개괄적으로 보여줄 수 있는, 영어를 처음 배운 시기, 동기, 학습방법만 간단하게 다루고자 한다. 이를 부모의 사회경제적 지위를 나타내는 지표인 월소득, 생활수준, 부모의 학력, 직업 중에서도 부모의 경제자본을 대표한다고 할 수 있는 월소득과 생활수준에 따른 차이를 중심으로 해서 살펴본다.[23] 〈표 9〉는 이를 정리한 것으로, 영어실력의 차이가 어린 시절 가정에서 문화자본으로 체화된 것일 수 있음을 보여주고자 한다.

(1) 영어를 처음 접한 시기

현재 대학생들은 정규 교과과정으로는 중학교 1학년부터 영어를 배
우기 시작했다. 그러나 조사결과 전체 1713명 중 60% 이상이 중학교
입학 이전에, 그중 20%에 가까운 응답자들은 초등학교 저학년 때 이
미 영어를 접해 보았다고 응답하였다. 〈표 9〉에 제시되어 있듯이, 소
득수준이 높을수록 학생들이 영어를 접한 시기가 빨라진다. 월소득이
500만 원 이상인 경우에는 12.6%가 취학 전에, 그리고 27%가 넘는
학생이 초등학교 저학년 이전에 영어를 접해 보았다고 응답하였다.
반면 상대적으로 저소득층일수록 중학교 때 처음 영어를 접한 응답자
의 비율이 높아 월소득이 150만 원 미만인 집단은 62%의 응답자가
중학교 때 처음으로 영어를 접해 본 것을 알 수 있다.

   생활수준에 따른 영어 접근성의 차이 역시 이와 동일한 유형을 띤
다. 영어를 처음으로 배우기 시작한 시기의 이러한 사회경제적인 배
경의 차이는 영어에 대한 관심 또한 익숙함의 차이로 또 영어가 교과
목으로 채택되는 중학교에서는 학교성적의 차이로 연결될 수 있다.
이는 영어에 대한 자신감 형성에 큰 영향을 준다.

(2) 처음 영어를 배우게 된 동기
영어를 배우기 시작한 동기도 월소득과 생활수준에 따라 큰 차이를
보인다. 일단 전반적으로 보면 영어를 접하게 된 중요한 동기로는 응
답자의 45%가 '영어수업이 있어서', 36%가 '부모님이 권유하셔서',
그리고 11%가 '스스로 배우고 싶어서'라고 응답하였다. 그외의 기타

에는 '외국에 살아서'(30명, 1.7%), '친구들이 배우고 있어서'(77명, 4.5%), '친척들이 권유해서'(10명, 0.6%) 등이 포함되었다.

소득과 생활수준에 따른 영어를 배우게 된 동기의 차이는, 소득과 생활수준이 높을수록 부모님의 권유로 영어를 배운 비율이 높고 소득과 생활수준이 낮을수록 교과과목으로 배우게 된 비율이 높다. 기타응답 중에서는 외국에서 살았기 때문에 영어를 배웠다고 하는 학생들의 상당수 비율이 소득과 생활수준이 높은 집단에 속해 있다. 이를 통해 고소득층이고 생활수준이 높을수록 부모가 자녀의 영어교육에 많은 관심을 기울이고 있으며 어린 시절부터 영어를 접해 볼 기회가 많다는 것을 추측해 볼 수 있다.

(3) 영어 학습법

또한 대학입학 전의 정규수업 외에 영어학습의 정도와 학습방법에 있어서도 소득별·생활수준별로 큰 차이를 보였다. 전반적으로 70%가 넘는 응답자가 대학입학 전에 정규수업 외 영어학습을 해보았다고 응답하였으며, 소득과 생활수준이 높을수록 정규수업 외 영어학습을 한 비율이 높게 나타났다. 그리고 영어학습 방식에 있어서는 복수응답이 가능한 원어민 과외, 비원어민 과외, 학습지, 영어TV방송 또는 비디오, 학원, 부모님, 어학연수 가운데는 학원을 가장 많이 활용하는 것으로 나타났다. 정규수업 외 영어학습을 한 응답자들 중 80%가 그리고 총응답자 중의 58%가 학원에서 영어학습을 해본 경험이 있다고 응답하였다.

소득과 생활수준의 측면에서 봤을 때는 소득과 생활수준이 높을

수록 다양한 영어학습 방법을 경험해 본 것으로 나타났다. 또한 소득과 생활수준이 높을수록 원어민 과외와 비원어민 과외 등의 과외학습 형태와 〈표 9〉에는 제시되어 있지 않으나 해외연수 등의 방법을 많이 사용한다. 그러나 학습지나 학원의 경우에는 정규수업 외의 영어학습을 한 응답자만을 대상으로 하는 경우에는 그 경험비율이 큰 차이를 보이지 않았다. 이는 사회경제적인 배경이 높은 학생일수록 양질의 그리고 많은 영어학습을 통해 영어에 대한 자신감, 즉 영어실력을 쌓을 기회를 가졌음을 함의한다.

3. 맺음말

이 글은 한국 대학생의 영어학습 실태와 영어 능통자에 대한 인식조사 자료를 바탕으로 하여, 한국사회에서 영어의 위상과 역할을 부르디외의 문화 재생산론의 관점에서 조명하였다. 국내파와 해외파로 구분하여 영어를 잘하는 사람들에 대한 대학생의 이미지를 분석해 보면, 한국사회에서 영어를 잘한다는 것은 사회적인 성공을 보장받을 수 있는 능력과 성품을 가지고 있다는 것을 의미한다. 특히 해외거주 경험이 없이 영어를 잘하는 경우에는 해외거주 경험이 있는 영어실력자들과의 대비적인 이미지로 인해 사회경제적인 배경과 관련이 없는 개개인의 능력과 성품으로 인정받고 있다.

그러나 응답자들의 영어실력과 부모의 사회경제적인 지위의 교차분석 결과는 개개인의 능력이라고 생각되는 영어실력이 사실상은 부

모의 경제적 자본과 밀접하게 연관되어 있다는 것을 밝혀준다. 이
는 한국사회에서 성공을 보장받는 능력과 성품으로 간주되는 영어
실력이 사실상은 부모의 경제적 자본과 밀접하게 관련된 체화된 문
화자본이며, 영어실력에 대한 사회적인 인식을 통하여 공적으로 능
력으로 인정을 획득한 제도화된 문화자본이라는 것을 보여준다. 그
리고 영어실력은 가정이라는 영역에서 부모의 사회경제적인 지위
를 바탕으로 그 시작에서부터 학습방법까지 상이한 방식으로 자녀
들에게 문화자본으로 체화되어 가는 것임을 지적하고자 하였다. 한
국사회에서의 영어실력은 제도화된 문화자본이며, 이를 갖지 못한
집단으로부터 능력과 성공의 정당성을 획득할 수 있는 강력한 문화
재생산의 기제이다.   (『사회과학연구논총』 2003)

주

1. 2001년 교육인적자원부에서 발표한 통계에 따르면 어학연수는 매해 꾸준히 증가하고 있
   는 추세이다. 2001년에는 4만 782명이 어학연수를 목적으로 출국하였으며 그중 50% 이
   상이 영어권 국가로 집중되고 있다.
2. 사회자본은 "상호적인 친분, 안면 등 어느 정도 제도화된 관계들의 지속성 있는 연계망 속
   에 내재되어 있는 실제로 사용되고 있거나 사용가능성이 있는 자원들(경제, 문화자본)의
   총체"(P. Bourdieu, "The Forms of Capita," ed. John G. Richardson, *Handbook
   of Theory and Research for the Sociology of Education 1986*, Westport:
   Greenwood Press, 1986, p. 248)로 정의된다.
3. 같은 글, p. 242.
4. P. Bourdieu, *Distinctions: A Social Critique of the Judgment of Taste*,
   Cambridge/MA: Harvard University Press, 1984.
5. 이러한 예로는 기업의 장에서 전통적으로 경영진의 채용이 가족의 범주 내에서 이루어져

온 데 비해 최근에는 원칙적으로 학벌에 따라 이루어지게 됨으로써 개인 혹은 가족의 세습재
산을 가지고 있는 사람들은 유산으로 전달할 수 있는 재산의 일부를 문화적 투자와 교육으로
재전환해 가는 추세(파트리스 보네위츠, 『부르디외 사회학 입문』, 동문선, 1997)를 들 수 있다.

6. P. Bourdieu and J. Passeron, *Reproduction in Education, Society and Culture*,
   Sage Publication, 1977.

7. 부르디외, 『구별짓기』 상, 최종철 옮김, 새물결, 1995; 『구별짓기』 하, 최종철 옮김, 새물결,
   1996.

8. 문화자본은 체화된 상태, 객체화된 상태(objectified state), 제도화된 상태의 세 가지로 구
   분될 수 있다(Bourdieu, 앞의 글). 이중 본문에서 설명하고 있지 않은 객체화된 상태의 문
   화자본은 문화적 상품(그림, 사전, 도구 등)의 형태로 존재하는 것을 말한다. 그러나 이를 소
   유한다는 자체는 경제적 능력을 의미하며 체화된 문화자본을 가진 계층에 의해 이것이 전유
   될 때에만 문화자본으로서의 가치를 가진다.

9. 같은 글.

10. S. Bowles and H. Gintis, *Schooling in Capitalist America*, New York: Monthly
    Review Press, 1976.

    11. R. Collins, "Functional and Conflict Theories of Educational Stratification,"
    American Sociological Review 36/December, 1971, pp. 1002 ~ 1019; *The
    Credential Society*, New York: Academic Press, 1979.

12. B. Bernstein, "Social Class, Language and Socialization," ed. Karabel and
    Halsey, *Power and Ideology in Education 1977*, Oxford University Press, 1977,
    pp. 473 ~ 86.

13. C. M. Jencks, H. Smith, M. J. Acland, D. Bane, H. Cohen, B. Gintis, and S.
    Michelson, *Inequality: A Reassessment of the Effects of Family and Schooling in
    America*, New York: Basic Books, 1972.

14. P. DiMaggio, "Review Essay: On Pierre Bourdieu," *American Journal of
    Sociology* vol. 84/no. 6, 1979, p. 1463.

    15. H. Gans, *Popular Culture and High Culture*, New York: Basic Books, 1974;
    Bourdieu, 앞의 글.

16. 이 연구의 조사자료는 서울대학교, 이화여자대학교, 전북대학교, 한림대학교, 국민대학교,
    동아대학교 사회학과 사회조사실습팀이 공동으로 진행한 '2002년도 전국 대학생의 의식
    과 생활에 관한 조사연구'의 자료의 일부이다.

17. 원질문지에서 생활수준은 응답자 가족의 현재 생활수준을 한국의 다른 가족들과 비교했을
    때 최저수준이라고 생각한다면 0, 중간수준일 때는 5, 최고수준일 때는 10인 10점 척도로

평가되었다. 그러나 양극단의 응답자가 너무 적어 분석상의 어려움이 있어 0, 1, 2와 8, 9, 10을 하나로 묶어 7점 척도화하였다.

18. 좀더 의미가 있는 결과를 유도하기 위하여 요인간 상호독립성을 강조하는 베리멕스 직각 회전기법을 적용하였다. 일반적으로 요인분석으로 통하여 발견되는 요인은 변수들이 공통적으로 갖고 있는 잠재적인 차원이며 그 의미도 조금은 추상적이다. 따라서 일반적으로 연구자들은 요인분석에서 사용된 변수의 의미를 보고 각 요인에 구체적인 의미를 부여한다. 특히 각 요인과 관계가 깊은 변수들을 살펴보면서 요인의 의미를 추정한다. 요인분석 결과로 비추어볼 때, 측정도구에 있어서의 내용타당성 그리고 구조타당성 중 수렴타당성과 판별타당성이 충분한 지지를 받고 있으며, 또한 Cronbach's α값이 0.84 ~ 0.76까지 나타나, 측정도구의 신뢰성 중 내적 일관성이 충분하다고 판단되어, 추후 분석에서는 각 요인에 포함된 변수들의 합산평균값을 사용하고자 한다.

19. 총응답자 중에서 외국에서 3개월 이상 살아본 경험이 있는 학생은 전체의 7%인 122명, 1년 이상 살아본 응답자는 40명으로 3%도 되지 않아 분석의 대상이 국내에서만 영어교육을 받았다고 간주해도 큰 무리는 없을 것으로 판단된다.

20. 600점 미만의 토익점수를 받은 학생 94명 중 60%인 56명이 자신이 없다고 응답한 반면, 토익점수가 800점 이상인 학생들의 경우는 101명 중 55%인 56명이 영어에 대한 자신감을 보이는 것으로 나타났다.

21. 서구사회에서는 여성의 사회참여가 증가하면서부터 가족의 계층 또는 계급을 결정하는데 있어서 부부 중 누구를 기준으로 할 것이냐에 대한 많은 논의가 있어왔다. 한국사회에서는 1990년대에 들어와 여성의 계급지위에 대한 논의와 함께 동일한 논의가 시작되었다. 그러나 아직까지는 많은 여성들이 전업주부로서 남편의 직업을 통한 간접적인 계급지위를 가지고 있으며 또한 한국적 특수성으로 여성이 직업을 갖고 있더라도 남성보다 지위가 높은 경우가 많지 않다. 이러한 점을 고려하여 아버지의 직업을 기준으로 하였으며, 실제 결과 역시 어머니의 직업을 기입한 1579명 중 61%인 969명이 전업 주부였다. 한국여성의 계급지위에 대한 논의는 박숙자, 「계급연구의 분석단위: 기혼녀의 계급지위」(『사회 계층: 이론과 실제』, 다산, 1991); 조은, 「한국사회에서의 성과 계급」(『한국사회의 비판적 인식』, 나남, 1990) 참조.

22. 사실상 문화자본은 부르디외의 저작들에서조차 다양한 의미로 사용되고 있다(M. Lamont and A. Lareau, "Cultural Capital: Allusions, Gaps and Glissandos in Recent Theoretical Developments," *Sociological Theory* 6, 1988, pp. 153 ~ 68). 그러나 그의 문화자본 개념에는 언어가 강조되고 있다. 그 예로, 『상속자들』에서 문화자본은 "비공식적 학업성취기준─전통적인 언어능력, 구체적 태도, 개인적 스타일과 같은 비공식적 지식"으로, 『재생산』에서는 "언어적인 능력(문법, 악센트, 어조), 이전

의 학업문화, 공식적인 지식, 일반적인 문화, 학위 등을 포함하는 것"으로 개념화된다(P. Bourdieu & J. Passeron, *The Inheritors: French Students and their Relation to Culture*, Chicago: The University of Chicago Press, 1979). 또한 이를 활용하는 학자들 중에서 스와츠가 문화자본을 "상이한 계급들이 전수하려고 하는 언어적이고 문화적인 능력"으로 정의하였다(Swartz, "Pierre Bourdieu: The Cultural Transmission of Social Inequality," *Pierre Bourdieu*, edited by Robbins, Derek, vol. 2, Sage Publications, 2000, pp. 207~17).

23. 그러나 부르디외의 논의에서 부모의 교육수준과 직업은 자신들의 계층 또는 계급을 구분하는 매우 중요한 변수이다. 이 글에서 소득과 생활수준에 초점을 맞춘 것은 단지 경제적 자본과 가장 유사하다고 판단됐기 때문이다. 본문에서는 다루고 있지 않은 부모의 교육수준, 직업과 영어실력의 지표로 사용된 영어에 대한 자신감의 교차분석 결과 역시 소득, 생활수준과의 결과와 유사하다.

영어: 근대화, 공동체, 이데올로기

송승철[*]

1. 과거와 현재: 역사는 반복되고 있다

우리는 역사로부터 무엇을 배우는가? 두 개의 삽화로 이 글을 시작
하겠다. 하나는 거의 한 세기 전의 것이고, 또 하나는 바로 오늘의
예이다. 어깨너머로 배운 지식으로 판단하건대, 우리 역사에서 최
초의 영어통역관은 윤치호였다. 그가 십이신사유람단의 일원인 어
윤중의 수행원 자격으로 화륜선을 타고 일본에 건너간 해는 1881년
이다. 그는 조선의 낙후성에 충격을 받고 근대문물을 수입하기 위
해 처음에는 일본어부터 배운다. 그러다, 김옥균으로부터 일본을
거치지 않고 태서문명을 직수입하려면 영어를 배우라는 권유를 받
고 이듬해 화란영사관 서기관으로부터 5개월간 영어를 배운다. 그

* 한림대 영어영문학과 교수. 주요 논문으로는 「서구 문화연구의 공과」 등이 있다.

의 회고대로 "다섯 달 배운 영어가 무엇이 변변하얏게소"만 그나마 영어를 할 사람이 없어 마침 조선주재 초대 미국공사로 발령이 난 푸트(L. H. Foote)의 통역을 맡음으로써 한국 최초의 영어통역관이 된다.

윤치호의 생애가 내 관심을 끈 이유는 그가 최초의 영어통역관이라는 사실보다 오히려 방대한 양의 영어일기를 남겼다는 점이다. 1883년 서양인 선교사가 운영하는 중서서원 재학 때부터 쓰기 시작한『윤치호일기』는 그후 장장 60년간 계속된다. 언어선택의 편력은 의식의 변화를 보여주는 하나의 지표이다. 제법 유서 깊은 가문 출신이므로 처음에는 당연히 한문으로 필기하다 1887년 11월 26일부터 갑자기 한글로 기록하기 시작한다. 제2대 독립협회 회장직을 맡게 되는 경력으로 볼 때 민족의식의 소산임이 분명할 터인데, 이에 대해서 "각색 일과 여전하다. 오후 修身會(수신회) 每週會(매주회) 여전하다. 이날로부터 일기를 國文(국문)으로 하다"라고만 기록되어 있다.[1] 그가 영어로 일기를 쓰게 되는 계기는 1888년 감리교회 후원으로 미국 반더빌트 대학 신학과의 유학이다. 이 선택과정에 대해서는 아무런 기록을 남기지 않은 것으로 보인다. 이후, 대한제국의 몰락을 거쳐 해방까지의 험난한 세월 동안 그는 자신의 내면풍경을 계속 영어로 기록한다.

윤치호가 일기를 영어로 쓰기로 결정하고 평생 자신의 내면을 영어로 기록한 것에 대해 왜 아무런 기록을 남기지 않았을까? 그것은 너무나 당연한 것이기 때문일 것이고, 다른 말로는 한글로 기록될 때 사라질 것보다 영어로 기록될 때 얻을 수 있는 것이 더 많았기 때문일 것이다. 그렇다면 대한민국 최초의 영어통역관, 독립협회 간부 그리고 YMCA 창립자로서 '선각자'의 길을 걸었던 윤치호의 민족의식은 어떠했을까. 다음은 기미년 3월 1일 일기의 일부인데, 한글로 옮겨 보았다.

1:30경 거리에서 군중들의 함성소리가 들렸다. 창 너머 거리에 학생과 사람들로 꽉 메워졌고 '만세'를 외치면서 종각 네거리로 달려 가고 있었다. 소년들이 모자와 목도리를 흔들었다. 순진한 청년들이 애국의 이름 아래 자진해서 위험을 감수하는 이 안타까운 광경에 눈물이 솟구쳤다. 우리는 혹 말썽이 있을까 싶어 문은 모두 닫았다.[2]

그는 만세운동을 어떻게 생각하고 있었을까?

독립이 우리에게 주어진다 한들 우리는 이를 잘 이용할 준비가 되어 있지 않다. 일본은 1894년 우리에게 독립을 주지 않았던가. 우리는 그때 뭘 했던가. 약소민족이 강대민족과 함께 살아가야 한다면, 약소민족은 자기보호를 위해 반드시 강대민족의 호의를 얻어야 할 것이다.

두 인용문만으로도 윤치호의 내면에서 근대성에 대한 갈망이 민족의식을 압도하고 있는 상황이 명백하다. 일본의 야만적 탄압에 분노하면서도 3·1운동에 대한 이런 비판은 방법론적 오류 이상으로 보인다. 국권상실 이전과는 달리 이제 윤치호는 조선민족의 자력갱생 가능성을 믿지 않는 것이다. 그러므로 서구적 근대성 확립이 우선이며 이것은 민족자주의 거의 전제조건이 된다.

　윤치호 일기는 근대화, 민족의식, 영어의 상관관계의 한 모습을 함축적으로 보여준다. 그것은 서구 근대문물을 직수입하기 위해 영어를 배웠으나, 근대달성과 서구화를 동일시한 나머지 오히려 제국주의의 식민논리에 포섭되어 가는 위험한 아이러니이다. 그의 자존심에 상처내는 서양 선교사들의 오만에 분개—그가 훗날 대동아공영권의 열렬한 지지자가 되는 심정적 원인 가운데 하나일 것이다—하면서도 정작 내면에 이르기까지 모든 것을 영어로 적어내는 정신적 곤경을 그의 일기는 낱낱이 보여준다. 개화 엘리트 윤치호에게 서구화는 이토록 화급했고 영어는 그만큼 매력적인 존재였으며, 따라서 왜 내면을 영어로 기록해야 하는지 쓸 이유도 없었을 것이다.

　이제, 초점을 현재로 돌리자. 오늘날 한국의 대학이 다 그렇듯 영어 발표대회가 매년 있는데, 다음은 내가 재직하는 대학에서 실제로 있었던 일이다. 이 대회를 참관했던 나로서는 세 가지가 마음에 걸렸다. 그 하나는 심사결과였다. 참가자는 모두 9명이었고(그중 셋이 내 수업을 듣는 학생이었다), 우수상을 받은 학생들의 발표내용은 다양했다. 자신의 다이어트 경험을 이야기한 학생도 있었고, 미국인 보이프렌드를 가진 여학생이 한국남성을 비판하는 발언도 있었다. 영어기숙사 운영의 가능성을 이야기한 학생도 있었고, 학생들이 취업을 못하는 것은 비전이 부족하고 준비가 부족하다는 취지의 말을 한 학생도 있었다. 일등상은 진정한 아름다움은 미스코리아가 아니라 올림픽에서 최선을 다하는 유승민 선수에게서 볼 수 있다는 발표에 돌아갔다.

　그런데 유일한 정치적 주제였던 '고구려역사와 한중관계'를 다룬 발표는 참가상(thank-you-for-coming award)을 받았다 물론, 이 학생이 다른 학생보다 잘하진 못했고 더듬거리긴 했다. 그러나 적어도 이 학생의 발표는 다른 발표들—노력하면 성공한다거나, 진정한 아름다움은 노력의 결과라거나, 한국남자들은 외국인과 사귀는 여자를 창녀 정도로 본다는 주장—보다 훨씬 추상적인 사고와 수준 높은 어휘가 필요했었다. 왜 이런 점이 고려되지 않았을까? 영어발표는 학예회였기 때문이다.

왜 이런 심사가 나왔을까? 사실, 이날 발표의 심사자는 한 사람을 제외하고는 모두 외국인 회화선생들이었다. 미국에서 박사학위 받은 사람이 즐비한 이 학교에서 이런 때면 한국인은 언제나 들러리를 서고 '원어민'들이 심사를 결정한다. 그들이 우리의 내면을, 우리의 정치를, 우리의 운명을 더 잘 이해하고 있지 않을 터인데도 이런 관례가 몇 년째 계속되는 것은, 우리 사회가 이런 관습에 익숙해졌음을 말해 준다. 아마 우간다에서도 이렇게 진행하지 않을 관행이 세계 11대 무역국가에서 버젓이 행해지고 있었고, 나로서는 그 자리가 시종 불편했다.

우리는 영어 발표대회는 '원어민'이 심사하는 것을 왜 당연히 여길까? 한 학생이 그때 발표를 하면서 제스처를 쓰는 방식이 나에게는 뭔가를 시사해 주었다. 원어민 심사자들은 늘 발표방식을 중요시하고 적절한 제스처를 쓰는 것을 강조한다. 그 학생은 공식대로 제스처를 썼다. 그런데 우리는 손가락으로 하나, 둘을 셀 때 손을 편 상태에서 엄지부터 손가락을 굽혀나가는데, 그 여학생의 경우는 정반대였다. 주먹을 쥔 상태에서 엄지부터 밖으로 펴면서 'first', 집

게를 펴면서 'second', 중지를 펴고는 'third'라고 말했다. 그의 발언 내용은 평범했다. 민족, 문화적 유형학, 월마트의 고용형태 대신에 "진짜 아름다움이란 노력하는 모습에 있습니다"라고 말하면서 손가락을 밖으로 꼽았다. 나는 그때 교사 앞에서 착하고 얌전한 행동으로 모방을 통해 점수를 따려는 초등학생이 생각났다.

이는 윤치호의 그것과 얼마나 닮았는가. 윤치호가 일기를 영어로 쓰기로 결심하면서 아무런 갈등을 표현하지 않았듯 영어 발표대회에 참석한 학생들도, 이를 기획한 학교도 그리고 청중들도 이런 풍경을 당연한 듯 생각하는 듯했다. 윤치호 그리고 그날의 대다수 학생들에게 영어는 무엇이었을까?

오늘날 우리 사회의 지배 이데올로기를 창출하는 막강한 기관 가운데 하나인 삼성경제연구소에서 나온 보고서에 따르면, 한국은 "소규모 개방경제의 한계 돌파와 선진국 도약을 위해 글로벌화를 적극 추진할 수밖에 없는 상황"인데 우리는 "취약한 영어구사력으로 인해 동북아 지식 허브로의 이행 지연 등 국가적인 기회 손실이 발생하고"[3] 있다며 영어를 '국가경제의 인프라'라고 정의하고 있다. 우리들은 이런 식의 정의가 사실 너무 익숙하기 때문에 이를 의심하면 오히려 한물 간 국수주의자로 비난받기 십상이다.

하지만 이런 정의는 윤치호가 내린 "약소민족은 자기 보호를 위해 반드시 강대민족의 호의를 얻어야 할 것"이라는 정의와 얼마나 가까운가. 윤치호, 영어 발표대회의 참가자들 그리고 삼성경제연구소의 보고서 모두에서 영어는 결코 진정한 의미에서 의사소통의 도구가 아니다. 이들에게 영어는 자신을 드러내고 함께 소통하기 위한 것이 아니라, 어쩌면 드러낼 것 없이 추종할 것만 남은 하급자의 도구였다고 말하면, 내가 지나치게 냉소적인가. 그러나 오랜 동안 영어를 가르치고 배우면서 나로서는 교실에서 이 점을 절실히 느낀다. 영어란 다이어트에 대해, 한국남성의 비겁성과 속물성을 말할 때 쓰는 것이고, 오페라 윈프리처럼 대중을 즐겁게 만드는 기술을 익혀야 하는 것이고, r 자에 혀를 굴리고 t 자는 코 뒤로 삼켜야 하는 것이라고.

영어를 열심히 배우는 것과 영미인을 우리의 상전으로 모시는 것은 분명 다르지만 현실에서는 두 개의 경계선이 종종 흐려지고 하나로 합쳐진다. 언어는 모든 사회제도 가운데서도 자족성과 완결성이 가장 높은 제도 가운데 하나이며, 따라서 속성상 그만큼 외부로부터의 충격에도 신축적 대응이 매우 느린 시스템이다. 영어로 말할 때 지배 이데올로기의 밖에서, 그러니까 신자유주의 경계선 밖에서 이야기하려면, 그리고 내가 처한 현실 그 자체를 상대방에게 설득하려면 그 순간부터 버벅거리게 되는 경험은 누구나 해보았을 것이다.

이번 학기 영어강의에서 나는 학생들에게 마지막 주제로 "How to Call Up My Voice"를 요구했다. 한 학기 내내 남의 흉내를 내느라 지쳐버린 학생들에게 갇혀 있는 진짜 자기 목소리를 낸다는 것이 무엇인지 고민해 달라는 주문이었다. 결과는 전혀 예상 밖이었다. 학생들의 발표는 예외 없이 꼭 같았고, 그것은 '자신감 있게 말하라' '목소리의 톤을 조절하라' '청중의 수준에 맞추어라' 등 시종일관 기술적 차원의 이야기였다. 내용이 있건 없건, 그것이 내 목소리이건 남의 목소리이건 관계없이 주어진 문제를 기술적 차원의 훈련으로 그럴 듯하게 만드는 방식인데, 이것이야말로 전형적인 미국식 목소리였다.

2. 영어와 이데올로기

배운다는 것은 자신을 '약자'의 위치에 놓는 것을 의미한다. 우리 세대는 예비군 훈련 가면 "피교육자가 되면 춥고 배고픈 법이지"라고 낄낄거리며 훈련을 받았다. 그런데 우리 사회는 이 약자의 정체성에 불편함을 별 느끼지 않고 잘살아 가고 있다. 다시 내 경험으로 돌아가자.
　한번은 학교식당에서 우연히 한 외국인 교수와 식사를 하게 되었다. 그가 자연과학대학 학부학생들에게 생물학을 영어로 가르친다는 말을 듣고 나는 그것이 어떻게 가능한지 물었다. 적어도 내 경험에 의하면, 한국의 대부분의 대학에서 생물학 전공을 영어로 가르치는 것은 사실상 불가능하다. 오해를 피하기 위해 덧붙인다면, 생물학을 소재로 한 '영어수업'은 가능하지만 생물학 '전공'을 영어로 강의하는 것은 불가능하다. 그 역시 학생들에게 강의내용을 이해시키기 어렵다고 말했고, 이어 나도 영문과 선생이지만 학생들에게 영어로 강의하기가 참 어렵다고 대답했다. 바로 그때 그가 선뜻 "Oh, I can help you"라고 대답했고, 이 순간 우리들의 대화는 끝났다. 이것은 결코 평등한 대화가 아니었으며, 내 생각에는 오히려 그가 나보고 도와달라고 해야 마땅한 일이었다.

하지만 나처럼 자존심의 손상을 느끼는 사람은 몇 없는 듯했고 우리 사회의 구성원들은 '피교육자'란 하급자 지위를 매우 당연한 것으로, 그것도 자발적으로 받아들이고 있다. 대부분의 사람들은 일상에서 영어 때문에 불편한 일을 겪지도 않으며, 따라서 답답할 일도 없는데도 영어 앞에서 스스로 약자가 된다. 실제로는 무척 부자연스러운 것이 당연하고 자연스럽게 보이는 것, 이것이 바로 이데올로기의 작동이 아니고 무엇인가.

오늘날 우리 사회에서 영어로 인한 진짜 어려움은 근대화의 매체로서 영어의 양면성에 대한 우리의 의식부족이 아니라, 오히려 이제 영어는 단순한 '매체'가 아니고 그 자체로 독자적 가치를 지닌 물신(fetish)이 되었다는 점이다. 유창한 영어가 외국인과 의사소통한다는 일종의 기술적 능력을 넘어 한 인간의 능력과 성실성을 판별하는 기준이 될 수 있다는 개념은 윤치호에게도 없었다. 그러나 지금의 한국사회에서 기업은 영어실력으로 업무능력을 판가름하고, 대학은 편입학 시험이나 대학원 입시 때 영어성적으로 수험생의 학력을 가늠한다.

여기서 우리 사회의 영어교육의 가장 큰 문제점의 하나인 토플광풍을 예로 들어 말해 보자. 한때 국방부에서는 카투사(KATUSA) 선발을 토익을 통한 공개모집으로 실시한 적이 있다. 합격선이 1996년에는 760점이었고 1997년에는 840점으로 상승하자, 급기야 국방부는 토익 600점 이상 지원자 중에서 추첨선발하기로 방침을 바꾸었다. 이 정책변경은 국가기관의 입장을 제대로 지킨 방향전환이지만, 국가를 떠나 민간기업의 차원에 오면 영어와 토익의 힘은 한없이 확대될 뿐이다. 그런데 흥미 있는 사실은 기업 스스로가 토익의 현실성에 대해 지극히 비판적이라는 점이다. 과문한 탓이지만 나는 영어실력과 업무능력 그리고 영어실력과 학업능력 사이의 상관관계를 제대로 입증한 글을 아직 보지 못했으며, 지금까지 개인적 경험의 차원에서 보더라도 상관관계는 극히 낮았다.

앞서 말했지만, 일상생활에서 영어를 못해서 불편함을 느낄 경우가 거의 없는데도 불구하고 사회 전체가 영어 앞에 기죽은 모습을 보이고 있다. IMF사태 직후 미국은행에 돈 꾸러 간 한국은행 총재는 영어에 서투르면서도 기자회견 때 군이 통역을 대지 않았고, 외국기자들의 질문을 제대로 이해하지 못하고 엉뚱한 답변을 했다가 한국인 취재기자가 "제발, 잘난 척 말고 통역을 통해 말하세요"라고 핀잔을 당한 일이 있었다.

영어 못하는 것을 용서받지 못할 죄로 의식한 결과 생겨난 해프닝인데, 이런 어지러운 일이 왜 생겼는가? 그 스스로 자신을 보통의 한국사람 밖의 위치에, 영어를 당연히 잘해야 하는 특수한 한국인의 위치—어떤 의미에서 영미인의 위치—에 자신의 정체성을 설정했기 때문이고, 실은 이런 정체성에 대한 강조는 영어의 실용성과는 전혀 관계없는 사회적 이데올로기의 작동일 따름이다. 다시 말해 현재 우리 사회에서 영어에 대한 강조는 국가경제의 발전 필요성만큼이나, 아니면 어쩌면 그것보다 더욱 본질적인 것으로 '사회적 균열을 정당화'할 계급적 필요성에 기인하고 있다. 그기에 학생들이 대학에 대해 가지는 가장 큰 불만사항 가운데 하나는 직원들이 영어에 서투르다는 것이 아니라 불친절하다는 것인데도, 정작 대한민국의 상당수 대학에

서 직원의 승진고과에 친절 점수를 매기는 난은 없지만 영어성적만
은 기입해야 하는 것이다.

　문제는 윤치호 이후 지금까지 유창한 영어는 소수 엘리트의 특권
이상이 된 적이 없었으며 조만간 될 가능성도 없다는 사실이다. 온
국민이 초등학교 고학년 때 영어권 국가로 언어유학을 떠나든지 아
니면 초등학교 각 교실마다 원어민을 배치하더라도, 영어 배우기의
핵심이 일상적 소통이 아니라 계층적 구획에 있다면 문제의 본질은
변하지 않는다. 그러나 이러한 통찰은 영어는 외국어가 아니라 현
대인이면 당연히 익혀야 할 세계 공용어라고 강변하는 영어 이데올
로그들의 외침에 가려지고, 현재 영어는 온 국민에게 보편적 자산
으로 닦을 것을 강요받고 있는 것이다.

　영어에 대한 강조가 꼭 실용적 필요성 때문이 아니라는 사실을
알고 나면, 이제 우리 사회가 영어문제에 관한 한 문제의 본질을 제
대로 보지 않으려고 한다는 사실도 명백해진다. 즉 우리 사회의 영
어담론은 문제의 핵심을 보고 해결책을 제시하려고 하지 않았다.
미리 말하자. 영어교육의 한 자락을 담당하는 사람으로서 나는 한
국의 영어교육이 성공했다고 생각하지 않으며 또한 현재 시스템에
문제가 많다는 점도 인정한다. 다음은 염상섭의 「양과자갑」의 일부
이다. 해방정국의 어수선한 시대에 너도나도 영어를 통해 미군정에
빌붙어 보려는 시대를 그는 한 영문학자를 통해 풍자한다.

　"내 영어는, 어디, 집 얻어대라구 배우고, 통역하라구 배운 영어
던가? 통역에나 써먹자고 미국 가서 공부했을라구……."[4]

"집 얻대거나 통역에나 써먹는 영어"와는 다른 영어—여기에는 진정한 근대적 욕망의 성취를 의도했던 영어가 엘리트들의 개인적 입신의 수단으로 전락한 세태에 대한 통렬한 비판이 담겨 있다. 하지만 셰익스피어 독서용 영어와 하우스보이 영어를 구분하는 이 영문학자의 의식에도 또 다른 엘리트적 오만이 도사리고 있다. 그 오만이 미군정에 붙어 적산을 불하받으려는 양공주에 대한 경멸로 나타날 때, 나에게 이는 또 다른 속물의식의 소산으로 보인다.

하지만 다음의 연합신문 기사는 어떠한가?

K대학을 졸업하고 토익 905점을 받은 K씨. 그는 대학에서 영어듣기를 열심히 공부했다. 그는 비교적 높은 토익점수 덕분에 회사에서 미국 주재원으로 발령을 받았다. 영어에 자신이 있던 그였지만 햄버거 가게에서부터 벽에 부딪혔다. 종업원이 영어로 "갖고 갈래요, 아니면 여기서 드실래요?"(Here or to go?)라고 묻는 말을 단번에 못 알아듣고 다섯 번이나 "다시 말해 주실래요?"(Pardon me?)라는 말을 반복했던 것이다. 하루에도 수백 번 그 말을 하는 종업원은 "히어로고"(Herogo)로 웅얼거리며 빠르게 발음했기 때문에 햄버거가게에 생전 처음 들어간 그가 그 말을 못 알아들은 것은 당연했다.

뒤에서 차례를 기다리던 사람들의 눈총을 받고 식은땀을 흘렸다. 중·고등학교 6년간 영어를 공부했고 대학에서도 영문학을 전공했던 그는 햄버거 하나 사먹게 하지 못하는 한국의 영어교육에 분통을 터뜨렸다.[5]

이 기사의 내용이 한국 영어교육의 실패를 보여주는 예가 될 수 있을까? 요즘처럼 토익광풍의 시대에 영문과 졸업생 치고 "here or to go"를 모르는 일이 있는지도 의심스러운 대목이고, 설사 그렇다 치더라도 미국식 발음을 곧바로 알아듣지 못했다고 해서 그게 과연 영어교육의 실패를 말해 주는 것일까? 아마 이 글의 필자는 한국의 영어교육이 문법 중심이라는 점을 비판하려고 했다는 게 더 정확할 것인데, 그러나 요즘 문법 중심으로 가르치는 학교는 사실상 없으며 내 경험에 의하면 오히려 문법지식 부족으로 영어 독해력이 심각하게 떨어진 게 더 큰 문제다.

이 기사에서 가장 큰 문제점은 무엇인가? 실제로 이 기사는 한국어가 미국인들이 가장 배우기 어려운 언어라는 점까지 말하고 있으며, 내가 볼 때 인용된 기사의 문제점은 우리의 현실을 제대로 포착하고 해결책을 제시하기보다 유창한 영어를 당연한 사회적 의제로 설정하고 영어교육이 실패한 책임자를 찾아 손가락질을 하려는 점이다.

실제로 영어교육의 성공사례를 강조하는 사람들은 늘 원어민에 의한 '몰입교육'(immersion education)을 주장하거나 또는 네덜란드나 핀란드의 교육을 성공사례로 든다. 하지만 비자도 필요 없이 기차만 타면 몇 시간 내에 영어권 세계에 도달하고 일상적 업무에서도 영어가 실제로 필요한 사회적 환경에 대한 고려를 제외하고 단순 비교할 수는 없는 일 아닌가. 요컨대 세계에서 영어가 가장 서투른 두 나라—한국과 일본—가 다른 분야에서는 놀라운 능력을 보이면서 유독 영어의 일상화에서 실패한 것을 영어교육이 온통 책임질 수 있는 일인가?

　다른 예를 들겠다. 내가 재직하는 학교에서는 이미 오래 전부터 원어민 영어회화가 교양 필수과목으로 설정되어 있는데, 최근에 'Active English'라는 과목을 만들었다. 영어실력이 모자라는 학생들은 원어민 회화를 듣기 전에 한국인 선생들에게서 이 과목을 이수하고 난 후 원어민에게 영어교육을 받도록 제도를 바꾼 것이다. 그렇다면 '몰입교육론'은 어떻게 된 일인가? 진정 효과적인 학습법이라면 영어능력이 떨어지는 학생들에게 적용할 때 그 성과가 나와야 하지 않겠는가? 엄밀히 말해 내 경험에 의하면 원어민 만능론 역시 또 하나의 신화이다. 중요한 것은 그때그때 환경에 따라 적절한 방식을 찾는 것이지 무턱해도 우리 자신을 스스로 비하하는 것만이 해결책은 아니다.

　이제 문제의 핵심으로 들어가자. 한국인들이 영어를 못하는 가장 큰 이유는 영어를 못해도 불편함을 느끼지 않기 때문이다. 그리고 한국에서 영어를 강조하는 진짜 이유는 국가경쟁력 제고에 필요한 만큼이나, 사회 지배세력의 입장에서 볼 때 영어가 사회적 차별을 정당화할 수 있는 효과적 수단이기 때문이다. 그러기에 한국인 모두가 영어를 잘할 필요가 없으며, 그렇게 만들 수도 없다는 근원적 문제는 쉬 가려지고 국가경쟁력을 키우려면 모든 국민이 영어를 배워야 한다는 '헛소리'가 나온다. 영어를 못하는 것이 자연스런 현상인데도 오히려 대단히 부끄럽게 생각하고 스스로 업무능력 부족을 시인하는 것으로 착각하게 되고, 통역을 쓰면 될 터인데도 군이 통역을 배제함으로써 의사소통을 가로막는 해프닝이 벌어진다. 외국인의 참여하는 심포지

엄에 가보면 분명 대다수의 청중이 영어를 이해하지 못하는 상황이니 당연히 우리말로 먼저 질문을 하고 난 다음 자신이 영어로 옮기거나 통역을 부탁해야 하는데도 더듬거리면서 영어로 질문하는 경우는 비일비재하다. 게다가 우리 사회는 영어를 배울 때는 이렇게 '과감'해야 한다고 은근히 가르친다.

몇 년 전 일본의 NHK에서 영어교육 방송을 본 적이 있는데, 그때 인상적인 장면이 있었다. 직장에서 외국인에게서 온 전화를 받는 장면인데, 논지를 분명하게 하기 위해 미국에서 발행되어 한국에서 교재로 쓰이고 있는 텍스트의 한 부분을 옮기고 NHK의 대화는 그때 기록해 놓은 것을 옮겨 비교해 보겠다. 처음은 미국교재의 한 부분을 옮긴 것이다.

RECEPTIONIST: Good Morning. Compusoft Incorporated. How can I help you?

MS. JENKINS: Good Morning. This is Caroline Jenkins of Rolodex Limited. I'm calling from Canada. Could I speak to Mr. Shaw, please?

RECEPTIONIST: I'm sorry, but he is not in right now. If you give me your name and number, I'll ask him to call you back.

MS. JENKINS: OK. My name is Caroline Jenkins. My number is Canada, area code 604-579-2208.

RECEPTIONIST: I see, Ms. Jenkins. Your number is Canada, area code 604-579-2208.

MS. JENKINS: Yes, that's right.

RECEPTIONIST: I'll tell Mr. Shaw you called ad soon as he comes in.

MS. JENKINS: Thank you. Goodbye.

RECEPTIONIST: Goodbye. Thank you for calling.[6]

일견 별 특별한 점이 없이 보인다. 하지만 아래에 내가 들은 바를 적어보겠다. 나카무라가 헬렌의 전화를 받는 장면인데, 앞의 텍스트와 비교해 보라.

Helen: Hello.

Nacamura: Hello.

Helen: May I speak to Mr. Yoshiko?

Nacamura: She is not available, now.

Helen: I see. May I leave a message?

Nacamura: Of course.

여기까지는 보통 회화책에서 늘 보던 것으로 특이할 것이 없다. 문제는 다음 부분이다. 헬렌이 자신의 메시지를 전달하려는 순간 나카무라가 다음과 같이 말한다.

Nacamura: May I have your name again? Please spell out your name slowly.

이렇게, 상대방 이름을 다시 물을 뿐만 아니라, 이름을 철자로 천천히 말해 달라고 부탁하는 것이다. 그리고는 이름을 받아 적고 난 뒤에 메시지를 받기 전에 다음과 같이 덧붙인다.

Nacamura: Please speak slowly, so that I can get you right.

바로 이 부분이 미국의 회화책에 없는 부분이었다. 사람은 배운 대로 행하고 말한다. 특히 외국어는 모방을 통해 습득하기 때문에 더욱 그렇다. 일본 TV 영어프로그램은 일본인이 영어를 못한다는 사실을 현실로 인정하고 괜히 잘난 척하기보다 상대방의 요지를 반드시 확인하는 꼼꼼함을 교육과정 속에 도입하고 있다. "천천히 말해 주세요" 하고 나면 의사전달로 문제가 생길 때 상대방도 책임지게 되는 것이다. 이런 부분이 나에게는 일본문화 특유의 꼼꼼함으로 보이기도 하고, 한편으로는 실용성 못지않게 못하는 영어실력을 굳이 감추려는 사회적 콤플렉스에서 벗어날 수 있는 현명함을 보여주고 있다.

3. 공동체를 위한 영어 전달체계를 만들자

이제 결론으로 들어가자. 나는 이 글의 제목에서 민족이란 말 대신 공동체라는 말을 사용했다. 민족이란 단어만 나오면 경기(驚氣)를 일으킬 사람들 때문에 공연히 오해를 사기 싫은 탓도 있지만, 동시에 현재의 한국적 상황으로는 민족보다 다민족을 포함한 공동체에 대한 구상이 더욱 시급하기 때문이다. 또한 나는 미래에 영어는 우리의 공용어가 될 수도 있다는 가능성조차 여기서 배제하지 않겠다. 국가와 상당수 개인의 경쟁력을 강화하기 위해 영어가 당연히 필요한 점은 물론 인정하고 있으며 나 자신도 이래서 먹고 살고 있다. 모든 것이 변하는 세상인 만큼 변하는 것에 적응해야 하는 법이다.

그러나 이때 중요한 것은 실제의 필요에 적응하고 대응해야 하는 것이지, 문제를 이데올로기화해서는 안 된다. 그렇다면 영어가 공용어가 되든 안 되든 적어도 그때까지 우리의 논의가 담당해야 할 부분은 영어로 인한 개인적 콤플렉스에서 벗어나는 방식으로 우리의 영어로 인한 사회적 분열을 줄이면서 국가와 개인의 경쟁력을 도모하는 일이다. 사실 영어에 대한 사회적 담론은 부동산광풍을 꼭 닮아 거품이 잔뜩 끼여 있다. 두 거품은 단순한 비유의 차원이 아니라 여기서 말할 바는 아니지만 본질적인 관련성을 가지고 있다.

오늘날 우리 사회의 영어에 관한 한 가장 큰 문제는 문제의 '추상화'이다. 가장 좋은 예가 토익광풍이다. 앞서도 지적했지만 토익점수와 실제 영어실력 사이에는 상당한 간극이 있다는 인식은 이제 한국 기업들 사이에도 확산되고 있다.

토익영어의 문제는 '영어' 개념의 협소화라고 정의할 수 있다. 요컨대 외국어가 영어라는 뜻으로 축소되고, 영어는 다시 미국영어, 그것도 동북부 지역 백인 중산층 영어로 축소되었다가 이번에는 특정한 상업영어로 축소된 점이다. 이것도 영어의 극히 일부분에 불과한 것인데, 그럼에도 불구하고 기업이 채용기준으로 토익을 선호하는 이유가 있을 것이다.

영어실력에 대한 척도로서의 가치 못지않게 그 선다형 문제유형이 주어진 틀 내에서 '창조'를 만들어내려는 관리사회의 관행과도 일치한 탓도 있을 것이다. 하지만 가장 큰 이유는 숫자의 마술이 여기에 작용하는 것이다. 즉 토익 850점은 800점보다 영어실력이 50점만큼 낫다는 가치판단인데, 이를 개인적 능력에 대한 바로미터로 추상화되는 것이다. 추상화는 언제나 실제를 단순화시킨다. 예를 들어 당신에게 학생 100명을 30분 만에 줄 세우라고 하면 어떻게 대처할 것인가? 가장 손쉬운 방법은 토익점수로 줄 세우면 되는 것이다. 그러나 추상화는 쉬 이데올로기로 변질된다. 이렇게 줄 세운 다음, 그 순서를 인간적 성실성이나 업무능력의 순으로 착각하는 것이다.

그러기에 가장 중요한 것은 '실사구시'의 정신이며, 이런 차원에서 나는 여기서 결론적으로 영어 전달체계라는 개념을 제안하고 싶다. 모든 사람이 감기 때문에 대학병원에 가는 것이 의료자원의 낭비이듯, 온 국민이 어릴 때부터 영어의 사교육에 시달리는 것은 개인적 행복의 희생이자 사회적 낭비에 해당한다. 병의 경중에 따라 환자를 1차 진료기관, 2차 진료기관, 대학병원에 적절하게 배치하듯이, 영어도 실제의 필요에 따라 사회적 분업이 이루어져야 하며, 특히 영어가 필요 없는 곳에서 영어를 강요하는 행위는 사회적 분열을 야기하는 일에 불과하다는 인식이 분명해져야 할 것이다. 영어교육이 예상된 효과를 거두지 못했을 때도 그것이 교육의 실패라든지 개인적 무능이라든지 희생양 만들기로 나아갈 것이 아니라,

그것이 정말 필요한 일이지 따지고 필요하다면 대처하는 방법에 지혜를 모아야 할 것이다.

마지막으로 하나 빠뜨린 것. 이 글은 윤치호로부터 시작했으니 윤치호의 말로까지 말해야겠다. 그는 민족 엘리트로 출발하였지만 서구적 근대화를 하나의 절대명제로 받아들였고, 그 결과 점차 친일의 도정을 밟다가 급기야 대동아공영권의 지지자가 된다. 해방 직후에 친일파란 비난에 괴로워하다 마침내 자결로 '선각자'로서의 비극적 삶을 마감한다.

(『안과밖』 4호, 1998)

주

1. 윤치호, 『尹致昊國漢文日記』 下, 191쪽.
2. 국사편찬위원회 편, 『윤치호 일기』 8권, 261쪽.
3. 전효찬 외, 「영어의 경제학」, 삼성경제연구소, 2006.
4. 임형택 외 편, 『한국현대대표소설선』, 272쪽.
5. 『연합신문』 2006. 8. 14.
6. Jacqueline Allen-Bond et al., *Business Calls*, p. 13.

2

영어, 어떻게 배우고 어떻게 가르쳐야 하나

2. 영어, 어떻게 배우고 가르쳐야 하나

영어의 문제   김진만

영어교육, 어떤 새로운 옷을 입혀야 할 것인가   이병민

영어교육에 대한 몇 가지 사견   김진만

대학 영어교육의 방향: 교양영어냐 실용영어냐   엄용희

500단어의 유창한 영어실력과 어느 아랍 외교관의 차이   박찬길

영어회화의 이데올로기   더글라스 루미스

영어의 문제

김진만[*]

1.

영어를 어떻게 배워야 하는가? 영어를 어떻게 가르쳐야 하는가? 그 전에 영어를 배우고 왜 가르쳐야 하는가? 이런 질문에 대한 명쾌한 대답은 없다. 개화기 초에 이화학당쯤에서 선교사들이 영어를 가르치기 시작해서 100년이 넘었다. 그동안 학교에서 영어를 필수과목으로 가르치는 일이 한번도 중단된 적이 없다. 일본인들이 소위 '귀축미영'(鬼畜米英)을 상대로 결국 지는 전쟁을 치른 40년대 전반에도 '조선어' 교육은 폐지했지만 영어수업만은 계속 허용했다.

나는 바로 그 시절에 중학교를 다녔고, 지금 생각하면 어처구니없는 일이지만 그저 영어가 재미있어서 집에서 바라는 의사나 변호

* 성공회대 초빙교수 역임

사가 되는 데 도움이 되는, 가령 수학 같은 것은 거들떠보지도 않고, 밤낮으로 모차르트를 듣고 영어책을 뒤적거리면서 중학 5년을 지냈다. 중학교를 영락없는 꼴찌로 졸업한 것이 종전 전해인 1944년 봄이었는데 그때에도 고등사범이라는 관립학교에 영어과가 있었다. 그야말로 천우신조로 거기에 들어가서 한 달 남짓 공부를 하고는 전쟁이 끝난 1945년 봄까지 근로동원을 다녔다. 병정으로 끌려가기 전에 밥이라도 실컷 먹고 싶어서 도망쳐 나와서 집에서 해방을 맞았다. 해방 이듬해에 다시 학교를 다니게 되었을 때 별다른 생각 없이 영어공부를 계속하기로 마음먹고 영문과를 다녔고, 그후 지금까지 영어교사로 평생을 살아왔다.

이 글 모두(冒頭)에 열거해 놓은 세 가지 질문에 어떤 의미 있는 대답을 할 수 있는 사람이 있다면, 나도 그중 한 사람이 될 법한 일이다. 사실 영어를 배우고 가르치는 문제와 영어교육의 필요성에 대해서 내게도 할말이 분명히 있다고 스스로 생각할 때가 있다. 그러나 막상 대답을 시도해 보면, 가령 글로 정리해 보려고 하면 그저 막막하기만 하다. 그 문제를 푸는 데 내 이력서나 경험이 별반 도움이 안 되는 것 같기 때문이다. 한편 간간이 그 세 가지 질문에 대해서 단호하게 그리고 웅변적으로 해답을 만천하에 제시하는 연설이나 문장을 듣거나 읽어볼 때가 있지만 감동을 받는 일은 없다. 더군다나 영어를 남달리 잘하는 것 같지 않은 석학들의 웅변은 설득력이 없다.

나라의 요구에 비추어서, 그리고 요즘 국제화니 개방화니 하면서 호들갑을 떠는 사람들이 조성하고 있는 극히 혼탁한 분위기 속에서 영어를 어떻게 배우고, 가르치고, 왜 영어를 배워야 하는가 하는 질문에 답하는 것은 내게는 힘겨운 일이다. 우선 내게는 그 세 가지 문제 중 어느 하나도 속 시원하게 풀 수 있는 전문지식이 없다. 전문화 시대에 이른바 '엑스퍼티이즈'를 갖추지 못한 아마추어의 견해란 부질없는 것이다. 그래서 나는 나의 보잘것없는 경우를 토대로 내 개인의 대답을 해볼 수밖에 없다.

내 답은 이렇다. 영어는, 다른 과목도 마찬가지지만, 좋은 선생한테 배우면 된다. 나는 중학교 때 일본인들이 만든 지극히 전통적이고 문장어 중심으로 꾸며진 교과서를 가지고 영어를 배웠다. 교사들은 모두 지금 생각하면 대학선생을 해도 손색이 없을 훌륭한 분들이었다. 내가 다닌 학교가 공립학교이고 영미인들은 다 추방된 후여서 '네이티브 스피커'가 있을 리 없었고 회화시간도 없었다. '문법 번역 방법'이라고 해서 이제는 헌신짝처럼 버림받은 퇴영적인 교육을 받은 셈이다. 제대로 누구한테 영어를 배운 것은 중학교 5년 동안뿐이었고, 그후에는 실상 나 혼자서 영어책을 읽었다. 후에 나는 '문법 번역 방법'이라는 것이 반드시 헌신짝 취급을 받아야 하는 것이 아닐지도 모른다고 생각하게 됐다. 그런 비과학적이고 퇴영적인 교육을 받았는데도, 혹은 바로 그런 교육을 좋은 선생한테서 철저하게 받았기 때문에 영어를 읽고 듣고 쓰는 데 별다른 고통을 느낀 적이 없고, 웬만한 얘기는 영어로 해도 다 알아들어 주었다.

내가 왜 영어를 배우고, 학교에서 내게 영어를 가르쳐야 했는가 하는 질문에 대한 대답은 간단하다. 개화기 이후 오늘날까지 중학교에 들어가면 영어를 가르치고 배우게 되어 있었기 때문이다. 나하고 같이 학교를 다닌 200명이 다 영어를 큰 어려움 없이 읽고, 쓰고, 듣고, 말하게 됐느냐 하면 물론 그렇지 않다. 내 동기생 대다수는 영어와는 관계없는 한평생을 살아왔거나, 살다 갔다. 영어에 대한 각별한 취미가 없었다면 학교를 나온 뒤에 다시 영어 때문에 속을 썩일 이유도, 동기도 없었다. 영어를 잘 배우고, 잘 가르치려면 교사가 훌륭해야 하고, 교사와 교재와 교수법도 중요하지만 무엇보다도 배우는 사람에게 강한 동기가 있어야 한다. 그리고 동기 중에서 제일 효과적인 것은 영어에 대한 강렬한 취미이다.

'엑스퍼티이즈'와 과학성과 웅변으로 개진되는 뭇 영어교육론과 영어학습 이론이 흔히 공허하게 들리는 것은 영어를 잘 배우고, 잘 가르치려면 취미와 동기가 있어야 하고, 말을 잘 익히는 재주가 있어야 한다는 절체절명의 대전제를 전문가들은 좀체 말하지 않기 때문이다. 그중에서도 아마 말을 잘 배우고 잘 쓰는, 영어로 'flair' 라고 하는 것이 성패를 가르는 결정적인 요소일지도 모른다. 영어에 대한 흥미도, 동기도, 재주도 없는 학생을 흥미도, 동기도, 재주도 없는 교사가 가르쳐야 한다면 그 결과는 비극적인 것일 수밖에 없지 않은가.

2.

우리뿐 아니라 온 세상의 생활환경의 압도적인 구성부분을 이루고 있는 영어를 고전 라틴어나 희랍어처럼 가르치고 배우는 것은 적어도 비효율적이다. 영어를 쓰면 벌금을 물리겠다고 최근에 강도 높은 으름장을 놓기 시작한 프랑스인들도 영어와 완전히 담을 쌓고는 살 수 없는 세상이 됐다. 국민의 교육수준이 월등하고, 영어를 공용어로 쓰고 있는 싱가포르가 영어교육에 쏟고 있는 물심양면의 노력은 가히 눈물겨울 정도다. 그러나 그에 못지않게 영어교육에 열을 올리고 있는 것이 과거의 동유럽권 나라들이고 중국이다. 이런 나라 사람들이 제국주의, 식민주의, 자본주의 하는 세상의 온갖 못된 주의들의 화신들이 쓰는 영어를 배우고 가르치려고 안간힘을 쓴다는 것이 운명의 익살맞은 장난일지도 모른다.

그런데 이들이 가르치고 배우려는 영어는 셰익스피어, 밀턴, 흠정성서(欽定聖書)의 영어가 아니고, 보따리장수에서부터 거대한 다국적 기업인들까지의 온 세상 장사꾼들이 쓰는 세계 공통 직업영어이다. 소심한 영어선생들의 간담을 서늘케 하는 '실용영어'라는 것이다. 그런 영어를 자유로이 듣고, 말할 줄 알아야 개인도, 기업도, 나라도 살아남을 수 있다는 일종의 강박관념이 온 누리를 내리누르고 있다. 거기에다, 순간마다 산더미처럼 쌓이고 눈덩이처럼 불어나는 정보를 날쌔게 소화하는 능력이 있어야 하고, 정보의 절대 다수가 영어를 매체로 해서 만들어지고 배포된다는 것을 생각하면 영맹(英盲)이 설 땅이 이제 영영 사라져 버린 것 같은 무서운 인상이 점점 짙어진다.

이러한 살벌해진 국내외 생활환경이 우리가 영어를 가르치고 배워야 하는 중요한 이유 중의 하나일지 모른다. 그렇다면 빛바랜 영어문헌을 암호책을 해독하듯 읽는 능력이 아니라 장사를 하는 데 도움이 되는 소위 '실용영어'를 가르치고 배워야 하고, 듣고 말하는 회화연습이 영어교육의 '알파와 오메가'가 돼야 한다는 주장이 나온다. 중학교 첫 시간부터, 잘못하면 유치원서부터 영어회화를 배우고, 대학 교양영어도 오 헨리의 단편이니 『사랑의 약속』이니 하는 따위의 잠꼬대를 일소하고 일상회화 훈련으로 과감히 탈바꿈해야 한다는 질타가 나온다.

사실 내가 있는 학교에서도 벌써 반쯤은 그런 식으로 교양영어가 둔갑해 버렸다. 대부분의 영어교사들은 알고 보면 양순하고 소심한 사람들이어서 이제 와서 교양영어를 영미문화의 진수를 전달하는 문화적이고 인문·교양적인 매체라고 외치는 것이 대세를 거스르는 어른스럽지 못한 일로 치고 해마다, 학기마다 늘어나는 '네이티브 스피커'들과 해마다 독본시간을 잠식해 들어오는 회화연습 시간을 감수한다. 그리고는 퇴색이 짙어가는 교양영어의 '교양'을 아쉬워하면서 어디가, 어떻다 하고 부러지게 적시할 수는 없지만 영어교육, 특히 대학의 영어교육이 반드시 잘되어 가고 있지는 않다는 두려움을 느낀다.

어쩌면 나는 나 혼자서 생각하고 느끼는 것을 동료교사들을 끌어들여서 턱없는 일반론을 벌이는 잘못을 저지르고 있는지 모른다. 지금부터 하는 말은 내 말이고 내 사건이다. 나는 60년대 말에 전에 있던 학교에서 처음으로 어학실험실이라는 것을 만들어서 운영해 본 경험이 있다. 그후 '랩'이라는 것이 각급 학교의 기본 시설이 되고 근년에는 그것을 통해서 쌓은 청취력을 고등학교 입학시험의 일부로 평가하는 그야말로 획기적인 사태가 벌어졌다. 미국의 어학훈련 기법과 장비가 우리 금수강산에도 파급된 것이다. 나는 내 손으로 '랩'을 만들어서 수천 명 학생을 그 속을 통과하게 만들어보고 느낀 심오한 위구를 어언 30년 가까이 지난 지금까지 떨쳐버리지 못했다. 영어의 말소리와 기본적인 문형을 익히는 데, 나아가서 영어로 일상적인 회화를 나누는 데 그 값비싼 실험실 훈련이 별반 도움이 안 된다는 것이 분명했다.

영어를 곧잘 하는 소수 학생들은 대학에 들어오기 전에 제대로 배웠거나, 영어에 흥미가 있어서 혼자서 책과 라디오와 녹음테이프를 활용해서 열심히 공부한 학생들이었다. 영어공부, 영어회화 공부에 대한 흥미·동기·기초실력 등이 천차만별인 백 명, 천 명의 학생들을 공장의 '컨베이어 벨트'를 통과시키듯이 일주일에 몇 시간씩 '랩'을 드나들게 해서 수업시간을 산술적으로 쳐서 주는 학점 외에 무슨 가슴 설레는 성과를 기대한다는 것은 지나친 낙관이었다. 그나마도 안하는 것보다는 낫지 않느냐고 하면 할말이 없지만, 그것은 돈과 인력과 시간의 엄청난 낭비라는 게 내 변함없는 신념이다. 어렵게 고용한 미국인이나 영국인 교사를 '랩' 속에 집어넣어서 기계를 켰다, 껐다 하는 기사 노릇을 하게 하는 웃지 못할 비극도 벌어졌다. '컨베이어 시스템' 혹은 '어셈블리 라인' 식 영어교육에는 무리가 있고 한계가 있는 것이다.

학교에서 영어를 공부해 가지고 사회에 나가서 직업인으로서의 활동에 그 영어소양을 활용하는 사람들, 실용영어건 교양영어건 상당한 영어실력 없이는 절대로 수행할 수 없는 직업에 종사하는 사람들의 숫자가 매년 중학교·고등학교·대학을 나오는 사람들의 숫자와 어떻게 대비되는가를 한번 정직하게 계산해 볼 필요가 있다. 내주먹구구로는 영어를 모르고는 직업이나 생계를 유지할 수 없는 사람들의 숫자는 극히 미미하다. 일본의 명치유신 때 영어를 국어로 정하자고 주장하고 나선 성급한 일본논객이 있었지만, 그런 인간은 아직 우리 땅에 나타나지 않았고, 영어가 우리의 국어나 공용어가 되는 일은 영영 없을 것이다. 절대 다수의 한국인은 영어를 변변히 모르고도 대과(大過) 없이 한평생을 살아갈 수 있다.

그렇다면 영어를 실속 있게 가르치고 배워볼 만한 소수의 인재에게 효과 있는 집중적 훈련을 베푸는 것이 상식이고 순리일 것이다. 그러면 그들에게 어떤 영어를, 어떻게 가르치고 배우게 하느냐 하는 질문이 나올 수 있다. 제대로, 기초부터 잘 가르치고 배우면 된다. 실용영어라는 것이 따로 있는 것이 아니다. 어떤 특정한 직업이나 활동에 쓰이는 특수한 영어가 있지만, 그런 영어는 영어를 제 나라말로 쓰는 사람들도 따로 배워야 한다. 영문학을 전공하는 더욱 소수의 학생들을 제외하고는 셰익스피어까지 가지 않고, 사전 가지고 웬만한 현대소설을 읽어내는 사람이면 약간의 실습을 거쳐서 소위 실용영어라는 것을 무난히 요리할 수 있을 것이다. 직업인으로서 경력을 쌓아서 장차 기업의 중역이 되고 경영자가 될 사람은 영어 소설책 한두 권쯤을 가방 속에 넣어가지고 여행하면서 무료를 달래는 교양인일 필요가 있다.

한편 영어교육이 일상, 회화연습으로 시종하다 보면 끝내 교육받은 교양인으로 취급받지 못하고 치졸한 보따리장사로 남을 수밖에 없다. 이런 사람들을 대량으로 생산해 내기 위한 영어교육 제도라면 나는 결코 찬성할 수 없고, 그런 허무한 작업에 참여할 생각도 없다. 교직생활을 마감할 날이 머지않아서 그런 고역을 치를 공산이 크지 않은 것이 다행이다.

국제화시대, 개방화시대를 맞이해서 국제경쟁력을 길러야 살아남을 수 있고, 그러려면 실용영어를 자유로이 구사하는 기능인들이 획기적으로 늘어나야 하며, 그런 국가적 과제를 풀기 위해서 온 백성에게 어릴 적부터 실용영어 교육을 시켜야 한다는 주장이 다 옳다고 하자. 그러나 그런 거대한 영어교육 사업이 결코 성공할 수 없는 이유가 있다. 영어교사가 절대 모자란다. 그나마 현직 영어교사들은 거의 예외 없이 저 악명 높은 '문법 번역 방법' 훈련을, 그것도 극히 부실한 환경에서 받은 사람들이다. 앞에서도 분명히 지적한 일이지만 무턱대고 '문법 번역 방법'을 나무라는 것은 유치한 짓이다. 다만 그 방법으로 훈련받았으면, 구어(口語)를 실제 상황에서 무난하게 구사할 수 있도록 다소의 실습훈련을 받아야 한다. 교사들에게 추가적인 훈련을 받게 하고, 단시일 안에 엄청난 숫자의 훈련받은 교사를 길러내기란 그리 쉬운 일은 아닐 것이다. 교사가 모자란다고 일주일에 한두 시간씩 콩나물시루에다 40~50명의 무고한 어린 영혼들을 쓸어 넣어놓고 실용영어를 가르친다고 기를 쓴다면 어떤 이론으로도 정당화할 수 없는 폭행을 감행하는 결과가 될 것이다.

이제 우리는 그런 인권유린은 학교에서, 교실에서 깨끗이 추방해야 한다. 그 대신 상식적이고 합리적인 그리고 언어교육 이론과도 맞는, 나라의 영어교육 목적과 방법을 차분히 생각해 내야 한다. 나라의 운명이 달려 있는 듯이 떠들어대는 실용영어라는 것이 과연 어떤 것이며, 그런 것이 실존한다고 하면 누가, 누구에게, 어떻게 가르칠 것인가를 연구해야 할 것이다. 정직하게 그리고 호들갑을 떨지 않고 차분하게 궁리해 보면, 효과가 있고, 실천 가능한 묘책이 나올 것이다. 한 가지 조심할 일은 아무리 궁리해 봐도 안 될 일을 문제없다, 된다, 되고도 남는다고 절규해대는 혁명가들이 여기에 끼여들지 않게 해야 한다는 것이다. 싱가포르식이 성공했으니까 그것을 그대로 수입해 오면 된다고 하는 소리가 나오지 않게 해야 한다.

3.

나는 중학교와 고등학교에서 그리고 대학의 초급학년 때 필수과목으로 모든 학생에게 영어를 가르치고 배우게 하는 현재 제도를 지지한다. 영어공부에 흥미가 있고 배우고 싶어하고 또 언어학습에 재주가 있는 소수의 학생만 골라서 영어를 가르쳐야 한다고 생각하지 않는다. 현재의 제도는 세계의 모든 문명국가와 중국 같은 사회주의 국가에서 아무 시비 없이 시행되고 있는 범인류적인 제도이다. 조기교육도 좋다. 제대로 훈련받은 충분한 숫자의 교사가 있고 합리적인 학급 크기가 보장된다면, 그리고 일상 회화영어만 가르쳐서 모두가 능숙한 실용영어 구사자로 대성하기를 기대하지만 않는다면 말이다.

영어공부를 시작하기가 무섭게 알파벳을 외게 하고 삽시간에 문장 익히기와 문법용어 외우기로 매진하는 식의 재래식은 안 된다. 대신에 충분한 시간을 들여서 발음연습을 시키고 간단한 문장을 외워서 자랑스럽게 말할 수 있을 때까지 반복 연습시키는 구어·발화 위주로 훈련하는 것은 잘하는 일이다. 그러나 중학교 3년 내내 초보적인 회화연습으로 시종하는 것은 비효율적이다. 일상생활에서 쓰는 기본적인 어휘나 문장구조는 중학교 2학년 중반쯤까지면 다 만날 수 있다. 그 다음부터는 내용이 있는 글을 읽고, 쓰는 연습을 시켜야 한다.

우리의 영어교육의 목적이 일상적인 회화능력을 길러주는 데 있다면 중·고등학교 6년에 대학 1, 2년 해서 7~8년이란 장구한 세월을 소비할 필요가 없다. 과연 어느 정도의 학생들이 중학교 첫 한두 해 동안에 일상생활에 필요한 회화능력을 터득할 수 있느냐 하는 문제가 있다. 지금까지의 우리의 경험에 비추어보면 그 성과는 대단히 실망적일 수밖에 없다. 그러면 성취도가 거의 전무한 학생들 혹은 기대치에 크게 미치지 못하는 학생들과, 중학교와 고등학교 나머지 수학년 수는 어떻게 해야 하는가? 다시 상식적이고 합리적인 접근법을 찾아야 한다. 중학과정의 어느 시점에선가 학생들의 동기와 성취도를 따져서 교재와 교육속도와 교육방법을 달리하는 분반교육이 시작돼야 한다는 게 나의 오랜 지론이다.

한 학생이 영어를 공부하기 시작해서 학교교육을 마칠 때까지 성취하는—또는 성취하기를 기대하는—정도를 몇 개의 단계로 나누어서 정해 둘 수 있지 않을까? 급수를 정해도 좋다. 가령 어휘 500단어에 일상생활에서 쓰이는 기본적인 문장구조와 용례를 듣고 말하고 읽고 쓰고 할 수 있는 정도를 1급이라고 정하고, 영국이나 미국의 교육받은 남녀가 주고받는 수준의 지적인 내용을 담은 대화를 능히 다루어낼 수 있고, 그들이 보통 읽는 신문, 잡지, 교양·문예 서적들을 어려움 없이 독해할 수 있는, 이를테면 영국이나 미국의 보통 대학을 졸업한 보통 사람과 거의 같은 수준과 내용의 영어능력을 갖춘 사람을 5급이라고 하자. 그러면 이 급수를 기준으로 학생들을 분반할 수 있을 것이고, 성취도에 따라서 유급할 수 있고 다음 단계로 월급(越級)할 수도 있게 만들 수 있을 것이다. 한 급이 요구하는 수준을 두루 성취했다고 믿을 만한 이유가 없을 때 그 학생을 다음 위급으로 진급시키는 것은 학생, 학급, 교사, 그 누구에게도 이로울 수 없다.

한편 영어를 열심히 공부하려는 의욕과 동기와 언어습득 재능을 갖춘 것으로 인정되는 학생들은 일상회화나 실용영어니 하는 구차스러운 강조로부터 풀려나서 자기들과 동년배의 영미학생들이 가지고 있는 포괄적인 언어능력에 빠른 속도로 근접해 가는 체계적인 훈련을 쌓을 수 있을 것이다. 그런 학생들이 중학교를 졸업하고 고등학교 3년 과정을 마쳤을 때, 가령 요즘 시행되는 수학능력시험의 영어문제를 무난히 풀 수 있으면, 그들의 영어교육은 일단 끝난 것이고, 대학에 가서 더 이상 영어를 따로 공부할 필요가 없을 것이다. 다만 여기에는 큰 조건이 있다. 이 조건은 지금까지 우리가 해온 교육현황이 근본적으로 개혁되지 않으면 충족될 수 없는 난제이다. 사실 이 엄청난 난제를 해결하는 것이 우리 영어교육의 과제이고, 우리 영어교육의 성패는 바로 이 과제의 해결에 달려 있다고 할 수 있다. 이 과제만 해결되면 실용영어 문제도 저절로 해소될 수 있다.

그 조건은 이런 것이다. 사지선다 식으로 만들어진 수학능력시험 문제를 읽고, 옳은 답을 골라서 답지에다 먹칠을 하게 하는 평가는 극히 조잡하다. 세상에는 선다형 시험에 능한 재주꾼들이 있고, '토플' 성적과 실제 능력은 반드시 부합하지 않는다는 게 상식이다. 그래서 그 시험수준의 영어를 제대로 자기 것으로 만든 학생은 그 정도의 영어를 읽어서 해독할 뿐 아니라 들어서도 이해할 수 있고, 필요하다면 구두로 말할 수 있고, 글로도 쓸 수 있다는 증거를 보여주어야 한다.

이 정도면 앞에서 얘기한 등급의 최고급에 가까운 것으로 실상 대학에 가서 혹은 혼자서 따로 영어를 '공부'할 필요가 없을 것이다.

교육받은 영미인이라고 모두가 예외 없이 그 정도의 실력을 갖추고 있는 것은 아니다. 한국의 대학졸업생의 평균적인 한국어 실력을 생각해 보면 족히 짐작할 수 있다. 매년 대학에 들어가는 학생을 줄잡아서 40만 명으로 잡고, 그중 1%, 약 4천 명의 학생이 이와 같은 종합적인 평가에 급제한다면 나는 우리 영어교육이 공전의 성공을 거두는 것이고, 나라가 필요로 하는 영어 기능인력의 확보도 문제없이 보장되리라고 생각한다. 매년 4천 명씩 제대로 교육받은 영국이나 미국의 고급인력을 확보하는 것과 같을 것이기 때문이다.

4.

나는 역시 교양을 위해서, 한국어 소양을 함양하는 데도 큰 도움이 되는 인문과목으로 영어를 배우고 가르쳐야 한다고 생각한다. 그러나 아무리 교양과목이고 인문과목이라고 해도 그 대상이 영어라는 한 언어이고, 그것도 수억의 살아 있는 사람들이 쓰고 있는 현대어이기 때문에 옛날 우리 조상들이 서당서 한문을 가르치던 식으로 다루어서는 역(逆)생산적일 수밖에 없다. 현대어 훈련의 이미 상식화된 원리, 순서를 지켜야 한다. 먼저 듣기를 배우고, 다음에는 말하는 훈련을 쌓고, 그리고 나서 읽고 쓰기를 가르치고 배워야 한다. 재래식 '문법 번역 방법'에 흠이 있었다면 듣고, 말하는 훈련을 게

을리 했거나 숫제 안했다는 것이다. 작문훈련도 제대로 안하고 독해력 훈련으로 시종했다는 것이다(옛 한문교육은 영락없는 '문법 번역' 식이었지만 암기라는 탁월한 방법을 쓰고, 더욱 주목할 일은 그 방법의 소산들이 모두 한문을 쓰는 법을 익혀서, 더러는 한문의 본고장인 중국을 위시한 동양 삼국에서 국경을 초월해서 널리 추앙받는 대문장들이 배출됐다는 사실이다. 이 얘기는 앞에서 벌써 했기 때문에 더 중언부언하지 않겠다).

구조주의 석학들로부터 호된 매를 맞아 악명이 높아진 그 '문법 번역 방법'도 제대로 하면 글 쓰는 법을 가르칠 수 있고, 영어 같은 현대어를 살아 있는 언어로 다루기만 하면 일상적인 회화 정도는 물론, 본격적인 문장을 듣고 말하고 쓰는 능력을 길러줄 수 있다는 것을 부인하는 것은 정직하지 못하다. 구조주의 바람과 어학실험실과 '네이티브 스피커'들의 등장 등 화사한 환경개선에도 불구하고, 해방 후 오늘날까지의 우리 영어교육의 기본 구조와 양상은 해방 전의 일본식과 크게 다를 것이 없는 것이었다. 그런 낡은 방법으로 영어를 배운 사람들 중 많은 인재들이 그들의 교사들보다 영어를 더 잘 구사하고 그 실력으로 국민생활의 모든 면에서 큰 역할과 공헌을 해왔다는 사실에 주목할 필요가 있다. '문법 번역 방법'이라고 덮어놓고 사갈시할 것은 아니라는 말을 이 짧은 글 속에서 벌써 여러 번 했지만 그렇다고 이제 와서 그 방법을 두둔할 생각은 없다.

다만 우리가 앞으로 영어교육에서 강조해야 할 언어기술이 글을 읽고 쓰는 쪽이 아니라 듣고 말하는 쪽이라고 하더라도 그것이 의미 있는 것이 되려면 결국은 상당한 지적 내용을 담은 글을 읽어내야 한다.

글을 읽고 쓰는 능력을 제대로 기르지 못하면 영어를 모국어로 쓰는 교육받은 영미인들과 의미 있는 교제나 거래를 할 수 없다는 말을 하고 싶었다. 영어를 쓰면서 교양 있고 교육받은 사람 행세를 하려면 상당 수준의 교양과 지식을 내용으로 하는 글을 많이 읽어야 하고 그네들과 그 내용에 관해서 의미 있는 의견을 교환할 수 있어야 한다.

일상회화나 초보적인 실용영어의 기초는 앞에서 지적했듯이 중학교 2학년 과정 정도를 제대로 마치면 습득할 수 있는 것이고, 그 다음에는 글을 읽고, 지적 내용이 있는 대화를 통해서만 영어능력이 향상·세련되는 것이다. 아무리 영어를 잘한대도 얘깃거리가 없으면 허사이다. 얘깃거리는 일상회화나 실용영어 훈련이 제공할 수 있는 것이 아니고, 일반교육과 교양과 성인의 경우 사회인으로서, 직업인으로서의 경험이 지어주는 것이다.

대학에서 영어를 어학과목으로 따로 가르칠 필요가 있는가? 대학에 들어올 때 수능시험 수준의 영어를 듣고 말하고 읽고 쓰고 하는 네 가지 기술을 골고루 갖춘 것이 분명한 학생은 당연히 교양영어 이수의무에서 해방되어야 한다. 그러나 그런 학생이 과연 얼마나 될까를 생각하면 신입생들의 대부분은 각기 제대로 연마하지 못한 기술을 선택적으로 갈고 닦을 기회를 가져야 할 것이다. 대학에서도 획일적인 필수과정은 과감히 지양하고, 능력에 따라, 닦아야 할 기술의 종류에 따라 분반해서 가르치는 것이 순리이다. 영어를 그런 대로 잘하고, 혼자서도 공부를 해서 영어에 대한 소양을 늘려갈 수 있는 학생은 일정한 평가과정을 거쳐서 과감하게 교양영어를 면제해 주고, 입학은 했지만 능력이 부실한 학생은 부실의 정도에 따라서, 부실한 기술영역에 따라서 분반교육을 하되, 일정한 수준 또는 급수에 도달하지 않은 학생은 졸업할 때까지 계속 지도하는 엄격한 제도를 운영하는 것이 필요하다.

개별·분반 교육은 지금까지와 같은 대(大)학급, 무더기 수업과는 비교가 안 될 정도의 큰 투자를 요구하게 될 것이다. 이런 제안은 대학의 공립, 사립 구별 없이 속절없이 거부될 공산이 크다. 투자할 생각은 없으면서 혁명적인 개선을 요구하는 관리자나 경영자들의 아우성을 우리는 빈번히 들어왔다. 그들이 잘 모르거나, 알고도 모른 체하는 사실이 하나 있다. 한국의 절대다수 대학의 아마도 과반수를 넘는 입학생들의 영어능력으로는 중3, 고1 정도의 교과서를 제대로 소화하기 힘겨울 것이라는 사실이다. 종래 웬만한 대학의 교양영어는 실상 중·고교의 영어수업 결손을 메워주는 보충수업이었다. 그나마 번역 위주의 대규모 강의라는 획일적인 행사일 수밖에 없고, 학생과 교사 모두에게 역겹고 맥 빠지는 그런 작업을 일주일에 두세 시간씩 두세 학기 치르고 나면 교양영어라는 비극적인 고역과 영원히 결별한다. 대개의 학생에게 교양영어와의 결별은 영어와의 결별을 의미한다.

그런데 대학의 관리자, 경영자, 장차의 고용주들은 이런 젊은이들이 대학 졸업장만 들고 나서면 영어로 웬만한 상담(商談)을 해내고 미끈한 영어편지를 써내기를 요구하고 기대하는 듯이 보인다. 그리고 그런 요구와 기대가 빗나가면 애꿎은 영어교사들을 원망한다. 영어교사들과 영문과는 설상가상으로 엉뚱한 자중지란을 맞는다. 전공과목으로 가르치는 셰익스피어나 낭만시가 영문과 학생들로부터 외면을 당하는 수모를 겪는 수가 있는 것이다.

우리가 중학과정부터 혹은 그전 과정부터, 영어를 필수과목으로 정해서 가르치고 배우는 것은 결국 영어가 세계어이기 때문이다. '링구아 프랑카'라는 것이다. 영어는 요즘 국제화, 개방화를 외치는 사람들이 금과옥조로 여기는 듯이 보이는 외국하고의 상거래에서 널리 쓰이는 국제어이다. 그러나 상거래에서 쓰이는 영어가 영어를 모국어 또는 공용어로 사용하는 사람들이 일상생활에서 쓰는 '일반 영어'하고 동떨어진 것이 아니다. 상거래에서 쓰이는 영어를 제대로 배우려면 기본적이고 일반적인 영어를, 그것도 교육받은 사람들이 쓰는 영어— 'educated English'를 먼저 익혀야 한다. 이것이 교양 영어이고, 교양영어를 제대로 이수하는 것이 개방사회에서 국제인 으로 사는 지적 훈련을 쌓는 길이다. 그런 훈련을 쌓은 사람은 필요 에 따라서 상거래를 위시한 각종 직업영어를 쉽게 습득할 수 있다. 소위 실용영어를 배우고 가르치기 위해서 중학교에서, 고등학교에 서 그리고 대학에서 교육받은 국제인이 갖추어야 할 교양영어를 배 우고 가르쳐야 하는 것이다.

일반·교양 영어를 가르치고 배우는 방법은 교육환경에 따라서 융 통성 있게 고를 필요가 있다. 꼭 어떤 한 가지 방법만이 옳고, 다른 방법은 일고의 가치도 없는 것으로 버려서는 안 된다. 다만 어떤 방 법을 택하든지 우리가 가르치고 배워야 하는 영어는 살아 있는 수 억의 사람들이 쓰는 살아 있는 언어라는 것, 듣고 말하는 것이나 글 을 읽는 것만 강조하지 말고 글을 쓰는 훈련까지를 골고루 하는 것 을 잊지 않으면 된다. 듣고, 말하고, 읽고 쓰고 하는 순서로 영어를 배우고 가르쳐야 한다는 것은 옳다. 그러나 매년 100만 가까운 아이들이 중학교에 들어오고 그 반수 정도가 각종 대학을 졸업하는 우리의 제도와 환경이 과연 모든 학생이 그 네 가지 기술을 골고루 익히고 일정 급수를 따서 비로소 학교생활을 마치게 할 수 있을까 하는 곤혹스러운 문제가 있다. 그것은 학교교육을 통해서 성취하기를 기대하는 등급이 종합적으로만 정해져서는 불가능하고, 학생의 취미·동기·언어재능 등을 감안해서 기술별로 세분해서 정해져야 할지 모른다.

중학교 첫 한두 해 과정에서 영어의 기본 어휘와 기본 문장구조를 골고루 익힌 다음부터는 네 가지 중 어떤 한 가지 또는 두 가지 기술을 집중적으로 배우고 가르치는 융통성 있는 교육계획이 보다 현실적이고 바람직할지 모른다. 말재주는 없어도 글은 잘 읽는 사람들이 있다. 남이 하는 영어를 잘 알아듣지는 못해도 장문의 글을 미끈하게 써내는 재사들이 있다. 이런 학생들에게 과학적인 교육이론을 내세워서 6~7년 동안 천편일률적인 듣기·말하기 훈련을 과하는 것은 비현실적이고, 실상 우열한 일이다.

우리가 정직하게 한국의 영어교육 현장을 반성해 보면, 나라의 방방곡곡에서 영어를 공부하는 학생 중 절대 다수가 듣고 말하는 훈련을 초기단계에서 종결짓고 읽기(와 쓰기) 훈련에 힘을 쏟는 것이 생산적이리라는 생각을 하게 될 것이다. 그런 경우에도 시간 때우기 식, 엉터리 '문법 번역 방법'은 물론 안 된다. 타당성이 공인된 현대 언어학습 이론으로 세련된 '문법 번역 방법'의 개발이 시급하다.

내가 평소에 존경하는 학자에 스트레븐스라는 사람이 있다. 그 사람은 언젠가 미국식으로 교육받으면 말은 웬만큼 하지만 책은 잘 못

읽는 경향이 있고, 영국식은 말은 잘 못하지만 책은 썩 잘 읽어내는 사람을 만들어내는 듯이 보인다고 한 적이 있다. 이 두 가지가 다 만족스럽지는 않다. 그러나 영국과 미국의 문화적·역사적 환경의 차이가 그와 같은 결과를 산출한 것이고, 그 두 가지를 억지로 비빔밥을 만들려는 변증법 놀음은 무의미하다. 우리도 한국식 영어교육 방법을 개발해서, 한국식으로 영어를 배우면 말은 잘 못하지만 글은 썩 잘 읽고, 영미인 뺨칠 정도로 잘 쓰는 문장가가 될 수 있다는 소문이 온 세상에 퍼지면 오죽 자랑스러울까.

끝으로 한 가지 다짐해 둘 것이 있다. 영어를 가르치고 배울 때 지나친 완벽주의는 공부에 장애가 될 수 있다는 것이다. 이왕 하려면 영국인이나 미국인과 꼭 같이 영어를 해야 한다고 기를 쓰는 것은 부질없는 일이다. 영국인과 미국인이 꼭 같이 영어를 하는 것은 아니다. 좀 엄격하게 따지자면 영국인이고 미국인이고 똑같이 말하는 두 사람은 있을 수가 없다. 한마디로 영국인이라고 하지만 소위 잉글랜드 사람이 있고, 스코틀랜드 사람이 있고, 웨일즈 사람이 있다. 교육받은 영국인들이 공통적으로 하는 소위 '리시브드 프로난시에이션'이라는 게 있지만 그것은 큰 변수를 가지고 있는 평균치를 상정해 본 것에 불과하고, 가령 정확하게 음성학자들이 만들어놓은 발음사전 식으로 말하는 사람은 없다. 미국인이 하는 영어가 어떤 것인지 정의하기란 전연 불가능하고, 소위 '제너럴 어메리컨' 영어라는 것도 어떤 것인지 분명치 않다. 그러므로 교육받은 영국인이나 미국인이 하는 평균적인 영어와 근사한 말을 배워서 쓰면 된다.

영어를 외국어로 배우고 쓸 때, 쓰는 사람의 출신에 따라서 독특한 억양과 화법이 표출되는 수가 있다. 영어를 하는 것을 듣고 있으면 일본인, 중국인, 인도인 등을 비교적 정확하게 분간할 수 있다. 그러나 그들이 영어를 제대로 배운 교양인이라면 어휘와 문법에 별 차이가 없고, 서로 아무런 어려움 없이 알아들을 수 있는 점잖은 영어를 쓰고 있다는 것을 금방 알 수 있다. 가다 보면 외국인은 물론, 영어를 모국어로 쓰는 사람들 중에도 '표준' 이하의 영어를 써서 그런 말에 익숙하지 않은 사람은 알아듣기가 어려운 경우가 있다.

우리가 어떤 영어를 가르치고 배워야 하는지를 정확하게 규정할 수는 없다. 그러나 '표준 이하'의 영어를 가르치고 배우는 것은 비극이다. 이것은 훈련부족으로 범하는 발음이나 문법상의 '에러'와는 구별해야 한다. 그런 '에러'는 연습과 훈련으로 교정될 수 있기 때문이다. 이런 '에러'를 극단적으로 금기시하는 완벽·결벽 주의는 학습 의욕과 성취를 크게 저해할 수 있다. 다소의 '에러'를 범하더라도 의사소통에 제1목표를 두고 정진하는 것이 옳다. '에러'를 범하기가 두려워서, 더욱 유치하게는 체면을 상할까 봐서 입을 떼지 못하고 쥐구멍을 찾는 영어교사의 태도는 개탄할 일이다.

능숙한 '세일즈맨'을 무더기로 만들어내기 위해서가 아니라 교양 있고 지적 균형이 잡힌 국제인을 만들기 위해서 영어를 배우고 가르쳤으면 하는 것이 내 애절한 소망이다. 요즘 세상 돌아가는 품이 그 소망이 이루어질 것 같지 않아서 몹시 애절하다. 실용영어 타령을 하다가 영어를 듣지도, 하지도 못하고 신문 한 장 제대로 못 읽고, 글 한 줄 쓸 줄 모르는 영락없는 '영맹'(英盲)이 양산될까 그저 두렵기만 하다.

(『녹색평론』 제18호, 1994)

영어교육, 어떤 새로운 옷을 입혀야 할 것인가

이병민*

1. 머리말

우리 사회에서 영어교육이 새로운 국면을 맞고 있다. 한마디로 영어가 학교교육의 울타리를 벗어나고 있다는 것이다. 학교가 영어에 대해서 해줄 수 있는 부분이 미약해질 대로 미약해져서, 학교 영어교육이 무엇인가를 해주고 있다는 판단을 유보할 때가 되었다. 이런 환경에서 영어가 학생의 능력을 평가하는 중요한 기준이 되고, 대학입학의 기준이 된다는 것은 희극적인 상황이다.

학교 영어교육의 틀 속에서 다른 교과목들처럼 영어를 다루어서는 우리 사회에 내재하고 있는 영어교육의 문제를 해결할 수 없다. 영어교육은 학교 내에서 이루어지는 교육이라는 제한된 틀을 벗어

---

* 서울대학교 사범대학 영어교육과 교수. 주요 논문으로는 「우리나라에서 조기영어교육이 갖는 효과와 의미」「EFL 영어학습 환경에서 학습시간의 의미」 등이 있다.

나서 좀더 거시적인 관점에서 접근해야 한다. 국가 단위의 접근을 요구하며 더불어 전사회적인 차원에서 접근을 요구한다. 예를 들어 우리 사회에서 영어는 어떤 위치를 갖고 있으며 갖게 될 것인가? 국민들은 영어를 어떻게 인식하고 있으며 어떻게 교육시키고 있는가? 영어는 우리에게 어떤 필요성과 역할을 갖는 언어인가? 또한 영어로 인한 사회 지배계급의 변화(예: 영어에 자유로운 집단과 그렇지 못한 집단), 권력과 부의 분배는 어떻게 달라질 것인가? 이런 문제들도 영어교육과 관련하여 살펴볼 필요가 있다.

이러한 문제의식을 가지고 학교 영어교육, 초등학교 조기 영어교육 그리고 영어마을의 문제를 점검해 보고자 한다. 먼저, 학교 영어교육이 어떠한 위치를 차지하고 있고 내재적인 한계는 무엇인지 살펴볼 것이다. 더불어 영어교육을 초등학교 1, 2학년으로 끌어내리는 것의 의미가 무엇인지 살펴보고자 한다. 그리고 지방자치단체에서 추진하고 있는 영어마을은 어떤 의미가 있는지 다양한 영어 사교육의 틀 속에서 검토하고, 마지막으로 어떤 대안이 가능한가에 대해 논의해 보고자 한다.

2. 현 학교 영어교육의 내재적 한계

학교 영어교육은 지난 60년 동안 근본적인 틀에 있어서 거의 달라진 것이 없다.[1] 세상이 많이 변화했음에도 불구하고, 학교 영어교육은 거의 제자리걸음을 해왔다. 이것이 문제의 본질이다. 학교는 일주일에

3~4시간 영어교과 시간을 배정하고 제한된 틀 속에서 영어를 가르친다. 그 형태는 반세기 전이나 지금이나 거의 달라지지 않았다. 지속적으로 영어교육 과정이 개편되었고,[2] 1997년 이후 초등교육 과정에 영어교육이 도입되었지만, 학교 영어교육의 근본 틀에 변화가 있었던 것은 아니다.

현재 학교 영어교육의 현황은 이렇다. 초·중고등학교 영어교육을 통해서 제공되는 전체 교육시간은 약 730시간 정도이다.[3] 무엇보다 노출시간이 절대적으로 부족하다. 심지어 대학에 입학하기 전까지 학생들이 학교 영어교육을 통해서 음성영어에 노출되는 시간은 평균 200시간 미만이다.[4] 한 언어를 어느 정도 유창하게 구사하기 위해서는 적어도 2천 시간에서 3천 시간 정도의 집중적인 노출이 필요하지만 학교현실은 전혀 그렇지 못하다. 그것도 비효율적으로 일주일에 조금씩 시간을 배분해서 수도꼭지에서 물방울을 똑똑 떨어뜨리는 방식으로 영어교육이 이루어진다.[5] 그러한 조건에서 영어라는 나무가 뿌리를 내리고 꽃을 피우기는 거의 불가능하다.

근본적으로 학교 영어교육은 영어를 외국어로 접근하고 있다.[6] 외국어로서 영어는 학교에서 배우는 여러 교과목 중의 하나에 불과하다. 그 또한 지난 60년 동안 크게 달라지지 않았다. 그러한 체제 하에서 영어는 영어수업 내에서만 다루어진다. 또한 비슷한 교육과정을 통해서 전국이 동일한 기준에 의해서 교육된다. 마치 수학에서 초등 3학년에서 다룰 수 있는 내용과 수준이 있고, 대학에서 다루어야 할 내용과 기준이 있는 것처럼 영어도 그러한 기준에서 교육과정을 설정하고 가르친다.

그러나 현실은 전혀 다르다. 학생들은 해외경험이나 사교육 등 다양한 경로를 통해서 영어에 노출된 결과, 영어능력이 그야말로 천차만별이다. 어느 교과목보다 개인별 수준차가 가장 심한 과목이 영어다. 영어교실에서 벌어지고 있는 현실을 살펴보면, 미국에서 1~2년 살다 온 학생들도 그가 중학교 3학년이라는 이유로 해당 학년의 내용을 배워야 한다. 사교육을 통해서 영어를 추가적인 언어로 접근하고 배운 학생과 외국어로 배운 학생이 한 교실에서 같은 내용으로 공부한다. 그것이 현실이다.

사정이 이렇다 보니 실질적으로 학생들 개개인별로 벌어지고 있는 능력의 차이를 담아낼 수 있는 교육과정을 구상하기 힘들다. 교육부가 통제하고 설계하는 교육과정을 각 교육지방자치단체나 학교 단위로 이양하지 않는 한 현재의 교육과정 체제 내에서 그 간극을 메우는 것은 한계가 있다. 수준별 교육이니 학생 중심의 교육이니 하는 것은 빛 좋은 개살구에 불과하다.[7] 이것이 학교 영어교육이 맞고 있는 현실이며 구조적 한계이다.

3. 영어에 대한 인식의 변화와 원인

그러면 무엇이 이런 결과를 초래했는가? 현실적으로 우리는 단일어 배경을 가지고 있으며, 내부적으로 언어적 갈등이 전혀 없는 지구상에 몇 안 되는 혜택받은 국가 중의 하나이다. 우리는 태어나 가족과 친지들에게서 배운 모국어만 가지고 평생을 살아가도 그다지 어려움이 없는 언어환경을 가지고 있다. 그럼에도 불구하고 일반국민들은 영어가 일상생활에서 꼭 필요한 언어라고 믿고 있으며 그것을 자유자재로 구사하고 싶어한다. 그들이 살아가는 현실의 모습은 전혀 그렇지 않음에도 불구하고 관념적으로 그렇게 믿고 있다.

우리 국민들이 이상화하고 있는 영어는 단순한 외국어로서 영어가 아니라 제2언어나 추가적인 언어로 이해할 수 있다. 영어공용어 논란에서 드러난 것처럼 일반인들이 원하는 영어교육은 학교에서 수업시간에 제한적으로 배우는 교육과는 근본적으로 다르다. 대학가기 위해서 공부하고 떠듬떠듬 책을 읽을 수 있으면 만족하는 수준이 아니다. 그들은 영어라는 언어를 통해서 자유로운 의사소통을 원한다. 유창하고 자유롭게 원어민처럼 영어를 구사하고 싶어하는 것이다.[8]

영어에 대한 인식이 이처럼 달라지고 조금은 왜곡된 이데올로기를 가지게 된 데는 여러 가지 요인이 영향을 미쳤다. 무엇보다 국가가 그동안 음으로 양으로 기여한 바가 크다. 특히 김영삼 정부시절 핵심적인 정책이론이었던 '세계화' 논리는 영어교육과 직결되었으며, 초등학교 영어교육이라는 정책적 산출물을 낳게 되었다. 조기영어교육이라는 미명 아래 도입된 초등학교 영어교육은 결국 영어가 우리 아이들에게 필수적인 언어라는 인식을 모든 국민들에게 심어주었다. 또한 김대중 정부시절 '정보화'라는 화두가 영어와 손을 마주잡으면서, 정보화를 위해서 그리고 정보화 세상에 살아남기 위해서 영어는 필수라는 인식이 국민들 사이에 자리 잡았다.

언론들도 영어교육에 관해서 결코 책임을 벗어날 수는 없다. 영어교육에 관한 한 보수나 진보 언론에서 내세우는 주장이 서로 다르지 않았으며, 지난 10여 년 동안 거의 매일 영어교육 관련기사를 쏟아내었다. 그들의 논조 속에 영어는 배워야 하는 것이며, 누구나 잘해야 하는 것이었다. 여기에 기업, 정부, 학자 들도 모두 통일된 목소리를 내었다.

결과적으로 쉽게 배울 수도 없고, 쉽게 상당한 수준의 영어능력을 보여줄 수도 없으며, 우리의 언어사용 환경이나 영어에 대한 수요나 필요성을 고려하면 상당한 수준의 영어능력은 일부 소수의 사람들에게 필요한 것임에도 불구하고, 많은 사람들은 그런 수준의 영어가 모두에게 필요하다고 믿게 되었다. 조금은 불편하다 해도 별 무리 없이 나름대로 문제를 해결해 나가면서 생활하고 있음에도 불구하고 영어의 필요성을 지나치게 침소봉대한 결과이다.

한편 중간단위(meso-level) 차원에서 이루어진 국부적인 영어정책들도 우리가 영어에 대해서 새로운 인식을 갖게 하는 데 크게 영향을 미쳤다.[9] 예를 들어 교육부와 한국학술진흥재단에서 주도했던 학문의 경쟁력 강화와 국제화의 핵심에는 항상 영어가 자리 잡고 있었다. 영어논문과 영어강의로 상징되는 학문의 국제적 경쟁력 강화는 대학사회에 중요한 영향력을 행사했으며, 이로 인해서 전공에 관계없이 영어로 진행되는 국제학술대회나 영어로 발표되는 논문을 조장하는 결과를 초래하였다. 어느 대학이 강좌의 50% 이상을 영어로 개설하겠다고 발표한 것이나 대학 내에서 영어를 공용어로 채택하겠다는 발상, 교수를 선발하는 데 전공에 관계없이 영어능력을 평가하는 것 등은 모두 이런 차원에 벌어지고 있는 영어 관련정책들이다.[10]

또한 국가고시를 비롯한 거의 모든 인력 선발시험에 영어를 도입하는 것이나, 일부 대기업에서 영어를 공용어로 채택하고, 임원회의에서 영어로 회의를 진행하는 현실, 승진심사에서 영어능력이 중요한 평가기준으로 인정되는 현실은 한마디로 영어가 우리 사회 곳곳에서 현실적인 힘으로 작용하고 있으며, 삶의 여러 관문을 통과하는 데 중요한 수문장(gatekeeper) 역할을 하고 있다는 반증이다.

이러한 여러 가지 요인들이 결국 통합적으로 상승작용을 일으켜, 일반국민들은 영어라는 언어를 새롭게 바라보게 되었다. 결국 영어를 우상화하게 되었고, 영어교육에 대해 과거와는 전혀 다른 기대와 목표를 갖게 된 것이다. 특히 학부모들은 자식들의 영어교육에 대해서 남다른 기대를 갖고 있다. 즉 현재 우리나라 학부모들은 자식들이 영어의 굴레에서 벗어나기를 원하며, 영어로 자유로운 의사소통이 가능하게 되는 것을 목표로 한다. 적어도 그 정도는 되어야 한다고 믿는다.[11] 만약에 학교에서 이러한 목표를 달성해 줄 수 없다면 본인이 어떤 희생을 감수해서라도 이루고 말겠다는 강한 의지를 보여주고 있다. 조기 영어교육, 기러기 아빠, 영어캠프, 조기유학, 해외 영어연수 등은 이러한 노력의 일부 사례에 불과하다.

4. 초등학교 조기 영어교육이 대안이 될 수 있나?

현실과 이상 또는 현실과 목표의 이러한 구조적 모순 속에서 초등학교 영어교육이나 영어마을과 같은 대안들을 어떻게 이해할 것인가? 영어교육의 문제를 해결하기 위해서 초등 영어교육이 근본적인 대안이 될 수 있는가? 결론부터 말하면 초등학교 조기 영어교육으로 근본적인 변화를 기대하기는 어렵다. 우리 조건에서 영어교육을 언제 시작하는 것이 바람직한가 하는 잘못된 문제제기에서 초등 영어교육은 도입되었지만 그것은 대표적인 정책적 오류에 불과하다. 오히려 학교 영어교육에서 고려되었어야 할 사항은 영어노출에 필요한 전체 교육시간과 집중도(intensity)이었음에도 불구하고, 나이에 초점을 맞추어 초등 영어교육에 매달렸던 것은 잘못이다.

영어교육 실패의 가장 주요한 요인으로 사람들은 몇 가지를 주목했다. 그중의 하나가 바로 조기 영어교육이었다. 영어교육에 대한 가장 확실한 대안으로 조기 영어교육에 집착한 것이다. 그러나 조기 영어교육의 이론적 토대가 되었던 '결정적 시기 가설'(critical period hypothesis 또는 the earlier, the better)을 우리나라 현실에 적용한 것은 일반화의 오류였으며, 결국 초등학교 영어교육이 실질적으로 영어교육에 기여한 부분은 거의 없다.[12]

심지어 최근에 교육부는 사회나 일반 학부모들의 요구에 부응하기 위해서 초등학교 1학년부터 영어교육을 실시하겠다는 방안을 제시했다. 이미 사교육기관을 통해서 수십 가지 형태의 조기 영어교육 실험이 이루어고 있는 마당에 대안이라고 제시한 것이 영어교육을 초등학교 1, 2학년으로 끌어내리겠다는 발상이다. 그러나 대안이라고 하는 것 자체가 대안이 될 수 없을 뿐만 아니라 그것으로 인해서 현재 사교육이 줄어들거나 학교 영어교육이 달라질 것으로 보지 않는다.

초등학교 조기 영어교육이 기대만큼의 효과가 없다는 논리는 다음과 같다. 교육과정을 설계하는 데 주요하게 고려되어야 할 요소들이 몇 가지 있는데, 가장 중요한 것이 바로 영어노출에 필요한 교육시간이다. 그와 함께 교사가 영어를 얼마나 사용할 수 있는가 그리고 교육시간을 어떻게 배분할 것인가 하는 질적인 측면도 중요하게 고려되어야 한다. 이런 관점에서 보면 지금과 같은 형식으로 초등학교 1, 2학년에 영어를 도입한다고 해서 달라질 것은 거의 없다.

먼저, 교육시간을 보면 2년에 걸쳐 약 30시간 증가하는 효과가 있다. 그리고 영어를 조기에 가르친다는 변수도 있다. 그러나 영어를 외국어로 접하고 교실 이외의 공간에서 영어에 노출되지 않은 환경에서 조기 영어교육의 효과를 논한다는 것은 논리적으로나 과학적으로 타당한 근거를 찾을 수 없다. 또한 이를 뒷받침할 수 있는 그 어떤 실증적 증거도 우리는 갖고 있지 못하다.

또한 교사는 내국인 교사일 것이며, 그 교사가 수업시간에 제대로 영어를 구사할 수 있을지 확신할 수 없다. 영어수업은 일주일에 어느 하루를 택해서 40분 동안 제공될 것이다. 그렇다면 초등학교 1, 2학년 시기 동안 약 30시간의 영어노출과 조기교육이라는 요소가 합쳐져서 어떤 변화를 가져올 것인가? 그것은 소위 하나마나한 행위이다. 30시간이면 하루 8시간씩 진행되는 영어마을과 같은 프로그램에서 4일이면 충분한 시간이다. 4일이면 되는 시간을 2년에 걸쳐 조금씩 물방울을 떨어뜨려 주었을 때 어떤 효과가 나타나는지는 이미 수많은 연구결과들이 실증적으로 보여주고 있다.[13]

문제는 그것을 통해서 나타날 부작용이다. 학부모들은 어떻게 반응할 것이며, 사회는 또 어떻게 반응할 것이고, 사교육 기관들은 또 어떤 행동을 취할 것인가 하는 점이다. 변화에 느린 거대 공룡처럼 되어버린 교육부가 전국 단위의 교육과정 개편을 통해서 민간에서 이루어지는 여러 가지 영어교육 대안들보다 앞서서 어떤 변화를 이끌어나갈 것이라고 믿는 사람은 아무도 없다. 결국 영어교육은 사교육을 통해서 초등학교 이하, 즉 유치원 수준으로 확산되는 결과를 낳게 될 것이며(물론 일부는 이미 유치원으로 내려가 있다), 학부모들의 경제적 능력과 관심에 따라 영어능력의 편차가 더욱 심화되는 결과를 낳게 될 것이다.

5. 학교 밖에서 이루어지고 있는 영어교육 실험들

학교 영어교육이 초등학교 조기 영어교육을 통해서 문제를 해결하겠다고 자위하고 있는 사이에 사교육에서는 다양한 영어교육 실험들이 진행되었다. 속칭 '기러기 아빠'의 출현은 사교육에서 진행되고 있는 영어교육 실험의 극단적인 사례에 불과하다. 영어를 구사할 줄 아는 필리핀 파출부를 고용하는 것에서부터 영어 원어민들이 가르치는 '취학 전 어린이 영어학원',[14] 원정출산을 통한 미국 시민권 취득 및 외국인학교 입학, 영어권 국가로의 조기유학, 원어민을 통한 전화영어, 여름방학을 이용한 미국·캐나다·뉴질랜드·필리핀 등에서의 단기 영어연수,[15] 국내에 존재하는 각종 영어 사교육기관, 일부 대학에서 제공하고 있는 영어캠프 등은 수많은 사례의 일부에 불과하다.[16]

여기에 더해서 지방자치단체들이 추진하고 있는 영어마을은 또 다른 형태의 영어교육 모형이다.**17** 특히 최근에 논란이 되었던 경기도 영어마을은 최초로 시도된 거주 형태의 영어교육 모형이다. 이러한 영어마을은 학교 교실공간에서 원어민 교사를 통해서 이루어지는 영어교육과는 여러 가지 면에서 차이가 있다. 가장 두드러진 차이점은 교실을 비롯한 전체 활동공간에서 영어를 사용함으로써, 자연스럽게 영어에 노출될 수 있는 환경을 만들어준다는 데 있다. 여러 가지 면에서 소위 영어몰입 교육환경과 비슷하다.

학교에 한두 명의 원어민 교사가 있다면 영어마을에는 다수의 원어민 교사가 있고, 영어수업뿐만 아니라 일상생활 공간에서 원어민 교사들과 접촉이 일어난다. 따라서 학교와는 달리 학생들은 일상생활에서 영어를 사용해야 하는 것은 물론, 반드시 영어를 사용해야 의사소통이 가능해진다. 달리 얘기하면 그 공간에서는 영어를 사용해야 생존이 가능하다.

결국 영어가 주요 의사소통 수단이 되고 학생들은 그러한 현실에 적응하게 되며 영어로 말문을 열기 시작한다. 특히 학교 영어수업과 달리 동료학생들끼리 영어를 사용하는 것이 어색하지 않게 되고 적극적으로 새로운 표현을 시도해 보려고 하는 행동의 변화가 일어난다.**18**

5박6일이라는 단기간의 교육을 통해서 나타나는 이러한 소극적인 효과에도 불구하고, 영어마을은 여러 가지 논란에 휩싸였다. 특히 영어마을이 과연 영어 사교육을 대체하고 해외로 빠져나가는 영어교육 수요를 대체할 수 있는가 하는 점이다. 물론 이러한 논란은 초점이 빗나간 점이 있다. 영어마을은 영어교육의 궁극적인 대안이 될 수 있다는 주장보다는 보완적 역할로 규정짓는 것이 바람직하다. 즉 5박6일이나 2주 또는 30일 정도 영어마을이라는 공간에서 학생들이 영어를 체험한다고 해서 조기유학 수요나 사교육 수요를 대체할 수 있다는 발상은 현실 영어교육의 문제를 너무나 안이하게 바라보고 있다는 반증이다.

그렇다고 해서 학교 영어교육이 영어마을 프로그램보다 훨씬 효율적으로 이루어질 수 있는가 하는 것은 별개의 문제다. 그리고 교육부나 전교조 또는 일부 언론에서 주장하는 것처럼 영어마을에 투자한 비용을 학교 영어교육에 투자하면 영어교육의 효과를 향상시킬 수 있다는 주장도 그다지 설득력이 없어 보인다. 효율성이나 효과의 측면에서 본다면 영어마을이 소기의 목적을 보다 단기간에 충족시킬 수 있기 때문이다.

따라서 영어마을을 바라보는 시각은 오히려 이렇게 보는 것이 옳을 것이다. 그동안 이마저도 공공기관에서 제대로 다루어주지 못한 영어교육을 더욱 새로운 방식으로 접근한 것이라고. 그리고 근본적인 대안은 아닐지 모르지만 학교 영어교육을 도와주고 보완해 주는 역할과 효과는 기대할 수 있으며, 오히려 축소하는 것보다 전국의 영어마을을 통합하고, 체계적으로 운영하여 프로그램의 질을 향상시킬 수 있는 방안을 찾는 것이 바람직한 방향이라는 것이다. 그러나 그 또한 일반국민의 기대나 민간의 영어교육 실험에 비추어본다면 근본적인 대안이 되지 못하기는 매한가지이다.

6. 맺음말

초등학교 1, 2학년으로 영어교육을 끌어내리겠다는 발상이나 영어마을과 같은 대안은 미시적이고 파편적인 접근에 불과하다. 그와 같은 대안들이 우리나라 영어교육의 문제를 해결해 주는 근본적인 처방이 될 수 있다고 보지는 않는다. 지금 우리 어린이들은 영어를 배우기 위해서 많게는 몇 년 적게는 몇 달 동안 영어권 국가를 전전하고 수많은 영어 사교육기관의 문을 두드리고 있다. 현재 그들은 학교 영어교육의 틀 밖에서 영어를 습득하고 있으며, 이러한 현실에서 초등학교 조기 영어교육이나 영어마을을 둘러싼 논란은 핵심에서 한없이 멀리 벗어나 있다.

영어문제를 총체적으로 바라보지 못하고 파편적으로 접근하고 있기 때문에, 앞으로도 영어교육의 문제는 미완의 숙제로 남게 될 가능성이 크다. 그리고 교육부나 전교조 등은 학교가 영어교육의 주체가 되어야 한다고 주장하지만 그럴 가능성은 적어 보인다. 그 속에서 '초등학교 1, 2학년 영어교육 도입'과 같은 정책들은 오히려 영어교육 이데올로기를 부추기는 단기적 처방으로 끝날 것이며, 결국 영어교육은 각 개인이 책임져야 하는 대상으로 남게 될 것이다.

영어를 정복(?)하기 위해서 많은 돈과 시간을 들여서 영어공간(영어권 국가가 되었든 원어민들이 상주하는 영어 사설학원이나 영어캠프가 되었든)을 지속적으로 두드릴 것이며, 그러한 공간은 우리가 발붙이고 살고 있는 자연스러운 삶의 공간이 아니기 때문에 그만큼 시간과 경제적 희생을 개인에게 요구하게 될 것이다. 또한 개인의 경제력을 기반으로 영어에 충분히 노출된 집단과 그렇지 못한 집단이 한 울타리에 공존하게 될 것이며, 앞으로 영어가 준비된 소위 연어족[19]들이 사회 주도적인 집단으로 자리매김할 가능성도 배제할 수 없다.

이러한 영어교육의 문제를 좀더 현실적으로 바라보고 접근하기 위해서 몇 가지 제언을 해보면 다음과 같다. 우선, 영어교육에 대해서 좀더 거시적 관점에서 체계적으로 접근할 필요가 있다. 첫번째 작업으로 영어에 덧씌워져 있는 이데올로기나 우상화를 걷어내는 것이 필요하다. 수요와 필요에 따른 목적지향적인 영어교육을 위해서 우리 사회 영어현실을 객관적으로 드러내 보여주는 것이 필요하다. 현재 우리 사회에서 영어가 어떤 위치를 차지하고 있고, 영어가 어떻게 수용되어 활용되고 있으며, 분야나 직종에 따라서 어떤 차이가 있는지 조사할 필요가 있다. 예상수요에 대한 실체를 모르는 상태에서 영어교육의 목표를 설정하고 영어의 필요성에 대해 과장된 이데올로기를 심어주는 것은 사회적으로 엄청난 손실을 발생시킬 뿐이다.

더불어 학교 영어교육의 효과나 도달 가능한 수준에 대해서도 객관적으로 자료를 수집할 필요가 있다. 이를 바탕으로 현실에 부합하는 영어교육 과정을 설계해야 한다. 특히 말하기·듣기 수준에 대해서 보다 구체적인 자료를 가지고 있을 필요가 있다. 영어 말하기·듣기 능력은 읽기·쓰기 능력과는 여러 가지 면에서 다른 차원의 언어능력이다. 그러한 음성영어 능력은 설령 우리나라에서 조기교육을 실시한다고 해도, 단기간에 상당한 수준에 도달할 수 없다. 또한 경험적으로 보아도 영어교육 과정에서 말하기 목표는 너무 높게 설정되어 있으며, 상대적으로 듣기나 읽기는 현실의 수요에 비해서 너무 제한적이다. 학교 영어교육 과정을 통해서 이런 부문에서 어느 정도 성취가 가능한지 객관적인 자료를 갖고 있지 못하다. 결과적으로 쉽게 도달 가능하지 않은 꿈을 학부모들이나 사회에 심어주고 있는 상황이다.

또한 영어교육을 초·중고등학교 수준에서만 다루어져야 한다는 생각을 버릴 필요가 있다. 실제 영어교육은 고등학교 수준에서 어느 정도 완성하고 대학에서는 좀더 학문적인 접근을 해야 한다고 주장하는 경우가 많이 있다. 그러나 우리나라 대학의 영어 관련학과 교육과정을 보면 비영어권 대학의 영어 관련학과 전공과정과 많은 차이가 있다.[20]

다른 나라 언어를 배우는 과정은 매우 복잡하며 결코 단기간에 이루어질 수 없다. 우리 현실에서 초·중고등학교 과정을 통해서 영어의 모든 분야에서 일정 수준 이상의 언어능력을 갖춘다는 것은 불가능하다. 그런 면에서 대학이 해줄 부분이 있다.

또한 대학은 학생들에게 높은 수준의 영어 문식력을 원하지만 사회에서 요구하는 것이나 초중등 교육과정은 듣기·말하기가 중심이다. 그 어느 것도 목표로 하는 수준에 따라서 많은 시간을 요하며 어떻게 보면 평생의 과업이 될 수도 있다. 따라서 대학도 영어교육과 관련해서 일정 부분 책임을 져야 한다. 대학은 비교적 초·중고등학교에 비해서 나은 교육여건과 준비된 인적 자원을 가지고 있기 때문에 좀더 바람직한 영어교육 환경을 구현할 수 있다. 물론 전공에 따라서 영어교육의 내용과 목표를 차별화할 필요가 있지만 교양교육 차원에서도 영어교육을 보다 실질적으로 강화할 필요가 있다.

또한 대학시절에 이루어지는 영어교육이 시기적으로 결코 늦은 것도 아니다.

마지막으로, 앞에서도 간단하게 언급이 되었지만 영어에서 나타나고 있는 개인별 격차의 문제이다. 현 교육적 틀 속에서 이런 현실을 수용하기는 어렵다. 결국 전국 단위의 통일된 학년별 영어교육 과정을 수립하는 것은 한계가 있어 보인다. 소위 '중학교 1학년 영어' 또는 '고등학교 1학년 영어'와 같은 나이와 학년을 기준으로 한 교육과정을 구성하지 말고, 별도의 기준으로 교육과정을 구성하고 학생들의 수준에 따라서 학교나 교육청 단위에서 선택적으로 교재를 선택하여 사용할 수 있도록 하는 것이 필요하다. 이 과정에서 영어교육 과정을 결정하는 데 해당 학교, 교사, 학생 및 학부모의 의사가 적극적으로 반영될 필요가 있다.

더불어 절대적 기준에 의해서 학생들의 영어능력과 학업능력을 연결시키는 것은 재고될 필요가 있다.[21] 또한 초·중고등학교 과정에서는 학교 단위의 개별 영어시험을 폐지하는 것이 바람직하다. 대안으로 전국 단위의 주기적 영어능력 평가를 통해서 학생들의 영어능력을 평가하고, 대학에서는 정상적인 학교교육을 통해서 도달 가능한 일정 수준만을 요구해야 한다. 이 기준을 통과한 학생이면 별도의 영어시험 없이 대학입학 조건을 충족한 것으로 해야 한다. 그리고 그 이상에 대해서는 대학이 전공별로 필요에 따라서 교육시키는 것이 바람직하다. 그렇게 되면 대학을 목표로 과도하게 벌어지고 있는 영어교육의 무한경쟁을 줄일 수 있으며, 또한 개별학교 단위에서 출제하는 시험을 통해서 학교현장에서 이루어지는 영어교육이 왜곡되는 현상도 어

느 정도 극복할 수 있다.[22]

　현재 영어마을과 같은 프로그램이 지나치게 많다고 할 수는 없다. 오히려 이렇게 우후죽순으로 조성되고 있는 영어마을을 관리하고 프로그램의 질을 유지하고 개발하는 데 좀더 집중하는 것이 필요하다. 전국 단위의 소위 '영어마을 협의체'와 같은 것은 좋은 대안이 될 수 있다. 이러한 협의체를 통해서 대개 한번의 기회밖에 주어지지 않는 영어마을 체험기회를 확대한다면 보다 나은 효과를 기대할 수 있다. 예를 들어 10여 년의 학교 영어교육 기간 동안 80시간씩 10번 영어마을에 입소할 수 있는 기회가 주어진다면 총 800시간이 되며 실질적으로 현 학교 영어교육이 갖고 있는 시간적 제약을 보완해 줄 수 있다. 결국 총 영어교육 시간을 두 배로 확대하는 효과가 있는 것이다.

　이제는 프로크루스테스의 침대를 사람에게 맞추는 새로운 인식의 전환을 필요로 한다. 그렇게 되기 위해서는 우리 현실에서 영어와 관련하여 객관적으로 무엇이 벌어지고 있는지, 우리 사회에서 영어는 도대체 무엇인지 또한 어떤 기능을 담당해야 하는 것인지 고민해 보아야 한다. 코페르니쿠스적인 인식의 전환을 통해서 영어교육의 문제를 다시 재단하고 새로운 옷을 입혀야 할 시기가 된 것이다. 물론 그 옷은 우리가 그동안 입어왔던 개성 없는 통일된 회색빛 옷은 아니며, 목적과 필요에 따라서 세분하게 재단된 개성 있는 옷이 되어야 할 것이다.

(『안과밖』 21호, 2006)

1. 필자는 2006년 4월 17일자『중앙일보』시론「영어교육 새 판을 짜자」에서 이 점을 지적했다. 물론 일부 학교에서는 새로운 실험을 하는 곳도 있다. 예를 들어 서울 영훈초등학교나 민족 사관고등학교 등은 일종의 영어 몰입교육(immersion education)을 실시하고 있다. 또한 일부 외국어고등학교의 국제반도 어떤 측면에서는 영어 몰입교육을 실시하고 있는 것으로 볼 수 있다. 몰입교육이란 전체 교과목이나 또는 적어도 50% 이상의 교과목을 해당 외국어로 교육하는 방식이다.

2. 최근에 이르기까지 여덟 차례에 걸쳐 영어교육 과정이 개편되었다. 개편된 교육내용에 따라서 형식적으로 교과서 개편작업이 이루어졌으며, 어떤 면에서 보면 교육과정의 개편은 단지 교과서의 개편과 일치한다고 볼 수 있다.

3. 이병민,「EFL 영어 학습환경에서 학습시간의 의미」,『외국어교육』10권/2호, 2003, 107~29쪽.

4. Kim and Margolis, "Korean student exposure to English speaking and listening: Instruction, multimedia, travel experience, and motivation," *The Korea TESOL Journal* vol. 3/no.1, 2000, pp. 29~54.

5. 언어교육에 있어서 분산방식과 집중방식의 효과에 대한 논의를 보면, 집중방식이 분산방식 보다 일반적으로 효과가 있는 것으로 나타나고 있다.

6. 이 글에서는 전통적인 방식의 '외국어로서 영어'와 '제2언어로서 영어' 또는 '추가적인 언어 로서 영어'를 구별하고자 한다. 여기서 말하는 '제2언어'나 '추가적인 언어'라는 것은 자신이 갖고 있는 주된 언어 이외에 의사소통에 필요한 언어를 가리킨다.

7. 실질적으로 학교 영어수업 시간을 각 학년에 1시간 늘리는 것도 여러 교과목들의 이해관계 가 얽혀서 전혀 건드릴 수 없는 상황이다. 심지어 교육부의 어떤 관리는 이 부분에 대해서 대 통령 외에는 수업시수를 늘리는 문제에 대해서 결정할 수 있는 사람이 없다고 할 정도로 현 실적인 벽이 크다고 지적했다. 따라서 현행 영어교육 시수를 그대로 유지한 채 그 속에서 약 간의 방법론을 변화시키고, 원어민을 투입하고, 영어교사가 영어로 수업한다고 해서 학교 영 어교육이 학부모들의 기대를 만족시키고 사교육을 대체할 수 있을 것으로 보지 않는다.

8. 이병민,「영어의 마법에 걸린 사회」,『서울경제신문』2006. 6. 8;「교육시론: 영어교육을 바라 보는 새로운 틀이 필요하다」,『교육정책포럼』132호, 2006, 3~6쪽.

9. 한 국가에서 외국어로서 영어에 대해서 취하고 있는 정책적 접근을 여러 가지 차원에서 살펴 볼 수 있다. 개인이나 국가 차원에서 영어정책이 있다면, 그 이외 개별 기관이나 기업 또는 학교 단위에서 취하는 정책도 있을 수 있다. 어떻게 보면 이런 국부적인 차원의 영어정책들 이 해당 구성원들에게 더욱 구체적으로 영향을 미칠 수 있다. 이런 차원의 영어정책을 개인 이나 국가 단위의 정책과 비교해서 중간단위 (meso-level) 차원의 정책이라고 한다.

10. 필자가 최근에 조사한 내용에 의하면 서울대학교를 비롯해서 많은 대학이 영어논문을
    강조하고 보다 많은 영어논문을 발표할 것을 강조하고 있지만, 현재 상황은 영어를 많이
    사용하고 있는 서부유럽 대학들과 비교해도 크게 차이가 없다. 예를 들어 서울대학교 자
    연과학대학이나 공과대학의 일부 학과는 2000년 이후 거의 모든 석·박사과정 논문들이
    영어로 제출되고 있다. 그러나 다른 인문사회 전공의 경우 영어논문 비율은 그렇게 높지
    않다. 그러나 이러한 학문분야별 영어논문 비율의 차이는 매우 자연스러운 현상이다. 이
    는 유럽 대학들과 비교해도 거의 차이가 없다. 즉 우리 대학에서 영어논문과 관련하여
    각 학문분야별로 나타나고 있는 차별성은 우리 대학이 매우 적절히 잘 적응하고 있다는
    것을 보여준다. 또 다른 한 사례는 비록 매우 개인적인 경험이기는 하지만 우연히 어느
    자연과학대학 교수로부터 잘못 배달된 전자우편에서도 찾을 수 있다. 그 메일은 실은 한
    국인 조교에게 전달되어야 하는 것인데, 필자에게 잘못 배달된 것이었다. 흥미롭게도 내
    용은 영어로 작성되어 있었고, 내용도 일상적인 학교강의와 관련하여 조교에게 부탁하
    는 내용이었다. 잘못 배달된 내용을 알고 그 교수에게 영어로 답장을 보냈는데, 그 교수
    는 역시나 영어로 나에게 답장을 보내왔다. 한 가지 사례에 불과하지만 실제로 대학에서
    영어는 영어교육과나 영어영문학과보다 오히려 자연과학대학이나 공과대학에서 더 폭
    넓게 사용되고 있다.

11. 2004년도 필자의 조사결과에 의하면, 일부 학부모의 경우 학교 영어교육의 목표를 여러
    가지로 설정하고 있다. 그중에서 주로 언급된 것을 보면 "원어민들과 자유로운 대화가
    가능한 수준" "영어권 대학에서 공부할 때 기초가 될 수 있는 수준" "일상회화가 가능한
    수준" "자유롭게 책을 읽을 수 있는 수준" 등으로 매우 다양하며 목표 또한 매우 높다.

12. 필자는 여러 경로를 통해서 조기 영어교육의 허실에 대해서 지적한 바가 있다. 특히 가
    장 논리적으로 문제가 있는 점은 '결정적 시기 가설'이나 조기 영어교육의 효과가 어떤
    조건에서 나타나는가 하는 점이다. 조기교육의 효과는 영어를 매일 상용하는 국가에 언
    제 이민을 갔느냐 하는 것과 밀접한 관련이 있다. 영어를 매일 사용하고 매일 노출되지
    않는 환경에서 결정적 시기 가설이나 조기교육의 효과를 검증한 논문은 한 편도 없으며,
    따라서 우리 환경에서 조기교육의 효과 운운하는 것은 논리적 모순이다. 같은 논리에서
    초등학교 영어교육을 초등학교 1, 2학년으로 낮추겠다는 생각은 조기 영어교육의 효과라
    는 가설에 의지하고 있지만 우리의 경우 그러한 가설이 성립하기 위한 영어환경이 아니
    다. 따라서 일주일에 40분 정도 주어지는 영어교육을 통해서 조기교육의 효과나 영어능
    력의 실질적인 변화를 기대할 수 없다.

13. 이병민, 「조기영어교육, 효과가 있는가」, 『녹색평론』 89호, 2006, 70∼82쪽 ; 「우리나라에
    서 조기 영어교육이 갖는 효과와 의미」, 『외국어교육연구』 5권, 2002, 13∼38쪽 ;
    Abutalebi, Cappa, Perani, "The bilingual brain as revealed by functional

neuroimaging," *Bilingualism: Language and Cognition* 4, 2001, pp. 170 ~ 90.

14. 유아교육 전공학자들이나 그와 관련된 분야에 종사하는 사람들은 취학 전 어린이들을 대상으로 하는 각종 원어민 영어학원에 대해서 '영어유치원'이라는 명칭을 사용하는 것에 대해서 반대한다. 실제 이들 유아대상 영어학원의 교육내용을 보면 영어가 중심이지, 어린이들의 정서발달이나 유아교육을 목표로 교육내용이 구성되어 있지 않기 때문에 그들의 지적이 적절해 보인다. 그래서 여기서는 '영어유치원'이라는 용어 대신에 '취학 전 어린이 영어학원'이라는 용어를 사용하였다.

15. 예를 들어 여름방학 동안 이루어지는 영어체험 활동이나 다양한 영어교육 내용을 보면 그 실체를 이해할 수 있다. 국외에서 벌어지는 것들은 8주간 이루어지는 영어체험 캠프나 현지 ESL 교육기관이나 학교에서 벌어지는 영어학습 등이 대표적이다. 이들 국가는 미국을 비롯해서 캐나다·호주·뉴질랜드 등 매우 다양하며, 최근에는 비용문제로 필리핀이 새로운 대안으로 떠오르고 있기도 하다. 필자는 지난 7월에 필리핀 현지를 방문한 경험이 있는데, 공항에서 수십 명의 초등학교 어린이들이 단체 어학연수를 위해서 필리핀에 입국하고 있는 것을 목격했다. 또한 현지에서 영어교육 시설을 운영하고 있는 사람의 말을 빌리면 여름기간에만 수만여 명의 학생들이 필리핀 전역에서 영어 어학연수를 받고 있다고 전하고 있다. 한편 국내에서는 사설학원은 물론 대학들까지 이러한 대열에 편승해서 각종 어학캠프를 개설하고 있다. 필자가 살고 있는 지역에만 해도 2006년 여름에만 연세대학교, 명지대학교, 홍익대학교, 상명대학교 등이 초·중고등학생을 대상으로 이러한 합숙형 또는 몰입형 영어캠프 프로그램을 개설했다.

16. 방학을 이용하여 각 대학에서 제공하고 있는 영어캠프에서부터 사교육 기관에서 제공하고 있는 영어캠프까지 수많은 기관에서 영어캠프를 실시하고 있다.『문화일보』(2006. 7. 18) 보도에 의하면, 2006년 여름방학에만 영어캠프 참가자는 약 10여만 명을 헤아리며, 사교육 기관에서 이루어지는 영어캠프를 포함하면 수십만 명의 초중학교 학생들이 각종 영어캠프에 참가하고 있다고 한다.

17. '영어마을' 개념은 실은 1990년대 말 당시 충청북도 도지사로 있던 이원종이 처음으로 도 차원에서 추진하고자 했던 영어교육 모형이다. 이후에 손학규 전 경기도지사가 경기도에 영어마을 개념을 본격적으로 도입하였다. 그것이 사회의 주목을 받으면서 새로운 성공적인 영어교육 모형으로 인식되고 블루오션으로 인식되기 시작했다. 실제로 서울시를 비롯해서 여러 지방자치단체들이 앞을 다투어 영어마을을 추진하고 있다. 영어마을은 영어캠프나 다른 영어교육 기관과는 달리 실제 영어권 국가의 생활공간을 제공함으로써 그 속에서 영어를 배우고 활용하는 개념으로 이해할 수 있다. 현재 전국적으로 지방자치단체에서 추진하고 있는 영어마을은 40여 개에 이르는 것으로 알려지고 있다.

18. 이병민,「경기영어마을 5박6일 프로그램 평가보고서: 경기영어마을 5박6일 교육과정의 이

론적 재검증」, 2006, 1~128쪽 참조.

19. 일부 언론들은 중등이나 고등 교육을 영어권 국가를 비롯해서 해외에서 받고 국내에 귀국해서 직장생활을 하는 사람들을 소위 '연어족'이라고 표현하고 있다(「(커버스토리) 연어族이 돌아온다」, 『동아일보』 2006. 6. 30 참조).

20. 이병민, 「우리나라 및 비영어권 대학 영어 관련학과 학부 교과과정 비교연구」, 『영어교육』 58권/2호, 2002, 219~48쪽. 일부 교수들은 대학이 영어학원이 아니라고 주장한다. 대학이 시중의 영어학원과 교육 내용이나 목표가 같을 수는 없다. 그러나 그렇다고 해서 현재 대학이 영어교육과 관련해서 제 역할을 해주고 있다고 보이지도 않는다. 어떻게 보면 중요한 한 부분을 방기하고 있는 상황이다.

21. 예를 들어 최근 각 대학에서 개설하고 있는 국제학부 프로그램은 우리나라에서 정상적인 영어교육을 받은 학생들에게는 기회가 제한되는 모순이 있다. 대부분 모든 수업을 영어로 실시하고 입학의 가장 중요한 잣대가 학생의 영어구사력이기 때문에, 이런 조건을 갖춘 학생들은 외국에서 오랜 기간 살다 온 학생들이거나 국내에서 사교육을 통해서 특수한 영어교육을 받은 학생들이다. 또한 이 학생들은 전반적인 학업능력이나 영어 문식력보다는 대개 구어영어에서 높은 능숙도를 보여준다. 어떻게 보면 국제학부 프로그램은 이런 학생들에게 대학입학의 특혜를 주는 프로그램이라고 할 수 있다. 국제학부가 제대로 된 교육프로그램으로 정착하기 위해서는 정상적으로 학교 영어교육을 이수한 학생들을 대상으로 집중적인 교육훈련을 통해서 국제 전문가로 길러내는 것이 올바른 방향일 것이다.

22. 초등학교 단계에서 학생들은 학교교육이나 사교육을 통해서 의사소통 중심의 영어교육을 받는다. 그러나 중학교에 입학하게 되면 성적을 내야 한다는 현실적인 이유 때문에 학교 영어교육이 여전히 문법이나 번역을 중심으로 하는 전통적인 교육방식을 고집하고 있다. 따라서 초등교육과는 전혀 다른 정확성을 중심으로 하는 문법 중심의 영어교육으로 변질된다. 즉 정확한 번역과 형식적인 정확성을 기준으로 영어교육이 왜곡되고 의사소통 능력이나 창의적 표현과 같은 부분은 실종되어 버린다. 이러한 교육방식은 심각하게 중등 영어교육을 왜곡시키고 있으며 이 점에서 새로운 방향이 모색될 필요가 있다.

영어교육에 대한 몇 가지 사견

김진만*

1. 한국과 영어

20세기에 들어서자마자 우리나라는 일어가 별안간에 공용어로 선포되었고, 일어를 모르고는 벼슬도 학문도 장사도 제대로 할 수 없는 식민지가 되어버렸다. 주권이며 행정권, 경제권을 일인들에게 빼앗겼다고 해서 망국의 한을 품고 한 세대를 살았지만 우리말 대신에 일어를

* 성공회대 초빙교수 역임

나는 전에 영어교육에 대한 견해를 적어서 『녹색평론』을 통해 발표한 적이 있다. 그때만 해도 국민소득 1만 달러니 뭐니 하면서 거품경기를 구가하던 시절이었다. 성급한 관료들이 재빠른 영어교육 '전문가'들과 합세해서 조기 영어교육이라는 호들갑을 떨던 시절이었다. 나는 원래 숫자와는 상극이어서 1만 달러 소득이 그렇게 경사스럽다고 느끼지 않았고, 조기 영어교육에 대해서는 처음부터 한심스러운 발상이라고 생각했다. 1만 달러 소득이 최근에 8천 달러인가 6천 달러로 격하됐다고 해서 서럽지도 않았고, 조기교육을 위시한 희한한 교육개혁안이 당분간 숨을 죽이게 됐다고 해서 아쉽지도 않았다. 영미문학연구회의 청이 있어서 다시 영어교육에 대한 사견 몇 가지를 피력하려 한다. 지난번 『녹색평론』에 실렸던 것의 연장임을 미리 말해 둔다.

써야 행세를 할 수 있게 된 엄청난 재난을 들어서 망국을 이야기한 예는 그다지 많지 않았다. 조선어를 연구하고 지키는 운동을 하다가 옥고를 치른 식자들이 없지 않았지만 언어의 주권을 나라의 주권의 중요한 부분으로 보고 일어의 침입을 규탄한 언론이나 여론은 그다지 강하지 않았다.

언어의 문제는 소위 '국권'이라는 민족적 대명제의 한 부분도 아니고, 더구나 중요한 대목으로 인식되지도 않았다. 오히려 한글을 쓰고, 한국어로 노래를 부르고 한국어를 대중 설득의 매체로 쓴 것은 서양에서 들어온 기독교 선교사들과 교회였다.

서양인들은 중세 때까지 자국어가 아닌 라틴어를 공용어로, 교회의 언어로 쓰다가 16세기의 종교개혁 이후로는 나라마다, 민족마다 자기 말을 쓰고, 자기 말로 성경을 번역하고, 법정과 의회에서 자기 말로 법과 국사를 처리해 왔다. 미국의 경우에는 처음부터 영어 이외의 공용어를 쓴 일이 없다. 한국인에게 포교를 하려고 한국에 온 선교사들이 한국어를 포교의 매체로 택하고, 일제 35년 동안에도 그 기본적 태도를 굳건하게 지킨 것은 그들의 문화적 배경에 비추어 너무나도 당연한 일이었다. 나라는 망해서 일본의 식민지로 전락하고, 마침내는 일본어의 사용을 강요하는 '국어 상용'이라는 거의 '인류에 대한 범죄'라고 할 난리가 벌어지는 마당에서도 교회에서는 한국어 성경을 읽고, 한국어로 설교하고, 한국어로 찬미를 불렀다.

그러나 한국의 일반대중에게는 일본어로 보통교육이 베풀어졌고, 중등·고등 교육을 역시 일본어로 받은 지식층이 읽을 수 있는 한국어 책은 희귀했다. 한국어로 쓴 시나 소설이 있었지만 특별한 관심과 취미를 가지고 그런 것을 찾아 읽는 소수의 사람들 외에는 큰 영향을 끼치지 못했다. 그 숫자는 일본의 시나 소설을 읽고, 일본어로 번역된 외국작품을 읽은 지식인의 수에 크게 미치지 못했을 것이다.

이 같은 사정은 개국 이전 수백 년 동안 한국을 지배했던 문화·문자적 상황과 크게 다를 것이 없었다. 일상적으로는 한국어를 썼지만 중세 서양에서 라틴어를 쓴 것처럼 공용 한국어도 아니고 일상적으로 쓰이지도 않는 죽은 문장어인 한문이 공용되었다. 한글로 쓴 글은 아녀자가 쓰는 '언문'으로 천대받았다. 사실은 일제 통치기간이었던 1920년대에 출생한 나도 '언문'이라는 말을 곧잘 들으며 자랐다. 물론 한국어로 쓴 시나 소설, 한국어로 번역한 성경 같은 것은 '언문'이라고 하지 않고 '조선어'라고 했다. 그러나 문장어로서의 한문의 위세는 일본어의 등장 이후에도 그 위세가 쇠퇴하지 않았다.

결국 우리는 1945년 해방 때까지 한문과 일어라는 외국어 혹은 외래 문장어의 지배를 받으며 산 민족이었다. 해방이 한글과 한국어의 절대·보편적 사용을 가져다주었지만, 해방과 더불어 또 다른 외국어의 지배가 시작되었고, 해방 이래 반세기가 지난 오늘날에 와서는 그 지배의 심도가 더욱 깊어가는 듯한 인상이 짙다. 물론 영어가 나라의 공용어로 인정된 일은 없다. 인도, 싱가포르, 홍콩, 필리핀 등 여러 나라에서 서로 다른 이유로 영어가 복수의 공용어 가운데 하나로 쓰이고 있는 것과 한국에서의 영어의 위치는 근본적으로 다르다. 그러나 적어도 심정적으로는 한국의 교육자들과 지식층 그리고 근년에 와서는 기업가들에게서 엿볼 수 있는 영어에 대한 인식은 이조시대의 양

반계층이 과시하던 한문의 우위, 공용어로서의 위세를 떨치던 일제시대의 일어의 압도적 우위와 근본적으로 다를 것이 없다.

이제는 영어를 모르면 혹은 영어를 잘하지 않으면 학문도 벼슬도 장사도 할 수 없다고 믿는 한국인들이 엄청나게 많은 것 같다(나는 영어에 대한 한국인들의 인식과 태도를 전문적인 여론조사기관에 부탁해서 한번 철저하게 조사해 봄 직하다고 생각한다). 이것은 우리가 영어를 모국어로 하는 미국의 군사력에 힘입어 해방을 맞았고, 한동안 미국의 군정하에서 공용어로서의 영어를 접한 경험과 무관하지 않다. 일제시대에도 중학교에 들어가면 한국어는 가르치지 않고 영어를 가르쳤다. 다만 일제시대의 영어교육과 해방 이래의 영어교육에는 여러 가지 차이가 있다. 영어의 중요성에 대한 인식이 해방 후에는 더욱 강화되었고, 심화되었다. 영어는 일제시대의 일어와 그 이전 전통사회의 지배계층이 쓰던 한문의 위치에 올라서게 된 것이다.

일제시대에도 영어를 순전히 문장어로서 가르치고, 그러기 위해서 문법과 번역을 중시하던 것이 언어교육의 원리에 어긋난다고 해서 영국에서 전문가를 초빙하여 좀더 구어적인 영어를 소위 '직접방법'으로 가르쳐야 한다는 이론이 있었다. 그러나 그 방법을 온 나라의 중학교에 도입한다는 것이 현실적으로 불가능한 일이었다. 그러다가 영미를 상대로 전쟁을 벌이는 통에 구어적이고 실용적인 영어교육이 혼선을 빚고, 전쟁 말기에는 영어교육이 자칫 흐지부지되는 듯했다. 일본인들의 외국어교육은 메이지시대의 외국문물의 대량섭취 의욕으로 강화되었고, 그 중점은 영어나 독일어로 회화하는 능력보다는 영어와 독일어로 쓰인 인문·과학 문헌을 읽고 해독하는 데 두었다. 중학교를 다닌 모든 일본인들이 살아 있는 영미인이나 독일인들과 회화를 나누고, 일상적인 영어나 독일어로 문화나 문명에 관한 의사를 주고받는 일은 전무했다. 일본인으로서 서양에 유학하거나 외교관이나 기업가로 서양인들과 일상적 혹은 전문적인 대화를 나누어야 하는 사람의 수효는 메이지시대에서조차 일본의 인구에 대비하면 극히 미미했을 것이다. 그러므로 언어교육의 원리와는 상관없이 종전 이전의 일본, 그 식민지였던 한국에서의 영어교육이 문법·번역·독해에 치중한 것은 자연스러운 추세였다.

종전 후의 일본에서, 더욱 두드러지게는 해방 후의 한국에서는 현실적 여건 때문에 문법·번역·독해라는 고전적 방법이 지배적이었지만 지난 20~30년 동안에 한국의 국제화, 국제적 통상의 확대, 경제성장 강조, 마침내는 미국 주도의 IMF의 새로운 형태의 식민지배 등 우여곡절을 겪으면서, 문장의 독해 위주의 영어교육에서 구어·회화·실용 위주의 영어교육으로 강조가 옮겨졌다. 대학에서 시작된 어학실험실이 나라 방방곡곡의 중·고교에까지 보급되고, 각급 학교의 입학시험에 영어청취 시험이 도입되고, 대학에서 '토플' '토익'을 공부하는 것이 정규 교과보다 더 요란스러워졌다. 그리고 왕년 일본에서 논의되던 '직접 방법'을 연상케 하는 조기 영어학습론이 대두했다.

나는 이러한 경향이 옳지 않다고 생각하지는 않는다. 종래 문법·독해법의 지배에 대한 이유 있는 반동이라고 생각한다. 다만 나는 그런 모든 추세, 특히 조기 영어교육론이 현실적으로 가망이 없다고 생각할 뿐이다. 가망이 없는 일을 억지로 밀고 나가려는 우를 하루 속히 청산하고, 현실성이 있는—IMF의 질곡하에서도 차질 없이 진행할 수 있는 대안을 생각해 내야 한다고 생각한다. 변화하는 상황에서 변화된 '문법·번역·독해' 방법의 효율적 활용이 신중하게 고려되어야 한다고 생각한다.

2. 원어민의 문제

원어민이라는 흉측한 말은 영어의 '네이티브 스피커'의 번역인 것 같다. 원어민의 원어도 어딘지 모르게 어색하다. 영어를 모국어로 쓰는 나라 집안에서 자라서 어려서부터 영어를 일상어로 쓰고, 영어로 교육받은 사람을 가리키는 말인 듯하다. '인 것 같다' '인 듯하다'라고 한 것은 원어민이라는 말이 그야말로 흉측하게 들리고, 그 함축이 극히 모호하기 때문이다. 소위 원어민이라면 아무나 우리 학생들에게 영어를 가르칠 자격이 있는가. 한국의 영어교사, 특히 영어회화 교사의 유일한 혹은 가장 중요한 자격이 원어민일까. 나는 그렇게 생각하지 않는다.

　원어민은 우선 영국이나 미국, 캐나다의 주민(드러내놓고 말하지는 않지만 백인들)을 가리키는 듯하다. 어느 모로 보아도 완벽한 원주민이라고 보아야 할 미국·캐나다의 한국계 2, 3세 회화선생을 '온전한' 원어민인 미국인·캐나다인으로 바꿔달라고 한 한국 대학생들이 있었다는 말이 있다. 기가 막힐 노릇이다. 한국에 돌아와서 회화선생을 하겠다는 한국계 미국인은 그래도 제대로 대학을 다니고, 모르기는 하지만 교육받은 사람의 영어를 할 것이다.

한편 '온전한' 원어민 모두가 단지 원어민이기 때문에 제대로 영어를 한다고 믿을 수는 없다. 소위 '제너럴 아메리칸 잉글리시'와는 거리가 먼 사투리를 쓰거나 혹은 표준 이하의 영어를 하는 사람일 수도 있다. 돈벌이로 왔다갔다하고 학생을 정성과 사랑을 가지고 가르치겠다는 교육자적 의지를 기대할 수 없는 청춘남녀일 수 있다. 이런 원어민에게 배우는 학생들이 제대로 된 영어를 제대로 배우리라고 기대하는 것은 어리석은 일이다.

원어민이면 누구나 영어를 가르칠 수 있다고 생각하는 것은 한국인이면 누구나 한국어를 가르칠 수 있다고 생각하는 것과 같다. 천부당만부당한 망상이다. 영국에서 국왕은 의례히 표준영어를 쓴다고 해서 '킹즈 잉글리시'라는 말이 있지만, 미국의 대통령과 한국의 대통령이 대통령이라고 해서 표준적인 영어나 한국어를 구사한다고 생각하면 큰 낭패다. 심한 사투리에 비속한 말을 해도 나라를 다스리는 데는 지장이 없겠지만, 그런 사람이 영어교사나 한국어교사로 나선다면 여러 가지 어려운 문제가 생길 것이다.

우리는 우리 자녀들이 혹은 우리 대학생들이 배우기를 원하는 영어가 어떤 영어인가를 심각하게 따져야 하는 것이다. 무턱대고 영어로 지껄이기만 하면 된다 혹은 영어로 의사를 전달하기만 하면 그것으로 족하다고 생각해서는 안 된다. 아무리 엉터리 영어라도 유창하게만 하면 된다는 생각은 국치적인 생각이다. 어떤 영어를 지껄이느냐, 의사를 어떻게 전달하느냐 하는 것이 중요하다. 점잖고 교양 있는 영어를 점잖고 교양 있게 하는 법을 가르치고 배워야 한다.

영국인이나 미국인처럼 영어를 해야 영어를 잘하는 것은 아니다. 어릴 때부터 영국이나 미국에서 살면서 그들의 학교를 다니지 않고서는 그야말로 원어민과 꼭 같이 영어를 한다는 것은 불가능하다. 아무리 영어를 잘하는 인도인, 중국인, 필리핀인도 민족 특유의 소위 '악센트'를 완전히 벗지 못한다. 인도식 영어, 중국식 영어, 필리핀식 영어라는 것이 있다. 그들이 하는 영어가 흠잡을 데 없는 점잖고 교양 있는 영어일 경우에도 들으면 그들의 국적을 금방 알아차릴 수 있는 투가 있다. 가령 간디나 네루가 하던 영어, 이 관유의 영어는 그들의 학력이 말하듯이 영국의 최고학부 출신들이 하는 영어와 다를 것이 없다. 그러나 그들이 하는 영어가 그들과 같이 공부한 영국인 학우들의 영어와 똑같이 들리지는 않는다. 가령 네루는 영국인들과 이야기하거나 영국인들을 상대로 연설할 때의 영어와 인도인들과 이야기하거나 인도인들을 상대로 선거연설을 할 때의 영어가 달랐다. 영국의 식민관료와 같은 투로 선거연설을 한다면 낙선할 것이 뻔하다. 이것은 너무나 당연하고, 자연스러운 일이다.

한국인도 한국인의 투로 영어를 한다고 해서 나무랄 것은 없다. 다만 그 영어의 내용, 즉 어휘와 문법은 교육받은 원어민의 그것과 달라서는 안 된다. 발음에서 한국인 특유의 투가 나타날 수 있지만 듣는 사람이 오해하거나 알아듣지 못할 정도의 이상한 발음은 금물이다. 영어를 하되 진짜 원어민과 꼭 같이 해야 한다, 원어민이면 당연히 영어교사가 될 수 있다, 아무리 허술한 영어라도 그것으로 의사를 대강 전달할 수 있으면 된다는 등의 생각은 절대 안 된다. 원어민도 엄격하게 골라서 교사로 써야 하고, 점잖고 교양 있는 영어를 가르치고 배워야 한다.

원어민한테 배워야 구어적이고 실용적인 영어를 배울 수 있다는 것이 사실이라 할지라도 한국의 모든 각급 학교에 골고루 원어민을 배치할 수 없기 때문에 원어민 교육은 그 목적과 적용범위를 진지하게 검토해야 한다. 무엇보다도 원어민의 도움을 받아서 영어를 제대로 배워야 하는 학생들의 범주를 현실적으로 정해야 한다. 20~30명의 학생이 1주일에 2, 3시간씩 원어민 교사의 지도를 받으면 1년 동안에 일정한 학점과 함께 유창하게 품위와 내용 있는 영어를 할 수 있다는 계산은 엉터리 계산이다. 한 학급 학생 수가 50명 내외인 경우에 원어민 교사를 배치한다는 것은 엄청난 자원의 낭비이다.

3. 조기교육: 어린이 영어학원

조기 영어교육이 아무리 바람직하다 하더라도(물론 나는 그렇게 생각하지 않는다) 훈련받은 교사 공급의 문제라는 절대 극복할 수 없는 장애 때문에 불가능하다. 서울의 몇몇 초등학교에서만 조기 영어교육을 한다는 것이 평등의 원칙에 어긋난다고 해서 전국의 모든 초등학교 아이들에게 영어를 가르쳐야 한다고 주장하는 사람이 있다면 그는 효과적인 외국어교육이 어떤 것인지를 모르거나 모르는 체하는 사람이다. 사실 조기교육이 성취하고자 하는 목적이나 목표가 내게는 모호하기 짝이 없다. 교사라는 문제가 다시 생기기 때문이다. 충분한 훈련을 받은 충분한 수의 교사가 미리 준비되지 않으면 어떤 목적도, 목표도 물거품에 지나지 않는다.

조기 외국어교육의 전통은 서당교육으로 거슬러 올라가고 근래의 어린이 영어학원이 그 현대판이다. 이 두 가지 유형의 조기교육은 그 나름의 가치가 있고 효과도 있다. 다만 서당이 비록 나라 방방곡곡에 있었지만 서민의 자녀를 포함한 일반 교육기관이 아니었고, 오늘날의 학원도 한정된 일부 도시의 한정된 가정의 자녀들이 이용하는 조기 교육기관이다. 서당이 한자를 가르치고 암기 위주의 교육을 했던 데 반해 어린이 영어학원은 글자는 가르치지 않고, 주로 원어민 교사가 '직접 방법'으로 말을 하고 듣는 훈련을 한다는 차이가 있다. 그러나 우리가 이 근래에 들어온 조기 영어교육은 위의 서당과 학원 어느 쪽과도 같지 않다. 조기교육을 해서 어떤 효과를 거두려면 서당과 학원 어느 한쪽의 방법을 써야 하는데 그것은 우리의 보통교육의 이념과 시설의 현실에 비추어 불가능하다.

비현실적인 조기교육론의 어리석음을 난데없이 들이닥친 IMF 난리가 드러내 보여준 것은 슬픈 일이다. 그 바람에 좀더 혁명적인 조기교육의 실을 거두기 위해서 어린아이들을 미국 등지로 보내서 학교를 다니게 하는 조기유학 바람도 어느 정도 가라앉게 된 것은 다행한 일이다. 어차피 한국에서 제대로 진학할 가망이 없는 아이들이 유학을 간다고 냉소하는 것은 반드시 옳은 일은 아니다. 영어에 대한 소양의 가치를 과거의 한문이나 일본어의 소양의 가치 정도로 과민하게 평가해서 자녀교육을 생각하는 부모의 심정은 절실하고, 애처로울 수 있다. 서울에서 학원을 몇 개씩 다니고 고가 단독과외를 하고 학교도 다니고 하는 것보다 미국의 학교에 보내는 것이 차라리 싸다는 변도 있었다.

4. 점잖고 교양 있는 영어

점잖고 교양 있는 영어 또는 품위와 내용 있는 영어는 어떤 것일까? 그것은 원어민 교사, 회화연습, '토플' '토익' 등 푸닥거리가 끝난 다음 봉착하는 실제 상황이 요구하는 종류의 영어이다. 영미인들하고 교환하는 일상적인 회화, 소위 날씨, 건강, 간단한 시사 등에 관한 다분히 상투적인 인사말을 익히는 것은 그리 어려운 일이 아니다. 중고교, 대학을 합쳐서 10년 동안 영어를 공부하고, 원어민과 어학실험실의 도움을 받아야 그 정도의 영어를 배울 수 있는 것이 아니다.

또 꼭 원어민한테 배워야 하는 것도 아니다. 학교 다닐 때 외국인 구경을 한번도 한 적이 없고, 종래의 악명 높은 '문법·번역' 방법의 소산으로서, 외국에 한번도 가본 적이 없는 한국인 가운데 점잖고 교양 있는 영어를 썩 잘하는 사람들이 적지 않다. 그들은 말하는 법을 거의 독학으로 익힌 사람들이고, 영어책을 많이 읽은 사람들이다. 말을 잘하기 위해서는 책을 많이 읽어야 한다.

한국에서는 영어책을 읽으려면 문법부터 익혀서 영어의 기본적인 구문법을 터득하고, 어휘와 '이디엄'의 지식을 축적해서 자기 취향이나 영어학습의 목적에 맞는 책이나 문헌을 많이 읽어야 한다. 말공부의 경우도 그렇지만, 독서에서도 지나친 정확성, 완벽성은 금물이다. 문장을 읽지 말고 문단을 읽고, 더러 처음 보는 낱말이나 표현이 나오더라도, 그 절의 대강의 내용을 파악할 수 있으면 다음 절로 넘어가는 식이 바람직하다. 사실 우리는 한국어로 된 글을 읽을 때에 그렇게 읽어 내려간다. 나는『임꺽정』을 읽기 시작해서 첫 두 권을 간신히 훑어보고 포기해 버린 경험이 있다. 괴상하고 생소한 말이 많이 나와서 도저히 무슨 소리인지 알 수 없는 대목이 너무 많았고, 염증이 나서 집어던졌다.『임꺽정』이 아닌 다른 소설, 시, 학술문헌이라고 그 속에 나오는 모든 어휘와 표현을 다 이해하고 읽어나가는 것이 아니다. 그러나 이 후자의 경우에는 그런대로 그 내용이나 논지를 대강 짐작할 수 있다.

영어책을 읽을 때도 일일이 사전하고 씨름을 하지 않아도 그 내용을 대강 짐작할 수 있는 책이나 문헌을 골라서 많이 읽으면 된다. 그러면 본격적인 회화나 의사교환을 할 수 있는 지적 준비를 쌓는 것이 된다. 이런 준비를 갖춘 사람이 하는 영어가 점잖고 교양 있는 영어다. 물론 발음, 문법, 적소에 적당한 어휘를 쓰는 스타일 감각을 갖춘다면 말이다. 다시 강조하지만, 그와 같은 기본적 요소를 익히는 데 원어민이나 어학실험실의 도움이 반드시 필요한 것은 아니다. 그런 도움을 받을 수 있으면 다행한 일이지만, 그것은 결코 필수불가결한 것이 아니다.

조기교육이나 원어민의 전국적인 공급이 불가능하다는 것이 나의 소견인데, 그것이 결코 불가능하지 않다고 우겨대는 사람들이 있다면, 그런 사람들의 말에 귀를 기울여서는 안 된다. 특히 관료들은 교육현실과 교육현장의 진실을 직시하고 헛된 시류에 영합해서는 안 된다. 영어교육 전문가들도 마찬가지이다. 그렇다면 어떻게 해야 할까?

우선 우리나라가 영어를 공용어로 채택하고 있는 아시아의 적지 않은 나라들과 다르다는 것을 인식해야 한다. 그 다음 우리의 처지에서 영어교육의 목적과 목표를 신중하게 정해야 한다. 영어의 구사능력을 가지고 관료로서, 교육자로서, 기업인으로서 입신하고 나라에 봉사할 인재의 양성과 일반 교육과정의 일부로서의 영어를 배워야 하는 대상을 구분해서 목적과 목표를 규정할 필요가 있다. 전자에 속하는 학생들의 비율은 결코 크지 않을 것이다. 극히 미미한 숫자일 가능성이 크다. 한편 나라에서 정한 교육과정의 요구를 따라서 극히 수동적으로, 별다른 동기 없이 영어책을 들고 교실을 드나드는 학생 수는 우리가 상상하는 것보다 월등히 많을 것이다.

극소수의 예비 영어 전문인들과 절대 다수의 수동적 영어 학습자들 사이에 상당한 정도의 영어의 독해력을 터득해서 상급학교에 입학하고, 그 실력을 이용해서 전공과목을 이수하고, 학업을 마친 후에도 직업적인 필요에 의해 영어로 된 문서, 문헌, 도서를 읽는 적지 않은 전문 직업인들이 있다. 이들에게는 회화능력보다는 정확한 영문 독해력이 소중할 것이다. 이들에게는 그 악명 높은 '문법·번역·독해' 법이 차라리 유용할 수 있다. 이 방법으로 가르치면 영어가 현재 살아 있는 무수한 인간들이 일상적으로 사용하는 살아 있는 언어가 아니고, 한문이나 고전 라틴어와 같은 죽은 언어가 된다는 주장이 있다. 그러나 같은 방법이라도 가르치기 나름이다.

종래의 방법은 온 세상이 인정하는 언어습득의 순서, 즉 듣기, 말하기, 읽기, 쓰기를 송두리째 무시하는 야만적인 방법이라는 비난을 받을 수 있다. 그런 면이 없지 않다. 그러나 해방 후 한국의 환경에서는 영어를 죽은 말로 이해할 수가 없게 되었다. 듣기 싫어도 영어를 많이 들어야 하는 세상이 되었다. 라틴어와 한문을 말하는 인간을 볼 수 없었던 중세 서양이나 이조 때의 한국과 오늘날은 다르다. 사실은 고전 라틴어는 아니고 중세 라틴어였지만, 20세기에 이르기까지 로마교회의 사제들은 일종의 '링구아 프랑카'로서 라틴어로 대화하고, 기도를 드리고, 회의를 진행하곤 해서 라틴어는 왕성하게 살아 있는 언어 구실을 했다.

지난 반세기 동안에 대학의 교양영어가 달라졌다. 초기의 대학영어는 영어학습을 통해서 폭넓은 교양을 쌓는 것이 그 목적이었다. 그러던 것이 어느덧 회화부분과 읽기부분으로 양분되었다. 사실 중고교의 영어가 구어, 실용영어 중심이라는 명분에 충실하다면 대학에서 새삼스럽게 회화연습으로 귀한 시간을 허비할 필요가 없을 것이다. 그 대신에 문자 그대로 교양을 주된 목적으로 삼고, 수준 높은 영문을 읽어서 서양 문화와 문명의 정수를 익히는 도구과목으로 발전할 수 있을 것이다. 회화 대신에 작문연습을 과한다면 금상첨화가 될 것이다. 점잖고 교양 있는 영어의 집대성이 될 수 있을 것이다. 대학영어가 진정한 교양영어로 환생했으면 한다.

5. 영어작문 훈련의 중요성

정통적인 언어습득의 마지막 순서인 글쓰기의 중요성을 새삼 강조

할 필요가 있다. 영어를 듣지 못하고, 말할 줄 모르고, 단지 읽을 줄
만 아는 사람은 제대로 영어를 쓸 수 없다고 주장하는 것은 어리석은
일이다. 영어를 잘 쓰는 사람들 중에 바로 그런 결격자들이 많다. 듣
기와 말하는 쪽을 웅변으로 강조하는 영어교육 전문가들의 읽기와 쓰
기 능력이 부족한 예가 더러 있을 수 있다.

우리 영어교육이 안고 있는 문제(그리고 우리의 국어교육이 안고
있는 문제)는 학교교육의 어느 단계에서도 제대로 글을 쓰는 작문훈
련을 쌓지 않는다는 것이다. 나는 영어교사로 수십 년을 지내는 동안,
대학 영문과에 들어오기 전에, 다시 말하면 영어를 배운 6년 동안에,
문장다운 영어문장을 한 줄도 써보지 못한 학생들을 무수히 만났다.
여기에서 명문대학과 비명문대학의 구분이 없었다. 중·고등학교에서
영어작문이 철저하게 등한시되어 온 이유는 여기서 되뇌기가 지겹고
쑥스럽다. 장차 영어교육이 또 무슨 수난을 겪든지간에 작문에 시간
과 노력이 경주되어야 한다. 우리는 영어를 잘 지껄이는 사람보다는
영어를 잘 쓰는 인재를 더욱 요구한다고 생각한다.

영어를 잘 쓰는 사람은 훈련의 기회만 제공된다면, 영어를 잘 읽고,
또 잘 말할 기본적인 소양을 갖췄다고 할 수 있다. 회화법과 독해법을
가르치는 제일 효과적인 방법이 작문을 가르치는 것이라는 상식을 피
력하며 이 졸고를 마친다.   (『안과밖』 4호, 1998)

대학 영어교육의 방향: 교양영어냐 실용영어냐

엄용희*

1. 우리에게 영어는 무엇인가?

영어는 단연 우리 시대의 화두이다. 누구나 다 영어가 어렵다는 말을 하며, 또 누구나 다 영어교육이 어렵고 절실한 과제라는 말을 한다. 그러나 어떻게 영어를 가르치고 배울 것인가에 대해 논의하면서 실질적 대책을 마련할 공론의 장은 그리 넓게 열려 있는 것 같지 않다. 저마다 가진 각인각색의 다양한 의견들이 서로 충돌하고 있기도 하겠지만(영어교수법 안에서 주장되는 그 많은 이론들을 보

*명지대학교 방목기초교육대학 부교수(강의전담). 주요 논문으로는 「워즈워스의 시어」「『실낙원』 번역본의 검토」 등이 있다.
이 글은 2002년 4월에 『영미문학연구: 안과밖』(제12호) 지면을 통해 이미 발표되었던 글이다. 영어교육의 전반적 상황이 그때나 지금이나 별반 차이가 없다는 생각에 재발표를 무릅쓰지만, 글 가운데 언급되는 구체적 내용들은 시간의 흐름을 염두에 두고 읽어야 할 부분임을 밝힌다.

라), 또 한편으로는 어떤 의견들이 어디에 어떻게 산재되어 있는지 모아보기도 쉽지 않은 실정이다.

사실 영어교육을 전공한 사람이 자신의 협소한 연구분야에 관한 논문을 발표하는 경우가 아니라면, 우리와 엄청나게 체계가 다른 외국어로서의 영어를 익힌 누구라도 영어에 대한 일정 정도의 자의식에서 벗어나기 어렵고, 따라서 영어에 대해 공공연히 논하기 전에 스스로를 돌아보면서 언급을 자제하기 십상이다. 과연 나는 영어에 대해 논할 만한가? 읽기는 좀 하는데 쓰기는 어렵다든지, 일상적인 말하기와 듣기는 익숙하지만 수준 높은 말하기(혹은 수준 높은 읽기와 쓰기)는 곤란하다든지 등등의 갖가지 엄존하는 한계가 우리를 침묵하게 한다.

그러나 영어의 문제는 이제 교수법 전공자들 사이의 논의를 넘어서서, 아니 실제의 교육현장 자체를 넘어서서 보다 더 거시적인 진단과 논의가 필요할 만큼 사회적인 것이 되었다. 조기교육이라는 미명 아래 난무하는 온갖 영어교육 프로그램들은 성황을 이루다 못해 온 국민의 상식이 되었고, 값비싼 원어민 교사의 회화수업에 아이를 보내는 '현명한 부모'의 대열에서 낙오된 이들은 엉뚱한 계급의식에 시달리는 형편이다. 또한 조기유학 열풍을 지나서 이민을 동경하며 시행 여부를 진지하게 고민하는 건전한 시민의 숫자가 늘어만 가는 가운데, 이 모든 현상의 원인이라고들 하는 '교육부실'의 핵심에 '영어교육'이 있음을 모르는 사람은 없다. 대학생들에게는 토익·토플·텝스 점수가 졸업 여부를 결정해 주고, '영어공용화론'을 심각하게 제기하는 사람들의 숫자도 늘어만 간다. 영어를 잘하느냐 아니냐는 마치 '사느냐 죽느냐'를 결정하는 문제인 듯 심각해지기만 한다.

도대체 지금 우리에게 있어서 영어는 무엇인가? 교실 밖에서 중론을 모으고, 또 교실 안에서도 어떻게 학습할 것인가를 진지하게 논의할 시점이다. 영어의 범위가 워낙 넓고 학습의 범위도 유아교육에서부터 대학교육 이상에 이르기까지 혹은 공교육과 온갖 사교육의 스펙트럼에 이르기까지 다양하므로, 먼저 범위를 좁히는 일이 필요할 것이다.

이 글에서는 대학에서의 영어교육에 초점 맞추어, 강단 안팎에서 논의할 요소들을 몇 가지 검토하려고 한다. 현재 우리 사회에서의 영어의 의미, 영어의 어려움과 학습목표 설정 문제, 대학 강단에서의 구체적 학습방안 등을 점검하게 될 것이다.

2. 교양영어인가 실용영어인가?

대학영어를 중심에 놓을 때 현재의 열풍은 실용화, 즉 '회화'와 토익·토플·텝스 등의 강조로 요약된다. 문법·독해 위주 교육의 폐해를 주장하면서 '실용영어'를 강조한 것이 어제오늘의 일은 아니지만, 대학에서의 영어강좌의 명칭이 '교양영어'에서 '대학영어' 혹은 '영어독해'에서 '영어'로 바뀌고 있다는 점 자체가 이러한 흐름을 웅변하고 있다.

그 배경에는 물론 달라진 세계정세에 적응하기 위한 절실한 필요가 자리잡고 있다. IMF사태 이후 초강대국인 미국 주도하의 세계경제 체제 안에서 생존전략으로 상업 및 무역 영어 실력자들이 필요해지고, 경제난과 취업난이 여전한 가운데 기업들은 토익·텝스 등의 점수를 전면에 내세우지 않을 수 없게 되었다. 또한 정보통신산업의 엄청난 발달로 다가온 '넷 세상'에서 영어로 정보를 빨리 읽어내는 능력이 요구됨은 물론이며, 컴퓨터 문화와 영상매체의 약진으로 인해 화려한 시청각적 즉발성을 첨단적인 것으로, 시간을 둔 진술이나 사고(思考)에 의한 간접적 이해를 뒷전에 처진 방식으로 이해하는 풍조가 유행하게 된 것도 사실이다.

세계 자본주의 체제하의 정치·경제·문화적 흐름으로 요약되는 이 모든 변화들은 우리로 하여금 '영어'는 당연히 '미국영어'로 여기도록 만들었으며, 토익·토플 회화를 빼고 영어를 배우는 일을 상상할 수 없게 만들었다. 그러므로 영어훈련의 분야가 읽기·쓰기·말하기·듣기의 네 분야라든가, 미국영어가 세계의 온갖 영어들 가운데 하나라는 당연한 사실들을 새삼 직시하면서 영어와 우리의 관계에 대한 인식을 정비하는 일이 긴요한 일 중 하나가 되었다.

영어를 배우는 목적은 원래가 실용이다. 무엇에든지 '이용하기 위해서'가 아니라면 도대체 왜 영어를 배우겠는가? 알다시피 영어는 하나의 외국어이고, 다른 무엇을 전달하기 위한 도구이다. 듣기와 읽기를 배우는 목적은 다른 이가 주는 정보를 알아듣기 위함이고, 말하기와 쓰기를 배우는 목적은 자신의 생각을 나타내기 위함이다. 다만 그 외국어가 우리 언어와 구조가 무척 달라서 배우기 어렵고, 또 영어에 노출될 기회가 적다 보니 익숙해지기는 더욱 어려운 형편일 뿐이다.

현재의 영어열풍은 이러한 영어의 '어려움'에 압도되어 영어를 도구로서 부리겠다는 의식이 아니라 목적으로 섬기겠다는 의식을 부추기는 점이 없지 않다. 왜 배우는가에 대한 의식이 없이 국민 모두가 '무조건 영어 배우기'에 혈안이 되고, 무슨 말을 하는가에 관심 없이 그저 '영어로 말하기' 위해 맹종한다면, 온 국민이 영어교사가 될 날을 기다리는 것과 무엇이 다를지 알 수 없다. 뿐만 아니라 '미국(영어)'을 추종하는 신사대주의를 부추기는 쪽으로 영어열풍이 엉뚱한 덧작용을 할 우려도 없지 않다. 실제로 미국에 거주하는 교포2세 가운데 '특별히 할 일 없어지면 한국 가서 영어나 가르치며 살지요'라고 생각하는 이들이 적지 않다는 얘기를 들었다. 우리가 무엇 때문에 영어를 배워야 하는지 되짚어보게 하는 말이다.

현재 대학강단에서의 영어교육 방향의 변화는 이미 언급한 대로 실용영어의 추구이자 교양영어 개념의 포기이다. 필자가 대학 영어교육 현황에 관해 현직에 있는 교수와 강사들을 중심으로 간략히 조사해 본 바에 따르면, 조사에 응답한 23개 대학 중 실용영어 중심의 개편을 겪지 않았거나 앞으로도 당분간 변화가 없으리라고 응답한 경우는 2개 대학뿐이었다.[1]

영어강좌의 구성과 원어민 교사의 담당비율, 수업시간 내의 영어사용 정도 등에 관한 질문에 대해서는 "독해 위주이지만 100% 원어민 교사 혹은 100% 영어사용"이거나 "실용영어/회화 혹은 회화 중심, 대부분 원어민이거나 100% 영어사용"으로 응답한 대학이 7개교(이중 서울 소재 대학이 6개교로 절대 다수), "독해와 회화로 나누어 운영하되 독해가 '실용영어' 중심으로 개편되어 (이전의 문학 작품이나 철학 에세이 위주의 '어려운' 교재를 폐지하고) 보다 쉽고 일상적이며 현대적인 글들을 '많이 읽히는' 방향으로 바뀌었다"

는 대학이 9개교(서울소재 대학 4개교),[2] "독해와 회화로 나누어 운영하며 앞으로 점차 교재 난이도를 낮추고 실용적 접근을 강화할 가능성이 많다 혹은 그렇게 개편할 예정이다"라고 응답한 대학이 4개교, "독해와 회화로 나누어 운영한다"는 단순 응답이 1개교, 독해 위주(혹은 독해/청해를 함께하지만 한국인 교사가 거의 한국어로 진행하는) 대학이 2개교였다.

교재의 경우는[3] 시중에 나와 있는 ESL교재들 가운데서 선택하는 경우와 그런 교재들을 편집해서 사용하는 경우가 각각 14개교와 4개교, 학교 재량으로 교재를 만든 경우가 5개교였다. *Mosaic, Topics for Today, Interactions, Transitions, Select Readings* 등등이 주로 언급되었다.[4]

한 강좌의 규모는 회화의 경우 30명 안팎이 가장 많았고(7개교), 독해(혹은 실용영어)의 경우는 40~50명 선이 많았지만(7개교), 60명이 상한선이거나 더 많을 수 있는 경우도 있었다(6개교).

이러한 '실용'영어 혹은 '회화' 중심으로의 변화의 배경에는 좁게는 1970년대부터 등장했다고 하는 영어교수법상의 새로운 이론, 즉 의사소통 교수이론[5]의 영향과 그에 따른 대학입시 영어문제 출제의 방향 변화가 있다. 주지하다시피 수능시험의 영어읽기 부분은 "혁신적인 변화로써 유창성의 강조, 문맥에 내재된 질문… 문법적인 질문 문항의 최소화" 등을 도입했고,[6] 이는 즉각 중등 영어교육에 영향을 미쳐 영어수업에 말하기와 듣기를 강조하고 '직독직해, 직청직해'라는 표현들을 유행시켰다. 그리고 이러한 새로운 흐름이 대학영어에도 도입되었다고 볼 수 있다. 물론 보다 큰 배경으로는 이미 언급한 '세계화'의 대세와 거기에 부응한 생존전략의 일환으로 영어수업 방식의 변화를 이해할 수 있을 것이다.

이러한 변화가 가져온 장점으로는 '말하기'에 대한 학생들의 두려움이 많이 해소되었다는 점을 들 수 있고, 실용영어 혹은 회화 위주의 강의이다 보니 어쨌든 강좌당 수강학생 규모를 줄이는 데 긍정적으로 작용한 부분이 있다.

그러나 '읽기' 교육 자체를 경시하는 풍조를 낳은 점과 의사소통적 읽기 교육의 잘못된 적용을 낳은 점 등은 심각한 문제라 할 수 있다. 대학 영어교육에서 '읽기'의 중요성은 아무리 강조해도 지나치지 않다. 우리 학생들에게 현재 가장 '실용'적으로 필요한 훈련을 꼽으라 한들 '읽기'가 '말하기'의 뒤에 설 이유는 없다.

문제는 '읽기'를 가르치는 것 자체에 있는 것이 아니라 '읽기' 교육을 위해 무엇을 어떻게 가르칠 것인가에 있다. 그러나 현재 대학영어의 중점이 '미국영어'를 '말하는 데' 두어지다 보니 학생들의 상대적인 독해능력 저하와 문법 경시풍조가 우려할 만한 문제가 되었다.

이와 관련하여 "학생들이 영문 읽기를 너무 추측에 의존하거나, 문법지식의 취약함, 세부내용 이해상의 오류와 부정확성 그리고 텍스트를 주의 깊게 읽고 정확하게 해석하는 능력의 취약과 의지의 부족 등에 대해서 일부 교수들은 깊은 우려를 표명하고 있다"는 지적이나[7] "읽기능력에 중요한 영향을 미치고 있는 것으로 보고되고 있는 읽기전략의 사용은, 학생들이 기초적인 영어능력(문법과 어휘)이 입문단계(threshold level)를 넘어서야만 가능한 것으로 최

근의 연구에서 보고되었다"는 지적들을[8] 귀담아들을 필요가 있다.[9]

　앞서 살펴본 설문의 응답자들이 현재의 교육방식의 문제점으로 가장 많이 지적한 부분도 '독해능력의 하향' 혹은 '강독능력 보강의 필요성'이었다(6건). 응답자들은 이 밖에도 '수강규모를 줄일 것'(4건)과 '시설개선의 필요성'(3건)을 지적했고, '교양 개념의 포기로 인해 지적 자극을 얻지 못할 위험'(3건)에 대해 우려했다. 모든 교재가 ESL 중심이며 미국 편향이라는 점에 대한 우려(2건), 원어민 교사의 자질 문제(2건) 등도 좋은 교재 개발의 필요성(2건)과 함께 제기되었고, 100% 영어수업의 효율성 문제(1건)를 지적한 경우도 있었다. '쓰기'(writing) 교육과 관련한 별도의 강좌 개설 필요(1건)가 지적되기도 했다.[10]

　이러한 상황에서 우리가 할 일은 다시금 교육목표를 점검해 보는 일이라고 판단된다. 대학에서 가르치는 영어는 초·중등학교의 교육과 어떻게 변별되어야 할까? 혹은 학원 등지의 사설교육과 어떻게 달라야 할까? 다음 장에서 영어의 어려움을 새삼 짚어보면서 이에 대해 논하기로 한다.

3. 영어의 어려움과 교육목표 설정

영어교수법의 전공자들은 대체로 '듣기→ 말하기→ 읽기→ 쓰기' 순서대로 교육시켜야 한다고 주장하는 것 같다.[11] 모국어 습득의 자연스러운 순서가 그렇듯이 먼저 '듣기'를 익혀서 '이해 가능한 입력을 배양한 후 이로 인해 '말하기'가 자연스럽게 진작되어야 하고,[12] 이와 함께 '읽기'와 '쓰기'를 교육해야 한다는 것이다.

이러한 순서의 '자연스러움'을 모르는 바는 아니나, 우리처럼 영어에 '자연스럽게' 노출되기 어려운 환경에서 한정된 인력으로 영어교육을 해야 하는 상황이나, 더구나 대학교육의 영역을 논할 때는 문제가 달라질 수 있다. '듣기, 말하기, 읽기, 쓰기'라는 네 분야의 훈련 중 어느 하나도 생각처럼 쉽사리 타분야의 훈련으로 전이되지 않는다는 점이 문제이기 때문이다.

예컨대 '듣기' 교육은 '말하기' 교육의 기초라고 하지만, 이민교포 2세나 3세 가운데 우리말을 '듣기'는 해도 '말하기'는 서투른 경우를 상정해 볼 수 있다. 이는 할아버지, 할머니 들이 집안에서 쓰시는 한국말을 내내 들으며 자랐기 때문에, 즉 '듣기'에는 장시간 노출되었기 때문에 우리말의 '듣기'에는 익숙하지만, '말하기'로 전이되도록 훈련받지 못했으므로 '말하기'에는 서투른 경우일 것이다. 이러한 예가 보여주는 '전이'의 어려움은 '읽기'와 '쓰기' 훈련의 경우에도 마찬가지이다. '읽기'를 아무리 잘한다고 해도 '쓰기'는 따로 훈련받지 않으면 아주 초보적인 수준에 머무르고 마는 경우를 자주 볼 수 있는 것이다.

결국 영어는 자신이 훈련을 받은 분야 혹은 노출되었던 분야만큼, 그 훈련이나 노출의 양만큼 잘할 수 있게 된다고 보겠다. '듣기'를 많이 익히면 '듣기'를, '읽기'를 많이 하면 '읽기'를 잘하겠지만, 다른 분야의 훈련은 또 그것대로 새로 실행해야 한다는 점이 영어가 어려운 이유 가운데 하나인 것이다.

　　그러나 어느 한 분야의 훈련도 독자적으로만 진행할 수 없다는 데 영어가 어려운 또 하나의 이유가 있다. 요즘 '의사소통적 영어'가 강조되면서 네 분야의 상호 연관적 교육이 종종 중요하게 언급되는데, 사실 어느 한 분야에 중점을 둔 교육일지라도 그것이 제대로 이루어지기 위해서는 다른 분야와의 연관성에 대해 열려 있는 태도의 교육이 아니면 안 된다는 것을 영어교육자들은 누구나 실감한다. '읽기' 교육이라 해서 오로지 '읽기'만을 할 수도 없을 뿐만 아니라, 문자언어의 이해는 음성언어와의 호환으로 인해 깊어지기 때문이다.

　　영어가 이처럼 어렵기에 우리는 영어학습의 목표 설정에 더욱 유의할 수밖에 없다. 가능한 한 효과적으로 자신에게 필요한 분야의 영어를 습득해야 하기 때문이다.

　　가령 대학을 졸업하고 무역회사에 입사, 동남아에 파견근무를 나가서 홍콩·싱가포르 등지의 동남아인들에게 자기 회사 제품을 홍보하는 일을 맡게 될 A의 경우를 상상해 보자. 그에게 필요한 영어는 할리우드 스타일의 발음과 미국문화 중심의 일상회화이기보다는 내용적으로 무역과 관련된 상업영어일 터이고, 서로 다른 영어를 구사하는 동남아인들을 대상으로 자사 제품을 홍보하고 회의를 주재할 수 있을 정도의 말하기·듣기 실력의 배양, 인터넷상으로 정보를 수집하여 메일을 송수신할 수 있을 정도의 읽기·쓰기 능력의 배양이 우선적으로 요구될 것이다.

　　그러나 디자인 계통의 일을 할 사람이라면 토익에서 다루는 상업영어의 모든 상황에 익숙해지기보다는 자신의 전공분야와 관련한 정보를 익히고 또 아이디어를 표현할 수 있도록 하는 정도의 읽기·쓰기 능력 배양이 우선일 것이다. 전업주부로 사는 사람이 어쩌다 해외관광을 갔을 때 필요한 영어는 이보다 훨씬 제한적일 것이다. 그렇다면 이들 모두가 대학에서 공통적으로 훈련받아야 할 영어는 어떤 분야의 무엇에 중점을 둔 영어이어야 할까?

일반적으로 대학에서 1학년 과정에 영어를 교양과목으로 듣게 하는 이유는 2학년 이후에 집중할 전공과목의 원서 해독능력을 키워주기 위함이다. 이처럼 자신의 전공분야와 관련한 '읽기' 능력 배양 이외에도 인터넷 정보 습득을 위한 '읽기' 훈련의 중요성을 꼽을 수 있다. 그러나 이러한 실기훈련 측면 이외에도 대학교육이라면 당연히 그것이 영어교육이든 아니든 간에 건전한 시민으로서의 자질 육성을 위한 교양확보에 초석이 되는 바가 있어야 한다. 그러기 위해서는 실종된 '교양' 개념을 다시 살려야 하고, 이는 비단 영어교육에만 국한된 문제는 아니다.

입시 위주의 단견적 교육이 우리 학생들에게 '쓰기' 훈련을 소홀히 해왔고, 그 결과 어떤 사물이나 상황에 대해 스스로 생각하고 비판적 의견을 형성하는 힘이 부족하다는 지적은 이미 많이 있어왔으며, 이 점을 보완하기 위해 입시과목에 논술시험을 부과하면서 일정 정도 효과를 보고 있는 것도 사실이다. 그러나 점수에 집착하고 일렬로 매긴 성적의 서열에 집착하는 문화가 존속하는 한, 오랜 시일을 두고 폭넓게 지속되어야 할 '사고훈련'이 실효를 거둘지는 아직 의문이다. 국어교육이 이러한 방향으로 내실화될 때 영어교육도 더불어 효과를 볼 수 있을 것이다.

영어 '읽기' 훈련을 통해 미국과 세계 각국의 문화를 배우고, 세계정세와 우리나라 안의 여러 사회문제들에 대해 생각할 기회를 갖는다면, 더불어 '쓰기' 훈련을 통해 느낀 바를 표현하면서 창의력과 비판력을 함양할 수 있다면 스스로와 스스로가 속한 공동체에 대한 어떤 의견을 형성하고 그것을 영어로 표현할 수 있는 능력도 함양될 수 있을 것이다. 가령 우리 대학생 B가 배낭여행 중에 세계 각국의 대학생들을 만나 영어로 대화를 나누며 견문을 넓힐 기회를 맞았다고 상상해 보자. 대화가 자꾸 가로막히게 되었다면 그것이 반드시 '일상회화'의 부족 때문일까? 아니면 말하고자 하는 '생각'이 없기 때문일까?

예를 들어 오스트레일리아의 대학생이 B에게 "너희 나라 통일할 필요 없다. 돈 무지 많이 든다. 독일의 경우를 봐도 후회 한다더라"는 요지의 말을 한다고 하자. 반론을 제기하고픈 B에게 필요한 것은 과연 '입을 떼는 데 두려움이 없어지는' 정도의 회화훈련인가, 아니면 통일에 관한 평소의 생각인가? 혹은 영국의 한 여대생이 우리나라에 고유문자가 있는지, 한자나 일본어와 어떻게 다른지, 한글이 있다면 영어와 어떻게 다른지를 묻는다고 가정해 보자(서양 사람들은 우리나라가 어디 있는지조차도 모르는 경우가 많고, 독립 문자가 있는지 여부를 모르는 경우는 더 많으며, 있더라도 필경 영어보다 '야만적인' 어떤 문자일 거라고 생각하는 사람들도 있다). 우리의 B는 과연 한글의 우수성에 대해서 몇 마디라도 영어로 잘 설명해 줄 수 있을까?

교양교육으로서의 대학 영어교육이 내실을 얻기 위해서는 그 이전의 모든 초등·중등 교육과정들의 내실이 다져져야 함은 물론이다. 그러나 공허한 원론에 그치지 않기 위해 다시 초점을 모아본다면, 어린 시절부터 중등학교까지의 영어교육이 '듣기'와 '말하기' 중심에서 초보적인 '읽기'와 '쓰기'를 담당하는 형태로 이루어져야 하고, 그런 연후에 맞게 되는 대학교육은 좀더 전문적인 '읽기' 훈련과 '쓰기'를 통한 자기표현 훈련, 비판력 형성 등에 역점을 두어야 한다고 본다. 그러기 위해서는 적합한 교재개발과 다양한 강의의 개설이 필수적이며, 학생과 교사 모두가 영어표현의 미시적 '정확성'에 지나치게 집착하는 소극적 태도를 버리고 영어를 통해 정보를 '읽고' 생각을 간추려 '말'과 '글'로 표현해 보는 훈련을 통합적으로 실시하는 것이 중요하다.

4. 어떻게 가르칠 것인가?

개인적으로 학생들에게 "영어가 어떤 점에서 가장 어려운가?"라는 질문을 주고 그 대답을 영작하도록 시켜본 일이 있다. 1/3 정도는 "생각을 말로 표현하는 것이 어렵다"는 예상할 수 있는 대답이었고, 또 "문법이 어렵다" "단어암기가 어렵다"는 대답도 1/3쯤 되었다. 그런데 놀랍게도 "발음이 어렵다"는 대답도 1/3이나 차지했다. 물론 영어발음이 어려운 것은 사실이지만, 그것이 과연 '제일 어려운' 점으로 꼽힐 만큼일까. 이러한 대답은 대다수의 학생들이 미국식 발음과 TV나 영화 등지에서 보는 미국인들의 '유창한 영어'를 영어의 모델로 보고 있음을 드러내는 한 증거일 것이다.

영어교육에서의 미국 편향이 문제라는 점은 이미 앞에서도 지적을 했지만, 'World Englishes라는 말이 생겨날 정도로 다양한 종류의 영어가 세계 곳곳에서 쓰이게 된"[13]것이 현재 상황임을 학생들에게 일깨울 필요가 있다. 보다 폭넓은 시각으로 영어의 문제를 대할 때 '미국식 발음, 미국식 영어'에 대한 학생들의 선망이나 필요 이상의 소심함을 없앨 수 있다.

영어를 배우는 우리 학생들의 자신감 결여, 심리적 위축 등은 결코 사소한 문제가 아니며, 이는 '말하기'뿐 아니라 '읽기'나 '쓰기' 학습 안에서도 주의해야 할 부분이다. 학습이 어려운 만큼 치밀함과 열의로써 임해야 하고 많은 시간과 노력을 투자해야 하는 것은 사실이지만, 지나치게 높은 목표설정으로 부담을 주기보다는 '여러 층위의 읽기 훈련 가운데 하나에 참여하고 있는 것'이라는 인식을 심어주는 것이 필요하다.

이와 관련하여 '의사소통적' 읽기 교육의 본래적 뜻을 짚어볼 필요가 있다. '읽기'를 배우는 목적은 교재의 이해가 아니라 필요한 정보를 여러 텍스트들로부터 습득할 수 있는 능력의 배양이다. 예를 들어 어느 건물에 들어갔을 때 '금연' 표지가 있어서 그것을 보고 누군가 담배를 껐다면 그는 그 표지를 '읽은' 것이며, 강의실을 알기 위해 어느 대학생이 수강편람을 본다면 그가 편람의 모든 세목을 정독하지 않고 자신이 신청한 교과목이 있는 면을 찾아서 해당 정보만을 읽을 것은 자명하다. 이처럼 '읽기'란 자신이 원하는 정보를 찾아서 습득하는 행위이고, 타인이 요구하는 바를 이해하기 위한 의사소통의 수단이다.

이러한 점과 관련하여, 과거의 '읽기' 교육이 교재를 하나의 학습 '과정'으로 보지 않고 '결과'로 보는 오류를 범해 왔다는 지적[14]은 경청할 만하다. 교재를 정독하는 '상향식' 읽기방식에만[15] 치중한 결과 "판독을 위해 문자부호 체계에 과도하게 의존하고, 단어별로 해석하며, 중심 내용보다는 국어로 번역을 통해 세부적인 것에 주의를 기울이는" 읽기 방식을 특징적으로 보이게 되어[16] 필요한 부분의 효율적 이해를 이루지 못하는 결과를 낳았다는 것이다.

학생들로 하여금 '현재 스스로가 읽고 있음'을 의식하도록 이끌어야 하며, 교재 자체의 이해가 목표가 되지 않고 '읽는 법'을 배우는 한 과정으로 기능하도록 지도해야 한다는 교수법 전공자들의 지적은, 미시적 정확성에의 집착보다 전체적 의사소통이 중요함을 제대로 지적해 준다. 예를 들어 '전체 내용 파악→ 문단 이해→ 문장 이해→ 단어 이해'의 순으로 지도하라는 지침[17]은 실제 강의실에서 활용할 수 있는 한 방안이 될 것이다.

그러나 '읽기 전략'에의 강조는 '어떻게' 읽힐 것인가에 대한 답의 한 부분이며,[18] '무엇을' 읽힐 것인가에 대한 고민까지 해결하고 있지는 않다. 앞에서 언급했듯이, 대학에서의 영어 '읽기' 교육이 어떤 주제에 대해 생각하고 의견을 형성해 보는 '사고의 훈련'으로서 교양교육의 일익을 담당해야 한다는 데 동의한다면, 대부분 미국문화의 단편적 소개를 내용으로 하는 현행의 ESL 교재 중심의 읽기 학습만으로는 부족하다는 데 공감할 것이기 때문이다.

그렇다면 구체적으로 어떤 교재를 읽혀야 할까? 현실적으로 영어실력이 태부족한 학생들의 경우에는 ESL 교재를 통한 문법, 어휘, 독해력 등의 기초실력 배양이 우선적으로 필요할 것이다.[19] 그러나 기초적 소양이 갖추어진 학생들의 경우에는 바람직한 읽기 학습으로서 각 학생들이 전공하게 될 여러 분야와 관련된 글들의 읽기나, '끝나지 않는 이라크전' 혹은 인터넷의 영향 등과 같은 시사적 주제를 같이 생각하게 하는 평론이나 다양한 시각의 논설문들의 읽기를 상정할 수 있다. 이런저런 '생각을 해보게 하는' 훈련으로서 문학 텍스트의 중요성도 빼놓을 수 없다.

이는 결국 우리 대학들이 폐기한 '교양'영어의 개념을 다시 살려서 '주제'적 읽기를 하자는 제안으로 귀착된다. 특정한 주제 혹은 상황에 접근하는 다양한 방식과 입장들에 대해 생각해 보고 의견을 형성해 보는 훈련을 '읽기' 중심의 '통합교과적' 접근으로 실시하는 것, 즉 '읽기'를 중심으로 하되 전체 내용의 요약이나 질의응답, 내용과 관련된 다른 질문의 유도 등을 통해 '말하기, 듣기, 쓰기' 등과 연계된 학습으로 발전시키는 것—이를 원칙으로 다양한 수준별 학습이 이루어질 수 있다면 좋을 것이다.

물론 이를 위해서는 좋은 교재의 개발과 다양한 강좌 개설, 교수 및 강사의 처우 개선, 강좌당 수강학생 규모의 축소와 강의실 시설 확충 등의 문제들이 함께 개선되어야 한다. 좋은 교재의 개발과 다양한 강좌 개설을 위해서는, 재정적 지원도 중요하지만 책임 있는 한국인 교수 및 강사 들이 실제 강의에서의 경험들을 바탕으로 장기적인 교양영어 발전 시안을 만들기 위해 일할 수 있는 안정적 여건이 마련되어야 한다.

앞서의 설문을 참조하면, 대체로 현행 대학들은 원어민 교수 아니면 강사들에게 영어강의를 맡기고 있는 것으로 드러났다. 원어민 교수들의 대거 채용은 회화강의의 경우 긍정적인 측면을 분명히 보이면서도 그와 비례하여 문제점들도 많이 드러내고 있다.

원어민 교사의 수업이 효율적인 경우가 있음은 확실하지만, 일주일에 2~3시간이라는 한정된 만남으로 모든 수강생들이 일거에 획기적인 회화실력 향상을 이루지는 못한다는 점 또한 확실하다. 한정된 재정으로 '무조건 원어민'을 고집하는 현상이 무슨 유행처럼 번질 경우 교사로서의 자질이 문제가 되는데도 이를 간과해 버릴 소지가 있고, 실제로 이를 우려하는 목소리들도 많다.

"학습자들에게 오르지 못할 나무를 보여주는 원어민 교사보다는 나도 저렇게 될 수 있겠구나 하는 현실적 도달 목표를 보여주는 내국인 교사가 더 바람직하다"는 주장에도[20] 귀를 기울일 필요가 있다. 교사와 학생 간의 밀착 정도나 의사소통의 정도에서 한계가 있다는 점도 고려되어야 한다. "원어민 교육은 그 목적과 적용범위를 진지하게 검토해야 한다"는 지적을 경청해야 한다고 본다.[21] 원어민 교사의 배치 못지않게 배려해야 할 부분은 한국인 교사의 수업 효율성을 어떤 방식으로 높일 것인가이다.

현재의 '실용화' 열풍이 불러일으킨 또 하나의 현상은 수업시간에 영어사용을 강제하거나 권장하는 경향이다. 그러나 100% 영어사용은 학생들의 수준과 강의내용, 학습목표 등을 고려해서 신축적으로 적용되어야 할 문제이다. 무조건 영어사용을 고집할 경우, 수업내용의 질적 저하를 가져올 수도 있다.

물론 100% 한국어로 영어수업을 하는 것이 좋다고 보지는 않는다. 영어수업에는 반드시 몇 퍼센트라도 최소한 교사가 영어로 말하는 부분이 있어야 할 것이다. 그렇지 않고 한국인 교사가 오로지 한국어로만 말한다면 학생들은 영어를 '정말 어려운 것'으로 여길 수 있고 '틀릴 것'을 염려해서 입을 다무는 소극적 태도에서 못 벗어날 우려가 있다. '남의 말인데 서투른 것은 당연하다'는 태도로 교사가 자신 있게 '서투른 영어'를 할 때 오히려 학생들은 영어의 신비화에서 벗어날 수 있고, 보다 적극적이고 주체적인 태도로 학습에 임할 수 있을 것이다.

학습의 성패를 좌우하는 가장 중요한 요소는 학생들의 열의와 교사의 열의가 만나는 것이다. 그리고 전자를 좌우하는 것은 대개 후자이다. 교수와 강사들에게 자신이 맡은 강의에 전심전력할 수 있는 환경을 만들어주지 않으면 근본적인 학습의 질 향상은 어려울 것이다. 이러한 관점에서 교수와 강사 처우의 개선과 재교육 문제를 생각하게 되며, 좋은 교재의 개발도 이와 맞물린 문제로 이해된다. 이 모든 일들이 재정 확충과 관계있으므로 단시일 내에 해결되기를 바라기는 어렵겠지만, 입시제도 개선과 공교육 기능 제고와 더불어 현 상황하에서라도 많은 이들이 지혜를 모아 개선해 나가야 할 문제들이다.

(『안과밖』 12호, 2002)

주

1. 조사가 이루어진 시기는 2001년 9~10월경이다. 그러므로 현재 달라진 부분들도 있을 것이나, 대학강단의 대체적인 현황은 큰 차이 없을 것이라 생각되어 당시의 조사결과를 그대로 옮겨놓는다. 조사의 응답을 받았던 대학은 고려대, 단국대, 덕성여대, 동국대, 명지대, 서강대, 서울대, 서울여대, 서울신학대, 성균관대, 수원대, 숭실대, 아주대, 연세대, 이화여대, 인하대, 천안대, 충남대, 한국과학기술원, 한국기술교육대, 한림대, 호서대, 홍익대(이상 가나

다 순) 등이었다. 응답해 주신 분들께 감사를 표하고, 필자의 부족함으로 인한 설문의 여러 한계들—각 대학별로 1인에게만 설문이 이루어졌던 점, 문항내용의 불충분함 및 누락된 대학이 많은 점—등에 대해 양해를 구한다.

2. 이 경우에도 회화는 물론 원어민이 담당하며, 원어민 교수가 대폭 충원되었다는 학교가 많았다. 또한 회화와 독해를 다 가르칠지라도 회화가 필수이고 독해는 선택인 학교가 2개교, 독해와 회화 가운데 강좌들을 선택하도록 하여 실질적으로는 독해를 한 과목도 듣지 않고 졸업하는 것이 가능한 학교가 2개교였다. 이렇게 보면, '회화'만 수강하고 졸업할 수 있는 학교(혹은 '읽기'를 배우지 않거나 등한시하는 학교)가 11개교, '읽기'를 가르치되 '실용적으로' 가르치려는 학교가 9개교, 특별히 회화에 대한 강조가 없는 대학이 2개교 등으로, 거의 모든 대학들이 회화 중심의 '실용영어'로 개편했거나 하고 있다는 결론을 내릴 수 있다.

3. 독해와 회화 교재가 다른 경우도 많았는데 여기서는 독해교재를 중심으로 분류하였다.

4. 이 가운데 *Mosaic*이 주요 교재, 선택 가능한 교재, 개편 교재 등으로 가장 많이 언급되었다(7개교). 그 밖에 *Topics for Today*(3개교), *Interactions*(2개교), *Transitions*(2개교), *Select Readings*(1개교) 등. 그러나 단순하게 '시중교재'라고만 응답한 경우도 있으므로 정확한 숫자는 아니다. 이외에 아마 요즘의 '시중교재'로는 *North Star: Reading and Writing*이나 *Active: Skills for Reading* 등이 더해질 수 있을 것이다.

5. 강복남, 「듣기 지도」, 박경자 외, 『영어교육입문』, 박영사, 1998, 151쪽.

6. 권오량, 「대학수학능력시험이라는 혁신에 대한 고교 영어교사의 관심과 요구: 관심에 기초한 채택모형에 의한 분석」, 『영어교육』 48, 265～90쪽; 송희심, 「한국의 영어 읽기교육 연구에 대한 고찰」, 『영어교육』 55-4, 2000/겨울, 367～88쪽에서 재인용.

7. 송희심, 앞의 글, 380쪽.

8. 같은 글, 377쪽.

9. 이러한 문제점들의 해결을 위해 "교육부의 제7차 교육과정 지침서에는… 6차 교육과정에는 포함되지 않았던 언어형식이 제시되었"고, 이는 앞으로 중등교육에서 "6차 교육과정 이후 유창성 중심의 틀을 유지하면서도 정확성 및 문법능력 향상을 추가하는 것으로 해석된다"고 하니 다행스러운 일이다(같은 글, 382쪽).

10. 응답자들이 복수로 고를 수 있도록 객관식 문항을 주지 않고, 주관식으로 쓰도록 했기 때문에 응답 건수가 적었다. 등위를 주어 복수로 고를 수 있었다면 보다 폭넓은 의견수렴이 가능했을 것이다.

11. 예컨대 강복남, 앞의 글, 135쪽.

12. 같은 글, 132～37, 144～47쪽.

13. 황적륜, 「현대 영어교육의 전망」, 황적륜 편, 『현대 영어교육의 이해와 전망』, 서울대 출

판부, 2000, 4쪽.

14. 강혜순, 「읽기지도」, 『영어교육입문』, 182쪽.

15. 같은 글, 167~69쪽.

16. 송희심, 앞의 글, 373쪽.

17. 장신재, 「효과적인 대학 영어읽기 교육을 위한 교수기법 연구」, 『영어교육의 이론과 실제』, 신아사, 2000, 139~50쪽. 이 글에서는 구체적으로 "글 전체의 요약문을 교수가 작성하여 들려준다"든지, 내용에 관해 '영어로 질문하고 답을 유도하여' 듣기 지도를 병행하기 등의 지도법을 제시한다. 학생들 수준에 따라서는 요약문을 직접 작성하도록 하여 '쓰기' 교육과 연계시키는 것도 가능할 것이고, 교수가 작성한 요약문을 받아쓰기 시키는 것도 한 방법일 것이다.

18. 또한 '읽기 전략'에의 강조가 학생들에게 '정독의 중요성' 자체를 간과시켜서는 곤란하다는 점을 밝히지 않을 수 없다. 전체 내용을 제대로 알아들으려는 노력을 하지 않으면서 "모든 것을 정확히 알 필요는 없다"는 식의 무책임한 태도를 가진 학생들을 실제 강의실에서 볼 수 있는데, 이야말로 '읽기 전략'을 강조하는 교육이 낳는 부작용의 예다.

19. 이 교재들은 대개 '독해 전 활동' '독해 본 활동' '독해 후 활동' 등으로 구성되어 학생들에게 스스로의 '읽기과정'을 의식하도록 하면서 '읽기전략'을 습득시키고, 연습문제를 통해 '말하기, 듣기, 쓰기' 분야로의 연계교육을 도모하며, 의사소통적인 문법 및 어휘 학습을 효과적으로 실시하는 등, 기초능력 배양에 효과적인 교재들이 많다.

20. V. Cook, "Going beyond the native speaker in language teaching," *TESOL Quarterly* 33, 1999, pp. 185~209. 황적륜, 앞의 글, 8쪽에서 재인용.

21. 김진만, 「영어교육에 대한 몇 가지 사견」, 『안과밖』 제4호, 1998/상반기, 26쪽.

500단어의 유창한 영어실력과 어느 아랍 외교관의 차이

박찬길*

1.

대학생들의 해외 영어연수가 급격히 늘고 있다. 방학중의 해외 배낭여행이 보편화된 것처럼 학기말이 되면 휴학계를 들고 찾아오는 학생들이 많아진 것이다. 서류에 명시된 이유는 가정형편 혹은 개인사정으로 되어 있지만 사실은 대부분 해외 영어연수가 진짜 이유다. 학교공부보다도 영어(회화)를 배우는 것이 더 중요하다고 생각해서인지, 아니면 그냥 외국체험을 좀 하겠다는 것인지 모르지만 대학에서 영어교육을 담당하고 있는 사람으로서는 착잡한 일이 아닐 수 없다.

　방학 때 잠깐씩 다녀오는 것이라면 몰라도 휴학까지 해가며 영어

---

* 이화여대 영문학과 교수

를 배우러 간다니, 영어를 배우는 일이 대학의 강의보다 더 중요하다는 말인가. 도대체 외국에서는 무슨 영어를 얼마나 굉장하게 배우기에 학업을 '중단'하면서까지 뛰쳐나간단 말인가. 하긴 요즘에는 기업에서도 어학연수 경험자를 선호한다니 무작정 말릴 수도 없는 일이고… 필자는 마음속으로 이런 생각을 하면서 도장을 찍어주곤 한다.

영문과 교수로서 공식적인 견해를 밝히라면 필자는 대개 다음과 같이 얘기한다. "영어권에서의 생활경험은 구어체 영어의 문맥을 자연스럽게 습득할 수 있게 하고 영어에 대한 친밀감을 높인다는 점에서 영어구사 능력의 향상에 큰 도움을 준다. 또한 영어권 문화를 직접적으로 체험함으로써 시야를 넓히고 국제적 감각을 익힌다는 것도 좋은 일이다. 그러나 해외연수는 많은 비용이 소요되는 만큼 사교육비 부담의 가중과 외화의 낭비라는 문제점도 있다. 또한 해외 영어연수가 확산되면 국내의 정규 영어교육을 왜곡하고 학생들간에 위화감을 조성할 가능성도 있다. 꼭 가고 싶다면 연수 장소와 기간, 교과과정을 신중하게 선택하는 것이 바람직하다."

그런데 언젠가 대학생 딸을 가진 필자의 누이가 "얘, 아무개가 휴학을 하고 미국에 가야겠다는데 이걸 보내야 되는 거니?" 하고 물었을 때는 이렇게 대답한 기억이 있다. "걔는 미국만 가면 영어가 저절로 되는 줄 아나 보지? 그리고 영어회화는 도대체 왜 배우겠대? 쓸데없는 소리하지 말고 학교공부나 열심히 하라고 그래. 학교 영어시간에는 졸고 앉아 있는 녀석들이 꼭 그런 소리를 한다니까."

소위 전문가라는 동생의 야멸 찬 대답에 누이는 매우 섭섭해했지만, 그건 진심이었다. 그렇다고 해외 영어연수가 일반적으로 불필요하다고 주장하는 것은 물론 아니다. 다만 그 필요성과 효과는 연수대상의 구체

적인 상황과 목적에 따라 많이 다르다는 것이다

요즘은 입 달린 사람이면 누구나 "우리 영어교육이 잘못되었다"고 말한다. 대학을 졸업해도 외국인과 마주치면 길안내 하나 제대로 못한다는 것이다(필자의 생각으로는 한국 관광산업의 낙후성과 국민들의 영어실력은 별 관계가 없다). 요컨대 회화가 안 된다는 것이고, 그러한 대한민국의 '낙후된' 영어교육의 부정적인 결과는 배낭여행의 현장에서, 바이어와의 상담현장에서 매일매일 확인되고 있다는 것이다.

사실 이런 취지에서 얼마 전부터 중고생들의 영어교과서가 회화 위주로 바뀌었고, 대학입시 영어과목에서도 문법이나 철자, 강세의 위치를 묻는 문제보다는 영어청취 능력을 시험하는 문제가 많아졌다(우리나라에서 대학입시 경향의 변화가 얼마나 심각한 사안인가는 청취시험이 치러지는 순간에 전국적으로 비행기의 이착륙이 통제되기까지 한다는 사실을 보면 실감할 수 있다). 대학의 교양영어 프로그램도 독해 위주에서 회화 위주로 급격하게 변화하고 있으며, 심지어 일부 대학의 경우에는 영문과의 커리큘럼에서도 영국인들이 인도와도 안 바꾸겠다던 셰익스피어 강독보다 'Business English' 같은 과목이 더 대접을 받고 있는 실정이다. 그리고 이러한 '대세'에 약간의 토만 달아도 문학전공 교수의 안일한 직업 이기주의라는 식으로 몰리기 십상인 것이다.

해외 영어연수 붐은 결국 '회화' 중심의 영어교육으로의 정책전환이 빚어낸 결과의 하나라고 할 수 있다. 끔찍한 비유를 써서 '영어의 바다에 빠지기' 위해서는 결국 그 나라에 직접 가서 'Native Speaker'(이 말이 하도 많이 쓰이니까. 요즘은 '원어민'이라는 이상한 역어譯語가 생기기까지 했다)와 부딪혀 보는 것이 상책이라는 것이다. 이러한 발상은 좀더 극단화되어 어른이 되면 영어습득에 한계가 있으니 아예 어린 시절부터 '원어민'으로 만들어버리자는 생각으로 발전되기도 한다. 이른바 2개 국어를 '자유자재'로 구사하는 'bilingual'로 만든다는 것이다. 그러나 이러한 시도가 실제로는 'bilinguilliterate'(2개 국어 문맹)를 양산하는 결과를 낳는다는 것이 전문가들의 의견이다. 2개 국어를 못하게 되더라도 하나만 선택한다면 요즘 같은 세상엔 한국어보다 영어를 모국어로 선택하는 것이 더 이롭다고 생각하는 부모들도 없지 않은 것이 우리 현실이다.

영어열기(광기?)의 강도가 이 정도에까지 이르면 그것은 알퐁스 도데의 『마지막 수업』을 인용하지 않더라도 민족적 주체성의 문제를 생각하지 않을 수가 없는 것이다. 민족적 주체성의 문제까지 굳이 거론하지 않더라도 우리가 영어를 미국사람이나 영국사람처럼 하는 것을 궁극적인 목적으로 삼는 것이 옳은가, 또 옳다고 하더라도 그것이 가능한가, 또 가능하다 하더라도 모든 사람이 그런 목적을 가지고 영어를 배울 필요가 있겠는가를 좀 차분하게 따져볼 필요가 있다.

2.

필자처럼 영문학을 전공하는 사람은 일반적으로 말해 타전공자들보다 영어를 좀 낫게 할 가능성이 있지만, 영어에 대한 열등감과 좌절감은 더 크다. 그래서 때로는 그냥 영국사람이나 미국사람이 되어버리고 싶을 만큼 그들의 영어를 그대로 모방하고픈 욕구가 절실했던 시기가 필자에게도 있었다. 유학 2년차던가…그런 욕구가 너무도 강렬하여 한국사람들을 일절 안 만나고 한국말로 편지도 안 쓰고 그쪽 친구들과 열심히 술을 먹으러 다녔다. 영어는 어학원의 교실보다는 술 먹으며 배우는 거라는 나름의 신조를 세워놓고 그들과의 '사교생활'에 열중했던 것이다. 그 결과 영어보다는 술이 더 늘어서 문제이긴 했지만 귀국 후 현재의 직장에서 '영어회화'를 가르치는 '실력'은 학위논문보다 그 시절의 경험에 힘입은 바 더 크다.

이런 시기를 거치면서 필자 나름으로 내린 결론은 그들과 똑같은 영어를 하기는 아무래도 좀 어렵겠다는 것이었다. 그것은 필자 자신의 개인적인 한계에 대한 고통스러운 인식이기도 했지만, 설사 그러한 한계가 아니더라도 그들과 '똑같은 영어'를 지향해야 할 필요가 처음부터 있었는가 하는 의문도 동시에 들었던 것이다. 물론 영문학을 연구하는 입장에서 상당한 수준의 영어구사력을 갖추어야 하고, 영어라는 언어에 대한 내 나름의 감각을 가져야 하겠다는 데는 그때나 지금이나 의심의 여지가 없지만 그러한 '영어실력'이 반드시 그쪽 친구들의 그것과 동일한 것이어야 될 필요는 없다는 것이 필자의 잠정적인 결론이었다.

'영어를 잘한다'는 것은 여러 가지를 뜻할 수 있다. 영어학습에 관한 논의를 접할 때마다 필자에게 점점 확실해져 오는 것은 우리는 '외국인으로서' 영어를 배워야 한다는 사실이다. 그리고 외국인으로서 영어를 배운다는 것은 영어를 배우는 목적을 분명히 한다는 것이다. 배우는 목적이 분명하면 그것에 따라 학습목표도 더욱 명확하게 설정될 수 있다. 가령 한국어와 영어 간의 통역을 담당할 사람의 영어교육과 영문학자에 대한 영어교육이 달라질 수 있고, 유능한 통역사와 유능한 영문학자의 '영어실력'은 동등한 잣대로 비교될 수 없는 판이한 성격의 능력일 수밖에 없다. 요컨대 통역사에게는 표현의 세밀한 부분에 대한 꼼꼼한 이해보다는 전체적인 의미를 순발력 있게 파악하여 전달하는 능력이 훨씬 더 중요할 것이고, 영문학자에게는 후자보다 전자가 더 긴요할 것이라는 것은 뻔한 사실이다.

외국인으로서 영어를 잘한다는 것은 개개인이 영어를 사용하며 수행해야 하는 임무를 잘 수행할 수 있도록 하는 능력이지, 그들과 같은 발음, 그들과 같은 어법, 그들과 같은 관용구, 그들과 같은 욕을 하는 것을 뜻하는 것이 결코 아니다. 필자의 이런 의견은 필자의 한계를 스스로 정당화하기 위한 것만은 아니다. 유학생활을 하다 보니, 우리가 흔히 생각하는 '좋은 발음' '좋은 표현', 그러니까 이른바 '좋은 영어'라고 하는 것은 존재하지 않거나, 존재한다면 복수로 존재한다는 것을 알게 되었다.

흔히 BBC영어가 좋다고 하여 따라 해볼까 했더니, 실제 생활에서 그런 식으로 말하는 사람은 아무도 없었다. 'queen's English' 역시 실용성이 없기는 마찬가지였다. 런던사람들의 발음이 다르고 뉴캐슬(Newcastle) 사람들의 발음이 전혀 달랐다. 내가 있었던 스코틀랜드의 글래스고(Glasgow)의 영어를 처음 들으면 대부분의 우리나라 사람들은 그것이 영어라는 것도 확신하지 못할 것이다. 그리고 그 지역 택시운전사와 대화를 나눠보면 'native speaker'와 똑같은 영어를 하고 싶다는 소리도 쑥 들어갈지 모른다. 그들의 이야기에 따르면 발음에 관한 한 스코틀랜드의 인버네스(Inverness, 괴물이 산다는 네스호에 면한 도시) 지역의 영어가 가장 '순수'하고 외국인이 배우기에도 가장 '좋은' 영어라고 한다. 그렇다고 해도, 그쪽 발음을 대부분의 우리나라 사람들이 표준으로 삼고 있는 미국영어에서 '좋은' 발음으로 인정해 줄지는 의문이다.

발음뿐만이 아니라 어휘와 문법이라는 면에서도 마찬가지 얘기가 얼마
든지 될 수 있다. 요컨대 소위 '본토'의 '원어민'들도 대단히 여러 가지 형
태의 영어를 구사하고 있고, '좋은 영어'라거나 '표준영어'라는 것을 정하
는 것은 그리 간단한 문제가 아니라는 것이다.

어떤 개그맨이 미국에 가서 서너 가지의 의성어만 가지고 '유창한' 영
어를 구사했노라고 농담반 진담반 털어놓는 것을 본 적이 있다. 궁즉통
이라, 어쨌든 통하기만 하면 장땡이니 영어라는 것은 애당초 제대로 배
울 필요가 없는 것이 아닌가. 대학에서 가르치는 영어선생이 이렇게 말
해 주면 얼마나 마음이 편할 것인가. 또 하나 필자의 마음을 답답하게 하
는 것은 '유창한' 영어에 대한 환상이다.

필자의 유학시절 얘기를 한번 더 인용한다면, 유학 1년차 때 필자의 룸
메이트였던 프랑크라는 스페인 친구는 거짓말 안 보태고 영어어휘 실력
이 넉넉잡아 500단어 이내였다. 어린 시절부터 런던을 제 집 드나들 듯이
해온 터라 대한민국의 영문학 석사보다 더 '유창한' 영어를 구사하는 것
은 말할 것도 없고 거의 못하는 말이 없었다. 그렇다면 우리가 목표로 해
야 하는 '영어실력'이 그러한 형태의 의사소통 능력인가? 1년 동안 그 스
페인 친구는 나에게 영어를 유창하게 말하는 테크닉과 자신감은 가르쳐
준 셈이지만 그 친구가 영어숙제를 하는 데는 내 신세를 많이 졌다. 그리
고 그 친구와 시시덕거리면서 술잔은 많이 기울였지만 알맹이 있는 대화
는 나누기 어려웠다. 그런 대화를 감당할 수 있는 어휘들은 그의 '사전'에
없었으므로.

외국인의 '영어실력'에 관해 많은 것을 생각하게 한 또 하나의 인물은
걸프전이 한창이던 시절 파리주재 이라크대사를 맡고 있던 한 아랍 외교

관이었다. 그는 후세인을 대신하여 서방언론에 이라크 쪽의 논리를 대변하던 인물로서 거의 매일같이 TV에 불려나와 적대적인 언론인과 정치인들의 가시 돋친 질문공세에 혈혈단신 맞서고 있었다. 그때 그가 사용할 수 있는 무기는 그야말로 자신의 ‘영어실력’밖에 없었다. 필자 같은 외국인에게는 그의 발음은 영어보다 아랍어에 더 가깝게 들렸다. 문법도 시원치 않았다. 더듬거리는 것도 거의 필자 수준이었다. 게다가 그가 대변해야 하는 후세인 쪽의 논리도 궁색하기 짝이 없었다. 그럼에도 불구하고 영어라면 세계에서 제일 잘하는 영국의 유명 정치인들과 언론인들이 그를 한번도 제대로 이겨내지 못했다. 필자가 보기에 그의 ‘영어실력’의 요체는 풍부한 어휘력 그리고 적절한 표현으로 조직해 내는 사고력이었다.

필자는 그 사람을 보고 나서 외국인의 영어학습에 관해 완전히 다른 생각을 갖기 시작했다. 그러한 ‘영어실력’을 어떻게 배양할 것인지는 많은 연구를 필요로 하는 문제지만, 한 가지 확실한 것은 우리가 쌓아야 할 영어실력은 ‘You know’와 ‘I mean’으로 인터뷰의 절반을 채운다는 영국의 어느 유명 권투선수의 ‘유창한’ 영어구사력이 아니라 바로 그 아랍 외교관의 ‘사고력’이라는 점이다. 그리고 그러한 사고력은 소위 ‘원어민’이라고 해서 다 가지고 있는 것이 아니다.

3.

며칠 전 우리나라에 와서 불법으로 활동하는 영어강사의 실태를 고발하는 TV 프로그램에는 한 서양남자와 밤거리의 포장마차에서 영어회화 강습을 받는 우리나라 여학생의 모습이 나왔다. 필자 자신도 시내의 한 호텔 커피숍에서 여대생인 듯한 처녀와 근사한 식사를 하며 중학교 2학년 수준의 영어대화를 '교습'하는 한 교포청년을 목격한 적이 있다. 영어를 연습한다고 서양친구들과 팝(Pub)이라고 불리는 술집을 전전한 경력을 가진 필자로서는 이들이 사용한 영어교습의 장소를 탓할 생각은 없다. 문제는 그들이 그곳에서 무슨 대화를 나눌 수 있었겠는가 하는 점이다.

본래 대화란 하고 싶은 말이 있어야 성립될 수 있다. 그리고 필자의 경험으로는 한국말로 흥미로운 대화를 나눌 만한 대상이 아닌 사람과는 영어로 해도 흥미로운 대화를 나눌 수 없고, 흥미롭지 않은 영어대화를 통해 쌓을 수 있는 영어실력은 별로 없다. 우리가 영어를 배우는 목적이 길 안내나 자기소개가 전부가 아닌 바에야 영어권 출신이라고 아무에게서나 영어를 배울 수는 없는 일이다.

필자가 찾아오는 제자들에게는 도장을 찍어주면서 조카딸에게는 학교 공부나 열심히 하라고 핀잔을 준 것은 조카가 제자보다 소중하거나 그 반대이기 때문이 아니었다. 그것은 해외연수가 가질 효과가 그들에게 각기 다를 것이었기 때문이다.

외국대학의 어학원에 가기만 하면 우리 대학의 영어교실과는 전혀 다른 영어회화의 새로운 세계가 열릴 것 같은 생각은 완전히 착각이라는 사실을 알아야 한다. 또 외국에 간다고 다 외국사람과 많은 접촉을 하게 되는 것도 아니다. 유명대학의 어학원 교실에는 머리 노란 서양인이라고는 선생 하나고 나머지 대부분은 한국인이거나 아시아계 혹은 한국의 중학교 수준의 어휘력을 가진 남미 유럽인들인 경우가 대부분이기 때문이다. 거기다 반나절이면 하루의 수업이 끝나고, 방과 후 같이 어울려 한국식당으로 몰려가는 건 한국친구들인 경우가 대부분이기 때문이다. 또 그들의 어학 프로그램이 반드시 우리 학생들에게 적합하다고 보장할 수도 없다. 우리 대학생들의 경우 대부분 문법이나 어휘력이라는 면에서는 외국의 어학원 교실에서 새로 배울 것이 별로 없다.

우리 대학생들에게 필요한 것은 그들이 이미 가진 영어능력을 적절히 활용하여 표현하는 방법을 습득하는 일이고, 이것에는 그 나름의 전문적 교육방식이 필요하다. 그리고 그러한 교육방식에 있어서 외국 유명대학의 어학원이 우리나라 대학의 강의실보다 더 낫다고 단언할 근거는 전혀 없다. 적어도 우리 학생들의 이러한 균형 잃은 영어구사력의 실상을 잘 알고 있는 사람들은 우리나라 선생님들(외국인 선생님들을 포함하여)이지 바다 건너 '본토' 영어강사가 아니기 때문이다.

많은 경우 1년간의 해외 영어연수 효과는 한 달간의 해외 배낭여행과 수개월간의 잘 짜인 국내 영어 프로그램의 효과보다 못하다. 준비가 안 된 학생들을 무조건 장기간 외국에 내보내기보다는 국내에서 할 수 있는 영어훈련을 충분히 받게 한 다음, 방학을 이용한 단기연수 프로그램을 이용하는 것이 훨씬 더 바람직하다. 준비가 잘되어 있고, 성취동기가 강한 학생이라면 방학 프로그램도 자신의 전공과 관련 있는 프로그램을 선택하는 것이 좋다. 그래야 가령 한국의 화학공업과 대학생이 영어권 화학공업과 대학생을 직접 접할 수 있고, 그런 상대를 만나야 피차 '흥미로운' 대화를 나눌 수 있기 때문이다. 무조건 '영어의 바다에 빠지기'보다는 잘 선택된 25미터 풀장에서 수영을 배우는 것이 영어구사력이라는 목숨을 보전하는 데 훨씬 유리하다는 점을 꼭 기억해야 한다.

(『사회평론』 1997)

영어회화의 이데올로기

더글라스 루미스*/천희상 옮김

1. 그들의 평생소원, 능숙한 영어회화

일본에 와보기 전에는 '영어회화'(English conversation)라는 말을 그 어디서도 들은 적이 없었다. 물론 이 두 낱말이 어떻게 해서 복합명사화하게 되었는지, 그것을 이해하지 못할 바는 아니다. 그러나 일본인들이 쓰는 영어회화라는 표현은 그것이 영어로 대화를 나눈다는 것 이상의 의미를 내포하고 있다는 점에서 모종의 슬로건 같은 느낌을 풍긴다는 것 또한 사실이다. "영어로 말하는 법을 매우고 싶다"는 것이 아니라 "영어회화를 하는 법을 배우고 싶다"라는, 우리가 종종 접하게 되는 문장은 많은 영어선생들의 순진한 생각과는 달리 결코 중복적인 표현이 아니다. 영어회화라는 표현에는 단

* 일본 쓰다대학 교수 역임. 주요 저서로는『경제성장이 안 되면 우리는 풍요롭지 못한 것인가』등이 있다

순히 언어훈련이라는 뜻만 아니라 어떤 세계관까지도 담겨 있기 때문이다.

일본에 있으면서 내가 처음으로 영어를 가르치는 일자리를 얻게 되었던 것은 1961년의 일이었다. 이때 나는 곧 이것이 매우 난감한 일이라는 것을 깨달았다. 그후에도 외국어학원, 회사, 대학 등지에서 간간이 영어회화라는 것을 가르치게 되었지만, 예나 지금이나 사정은 마찬가지이다. 영어회화를 가르친다는 교실을 들어설 때마다 심란하고 어색한 느낌을 도저히 떨쳐버릴 수 없는 것이다.

한 3년 바깥에 나갔다가 다시 일본으로 돌아온 금년 가을, 나는 도쿄에 있는 한 유명 외국어학원의 회화반을 둘러보았다. 사정은 역시 여전했다. 판에 박은 듯한 강의가 조금도 다름없이 계속되고 있었던 것이다. 하얀 벽에는 예의 그 디즈니랜드 포스터가 붙어 있었고, 다섯 명의 젊은 사무직 여성들이 얌전을 빼고 앉아 있었다. 그리고 미국인 여자선생이 그 앞에서 다음과 같은 내용을 선창하고 있었다.

A: Let's stop in this drugstore a minute.

B: OK. I'd like to go in and look around. We don't have drugstores like this in Japan. We only sell medicine.

A: Well, you can get medicine here, too. See that counter over there? That's the pharmacy department. The man who wears the white coat is the pharmacist.

B: Look at all the other things here, candy, newspapers, magazines, stationery, cosmetics, In Japan we don't see such things at the drugstore.

. . .

A: Shall we go to the soda fountain?

B: What's the soda fountain?

A: Well, most drugstores have a soda fountain where you can get icecream, soft drinks, sandwiches, and so on.

B: OK. Let's go. I'm hungry. I'd like to get a hamburger and a milkshake.

나는 이 여섯 명의 인간군상이 서로의 사이에 무슨 뚫을 수 없는 벽 같은 것을 두고 서로를 진지하게 응시하며 이런 문장들을 복창하는 것을 보면서, 마치 초현실주의 영화의 한 장면을 보는 듯한 착각 속으로 빠져들었다. 도대체 이 나라에서는 이 따위 객쩍은 미국식 약방과 햄버거 이야기에 얼마나 많은 시간을 허비해 왔던가? 정작 가치 있는 이야깃거리가 이 밖에도 얼마나 무궁무진할 텐데 이런 내용이 계속 반복되다니, 이것은 미국문화의 진면목을 소개하는 것이 아니라 미국문화의 빈곤성만을 과시하는 격이 아닌가?

그리고 만약 이 회화반 수강생들을 이 같은 미국의 문화적 불모성에 대해 혐오감을 느끼게 하지 않고 영어회화 학원으로 잡아끄는 이유가 바로 이 끝없이 계속되는 약방, 슈퍼마켓, 드라이브인 영화관, 햄버거 판매소 이야기들 때문이라면, 이거야 참으로 낯간지러운 일이 아닌가?

그럼에도 불구하고 이런 처지를 문제시하는 미국인 선생들은 별로 없다. 이곳 외국인 사회에서 영어를 가르친다는 일이 무슨 보람이 있는 일로 간주되지는 않지만, 그저 쉬운 돈벌이라는 생각에 그대로 넘어가는 것이 사실이다. 맡은 바 일을 양심적으로 하려는 선생들도 소수 있다. 그러나 대개는 그럴 필요까지 있겠느냐는 투다. 그저 꼬박꼬박 강의실에 들어가 이런저런 이야기로 시간만 때우면 그만이라는 사고방식이다. 일주일에 한 시간 미국인과 직접 접할 수 있다는 것 자체가 수강생들이 돈을 내는 이유가 아니냐는 것이 이런 선생들의 암묵적 생각인 것이다.

1961년 여름, 나는 이미 여러 달을 일본에서 보냈던 터였다. 그때 돈이 떨어진 나한테 어떤 친구가 쉬운 일자리가 하나 있다는 것이었다. 영어를 가르치는 일이라 했다. 나는 자격이 없다며 사양했다. 경험이 전혀 없을 뿐만 아니라 이 방면의 전문훈련을 받은 적도 없었기 때문이다. 게다가 일본어도 능숙하지 못한 처지였다.

그러자 친구는 내 순진함에 너털웃음을 터트리며 이렇게 말했다. "경험이나 훈련 같은 건 필요 없네. 여기서는 이탈리아인, 독일인, 프랑스인 들까지도 고등학교 때 배운 영어실력으로도 선생 노릇을 하니까. 여기 사람들이 학원에 다니는 이유는 외국어를 배우기 위해서라기보다는 외국인을 만날 기회를 얻겠다는 거지. 아주 간단한 일일세. 그저 강의실에 들어가서 무슨 소리든 되는 대로 한 시간 떠들면 그만이네."

당시로서는 그의 이야기가 틀림없는 사실이라는 느낌이었다. 일본 말을 잘 몰랐기 때문에, 내가 만나는 사람들은 거의 영어를 할 줄 아는 사람들이었다. 내가 일본어를 공부하고 있었던 대학에도

ESS(English Speaking Society, 영어상용반)가 하나 있었는데, 이 반에 들어오는 대다수 사람들이 내게 보이는 추종적 태도에 나는 깜짝 놀라지 않을 수 없었다. 지금도 생생하게 기억하지만, 그들의 '평생소원'은 영어회화를 능숙하게 구사하는 것이며 그들이 가장 가고 싶은 데가 로스앤젤레스이며 제일 좋아하는 소설가가 나다니엘 호손이며 제일 좋아하는 시인이 롱펠로라는 이야기 등을 들었을 때 나는 정말 그럴까 하는 의구심을 떨쳐버릴 수 없었다.

그러면서도 나는—그리고 일본말을 할 줄 모르는 대다수 외국인들은—이런 태도가 일본문화를 대표한다고 생각했다. 그리고 영어회화의 세계, 즉 ESS의 세계가 단지 하나의 하위문화로서 일본 대학생 전체의 특징이 아니라는 사실을 알게 된 것은 그로부터 훨씬 뒤의 일이었다.

나는 곧 ESS 반원들이 미국인과 유럽인들에게 보이는 추종적 태도가 그저 미국손님들에 대한 우애의 표시로 이해되어서는 안 된다는 것을 알게 되었다. 누군가를 같은 인간으로 대하는 것이 아니라 별난 족속으로 대하는 태도를 결코 우애의 표시로 받아들일 수는 없기 때문이다. 또 하나 내가 곧 알게 된 중요한 사실은 그러한 태도가 일부 외국인들에게만 취해지고 있다는 것이었다.

1962년 나는 교토로 옮겼는데, 교토대학의 ESS에서도 외국인 학생들의 캠핑을 후원한 적이 있었다. 아마 캠핑에서 일본인 반원들이 동남아시아 학생들은 안중에도 두지 않고 미국인 학생들과 유럽인 학생들만을 강아지처럼 졸졸 따라다녔던 모양이다. 나는 그때 ESS 대표가 동남아시아 학생들의 거센 항의를 들으면서 지었던 표정을 영원히 잊지 못할 것이다. ESS측은 이 외국인 학생클럽이 주로 아시아인들로 채워질 것으로 예상하지 못했던 것이다. 기대가 어긋났지만, '공평'의 원칙상 그들은 이 클럽을 계속 후원하지 않을 수 없었음이 분명했다. 그러면서도 그들은 분명 동남아시아 학생들이 자진해서 없어지기를 바라는 기색이 역력했다.

그후 나는 또 귀중한 교훈 하나를 얻게 되었는데, 그것은 내가 나가는 영어학원의 한 일본인 선생으로부터였다. 월급날의 일이었다. 이 노신사가 내게 오더니 점잖은 말투로 이렇게 말하는 것이었다. "당신이 알고 있어야 할 사실이 있는 것 같소. 나는 여기서 15년 동안을 일해 왔소. 당신의 경우는 3개월에 불과하지요. 그러나 내 봉급이 당신보다 적소. 이런 소리를 했다고 해서 나쁘게는 생각하지 마시오. 당신도 알고 있어야 한다는 생각에서 알려주었을 뿐이니까." 그는 그 말만 남기고 자리를 훌쩍 떠나버리고 말았다.

나는 얼떨떨했다. 그리고 어지러운 마음을 가눌 수가 없었다. 그는 유능한 언어학자에다 노련한 선생이었다. 반면 내 경우는 열차를 타고 학원으로 오면서 열차 안에서 생각해 낸 농담조 이야기로 그날그날의 강의를 때웠던 것이다. 내가 그보다 돈을 더 받아야 하는 이유가 도대체 무엇일까? 그후 나는 이 질문을 여러 사람에게 던져보았다. 그때마다 되돌아오는 대답이 외국인(백인)의 경우 "생활비가 더 필요하다"는 식의 설명이었다. 그러나 이런 답변을 내가 어떻게 수긍할 수 있겠는가? 차별대우라는 생각이 분명했기 때문이다.

요컨대 영어회화의 세계에서는 한마디로 인종차별주의가 당연시되고 있다. 물론 나로서도 선생이나 수강생 개개인을 비난할 생각은 추호도 없다. 이들 가운데도 헌신적이고 진지한 사람들이 다수 있기 때문이다. 내가 문제로 삼고 싶은 것은 다만 이 영어회화라는 하위 문화가 갖고 있는 이데올로기의 구조이다.

그것은 고용방식과 광고방식 면에서 인종차별주의적이며, 교재와 강의실에서 나타나는 이데올로기 면에서 또한 인종차별주의적이다. 예컨대 "본토인(native speaker)이다"라는 선전이 성행하고 있는데, 사실 이것은 협잡이나 다를 바 없다. 특히 영리를 목적으로 운영되는 외국어학원에서는 본토인이 출강한다는 선전을 대대적으로 내세운다. 그러나 여기서 말하는 본토인이란 결국 '백인'을 의미할 뿐이다. 앞에서 언급한 바와 같이 일부 본토인들은 영어가 모국어가 아닌 유럽인들이다.

반면 필리핀, 싱가포르, 인도 등에서는 영어가 공용어이다. 그러나 이곳 출신자들은 본토인 취급을 받지 못한다. 그들이 가끔 일자리를 얻게 되는 것은 자신의 뛰어난 영어능력을 인정받았을 경우일 뿐이다. 그러나 그들 대부분은 자신의 능력을 시험받을 기회도 얻지 못한 채 그대로 문전박대당하는 것이 보통이다. 회사에서 미국인들을 고용하는 경우에도 사정은 비슷하다. 백인들만을 고용하고자 하는 것이다. 물론 대다수 일본인들에게 '미국인'이란 말은 '백인'과 동의어이다. 그런데 일본에 오는 미국인들이 어디 백인뿐인가? 백인이 아닌 미국인들도 일본의 많은 외국어학원에서 일자리를 쉽게 구하지 못한다.

일본의 외국인 사회에서는 백인이라면 아무런 직접적 자격이 없어도 적어도 두 가지 일자리는 쉽게 구할 수 있다는 말이 통용되고 있다. 하나는 영어선생이고, 또 하나는 광고모델이다. 아니, 한 가지가 더 있다. 여성일 경우 본인의 의사만 있다면 스트리퍼(stripper)가 될 수 있기 때문이다. 이 세 가지 일이 공통적으로 보여주고 있는 사실은 일본에서는 하얀 피부 자체가 돈벌이 재료라는 것이다. 스트립 쇼 업소의 주인들은 춤을 못 추어도 '외국인' 스트리퍼가 있으면 손님들이 더 몰려든다는 것을 잘 알고 있다. 백화점 주인들 역시 파란 눈의 블론드 마네킹들이 진열되어 있어야 여성들에게 서양 옷을 잘 팔 수 있다는 사실을 알고 있다.

이거야 원 나치가 그리던 게르만 민족의 세계지배 격이 아닌가? 텔레비전 광고주들도 사정은 마찬가지다. 백인들이 자기 상품을 쓰는 모습을 소비자들에게 보여주어야 매출액이 늘어난다는 것이다. 사정이 이러한지라 외국어학원에서도 본토인들을 선생으로 삼으려고 서로들 기를 쓰고 있다.

전문적 훈련을 받지 못했음에도 불구하고, 또는 교사로서의 자질이 부족함에도 불구하고, 외국어학원에서 본토인들을 선호하는 까닭은 종종 발음 때문이라고 변명한다. 동남아시아 사람들은 미국의 흑인들과 마찬가지로 발음이 나쁘다는 것이다. '진짜' 미국식 영어를 하는 사람은 백인 미국인이라는 주장이다.

그러나 발음이란 상대적인 것이다. 영국이든 미국이든 간에 사투리도 많고 어형변화도 제각각이다. 그리고 두 나라 모두에서 어느 것이 '표준어'인가는 권력에 의해 결정되는 문제이다. 표준어란 지배계급의 언어이기 때문이다. 따라서 필리핀에서 발달한 영어라 해서 그것을 '틀린' 영어라 매도할 수는 없다. 영국인들이 앵글로색슨어와 프랑스어로부터 새로운 언어를 창출할 수 있었다면, 또 미국인들이 북미에서 나름대로의 영어를 발전시킬 수 있었다면, 필리핀인들이라고 해서 그들 나름의 독특한 영어를 발전시켜서는 안 된다는 법이 없기 때문이다. 어떤 발음으로 영어를 익히느냐 하는 문제는 언어학적으로 결정되는 것이 아니라 정치적으로 결정되는 것이다. 그것은 전적으로 배우는 사람이 앞으로 누구를 상대할 것인가에 따라 결정될 사항이기 때문이다.

2. 영어회화의 세계에 묘사된 미국의 실체

분명히 밝히지만 나는 영어를 배워야 할 훌륭한 이유들이 있다고 생각하는 사람이다. 영어는 상당수 나라에서 모국어이다. 그리고 더 많은 나라에서 두번째로 중요한 공용어로 쓰이고 있다. 영어가 피의 역사를 갖고 있다는 것은 사실이다. 그것은 첫째로 대영제국의, 그리고 둘째로 아메리카제국의 유산이다. 그럼에도 불구하고 세계 거의 모든 나라의 사람들과 서로 의견을 나눌 수 있는 언어, 각국 수준에서 국제적 교호와 연대를 강화시킬 수 있는 언어가 바로 영어라는 것 또한 사실이다.

나는 많은 일본인들이 영어를 공부하는 이유가 다른 아시아인, 아프리카인, 유럽인들과 대화를 나누려는 희망 때문이라는 점을 인정한다. 그런데 영어회화의 교재나 강의실의 현실을 보면 이 희망이 여지없이 무너져 버리고 만다.

물론 영국식 영어를 강조하는 곳들도 존재한다. 그러나 영어회화의 세계에서는 그 이상적인 상대자가 거의 늘 중류·백인·미국인이다. 어떤 교재든 슬쩍 훑어만 보아도 이 점이 확연히 드러난다. 각 과의 첫머리에 나오는 대화자들을 보면 적어도 주인공 한 사람은 늘 이런 미국인이다. 장소 또한 늘 일본 아니면 미국이다. 돈의 단위는 늘 달러이며, 도량형 단위는 늘 야드, 피트, 인치이며, 약방에는 늘 간이식당이 있으며, 식료잡화류를 파는 데는 늘 슈퍼마켓이다. 외국어를 공부하는 재미 가운데 하나가 일종의 대상(代償)여행에 있다고 한다면, 가끔은 그 동기가 적어도 상상 속에서나마 자기 사회의 한계를 벗어나고픈 욕구 때문이라고 한다면, 영어회화 교재들은 이 욕구를 미국으로만 집중시킨다.

나로서는 일본에서 영어회화와 미국이 얼마나 동일시되는지에 대해 무어라 단언을 내리기가 곤란하다. 그러나 국적이 어떻든 백인 한 사람이 일본의 골목길을 가다가 거기서 노는 어린아이들과 마주쳤다고 하자. 그러면 아이들이 외쳐대는 첫마디가 "야, 외국인이다" 또는 "야, 미국인이다"라는 소리이다. 또 학교를 다닐 또래의 아이들이라면 아무 의미 없이 "I have a book" "I have a pencil"을 외쳐댄다. 어디서나 거의 한결같이 이런 장면이 연출되곤 하는데, 우리는 바로 여기에서 영어회화가 원초적으로 갖고 있는 몇몇 기본적인 이데올로기적 요소들을 발견할 수 있다.

우선 첫째로 (유럽인, 캐나다인, 남미인, 호주인 등에게는 아주 기분이 나쁘게도) 이 아이들에게는 '외국인'이라는 말과 '미국인'이라는 말이 사실상 동의어나 다름없다는 것이다. '미국'이라는 것이 일본 바깥의 세계 전체를 가리키는 개념인 것이다. 즉 그것은 일본의 반대말이다. 더욱이 '미국인'들은 일본말을 못 알아들을 것이 뻔하기 때문에 바로 앞에 두고도 "야, 코가 크구나" 등 이런저런 소리를 마구 떠들어대도 별일이 없다는 식의 태도를 보인다. 상대방이 조그마한 반응이라도 보일라치면 곧바로 "I have a book" "I have a pencil" 등 무의미한 영어회화가 등장한다. 책이나 연필이 있든 없든 그것은 상관없다. 건네는 말의 내용이 완전히 무관하다는 것, 이것이 바로 영어회화의 아이들 세계이다.

성인들의 영어회화 세계는 물론 이보다 훨씬 세련된 편이다. 그러나 그것은 그 이데올로기가 더욱 감추어져 있다는 사실을 의미할 뿐이다. 일본 바깥에 미국 외에도 많은 나라들이 존재한다는 것을 성인들이 모를 리 없다. 그러나 그들은 그 나라들을 그저 주변적인 국가들로 생각한다. 그 나라들의 이름이 직접 언급될 때가 있다 할지라도, 그것은 종종 '공평'을 기하기 위해서이거나 자신의 이야기에 약간의 코스모폴리턴적인 양념을 치기 위해서일 뿐이다.

따라서 마음속 깊은 곳에서는, '진짜' 나라는 일본과 미국뿐이라는 식의 태도이다. 비교의 대상이 늘 미국인 것이다. 다시 말해 영어회화의 세계에서는 오로지 일본과 미국만이 '범주'로서 존재한다. 그리고 다른 모든 국가들을 '우연'으로서만 존재한다. 외국이라는 것이 미국 이외에도 많이 있지만, 미국이야말로 양국의 모방·대조·결합 등에 의해 '일본성'이 규정될 수 있는 역사적 비교대상인 것이다.

대다수 미국인들은 일본인의 이런 태도를 아주 당연시하는 듯한 태도이다. 왜냐하면 일본인들의 그런 태도가 자기 나라의 세계적 위치에 대한 그들 자신의 견해와도 아주 멋지게 들어맞기 때문이다. 아시아에 주둔해 있는 미군들 사이에서는 미국이 '세계'라는 속어로 불리기도 한다. 고국에서 온 편지는 '세계에서 온 편지'이며, 고국으로 돌아가는 것을 '세계로 돌아가는 것'이라고 한다는 것이다.

이러한 표현은 미국의 이데올로기적 자기 이미지를 아주 정확하게 드러내주고 있다. 이 견해에 의하면 미국 바깥에 있는 세계는 미국처럼 진짜가 아니다. 미국 바깥에 있는 세계는 설사 존재한다 할지라도 미국보다 낮은 위치에 존재한다. 따라서 그곳에서 일어나는 사건들은 그다지 중시할 것이 못된다. 이런 태도는 특히 아시아에 있는 미국인들에게 강한데, 이곳에서 일어나는 모든 일들은 혼란스럽고 우발적이며 불안정하고 부수적이라는 것이 그들의 생각이다. 이 무의미한 혼란 속에 온 미국인들은 질서정연하고 합리적인 고국의 이미지를 그리면서 향수를 달랜다.

예컨대 사고 싶은 물건들이 선반에 가지런히 놓여 있는 약방 같은 것이 고국의 이미지인 것이다. 고국이야말로 정말로 이해할 수 있는 무언가가 있으며 정말로 감지할 수 있는 무언가가 있는 곳이다. 세계 자체가 바로 거기에 존재하는 것이다.

다시 말해서 미국인들은 자기 나라를 '보편적인' 나라라고 생각한다. 그리고 다른 모든 나라들(특히 아시아와 제3세계 국가들)에 대해서는 '특수한' 나라라고 생각한다. 일본인들의 생활은 일본적이며, 필리핀인들의 생활은 필리핀적이며, 베트남인들의 생활은 베트남적이다. 그러나 미국인들의 생활은 생활 자체라는 것이다. 그것은 구체적인 생활임과 동시에 생활의 이데아, 즉 보편적 이성의 제반 원칙에 가장 부합되는 생활의 이데아라는 식의 사고방식이다.

대다수 미국인들은 자기들의 생활방식이야말로 가장 보편적인 생활방식이며, 세계의 모든 국민들이 사실을 알고 선택할 자유만 있다면 당연히 미국식 생활방식을 선택하리라고 굳게 믿고 있다.

1950년대 냉전이 절정에 달했을 때, 미 공군이 동유럽으로 날아가 그 상공에다가 시어즈사와 뢰북사의 카탈로그를 뿌려야 한다고 진지하게 주장하는 미국인들이 많았다. 동유럽 사람들이 카탈로그에 소개된 그 놀라운 물건들을 보기만 한다면 자기들이 소비에트 당국에 속아왔음을 깨닫고 폭동을 일으키리라는 생각에서였던 것이다. 평화봉사단이라는 것도 부분적으로는 비슷한 발상에 기초했다. 즉 인습에 찌든 마을에 미국인 젊은이가 나타나기만 하면 그 현지인들이 곧 옛 관습을 버리고 그를 모방할 것이라는 생각에서였던 것이다.

미국의 사회과학에서는 이 순진하고도 건방진 가정이 과학적 객관성이라는 망토를 걸치고 다시 나타난다. 이른바 '전시효과'라는 것이 바로 이것이다. 이 미국인 학자들에 의하면 제3세계의 혼란은 식민주의와 제국주의에 의해 초래된 것이 아니라 이른바 '기대상승 혁명'에 의해 초래되었다는 것이다. "대중 통신매체들을 통해서 그리고 기계, 빌딩, 시설, 소비재, 쇼윈도, 루머, 행정적·의료적·군사적 관행 등의 전시를 통해서" 이 '기대상승 혁명'이 현대생활의 제반 측면에 걸쳐 촉발되었다는 설명이다. 그리고 이 '현대생활'의 선구자가 바로 미국이라는 것이다.

미국인들의 이런 태도는 일본을 대할 때 특히 더 강하다. 일본이 미국의 점령지였기 때문이다. 일본에 대해 전혀 공부한 바가 없는 미국인들조차도 점령지에 대해 막연한 역사적 기억을 지니고 있다. 그리고 그 '기억'은 현대적 민주주의 국가를 운영할 줄 모르는 일본인들에게 미국이 그 시범을 보이기 위해 맥아더를 파견했다는 것이다.

사정이 이러한지라 미국인들은 미국과 일본의 관계를 선생과 학생의 관계로 생각하는 경향이 있다. 그리고 이런 믿음은 의식적인 견해의 형태가 아닌 무의식적인 가정의 형태를 띠고 있다. 즉 의식적으로는 이런 견해를 부정하는 사람들도 그 행동을 보면 그런 가정에서 움직이고 있는 것이다. 미국인들은 내심 자기들은 매사가 질서정연한 사회의 출신이며, 따라서 일본영토에서는 자기들이 보통시민에서 선생으로 변하게 된다고 믿고 있다. 그래서 자기 나라에서는 도저히 생각할 수 없는 선생 노릇을 하는 것이 일본에서는 지극히 당연하다고 생각한다. 언어학적 훈련 같은 것도 이곳에서는 아예 필요 없다는 투다. 왜냐하면 그들의 실제 역할은 외국어를 가르치는 데 있는 것이 아니라, 미국식 생활방식의 살아 있는 예를 제시하는 데 있다는 생각 때문이다.

일본여행이 미국인들 사이에서 그렇게도 인기가 높은 이유들 가운데 하나는 지배계급의 일원으로 대접받으면서 급작스러운 지위상승을 즐길 수 있기 때문이다. 미국에서는 이런 대접을 받기가 불가능하다. 그래서 그들은 "서비스 만점인 일본을 나는 무척이나 사랑한다"고 자랑스럽게 이야기한다.

영어회화의 이데올로기는 바로 이러한 미국인들과 일본인들로부터 태어났다. 강의나 교재에서 미국의 사소한 일상생활 측면들이 끊임없이 다루어질 수 있는 이유는 바로 이러한 이데올로기 덕분이다.

언어학습에도 이데올로기가 침투할 수 있다는 것을 받아들이기 어려운 독자들이라면, 전쟁 전에 사용되던 독본에 나오는 "전진하라, 전진하라, 병사여 전진하라"라는 유명한 문장을 상기해 주기 바란다. 언어교육 속에 담겨 있는 선전은 아직 미묘한 맛을 지니고 있다. 주위가 온통 언어학습에만 집중되기 때문에 선전 메시지의 진실 여부는 전혀 의문시되지 않는다. 영어교재에 미국식 '생활방식'을 소개하는 그 사소한 대화들을 계속 집어넣는 것 자체가 바로 미국을 선전하는 수단인 것이다. 내 주장을 부정할지도 모르는 독자들을 위해 '낱말 바꾸기 연습'에 나오는 다음의 문장들을 예시해 보겠다.

He is intelligent but he has no drive.
He is intelligent but he has no money.
He is handsome but he has no money.
He is handsome but he has no girlfriend.
He is young but he has no girlfriend.
He is young but he has no ambition.

학식과 추진력, 돈, 용모, 여자친구, 젊음, 야망, 이것들은 바로 자본주의 미국에서 한 인간의 성공조건들을 쭉 열거한 것이다. 결국 "소유하라, 소유하라, 기업가여 소유하라"라는 것이 이 학습의 주제이다.

　오해를 피하기 위해 또 미국에 대한 내 생각부터 밝혀야겠다. 미국은 매우 흥미로운 나라, 공부할 가치가 충분하고도 남음이 있는 나라다. 미국은 실험의 나라였다. 미국이라는 나라 자체가 새로운 세계에 새로운 종류의 사회, 유럽에서 부정되었던 자유와 정의와 평등과 행복의 제반 조건들을 제공하는 새로운 종류의 사회를 건설하기 위한 진지한 시도였다. 이 실험의 기본 원칙들을 세운 건국의 아버지들은 학식이 높은 지성인들이었다. 그러나 미국이 이 약속들을 충족시키지 못했다는 것이 나의 솔직한 생각이다. 미국이 더욱더 진지하게 연구되어야 하는 까닭은 바로 이 때문이다.

　그러나 영어회화의 세계에서는 이런 내용이 전혀 없다. 영어회화의 세계에서 묘사되는 '미국'이라는 나라는 실제로 존재하는 미국이 아니라 미국인 영어선생들이 희구하는 바의 미국, 그들이 향수 속에서 그려보는 그러한 미국인 것이다.

　영어회화의 세계에서는 오늘날 이 나라에 왜 환멸감과 무목적성이 그렇게도 만연해 있는지를 배울 수 없을 것이다.

　왜 밤이 되면 도시의 거리들이 불안의 장소로 변하는지, 왜 사람들이 자기 보호를 위해 무기를 지니고 다녀야 하는지, 왜 가장 급속도로 확대되는 정부관청이 경찰서인지, 왜 대다수 미국 노동자들이 그들의 직업을 무미건조한 것으로 느끼는지, 왜 가정주부들 사이에서 알코올 중독과 마약복용이 번져나가고 있는지, 왜 결혼율보다도 이혼율이 더 높은 지역들이 늘어가고 있는지, 왜 많은 미국인들(주로 비백인들)이 희망도 없는 쓰라린 가난 속에서 살아가는지, 왜 빈민가의 많은 자식들이 문맹의 상태에서 고등학교를 졸업하게 되는지, 왜 미국인들의 인종차별적 심성 속에서 일본인들이 백인 쪽으로보다는 유색인 쪽으로 범주화되는지, 영어회화의 세계에서는 이 이유들을 결코 알아낼 수 없을 것이다.

더더욱 문제가 되는 것은 영어회화의 세계에서는 미국에 대한 이런 사실들이 그저 언급되지 않기만 하는 것이 아니라, 미국의 이미지를 진실에서 더욱더 멀리 떨어지도록 만들기까지 한다는 것이다. 혼다 가츠이치의 *Amerika Gasshukoku*를 읽었던 여러 수강생들에 의하면, 그의 설명은 지금 배우는 미국의 모습하고는 너무나 거리가 멀어서 그가 틀림없이 거짓말을 하고 있다는 느낌이 든다는 것이다.

3. 영어회화, 어떻게 의사소통을 방해하는가

이제 남은 문제는 영어회화가 어떻게 의사소통을 방해하느냐에 대한 설명이다. 영어회화를 공부한 사람들은 물론 역으로 가는 길을 묻는다거나 물건 값이 얼마냐고 묻는다거나 하는 데는 아주 능숙하다. 그러나 이따위 대화들은 여기서 내가 말하는 그런 종류의 의사소통이 아니다. 영어회화가 어떻게 의사소통을 방해하는가에 대해 딱 부러지게 설명하기는 어려운 것 같다. 그러나 다음의 일화는 이 문제를 이해하는 데 크게 도움이 될 것이다.

지금으로부터 약 5년 전 12월 말의 밤에 나는 가나자와의 한 사찰에서 자정에 맞추어 울려퍼지기 시작한 커다란 종소리를 듣고 있었다. 이미 몇 시간 전부터 눈이 내리고 있었다. 그 겨울의 첫눈이었다. 새해가 새하얀 눈빛 세계의 모습을 하고 새롭게 다가왔던 것이다. 나는 눈빛 세계에 울려퍼지는 거대한 종소리를 들으면서 나름대로의 감회에 젖어 있었다. 이때였다. 누군가 다가와 이런 소리를 하는 것이었다. "실례합니다. 영어로 말씀을 나눌 수 있겠습니까?" 느닷없는 불청객에게 왈칵 짜증을 느꼈지만 "물론이죠" 하고 대답할 수밖에 없었다. 그러자 그는 그 진부한 질문공세를 퍼붓기 시작했다.

Where are you from?

How long have you been in Japan?

Are you sightseeing in Kanazawa?

Can you eat Japanese food?

Do you understand what this ceremony in about?

그가 쏘아대는 이런 쓸데없는 질문들 때문에, 나는 은은한 종소리와 차가운 밤공기 내음으로부터 밀려나와 그 뚫을 수 없는 쇄국의 벽 저편으로 내동댕이쳐졌다. 그의 이런 질문은 "I have a book"이라는 무의미한 소리와 마찬가지로 이 상황에 전혀 걸맞지 않은 것이었다. 그의 질문은 사실상 건성이랄 수밖에 없었고, 또 나의 대답에 정말로 관심이 있는 것도 아니었다.

말하자면 그는 나라는 개인을 상대로 말하는 것이 아니라, 자신의 마음속에 그려져 있는 외국인의 표상에 질문을 던지고 있을 뿐이었다. 또 내게 말을 하고 있는 사람도 실제로는 그 일본인 개인이 아니었다. 그가 암기해서 던지고 있는 질문들은 판에 박은 표준적 형태를 취했으며, 따라서 그 문장들과 그 사람 자신의 성격, 생각, 느낌 사이에 어떤 의미 있는 관계가 존재한다고 믿기가 어려웠다. 그것은 구체적인 두 인간 사이의 대화라기보다는 오히려 두 대의 녹음기가 말을 주고받는 그러한 것에 가까웠다.

마침내 그가 내 곁을 뜨자, 내 불편한 모습을 짐짓 즐기면서 지켜보고 있던 한 사나이가 내게로 다가왔다. 그리고 일본말로 점잖게 이렇게 말했다. "저런 식으로 영어를 하는 일본인들은 사실 일본을 제대로 모르는 사람들입니다. 그리 신경 쓰실 필요가 없습니다." 나는 그의 이 지적에 마음이 개운해졌다. 그리고 웃음기를 되찾기 시작했다. 쇄국의 벽이 다시 사라져 버렸던 것이다.

영어회화의 전형적 특징은 추종적 태도와 판에 박은 어투, 지독히 무미건조하고 지루한 단조로움 그리고 화자의 정체나 개성이 전혀 드러나지 않는다는 점이다. 언어심리학 분야에서 많은 연구를 한 나카오 하지메의 이야기에 의하면, 적어도 극단적인 경우에는 영어회화가 강박성까지 띠게 되는데 이 강박성은 말하는 사람에게서 자신의 경험을 제대로 살리지 못하게 하는 실어증과도 유사하다는 것이다. 나카오는 이런 이야기 끝에 내게 다음과 같은 폴 굿맨(Paul Goodman)의 한 글귀를 소개해 주었다.

…표준적 어투를 자신의 구체적 상황이나 목적에 따라 변화시키지 못한 채 앵무새처럼 그대로 암송하는 강박당한 인간 역시 실어

증 환자이다. 그는 언어를 말하는 것이 아니라 물건들을 다루듯 단어들을 조작한다. 그가 말하는 모든 문장들은 사전과 문법책에서 따온 판에 박은 문구들이다. 따라서 만약 상대방의 대답이 그의 예상과는 달리 살아 있는 표현으로 다가오거나 또는 그의 충동적 욕구가 너무나 강렬해서 그 딱딱한 언어사용에 질식감을 느낀다면, 그는 스스로 무너져 내릴 수밖에 없다.

재미있는 사실은 이 설명에 아주 딱 들어맞는 사람들이 보통 가장 부지런한 영어회화반 수강생들이라는 점이다.

영어회화를 하면서 이 극단적 소외 언어의 틀 속에 빠지는 사람들의 수는 극소수에 불과하다. 그러나 대다수의 사람들도 극도의 개성 변화—아마 개성의 상실이라는 표현이 더욱 적합할지도 모른다—를 강요받게 된다. 기백, 기지, 분노, 존경, 애정을 나타내는 일본적 표현 양식이라든가 일본적 형식 같은 것 역시 영어로는 쉽게 전달할 수 없을 것 같다. 게다가 영어회화 교재들은 수강생들에게 체질에도 맞지 않는 '미국식' 개성을 끊임없이 강요한다. 그런 어색한 상태에서 서로 대화를 나누라는 것이다.

더욱이 이 교재에 등장하는 주인공들은 인간적 개성을 별로 느낄 수 없는 그러한 모습들이다. 그들의 모습은 중류 · 백인 미국인들의 캐리커처일 뿐이다. 막연하고 딱딱한 인상만 풍기는 이 주인공들은 가족이나 친지에게 마땅히 내보여야 할 존중심도 나타내지 않는다. 이런 공허한 개성의 소유자들이 영어회화 교재에서 주인공들로 등장하기 때문에, 그 속에서는 인간적 교호관계가 차단될 수밖에 없다. 이

점이 바로 영어공부를 가로막는 중요한 장애요인들 가운데 하나이며, 이래서 많은 사람들이 자존심 때문에 영어회화를 기피하게 된다. 이런 문제점은 엄격한 언어훈련을 한다고 할지라도 쉽사리 극복될 수 없다.

그리고 이 문제는 일본이 외국인들을 대하는 데 익숙지 못한 섬나라이기 때문에 생겨난 것이 결코 아니라, 내가 앞에서 계속 거론해 온 영어회화의 이데올로기 때문에 빚어진 것이라 할 수 있다. 영어회화라는 하위문화 바깥에서 영어를 배운 사람들—예컨대 전쟁 이전 영어를 공부한 사람들이라든가 미국으로 인해서 생활하는 사람이라든가 미군기지 같은 데서 일 때문에 영어를 자기도 모르는 사이에 조금씩 익히게 된 노동계급 사람들—이 쓰는 영어는 그 성격이 아주 판이하지만, 더욱이 영어회화 속에 감추어져 있는 이데올로기를 자각하고 그것을 의식적으로 거부하면서 영어를 공부한 사람들의 경우에는 훨씬 더 자연스럽고 원활한 형태의 영어를 사용한다.

영어회화의 세계에서 멀리 떨어져 있는 사람일수록 문화적 장벽이라는 것을 더욱더 찾아보기 힘들다. 예컨대 내가 외국인들과의 접촉이 별로 없는 시골을 가보았을 때, 나는 그곳 사람들이 영어회화의 세계에 있는 사람들보다 훨씬 더 자연스럽고 개방적이고 당당한 태도로 대한다는 것을 알게 되었다. 거기에서는 늘 내가 그들과 똑같은 사람으로 대해졌다. 예컨대 내가 일본음식을 잘 먹는다든가 일본말을 술술 한다든가 해도, 그들은 아무런 놀라움도 나타내지 않는다. 나 역시 같은 사람이라는 사실을 당연시하기 때문이었다.

노동계급의 사람들 역시 그 대다수가 마찬가지다.

다시 한번 분명히 밝히지만 나는 영어회화의 세계가 유용하게 작동할 수 있다는 사실을 부정하는 사람이 아니다. 동시에 나는 서구의 거친 공격으로부터 자국문화의 보다 섬세한 면들을 보호하기 위해 일본인들이 본능적으로 방어자세를 강화시킬 수 있다는 사실도 아주 잘 이해하는 사람이다.

그러나 문제는 일본을 방문하는 영어상용권의 많은 방문객들의 경우는 사정이 나와 다르다는 것이다. 그들한테는 영어회화의 세계가 그들이 마주치는 거의 유일한 일본의 모습이다. 그들은 거의 전적으로 영어를 쓰는 하위문화 속에서 지내기 때문이다. 그래서 그들은 그것이 하위문화라는 사실도 모르며, 그들이 일본적이라고 생각하는 문화와 개성적 특징과 태도가 기실은 영어회화의 이데올로기적 결과라는 사실을 깨닫지 못하게 된다. 이 점이 바로 숙제이다.

그럼에도 불구하고 나는 여기서 서구의 방문자들과 의사소통을 더욱 원활하게 하기 위해 일본인들이 노력해야 한다고 주장할 생각은 없다. 서구인들을 어떻게 대할 것인가 하는 문제는 중요한 것이 아니다. 중요한 것은 영어회화의 이데올로기를 척결하면서 영어를 문화지배의 언어로서가 아니라 아시아와 제3세계의 연대를 위한 언어로 변화시키기 시작해야 한다는 것이다.

영어공부 자체가 추종적 태도에서 자유의 도구로 변화될 때, 일본인들이 느끼는 그 모든 영어에 대한 '특별한 어려움들'이 정말이지 마치 안개가 걷히듯 사라지게 될 것이다. 백인선생들만을 고용하는 외국어학원들에 대해서는 보이콧운동이 전개되어야 한다. 영어를 공부하고자 하는 일본인들은 서로들 앞장서서 동남아시아 사람들과 스터디그룹을 조직하여 아시아의 문화와 역사와 정치 그리고 아시아적 표현을 반영하는 새로운 아시아판 영어를 창출해야 한다. 그리하여 만약 아시아를 방문하는 미국인들이 이 새로운 아시아판 영어를 제대로 못 알아듣겠다고 투덜거리게 된다면 그때는 외국어학원에 나가야 할 사람이 바로 그들이 될 것이다.

(『녹색평론』 31호, 1996)

3

영어의 지배, 어떻게 대응할 것인가

3. 영어의 지배, 어떻게 대응할 것인가

세계화와 영어제국의 논리 이승렬

영어 공용어화/모국어화의 환상과 그 대안 채희락

제국주의 시절의 영어 정책과 영어 공용화에 부치는 몇 가지 단상들 이석호

일본의 영어공용어화론 이연숙

아체베와 응구기: 영어제국주의와 탈식민적 저항의 가능성 이경원

영어, 내 마음의 식민주의 윤지관

세계화와 영어제국의 논리

이승렬[*]

1.

정부는 국제자유도시로 지정된 제주도와 경제특구로 결정된 부산 등 3개 도시에서 2006년부터 영어를 공용어로 사용하기로 결정하였다. 이들 지역에서 영어공용화가 이루어지면 단순히 모든 대중교통 안내표지나 상점의 간판 등에 영어를 병기하는 작업뿐 아니라 행정 서류 등을 영어로 작성하게 되며, 무엇보다도 초·중·고등학교에서 수학·과학·사회 과목 등을 영어로 교육하는 '영어몰입 교육'을 시행하게 된다. 언론과 문화계 등 지식사회에서 영어공용화 논쟁이 벌

---

[*] 『녹색평론』(2005년 11~12월호)에 실린 글을 수정, 보완하였음.
영남대학교 영어영문학과 교수. 주요 논문으로는 「무하마드가 쏘아올린 작은 공: 근대화, 식민지, 유럽의 공포」「해방의 문명사를 위하여: 『해방 전후사의 재인식』을 읽고」「근대문학의 종언, 그후 또는 그 이전에 대하여」 등이 있다.

266

어진 바가 있었지만, 이번에는 정부가 나서서 일부 지역에서나마 실제로 영어공용화를 추진하고 나서니, 영어공용화론을 처음 주장했던 복거일씨는 언론과의 인터뷰에서 영어를 탁월한 세계 표준어로 예찬하며 한국어 쇠퇴가 필연적이라는 말까지 서슴지 않는 실정이다.

한국어야 지구상에서 사라지든 말든, 그게 그렇게 큰일이 아닐지 모른다. 왜냐하면 영어공용화를 추진하겠다는 정부의 취지나 몇몇 전문가들의 의지를 보면 한마디로 '우리나라'를 잘 먹고 잘 사는 나라로 만들어주겠다는 것 아닌가. 그들의 말만 들으면 모든 백성들이 만포고복(灣包鼓腹)하는 요순시대가 도래할 터이지만, 그런데도 과연 그렇게 될지 헷갈릴 때가 많은 것이 사실이다. 영어를 공용어로 하는 필리핀이나 인도 같은 나라들의 형편을 보면, 이런 나라들이 우리가 흔히 생각하는 '선진국'이나 '일류국가'와는 거리가 멀기 때문이다. 더구나 필리핀이나 인도 그리고 싱가포르처럼 영어를 공용어로 사용하는 나라들은 한결같이 다민족 국가로서 제3의 공용어를 필요로 하는 나라들이고 과거에 영어권 제국의 식민지였던 역사적 배경을 가지고 있는 나라들이다.

한국의 경우는 역사적으로 보나 언어현실을 둘러보나 공용어로서 한국어 이외에 영어를 따로 사용해야 할 이유가 없다. 그럼에도 불구하고 '일류국가'가 되기 위해서는 영어를 공용어로 사용해야 된다는 주장이 끊이질 않고 심지어는 정부가 앞장서서 영어의 공용어화를 추진하는 형편이니, 영어가 우리 사회에서 차지하는 위치나 정치적 기능 같은 것을 좀 깊이 있게 따져보아야 그런 주장과 정책이 나오는 진짜 이유를 가늠해 볼 수 있을 것 같다.

한국사회에서 영어의 중요성이 인식되어 그 매혹의 빛을 발하기 시작한 것은 사실상 서구의 근대적 문물을 받아들이게 되는 구한말의 상황에서부터였다. 1880년대 서세동점의 파고 앞에 조선의 국운이 기울어갈 때 개화론자로서 근대의 문물에 관한 지식을 통해서 다시 나라를 일으켜 세워보려는 노력을 기울였던 윤치호의 예를 들어보자. 최초의 근대적 지식인이라고 할 수 있는 윤치호는 근대인이 되기 위한 피나는 노력의 일환으로 미국으로 유학을 간 1883년부터 장장 60년간을 영어로 일기를 썼다.

40권의 서구 고전서적이 등장하기도 하는 그의 일기장에 자신의 공적인 활동과 약소민족의 아픔 그리고 지인들의 생각까지 고스란히 영어로 담아놓는 태도에서 우리는 윤치호가 영어를 근대화에서 뒤쳐진 민족의 현실을 극복할 수 있는 중요한 매개수단으로 믿었음을 짐작할 수 있다. 알려져 있다시피, 후에 윤치호는 서구인들이 비서구인한테 갖고 있는 뿌리 깊은 인종차별주의를 깨달으면서 일제 말 친일인사로 변신한다.

오늘날 친일파로 분류되는 다수의 당시 '민족지도자'들과 마찬가지로 윤치호가 친일행적을 남기게 된 것은 일본에 기대는 것이 민족의 번영에 도움이 될 것이라는 믿음 때문이었다. 더구나 박노자가 지적했듯이, 윤치호가 노골적으로 친일 행보를 보이기 이전에 서재필과 함께 주축을 이루었던 독립협회의 민족주의 이념도 결국 어떻게 하면 '진보된 서양'과 '개화된 일본'을 닮아가느냐 하는 문제가 그 핵심을 이루었다.

당시 유럽이나 일본 제국이 저지르는 폭력적 행태에 대해서는 비판적이지만, 이러한 비판의 과정에서 태동한 근대 민족주의가 궁극적으로 지향하는 정치적 모델이 바로 그 제국이었다는 점은 오늘날 시사하는 바가 크다. 윤치호가 영어를 그토록 배우고 익히기를 열망하고 친일 행적을 남기게 된 것은, 말하자면 한국 근대사를 '뒤쳐진' 동양의 역사에서 벗어나게 하고픈 윤치호의 근대적 욕망 때문이었다. 그러나 윤치호는 민족이 해방을 맞은 4개월 후, 자신의 친일 행적이 발각나자 스스로 목숨을 끊는 것으로 생을 마감해야만 했다.

알다시피, 해방 이후 한국사회에서 영어를 배우고 사용해야 되는 필요는 사실상 사회의 모든 부문이 미국의 지대한 영향 아래에 미국적 방식으로 한국사회가 재편되는 역사적 국면과 밀접한 관련이 있다. 한국이 제2차 세계대전 후 미국적인 사회로 재구성되는 '한국의 미국화' 현상은 종전 후 미국의 세계지배 전략이 그 이전의 식민주의를 표방하는 유럽제국들과 질적으로 다름을 명분으로 내세우고 있다는 사실과 맞물려 있다. 식민주의 시대에 제국은 무력을 이용하여 영토를 점령하고, 그렇게 만들어진 식민지와 제국이 맺고 있던 관계는 수탈과 착취의 관계이다.

거기에 비해 미국은 지배하려는 나라의 자발성에 호소한다. 미국식 경제 개발과 성장 정책이 가난의 굴레로부터 벗어나게 해줄 것이라는 믿음을 심어주는 최초의 공식적인 발언을 세계를 향해 한 사람이 해리 트루먼 대통령이다. 해리 트루먼 대통령은 1949년의 유명한 대통령 취임연설에서, 제국에 의한 강압적인 식민주의 시대는 종식됐으며 이에 대한 대안으로 세계의 저개발지역 주민들이 미국의 과학과 산업의 물질적 수혜를 볼 수 있도록 미국의 지식과 과학기술을 그 지역의 국가와 주민들에게 보급해야 된다고 역설했다.

미국은 새로운 식민영토를 만들려 하지 않는다. 대신 미국은 미국식 자본주의 경제양식을 채택하지 않은 나라들을 '저개발' 국가로 분류하고 개발과 성장 정책을 지원함으로써 단일한 생산과 소비 형태를 지니고 있는 나라들을 만들어내는 데 노력을 기울여왔다. 이런 식의 노력은 결국 미국의 상품과 자본 시장의 확장을 의미하는 것으로, 굳이 억압적인 무력수단을 동원하지 않더라도 세계 각국은 '선진적으로 발전한' 국가가 되기 위해서 미국의 지배력을 자발적으로 받아들이는 환경이 조성돼 왔다. 이렇게 완전히 새로워 보이는 제국의 지배방식을 네그리와 하트는 '제국의 탈영토화'라고 부른다. 바로 이런 의미에서 네그리와 하트는 제국주의는 끝났어도 제국은 존재한다고 말했던 것이다.

세상 어디에도 지배자가 피지배자의 자발성에만 호소하여 완전한 지배를 이룰 수 있는 경우는 없는 것이 사실인 만큼 미국의 세계지배 전략이 항상 성공적인 것도 아니고, 따라서 '제국의 탈영토화'라는 개념도 언제나 현실에 들어맞는 것은 아니다. 그러나 한국사회에서 영어가 수행하는 정치적 기능과 한국사회가 작동하는 방식 사이에는 분명한 관계가 있는데, 이는 미국이라는 제국의 세계지배 전략과 맞닿아 있다.

말하자면 영어의 구사능력이나 영어인증시험에서의 고득점 취득 능력이 한국사회에서 커다란 상징권력으로 기능한다면, 그것들은 이 땅을 군사적으로 또는 정치적으로 점령하지는 않았지만 분명히 이곳에 있는 미국이라는 제국의 존재를 드러내주는 지표 같은 것으로 볼 수 있을 것이다. 그래서 한국사회에서 영어는 단순히 하나의 외국어가 아니라 '영어제국'이라고 불러볼 수도 있지 않을까 생각해 본다.

한국에서 영어제국의 주춧돌은 어떻게 놓였는가? 해방 이후 미국의 직접적인 영향력 아래서 남한사회의 지배세력이 형성되는 과정과 영어보급이 불가분의 관계에 놓여 있음은 말할 필요도 없다. 한미재단, 풀브라이트 커미션, 동서문화센터, 미공보원 등을 통해 한국의 무수한 젊은 인재들을 미국에서 교육시킨 후 다시 한국에서 여론주도층의 역할을 하게 하는 과정에서, 영어는 한국사회에서 엘리트의 표증으로 기능했다. 미국의 정부와 사회단체의 후원 아래 미국에서 영어와 미국의 개발정책을 교육받고 한국으로 돌아온 친미 엘리트들은 한국의 국가조직 중추에 포진하며 이들의 생각과 언어가 대다수 한국인의 의식구조에 큰 영향을 끼치게 된다. 권력의 절차적 정당성은 이들 엘리트들로부터 비롯됐다고 해도 과언은 아닐 것이다.

한국사회에서의 영어의 매혹은 이러한 역사적·사회적 배경을 두고 영어가 이 땅에서 지배적인 이념의 전달자로 자리 잡게 됐다는 데서 비롯되었다.

3.

지금까지 살펴본 바와 같이 영어의 중요성이 강조되기 시작한 것은 해방 직후, 그보다 거슬러 올라간다면 구한말 한반도가 서구 열강을 만나면서부터였지만, 1990년대에 들어서 영어는 그 이전과 좀더 다른 차원에서 한국사회의 여러 층위에서 특별한 위치를 차지하게 된다. 1990년대 이전까지만 하더라도 한국에서 영어를 배운다는 것은, 적어도 지식대중들에게는 영어를 통해서 무언가 조국의 권위주의적·봉건적 질서를 해체시키고 보다 합리적인 계몽의 정신이 깃들인 문화를 이 땅에 소개하고자 하는 지식인 주도의 계몽주의적 비전을 담고 있었다. 그에 비해 1990년 이후의 경우는 보다 '실용적'인 이유가 강조되었다.

1990년대 한국사회는 경제협력개발기구(OECD) 가입과 뒤이어 찾아온 IMF사태를 맞아 세계화라는 이름으로 밖으로는 시장의 개방화, 안으로는 노동시장의 유연화라는 소용돌이 속에 휘말려들게 되었다. 사람들은 일터에서 쫓겨나고 상품화의 가능성이 없는 어떤 능력이나 사물들은 제자리를 지키며 존재할 수 없는 상황이 우리의 눈앞에 펼쳐졌다.

이러한 상황 속에서 1990년대 이전까지만 하더라도 한국사회에서 영어가 학습되고 사용되던 중요한 의의 중 하나였던 영미권 혹은 서구의 철학·예술·인문 사상과의 만남이라고 하는 영어학습의 층위가 1990년대 이후에는 급속도로 사라지게 되었다. 이는 1990년대 이후 영어 이외의 다른 외국어에 대한 필요성이 별로 없는 것처럼 인식되는 사회적 분위기와 긴밀하게 맞물려 있다.

1990년 이전까지 대학생들을 포함한 지식대중들에게 중요했던 영어와 그 이후 강조되는 이른바 '실용영어' 사이에는 영어 그 자체로도 큰 차이를 지니고 있지만 영어의 사회적 기능과 역할에서도 큰 차이를 확인할 수 있다. 인문학적 사상과 문학 등의 고급 내용을 전달하는 영어는 한국사회에서 그 내용을 학습하고 토론하는 데 유용한 매체로 사용되었다. 말하자면 영어는 서구의 것과 우리의 것 사이에 거리를 확보하고 그 틈에서 대화를 가능하게 해주는 중간자적 역할을 떠맡고 있었다.

이에 비해 1990년대에 들어서는 확실히 영어에 대한 강조점에 변화가 생겼다. 세계화의 추세 속에 보다 실용적인 영어가 중요하다는 인식이 사회적으로 번져나갔다. 바꿔 말하자면, 이 시점에서 사람들은 자신이 생각한 바를 영어로 표현하고 의사소통할 수 있는 능력이 매우 중요하다고 여기게 되었다. 영어의 중간자적 역할과 비교해 볼 때, 의사소통 기술로서의 영어 구사는 타자와 주체의 거리를 소멸시켰다는 차이점이 크게 두드러진다. 이때부터 영어공부는 영어를 통해서 타자의 것을 배워오고 타자의 눈을 통해서 우리의 것을 돌아본다는 성찰적 기능을 상실했다.

단순히 의사소통 기술 습득으로서의 영어학습은 거의 전적으로 기업의 요구가 일방적으로 관철된 결과로 나타난 현상이다. 말하자면 영어로 의사소통 행위를 하는 것을 강조하게 된 배경을 살펴보면, 1990년대 한국사회에서 경제가 차지하는 공간이 그만큼 확장되어 사회 전체를 지배하기에 이르렀다는 점이 크게 작용했다. 기업의 세계화가 강화되면서 한국 사회구성체의 균형이 극적으로 깨져버린 것이다.

미국이 전지구적 규모로 추진한 기업의 세계화(corporate

globalization) 격류 속에 휩쓸린 한국은 모든 우선권을 경제영역에 내주어야 하는 처지에 몰리게 됐다. 이로써 노동조합, 공교육, 농촌공동체 같은 다른 사회적 공간들은 기업과 자본 중심의 경제에 의해 압도되는 결과가 나타났다. 노동조합의 외형은 커졌는지 모르지만 노동시장의 유연화 정책으로 전체 노동자의 절반은 비정규직 노동자로 전락했고, 공교육은 기업이 요구하는 경쟁력 있는 자원의 양성소로 변질됐으며 그마저도 사교육 시장의 확장에 따라 그 존재 의의를 찾기가 힘들 지경이 되었다. 농촌의 경우 상황은 더욱 심각하다. 한국의 농촌마을은 황폐해질 대로 황폐해져 더 이상 현대인들이 돌아가 진정 땀을 흘릴 수 있는 터전이 아니다. 그런 곳은 이제 존재하지 않는다. 한국의 식량자급률은 25% 정도밖에는 되지 않고, 식량의 대부분을 카길 같은 미국의 다국적 곡물회사를 통해서 사들이고 있는 실정이다.

세계화는 미국이 일찍이 약속한 세계개발론의 연장이며, 기업과 자본의 세계화의 결과에서 보듯이 그 실체는 새로운 형태의 식민주의에 지나지 않는다. 짧지 않은 세월 민족의 자주와 민주주의의 실현을 외치며 싸운 결과 형성된 현재의 한국사회가 흘러가는 방향을 보면, 오히려 경제 제일주의와 시장 만능주의로 표현되는 새로운 모습의 식민화가 더욱 심화되고 있다는 우려를 지울 수 없다. 이제 우리가 좀더 섬세한 눈으로 지켜봐야 할 점은 세계화는 전일적인 형태로 그 지배력을 강화하려 한다는 사실이다.

기업, 학교, 병원, 군대 그리고 심지어는 종교기관에 이르기까지 사회적 제도 자체가 차별, 불평등 그리고 자연과 배치되는 삶을 제도적으로 조직해 나간다는 점에 주목해야 할 것이다. 여기서 우리가 제기해야 되는 질문은 경쟁이라는 방식 위에서 합리적이고 이성적인 이윤추구를 해나가는 것이 과연 인간의 근원적인 본성에 맞는 일인가 하는 물음이다.

이러한 관점에서 현재와 같은 가장 순수한 형태의 자본주의 체제— 우리가 신자유주의 체제라고 부르는—를 바라보면, 이렇게 합리성과 이성으로 포장된 근대화에 대한 믿음은 단순히 이데올로기에 지나지 않음을 쉽사리 알 수 있다. 왜냐하면 흔히 사회의 안전판 구실을 한다는 중산층의 소비주의 이데올로기의 관점에 서기 전에는 보통의 사람들에게 근대시장의 메커니즘의 원리인 경쟁을 자연스런 삶의 원리로 받아들이기 힘들기 때문이다.

가족간의 사랑, 연인간의 사랑, 친구와의 우정, 사회적 명예에 대한 존중심과 같은 개인적 감정에 기초한 행동과 인간관계는 결코 추상적 주체들 사이의 경쟁이라는 개념으로는 설명이 되지 않는 사회적 요소이다. 문제는 경쟁의 원리 위에 서 있는 시장 메커니즘이 강화됨에 따라서 사랑·우정·명예에 기초한 인간관계와 제도가 붕괴되면서 사람과 사람의 관계는 감정이나 열정에 기초하지 않은 추상적 관계로 전락해 버렸다는 점이다.

시장의 무한확장과 압도적 지배력으로 인해 기능적 인간관계가 지배하는 사회에서는, 역사적 맥락과 문화적 토양 위에서 배양된 인간의 언어가 아니라 유일하고 보편적인 원칙으로 숭상되는 시장의 언어가 필요할 뿐이다. 미묘한 감정의 변화나 새로운 비전을 형상화하기 위한 섬세하고 창의적인 상상력의 언어가 숨 쉴 수 있는 사회적 공간은 현재 급격하게 위축되고 있는 과정에 있다. 바로 이런 의미에서 언어의 죽음이 예감되는 시대의 비극성 위에 시장의 언어로서 그 화려한 꽃을 피운 언어가 바로 영어인 것이다.

4.

1990년대 한국사회에서 영어가 더 이상 외국어가 아닌, 공용어로서의 위치를 차지하기 위한 움직임이 점차 강해지는 배경에는 이런 사회언어학적 맥락이 깔려 있다. 한국사회에서 영어공용화론은 세계화된 자본의 논리를 강화시키는 강력한 계기로 기능을 하고 있다. 그런데 이런 논리는 구한말의 제국주의 시대에 그랬던 것처럼 "강하고 우월한 민족국가의 건설을 위해서"라는 도착된 민족주의 담론의 기초 위에 서 있다는 점을 확인할 필요가 있다.

영어공용화론을 폈던 대표적인 논객, 소설가 복거일의 주장은 일견 제국 대 민족의 이분법 논리에 기초하고 있는 것처럼 보인다.

지금 세계는 단순한 민족국가들의 조합은 아니며 주권국가들을 넘어서는 초국가적 질서가 자리 잡았다는 사실을 부인할 사람도 드물 터이다. 정치적으로는 '국제연합'을 비롯한 국제기구들이 나름의 몫을 하고 있다. 경제적으로는 우리가 이번에 아프게 경험한 것처럼, 국경은 상당히 낮고 성기어졌으며, '세계무역기구'나 '국제통화기금'과 같은 국제기구들이 중앙정부 노릇을 어느 정도 하고 있

다. 과학, 기술, 예술, 종교와 같은 분야들에선 국적은 이미 큰 고려사
항이 아니다.

　복거일이 『조선일보』를 통해서 밝힌 영어공용화 필요성의 배경이
다. 여기서 복거일은 민족이나 국경을 뛰어넘는 제국의 질서 아래 한
국의 정치·경제·문화 등 모든 것이 전일적인 형태로 해체될 형편에
놓여 있다는 것을 강조한다. 민족의 고유 언어를 고수하기보다는 영
어를 공용어로 사용하는 것이 이렇듯 세계화된 세상에서는 훨씬 유리
하다는 것이다.

　복거일은 사람은 누구나 본질적으로 민족주의자라는 말을 한 적이
있다. 한국어 소멸의 필연성을 이야기하는 그가 이런 말을 한다는 것
은 얼핏 모순되어 보이지만, 그의 탈민족 논의가 사실은 최고의 민족,
강한 민족을 추구하는 어떤 형태의 민족주의의 모습을 하고 있다는
점을 생각하면 이해할 수 있는 발언이다.

　실제로 『조선일보』 지면을 중심으로 이루어진 영어공용화론을 살
펴보면 얼핏 생각하듯 단순히 세계주의 대 민족주의 대립구도로 진행
된 논의가 아니다. 그것은, 말하자면 배타적 민족주의의 반대항에 놓
이는 실용적 민족주의 담론에 기초한 논의였다. 영어공용화를 받아들
이지 못하는 사람들의 의식은 국경과 국적이 아무런 의미를 갖지 못
하는 세계화된 세상을 이해하지 못하여 시대에 뒤쳐진 배타적 민족주
의에 기울어져 있는 반면에, 영어공용화를 통해서 세계화의 흐름을
타고 민족의 이익을 극대화하여 앞서 있는 미국과 서구를 '따라잡자
는 것'은 실용적 민족주의자들이 취해야 될 태도라는 것이다.

조금만 더 허리띠를 졸라매고 달리면 선진 조국이 달성되고 그렇게 되면 1인당 국민총생산액 몇만 달러에 이를 것이고 우리도 마침내 개발선진국을 따라잡을 수 있을 것이라는 익숙한 약속은 지금도 대다수 시민들의 골수 깊숙이 박혀 있는 자기 확신 또는 최면 같은 것이다. 미국이 애초 약속한 과학기술과 경제개발의 이식이 비정규직 노동자와 농민 같은 최하위 계층을 양산하는 역사적 계기이며, 대다수의 도시거주 중산층들에게 만성적인 불안과 소외를 야기하며 뿌리 뽑힌 삶을 강요하는 근본 원인이라는 점에 대해 발본적인 성찰이 필요한 시점이 바로 지금이다. 지금은 하늘에 구멍이 생기고 땅이 꺼지고 바다의 물이 차오르는 것처럼 온 세상의 근본이 허공을 향해 뒤집혀 있는 세상이기 때문이다.

영어공용화론을 주장하는 문학평론가 정과리는 영어라는 도구를 이용하여 세계체제 내의 능동적인 참여자로서 새로운 역사를 시작하자고 주장한다. 지금과 같은 세계체제가 강화되면 될수록 사람살이의 토대는 더욱 허물어질 것이고 그러한 세계화에 더욱 능동적으로 참여하겠다는 것은 스스로의 삶의 기본을 더 망가뜨리겠다는 자학적인 결단일 뿐이다. 정과리는 다른 한편으로 세계화 추세를 거스르려는 민족주의적 태도를 원리 민족주의라는 용어를 사용하여 비판한다. 세계화는 거스를 수 없는 것이고 미국이 그 대세의 중심에 서 있으니 그들의 언어부터 우리의 것으로 받아들여 중심에 최대한 가까이 서도록 노력하자는 것이다. 이광수와 윤치호가 친일을 결심하게 되는 계기와 똑같은 '구국의 결단'이다. 지배자의 힘에 대한 숭상과 모방이 근대화의 역사 한 세기 만에 이제는 자신의 언어까지 버려가면서 지배자의 모습과 정신을 닮아가자는 주장으로까지 발전해 온 것이다.

민족적인 어떤 것이 중요하다면 그것은 가장 민족적인 것이 가장 세계적이라는 관광상품의 논리를 통해서 그 중요성을 확인할 것이 아니다. 그것은 근대화에 의해 뿌리가 뽑히기 이전의 '민족'의 모습이야말로 현재 우리들 삶의 천박함과 왜소함을 비추어주는 거울이기 때문에 중요할 것이다. 민족 내부의 토착사회가 지니고 있는 마을공동체의 전통은 산업화 된 사회부문에 종사하는 수많은 민족구성원들의 삶의 모습에 대한 성찰적 반성의 자료가 된다. 원리 민족주의니 배타적 민족주의니 하면서 이상한 형용어와 이즘을 붙이기 이전의 민족 풀뿌리조직의 원리야말로 공용어인 한국어 속에 내장된 철학인 것이다.

민족의 생존을 위해서 채택하고자 한다는 실용적 민족주의의 명분 앞에서 사실 대다수의 한국인들은 수긍을 하는 편이다. 대중정치인들이 자신들의 표를 위하여 실용주의 노선에 기꺼이 동참하는 것은 물론 심지어는 비판적 지식인들까지도 실용주의 국가개발 정책에 대해 보다 근원적이고 본질적인 비판을 제기하지 못하고 있는 형편이다. 한국사회는 얼핏 보기에 지난 50년간 미국을 등에 업고 한국사회를 지배해 오던 수구냉전 세력이 퇴조하고 보다 자주적인 입장에서 민족통일과 절차적 민주주의 완성 등을 추구하는 진보적인 세력이 점점 커나가는 것처럼 보인다. 그러나 실용주의를 통한 민족의 번영 논리 앞에서는 수구나 진보 모두 본질적으로 아무런 차이도 보여주지 못하고 있는 것이 한국의 현실이다.

5.

실용의 논리 앞에서 진보와 보수의 차이가 아무런 의미도 없어져 버리는 현상은 현재 전세계적 현상이지만 한국의 경우는 그 역사적 배경에서 나름의 특수성을 지니고 있다. 그것은 한국 안에서의 제 국건설에 과거 친일 식민세력이 동원되었다는 점이다. 우리 모두가 알다시피 한국 안의 친미적 중추세력은 상당수 과거 친일세력이 그 외형적 모습만 바꾸고 권세를 계속 누려왔다. 영어공용화론을 지펴 나갔던 『조선일보』의 경우도 친일과 친미의 연결을 통해서 오늘의 영향력을 만들어왔다.

그런데 여기서 주목해 봐야 할 점은 『조선일보』가 영어공용화론 의 정당성을 부각시키기 위해 일본의 경우를 적극적으로 내세웠다 는 사실이다. 일본 정치지도자들의 미숙한 영어가 얼마나 일본 국 익에 불리하게 작용하고 있는지, 오부치 게이조 같은 일본 수상은 이를 타개하기 위해 영어를 일본에서 공용화하기 위해 얼마나 노력 하고 있는지 등을 소상하게 보도하면서 "일본인들이 하고 있는 일 을 한국인들은 당연히 해야 한다"는 식의 논조를 폈다.

한국사회의 문화적 정체성을 근본에서부터 흔들어놓을 수 있는 영어공용화를 주장하면서 너무나도 간단히 '일본 따라하기' 전략을 내세워 효과를 기대한다는 것은 그만큼 한국사회 내부의 식민지 잔 재가 아직 청산되지 않고 있다는 증거인 것은 분명하다. 그리고 식 민지 시대를 거치면서 지금까지 일본은 한국 근대화의 모델이었다. 여기서 좀더 눈여겨보아야 할 것은 한국사회에서 일본 식민지 잔재가 문제라면, 일본의 식민정책을 타고 들어온 서구화 현상은 '잔재' 정도가 아니라 한국의 영토 전체와 우리의 의식구조를 점령해 버린 너무나 거대한 버섯구름 같은 것이 아니겠냐 하는 점이다.

동아시아에서 근대화가 어떻게 전개되었는지를 살펴보면, 한국·중국과 비교해 볼 때 일본은 유럽이나 미국의 근대화 시간표에 크게 뒤쳐지지 않았다는 사실을 알 수 있다. 단순 연대기적 시간표만 보더라도 미국의 본격적인 근대화를 촉진시킨 남북전쟁(1861~65)과 미국의 페리 제독에 의한 강제개국(1853)에 이은 메이지 유신이 거의 같은 시기에 진행되었음을 알 수 있다. 단순히 연대기상의 시간표 이상으로 중국이나 한국과 비교할 때, 일본사회에서 진행된 근대화의 질을 생각하면 일본은 사실상 서구에 의한 아시아 근대화 프로젝트의 첨병 구실을 했음을 알 수 있다. 일본이 미국에 의해 강제 개국되고 여러 형태의 불평등조약을 받아들인 채, 메이지 유신을 통해 근대화의 길에 들어서면서 일본은 이미 자신들이 미국에 의해 강요된 것을 조선에 그대로 적용할 계획을 갖고 있었다. 당시 일본 조야에 팽배해 있었던 정한론(征韓論)이 이를 잘 말해 준다. 실제로 1876년 한국이 일본과 맺은 병자수호조약은 일본이 1853년 미국과 불평등한 관계 속에서 맺을 수밖에 없었던 미일통상조약의 복사본이었다.

일본 식민지배자들의 통치 아래서 형성된 철도, 근대적인 관료체제, 산업적인 경제체제 같은 근대성이 깃들인 하부구조는 궁극적으로 미 제국주의의 촉수가 한반도까지 뻗어나올 수 있게 하는 토대가 되었다. 일본인들에 의한 식민통치와 한국의 근대화 관계를 이와 같은 관점에서 본다면, 일본 식민시대가 한국 근대화의 출발점이 되었느냐 여부를 논의하는 것 이상으로 중요한 것은 '한국영토 내 제국'의 건설에 일본이라는 국민국가가 어떤 기능을 하고 있는가를 살펴보는 것이 보다 현실적이고 정치적인 토론주제가 될 것이다.

가령 일제에 의해 건설된 조선의 식민경제에 대한 논의에서 중요한 점은 일본의 조선지배가 한국의 근대화에 얼마나 기여했느냐 여부에 있지 않다. 식민통치와 관련하여 진정으로 제기해야 될 쟁점은 식민통치로 인해서 한국의 풀뿌리 민중들이 자신의 토지와 토착문화에서 쫓겨나 자본 중심적 경제에 편입되는 과정을 살펴보고 이러한 과정의 강제적 성격을 규명하는 일일 것이다(예컨대 더글러스 러미스 같은 정치학자는 자본 중심의 근대경제가 토착사회를 해체시키고 그에 따라 풀뿌리 민중들의 삶이 뿌리 뽑히는 과정이 결코 근대에 매혹된 민중들 자신의 자발적인 의지에 의해서 이루어진 것이 아니라, 본질적인 의미에서의 강제노동에 의해서 이루어졌다는 것을 밝힌 바 있다. 아울러 박천홍 같은 역사학자는 일제의 식민체제 아래서 철도가 건설되는 과정에서 수많은 농촌의 민중들이 땅을 빼앗기고, 그에 따라 당시의 토착경제가 붕괴되며 이들이 부랑자로 전락하는 과정을 그려 보이고 있다).

이러한 문제의식을 가지고 해방 후 한국 현대사를 돌아보면, 미군정이 일제 치하의 친일 관리들과 각계각층의 인사들을 지지하여 그들의 자리를 지켜준 것은 당시 근대화의 역사적 단계에서 결코 우연이 아니었다. 이제 일제 식민지 역사에서 친일의 행적을 보여준 인사들의 생물학적 나이와 지난 50년간 한국사회에서 축적된 자주적 주권을 확보하기 위한 민중들의 싸움의 결과로 점차 한국 내

식민지 역사의 흔적이 사라져 가고 있지만, 아직도 한미일 안보동맹의 수직적 권력구조와 여전히 여론시장에 막대한 지분을 가지고 있는 보수언론의 존재에서도 알 수 있듯이 일본은 여전히 한반도 내에서 세계제국이 기능하는 데 일정한 역할을 하고 있는 것이 사실이다.

바로 이런 의미에서, 영어의 공용화 주장이 일본과 한국에서 거의 동시에 제기됐으며 일본의 경우를 지렛대로 삼으려 하는 움직임이 한국에서 있는 것 또한 우연이 아니다.

여기서 잠깐 얼마 전 한국에서도 개봉되어 적지 않은 관객들을 동원한〈라스트 사무라이〉라는 할리우드 영화를 생각해 보기로 하자. 왜냐하면 이 영화는 영화 속 내용과 영화의 맥락, 말하자면 영화의 안과 밖 경계를 넘나들며 미국—일본—한국의 문화적 동맹관계와 이 관계를 맺어주는 영어의 역할을 생각해 보게 하는 영화이기 때문이다.

이 영화의 기본 골격을 이루는 주요 인물은 메이지 시대의 사무라이 가츠모토와 남북전쟁과 인디언 토벌전쟁으로 인해 정신이 피폐해진 미국인 장교 알그렌이다. 전장에서 돌아와 황폐해진 정신을 가누지 못한 채 술로 세월을 보내던 알그렌은 메이지 시대 일본군의 근대화 프로젝트에 참여해 일본군을 훈련시킬 기회를 갖게 된다. 그는 일본군의 근대화를 반대하며 저항하는 전통무사 가츠모토와 일전을 겨루던 중 생포되어 일본의 향리에서 일본의 전통 사무라이들과 마을사람들과 더불어 살아간다. 그러던 중 알그렌은 점차 가츠모토를 비롯한 사무라이들과 일본의 전통적 삶의 스타일에 매료되면서 자신의 영혼이 치유되어 감을 발견하게 된다.

알그렌이 정신적으로 새로운 삶을 살아가게 되는 과정에, 이 영화 전체의 어떤 메시지가 깔려 있음은 말할 필요도 없다. 학살과 살육을 일삼는 미국군대의 폭력성과 일본의 전통무예의 예술성을 극단적으로 대비시켜 놓는 영화 서사상의 대조가 우선 눈에 들어오고, 그 차이에서 알그렌이 구원의 가능성을 찾았다는 의사(擬寫)오리엔탈리즘적 메시지가 이 영화 속에 들어 있음은 분명하다. 그러나 겉으로 드러난 영화의 메시지 이외에 이 영화에는 영화를 이끌고 있는 서사의 언어 속에 그와 다른 차원의 메시지가 들어 있다. 제국주의 세력에 의한 서세동점 추세 속에서 처음으로 맞부딪친 동서양의 만남을 통해 무엇을 서로 주고받았는가? 영화는 이에 대해 무엇을 말하는가?

알그렌이 가츠모토와의 전투에서 죽기 직전 죽임을 당하지 않고 생포될 수 있었던 이유는 사실 이 영화의 서사에서 가장 어색하고 낯선 부분이다. 가츠모토는 전투중 여동생의 남편을 살해한 알그렌을 살려주는데, 그 이유는 '영어를 배우기' 위해서이다. 이 영화에서 가츠모토가 '전근대의 몰락'을 상징한다면 알그렌은 '근대의 상처'를 상징한다고 볼 수 있다. 그러나 이 두 인물이 단순히 대립적인 구조가 아니라 서로 보완적 성격을 띨 수 있는 이유는 이들이 주고받는 문화적 내용물 때문이다. 알그렌은 가츠모토로부터 동양적 미덕을 배운다. 가츠모토는 반대로 알그렌으로부터 현대전의 과학적 전술을 배운다. 영화는 얼핏 '제국의 시대'에는 이렇듯 대립이 아니라 공정한 교류와 대화가 중요하다는 점을 말하는 듯하다.

그러나 이들의 문화적 교류를 가능하게 해주는 매체가 바로 제국의 언어인 영어다. 가츠모토의 매력은 자신이 사무라이의 전통적 정신인 명예, 자기희생, 순수성의 가치를 구현하고 있는 인물이라는 점이다. 거기다 그는 영어까지 잘한다. 얼마나 매력적인가. 가츠모토의 영어 구사력이 없었으면 알그렌에게 변화가 일어날 수 있었을까? 알그렌의 과학정신도 영어를 매개로 가츠모토에게 전달된다. 영어를 통한 의사소통 기술이 문화의 교류에 절대적 위치를 차지함을 알 수 있다. 그러나 영화 속에서의 영어의 절대적 위치는 일본어와의 비교에서 상대적 우위를 지킴으로써 유지된다.

알그렌의 정신적 상처는 알그렌 자신이 애초 타문화권의 존재에 대해 열린 마음의 소유자였기 때문에 생겨난 것이었다. 알그렌은 실제로 인디언의 언어도 익숙하게 구사하는 사람으로 묘사되기도 한다. 그러나 알그렌은 일본에서 가츠모토 여동생과 사랑을 나누게 되는 순간에는 그의 뛰어난 언어소질이 별로 발휘되지 않는다. 알그렌이 할 줄 아는 일본어는 간단하고 단순하다.

가츠모토가 영어를 배우기 위해 알그렌을 살려주는 것만큼이나 알그렌이 일본어를 배우지 않는 것은 타문화와의 교류가 필수적인 상황에 비추어볼 때 이해하기 어렵다. 더구나 일본의 향리에서 살면서 일본의 전통문화에 매료되어 정신적 구원을 얻게 된다는 미국인의 상황을 감안해 보면 알그렌의 서툴기 그지없는 일본어 구사력은 참으로 이해하기 어렵다. 서사상의 결점은 서사의 이데올로기를 드러내 보여주는 서사의 아킬레스건이다.

영화는 전통적인 사무라이의 저항을 제압하기 위해 마을로 침입해 들어오는 정부군과의 일전에서 클라이맥스를 이룬다. 알그렌은 '현대적'인 군사전략을 가츠모토에게 알려주고 마침내 알그렌의 도움으로 사무라이들의 마을은 화를 면하고 보존된다. 결국 이 영화의 절정 부분이 우리에게 말해 주는 것은 일본의 전통적 가치를 보전시켜 주는 것은 서구의 군사과학이며, 이를 가능하게 하는 것은 바로 영어로 이루어지는 효과적인 의사소통 기술이라는 점이다. 강한 민족이 되고 싶으면 영어를 자유자재로 구사할 수 있어야 된다는 영어 공용화론자들의 주장과 닮은 메시지가 영화 속에 내장돼 있음을 알 수 있다.

미국의 할리우드 영화 〈라스트 사무라이〉는 영화를 통해 일본의 상황을 빗대어 한국의 관객들을 설득하는 절차를 밟고 있다. 더구나 영화 속의 매력남 가츠모토가 사실은 역사 속 실제인물 사이고 다카모리를 모델로 하고 있으며, 이 인물은 메이지 시대 때 대표적인 정한론자로서 지금까지도 일본의 보수우익들로부터 존경을 받고 있는 인물이라는 사실에 생각이 미치면, 더욱 이 영화의 정치적 성격을 여러 각도에서 생각해 보게 된다.

정한론이 '제국주의 시대'의 정치학이었다면 영어공용화론은 '제국시대'의 정치학이다. 적어도 한국관객이 이 영화를 보면서 느낄 수 있는 것은 제국시대의 정치학이 아무리 세계화의 빛과 매혹에 눈먼 보통시민들의 맹목적 자발성 때문에 성립되는 것처럼 보인다 하더라도, 그 뒤에는 제국주의적 강압과 힘이 도사리고 있다는 사실이다.

6.

전국은 지금 영어광풍이라는 말이 실감날 만큼 한국의 젊은이들은 실용영어 공부에 매달리고 있다. 대학당국도 앞장서 대학의 교양영어를 실용영어 위주로 가르칠 것을 독려하고 있다. 그러나 필자가 보기에 이와 같은 실용영어 공부의 열풍은 별로 실용적이지 못하다. 여기서 실용영어라 함은 듣기·말하기·작문 교육을 지칭하는 말이지만 이를 제대로 뒷받침해 줄 수 있는 인프라를 갖춘 대학은 거의 없는 것으로 보인다.

이런 수업이 제대로 효과를 거두기 위해서는 반드시 20명 미만의 교실 규모에, 학생 수준별 분반이 필수적이며, 이 또한 1~2학기만으로는 효과를 거둘 수 없으므로 거의 대학 전기간 동안 이런 수업을 진행해야 할 텐데, 전세계의 어느 대학을 둘러보아도 이런 조건을 만족시키는 대학은 없을 것 같다.

더구나 대부분의 학생들이 많은 시간을 할애해 공부하는 토플이나 토익 같은 시험 문제풀이 연습서가 실제 영어실력을 보증해 주지 못한다는 것은 자명한 사실이다. 그럼에도 진학, 취직, 진급 등 삶의 고비마다 사회의 각 기관에서 빠뜨리지 않고 요구하는 것이 시험점수 또는 등급이다. 이렇게 이해하기 어려운 상황은 도대체 우리에게 무엇을 의미하는가? 토플이나 토익 시험은 한국사회에서 통과의례나 종교적 의식 같은 것이 되어버렸다. 영어는 더 이상 한국인들에게 실재가 아니다. 그것은 이데올로기다. 동시에 그것은 권력의 기제이기도 하다.

한국사회에서 영어 구사력은 그 자체가 사회적 지위와 부를 획득하고 축적할 수 있는 일종의 자본인 셈이다. 영어는 부르디외가 말하는 상징자본의 기능을 하고 있다고 할 수 있다. 화폐자본이 많은 계층의 사람들이 자신이 소유하고 있는 돈을 활용하여 상징자본까지 독점하려 한다면, 그것은 현재의 독점자본주의 체제를 더욱 공고히 하는 길일 것이다. 시간이 갈수록 더해만 가는 한국의 영어광풍 현상은 영어 사교육시장의 규모를 더욱 키우고 있으며 이러한 상황 속에서 한 달 수업료가 100만 원에 이른다는 강남의 영어유치원에 다니는 아이들과 소박하게 공교육기관에서의 영어교육에 만족해야 하는 다수의 자녀들 사이의 상징자본상의 빈부의 격차는 더욱 커져 갈 것이다.

어릴 때부터 월 100만 원의 수업료를 지불해 가며 영어로 생활을 하는 아이들, 해마다 급증하는 조기유학생들의 숫자, 아예 아이를 미국이나 미국령에서 낳아 미국 시민권을 쥐여주기 위해서 배가 부른 채 비행기에 몸을 싣는 어머니들의 행렬, 영어발음을 미국인처럼 할 수 있도록 혀근육 절개수술을 받게 되는 아이들….

무엇보다도 경제적인 이유 때문에 누구나 흉내 낼 수 없는 한국사회의 이런 살풍경은 우리에게 무엇을 말해 주는가? 강한 미국과 동일한 몸, 동일한 정신 그리고 동일한 여권을 가지고 싶어하는 한국인의 욕망은, 누구나 그렇게 할 수 없음으로 인해서 얼마나 많은 좌절과 상대적 박탈감을 낳을 것인가? 이것이 한국의 미국화 현상에 대해 필자가 걱정하고 있는 바이기도 하다.

그런데 누가 아는가? 어느 날 어떤 재앙과 환란이 일어나 세계화의 빛이 사그라들고 영어가 필요 없는 세상이 올지. 해방 후 4개월 만에 자살한 윤치호가 이 땅에 얼마나 생길지, 누가 아는가? 내게는 그것이 더 걱정스러운 일이다.

(『녹색평론』 2005/11~12월호)

영어 공용어화/모국어화의 환상과 그 대안

채희락*

1. 머리말

국제화시대에 우리의 경쟁력을 강화하기 위해서는 우리말과 함께 영어를 공용어로 사용해야 한다는 소설가 복거일 씨의 '영어 공용화' 주장이 2년 전에 나온 이후 우리 사회에서는 이에 대한 논란이 뜨겁게 일고 있다.[1] 복거일은 더 나아가서 이제는 영어를 단순히 한국어와 더불어 공용어로 쓰자는 것이 아니라 한국어를 버리고 국제어인 영어만을 모국어로 써야 한다고 주장하기에 이르렀다('영어 모국어화' 주장이라고 칭하기로 함).[2]

　이 글의 첫째 목적은 영어 공용어화와 모국어화 주장에 어떤 문제가 있는지 살펴보는 것이다. 영어 공용어화 주장의 가장 큰 논리

＊ 한국외국어대학교 언어인지과학과 교수

적 결함은 영어 공용어화가 곧 우리 국민들의 국제경쟁력 강화를 위한 영어 사용능력 향상으로 이어진다고 가정하는 것이다. 영어를 우리말과 더불어 (제2)공용어로 사용한다고 해서 그 자체로는 영어 사용능력 향상에 특별한 도움이 되지 않는다. 영어 모국어화 주장의 문제는 인위적으로 한국어를 버리고 영어만을 모국어로 사용한다는 것은 현실적으로 실현이 불가능한 환상에 불과하다는 것이다. 그 다음의 목적은 영어 공용어화/모국어화를 주장함으로써 이루려고 했던 영어 사용능력 향상과 국제경쟁력 강화를 위해서는 어떤 방안이 효과적이고 현실적인지를 생각해 보는 것이다. 한마디로, 영어 공용어화를 위해 드는 비용의 절반만 영어 교육과 기계번역에 투자하면 우리는 앞으로 50년 이내에 더 이상 영어 때문에 국제경쟁에서 불이익을 당하는 일이 없는 세상을 만들 수가 있을 것이다.

2. 논리적 오류 및 비현실성

영어를 공용어로 채택해야 한다는 주장의 배경에는 경쟁력 강화를 위해 영어교육이 대단히 중요하며 현재의 비효율적인 영어교육 방법이 획기적으로 개선되어야 한다는 인식이 짙게 깔려 있다. 현행 영어교육의 효율성에 대한 불신이 큰 만큼 영어 공용어화 주장은 일반인들에게 호감을 얻고 있다.[3] 영어 공용어화 주장은 이렇게 겉으로 보기에는 그럴듯한 이유가 있는 것 같지만 논리적으로 커다란 허점을 가지고 있다. 한학성은 이를 다음과 같이 지적하고 있다. "영어의 공용어화는 그 자체로 영어교육의 문제를 해결할 수 있는 묘책이 아니라 영어교육의 문제가 해결되어야만 비로소 달성이 가능한 목표라는 점에서 본말이 전도된 발상이다."[4]

복거일의 영어 공용어화/모국어화 주장의 논리적 구조를 분석하면 크게 두 부분으로 나눌 수 있다.[5] 첫째로, 정보전달 수단인 언어는 사용자가 많으면 많을수록 효용이 커지며 영어는 이미 국제어로서의 지위를 확보하고 있다. 둘째로, 영어를 잘 사용할 수 있어야만 국제경쟁력에 우위를 차지할 수 있기 때문에 영어를 공용어로 채택해서 결국은 우리의 모국어가 되도록 해야 한다. 첫번째 부분에 대해서는 대부분의 사람들이 동의를 하지만 두번째 부분에는 논리적으로 비약이 있다. 후반부 주장의 바탕에 깔려 있는 기본 가정은 영어를 공용어로 채택하면 국민들의 영어실력이 획기적으로 향상된다는 것이다. 영어 공용어화/모국어화 논리의 허구성은 이 가정이 잘못되었다는 데 있다. 영어 공용어화를 위한 비용은 엄청나게 들겠지만 영어실력 향상이라는 측면에서의 효과는 미미한 수준에 그칠 것이다.

영어 공용어화가 왜 우리 국민들의 영어실력 향상에 별다른 도움이 될 수 없는지 생각해 보자. 영어를 공용어로 채택하면 신문·방송 등 공공매체를 통해 영어를 접할 수 있는 기회가 늘어날 것이기 때문에 자연히 영어실력이 획기적으로 늘어날 것이라고 생각하기 쉽다. 그러나 영어를 접할 수 있는 기회가 지금보다 더 늘어난다고 하더라도 실질적으로 도움이 되지는 않는다.

우선, 영어를 전혀 모르는 사람의 경우 피상적으로 영어에 노출되는 시간이 늘어난다고 해서 그 자체가 영어습득에 긍정적인 효과를 미치지는 못하는 것으로 알려져 있다. 예를 들어 어린아이에게 태어날 때부터 부모나 주변의 사람들이 쓰는 언어가 아닌 다른 언어의 텔레비전 방송을 듣게 했지만 그 방송언어를 전혀 습득할 수 없었다는 연구결과가 나와 있다. 그리고 이미 영어를 어느 정도 알고 있는 사람의 경우, 단지 영어자료가 부족하거나 영어를 접할 수 있는 기회가 적어 영어를 효과적으로 배우지 못하는 사람은 거의 없다. 국내에서도 손쉽게 영자 신문과 잡지를 볼 수 있으며 라디오나 텔레비전 방송 및 기타 멀티미디어 영어자료를 얼마든지 주위에서 접할 수 있다. 인터넷에 들어가면 각종의 영어자료가 무한히 널려 있다.

이런 상황에서 영어를 접할 수 있는 기회를 늘려주기 위해 영어를 공용어로 채택해야 한다는 것은 전혀 설득력이 없다. 거의 모든 정보가 영어로 되어 있는 미국에 어학연수를 가더라도 스스로 공부하지 않으면 영어실력은 별로 늘지 않는다. 단순히 영어에 노출되는 시간이 많아진다고 해서 실력이 늘지 않음을 보여주는 또 다른 예로, 미국에 살더라도 한인타운에 살면 교포1세대들이 영어를 거의 배우지 못하는 경우도 있음을 들 수 있다. 영어를 공용어로 채택하지 않더라도 이미 우리 주위에는 영어자료가 충분히 있기 때문에 주위에서 접할 수 있는 영어정보량의 다소에 따라 영어실력에 차이가 나는 것이 아니라 전적으로 영어를 배우는 개개인의 학습동기와 노력에 따라 실력에 차이가 나게 된다.

영어 공용어화의 목적이 국민들의 영어실력 향상에만 있는 것이 아니라 다른 중요한 것도 있다고 주장할 수 있을 것이다. 예를 들어 영어 사용자들이 한국어와 한글로 표현되는 정보를 쉽게 접할 수 있는 기회를 제공한다고 볼 수 있다. 그런데 이런 측면에서의 영어 공용어화는 양면성이 있다는 것을 알아야 한다. 우리의 경쟁력 제고에 도움이 될 수도 있고 악영향을 미칠 수도 있다.

상품이나 관광 안내 및 기타의 대외홍보에 필요한 정보는 될 수 있으면 많은 외국인들이 손쉽게 접할 수 있도록 해야 하지만 경쟁 관계에 있는 외국 기관이나 기업이 손쉽게 우리의 정보를 속속들이 알아내어 악용한다면 우리의 경쟁력은 그만큼 떨어질 것이다. 그래서 영어 공용어화는 자칫 우리가 필요한 영어정보를 얻는 데는 별 효과가 없으면서 영어 사용자들이 우리의 정보는 쉽게 얻을 수 있도록 해주는 결과를 초래할지도 모른다. 영어를 공용어(公用語)로 채택하면 우리가 원하든 원하지 않든 모든 정보를 영어로 표현해야 하지만 지금처럼 영어를 공용어(共用語)로 활용하면 우리가 원하는 정보만 영어로 나타내면 된다.

다음으로, 우리말인 한국어를 버리고 영어를 모국어로 만드는 것이 현실적으로 가능한지 생각해 보자. 어떤 특정한 언어를 모국어로 습득하기 위해서는 어린아이가 태어나면서부터 그 언어에 자연스럽게 노출되어야 한다. 우리나라에서 어떤 한 세대가 영어를 모국어로 배우기 위해서는 그 이전 세대가 영어를 자유롭게 쓰는 세대가 되어야 한다. 설사 우리 모두가 영어를 열심히 공부해서 필요한 경우에는 자유롭게 쓸 수 있게 되었다고 할지라도 우리 아이들이 영어를 모국어로 배울 수 있는 기회는 잘 주어지지 않을 것이다. 어떤 언어를 모국어로 배우기 위해서는 태어나면서부터 두 살 정도까지가 중요한 시기인데, 아무리 부모가 영어에 능통한 사람이라도 이 시기의 어린아이에게 모국어 대신 영어로 의사소통을 하리라고 생각하기는 어렵다. 어린아이의 '장래를 위해' 가정에서조차 모국어가 아닌 영어를 생활화한다는 것은 일반적으로 실행하기가 힘든 일이다. 이런 상황에서 어린아이들이 영어를 (준)모국어로 배우기 위해서는 영어 모국어 화자인 또래친구들과 어울리면서 생활해야 하는데, 우리 사회에는 그런 환경도 거의 없다.

물론 경우에 따라서는 모국어를 버리고 다른 언어를 모국어로 삼아야 할 때도 있을 것이며, 역사적으로도 그런 사례가 있었다고 할 수 있다. 대표적인 예가 미국의 인디언들이 그들의 고유 언어를 버리고 영어를 모국어로 삼은 경우이다. 그러나 이렇게 된 이유는 고유어 사용인구가 소수이며 그 소수의 집단이 고유어만으로는 생존할 수 없었기 때문이다. 만약 우리가 지금 영어를 쓰지 않고 한국어를 쓰면 생존에 직접적인 위협이 생기며 이런 사실을 모든 국민이 깊이 인식하고 있다면, 인위적인 영어 모국어화가 가능할 수도 있을 것이다.

공적으로든 사적으로든 한국어를 전혀 사용하지 못하게 하고 이를 어기면 큰 벌이 가해진다고 가정해 보자. 집에서는 부모와 자식 간에 서로를 감시하고 학교에서는 선생과 학생들이 서로 감시하는 세상이라면 몇 세대 내에 영어가 모국어로 될 수 있을 것이다. 만약 이 땅에서 일본의 식민지배가 좀 더 장기화되었더라면 일본어가 우리의 모국어가 되었을지도 모른다. 복거일의 논리[6] 대로라면 일제시대에 일본어를 우리의 모국어로 만들지 못한 것은 우리 민족의 장래를 위해 상당히 안타까운 일이라고 해야 한다. 왜냐하면 지금은 일본어가 한국어보다 국제적으로 훨씬 더 영향력이 큰 언어이기 때문이다.

앞에서 우리는 영어를 공용어로 채택하더라도 우리 국민들의 영어실력 향상에 별 도움이 되지 않으리라는 것과 우리의 자발적인 의지로 영어를 모국어로 만든다는 것은 거의 불가능한 일임을 알았다. 이렇게 잘못된 전제를 바탕으로 하고 있는 영어 공용어화/모국어화는 소설세계에서나 가능한 환상에 불과하다. 설령 영어를 공용어로 하면 저절로 영어실력이 향상되며 자연스럽게 영어가 모국어로 되는 과정으로 넘어간다고 할지라도 우리말을 버리는 것이 타당한지 심각하게 생각해 보아야 한다(이에 대해서는 5절에서 논의할 것임).

여기서 마지막으로 지적하고 싶은 것은, 언어는 시대적 변화에 따라 자연히 변하는 것이지 인공적으로 쉽게 바꿀 수는 없다는 사실이다. 우리말이 역사적으로 중국어·일본어 등의 영향을 받아 변했듯이, 앞으로는 영어의 영향을 받아 변할 것이다. 우리말이 어느 정도로 어떻게 변할지는 영어권의 영향이 우리에게 어느 정도로 어떻게 미치느냐에 달려 있다. 우리가 미래에 사용하게 될 언어는 한국어와 영어의 특성이 뒤섞인 지금과는 상당히 다른 언어가 될 수도 있다. 중요한 것은 이런 변화는 시대조류에 맞게 자연스럽게 생기는 것이기 때문에 아무런 추가적인 비용이나 노력도 들지 않는다는 점이다. 인위적으로 언어를 바꾸려고 하면 그 부작용 때문에 오히려 국제경쟁력이 약화되어 생존이 더 어렵게 될 수도 있다.

3. 기계번역의 발달과 국제전문가 양성의 필요성

우리는 앞에서 영어 공용어화/모국어화 주장의 논리적 오류와 비현실성을 살펴보았다. 이런 문제 이외에 영어 공용어화나 모국어화를 주장하면서 놓치고 있는 중요 사항은 기계번역이 곧 활성화되리라는 시대적 조류를 파악하지 못하고 있는 것이다. 그리고 (영어를 공용어로 채택한다고 해서 영어능력이 향상되는 것도 아니지만) 영어실력이 향상된다고 해서 이것이 바로 국제경쟁력 강화로 이어진다고 생각하는 것도 잘못된 가정이다.

한국어를 포함한 세계 주요 언어들간의 기계번역 시스템에 대한 연구가 국내외적으로 활발히 진행되고 있으며 아직 완전하지는 않지만 상품화된 제품도 많이 나와 있다. 작년의 한 통계에 의하면 30개 이상의 언어에서 83쌍의 언어조합에 대한 기계번역 시스템이 상용화되어 있다고 한다. 특히 유럽과 북미를 중심으로 대규모의 체계적인 연구가 진행되고 있으며 그 가능성에 대한 장밋빛 전망이 나오고 있다. 몇십 년 이내에 누구나 핸드폰이나 손목시계 크기의 자동번역기를 가지고 다닐 수 있는 시대가 올 것이다. 내가 한국어로 말을 하면 그 기계가 바로 영어로 번역해서 말해 주고, 즉 통역을 해주고, 상대방이 영어로 말을 하면 그 기계는 다시 한국어로 번역해서 내게 말을 해주게 될 것이다. 더 이상 언어차이가 의사소통의 장애요인이 되지 않는 세상이 곧 다가올 것이다. 이런 의미에서 지금 우리에게 중요한 것은 한국어 정보망을 정비하고 확장하는 일에 노력을 기울이는 것이지, 영어를 공식어로 만드는 일에 자금과 시간을 낭비하는 것이 아니다.[7]

기계번역의 발달은 앞으로 영어의 지배력이 생각보다 크지 않으리라는 추측을 가능하게 해주는 요인 중의 하나이다.[8] 자기 모국어를 쓰면서도 아무런 불편 없이 외국인들과 의사소통을 할 수 있다면 누구도 외국어에 신경을 쓰지 않을 것이다. 언어학자와 기계번역 시스템을 연구하는 사람들만 필요한 외국어에 대한 연구를 하면 되기 때문에 오히려 영어를 말하는 사람의 수가 지금보다 훨씬 줄어들 가능성도 있다.

영어 공용어화를 주장하거나 이에 동조하는 많은 사람들은 영어 실력이 늘어나면 바로 국제경쟁력이 강화된다고 가정한다. 그러나 이것도 영어를 공용어로 채택하면 영어실력이 늘어날 것이라고 생각하는 것과 마찬가지로 잘못된 가정이다. 우리가 영어를 잘 구사하지 못하기 때문에 외교나 국제통상 분야에서 여러 가지 손해를 보고 있다고 말하고 있지만, 언어능력 부족보다 더 큰 문제는 해당 분야에 국제적 감각을 지닌 전문가가 부족하다는 것이다. 만약 우리가 전문지식은 충분하지만 영어실력 때문에 손해를 보고 있다면 비영어권 국가와의 협상에서는 만족할 만한 성과를 얻을 수 있어야 한다. 그렇지만 일본이나 중국 등과의 협상에서도 손해만 보는 것이 우리의 현실이다.

외교나 국제통상 분야에서의 협상에서 영어보다 더 큰 문제가 되는 것은 그 나라의 제도와 문화를 제대로 알지 못해 생기는 손해이기 때문에 세계 각 지역에 대한 전문가를 양성하는 것이 중요하다. 우리의 정당한 몫을 찾기 위해서는 비록 소수일지라도 해당 분야에 전문지식을 가진 사람을 양성하는 것이지 모든 국민을 영어 모국어화자로 만드는 것이 아니다. 이런 의미에서 한 네티즌이 영어 공용어화에 대한 의견을 제시한 다음의 말은 시사하는 바가 크다. "일본 애니메이션이 세계를 장악한 이유는 거기에 영어를 써서가 아니라 일본인 자신만의 개성을 강하게 살리면서 세계적으로 통할 수 있는 포장을 해놓았기 때문이다."[9]

4. 기타 문제점: 복거일을 중심으로

이미 우리는 영어 공용어화와 모국어화가 특별한 실익이 없거나 실현이 불가능하다는 것을 알았다. 여기서는 영어 공용어화/모국어화를 주장하는 사람들이 내세우고 있는 논점을 구체적으로 검토해 봄으로써 개별 논점에는 어떤 문제점이 있는지 복거일의 주장[10]을 중심으로 살펴보고자 한다. 복거일은, 첫째로, 영어의 국제어로서의 가치에 대해 논의하고 있다(2~4절). 둘째로, 대부분의 민족어는 몇 세대 내에 더 이상 일상생활에서 쓰이지 않는 '박물관 언어'가 된다고 주장한다(5절). 셋째로, 모국어와 외국어를 관장하는 뇌의 부분이 다르기 때문에 영어를 외국어로 배우는 데는 근본적으로 한계가 있다고 한다(6절). 넷째로, 사람들은 필요에 따라 모국어를 아주 쉽게 바꾼다고 유대인의 역사를 들어 주장하고 있다(7절). 다섯째로, 영어를 못해서 발생하는 손해가 많지만 통역·번역에는 한계가 있기 때문에 영어를 우리말로 할 수밖에 없다는 결론을 내리고 있다(8~10절). 여섯째로, 영어를 모국어로 삼기 이전에 현실적 방안으로 영어를 우리말과 함께 공용어로 삼자고 주장한다(11절). 일곱째로, 모국어 선택권을 후손들에게 주자고 주장하고 있다(14절).

첫째 주장은, 언어는 정보전달의 수단/도구로서 그 가치는 사용자 수에 달려 있어 그 수가 많으면 많을수록 효용이 커진다는 것이다. 그런 의미에서 국제어가 가지는 의의는 상당히 크며 지금은 영어가 그 국제어라는 것이다. 앞에서도 말했듯이, 지금 영어가 국제어로서의 지위를 누리고 있기 때문에 될 수 있으면 영어를 사용할 수 있는 능력을 높여야만 국제경쟁력을 키우는 데 도움이 된다는 주장에는 대체로 동의를 할 수 있다.[11] 그렇지만 이는, 영어교육을 강화해야 하는 이유는 될 수 있지만 영어를 공용어로 채택해야 하는 근거는 될 수 없다.

언어가 단순히 정보전달의 도구로서의 역할밖에 할 수 없는지에 대해서는 좀더 신중하게 생각해야 한다. 언어가 정보전달의 수단으로 사용된다는 것은 누구도 부인할 수 없는 사실이지만 그 이상의 아무런 기능도 하지 못한다고 단정하기는 어렵다. 언어와 사고/문화의 관계는 끊임없는 연구와 논쟁의 대상이지만 아직 결론이 나지 않은 상태이다. 언어가 우리의 사고를 결정한다고 하는 워프 가설(Whorf Hypothesis)을 그대로 받아들일 수는 없지만 언어와 사고는 완전히 독립적이라고 말할 수도 없다. 모국어에는 그 언어 사용자 민족의 역사와 문화적 정신이 반영되어 있기 때문에 모국어는 필요에 따라 간단히 갈아 치울 수 있는 것이 아니다.

둘째로, 다섯 세대 안에 영어가 대부분의 사회에서 공용어로 될 가능성이 상당히 크며 대부분의 민족어는 더 이상 일상생활에서 쓰이지 않는 '박물관 언어'가 된다고 하는 주장에 대해 생각해 보자. 너무나 대담하고 비현실적인 주장이다. 영어와 같은 국제어의 영향으로 한국어가 변하는 것은 당연하고 자연스러운 추세일 것이다. 그러나 한국어와 같은 민족어가 곧 사라질 것이라고 하는 것은 전혀 근거가 없는 주장이다.

　7천만 명 이상이 모국어로 사용하고 있는 한국어는 사용자 수에 있어서 세계 15위이고 인터넷에서는 6위 안에 들며 세계 40여 국가에서 배우고 있는 언어이다. 이런 언어가 사라진다는 것은 유사 이래 없었던 일이며 앞으로도 없을 것이다. 정시호는 민족어가 쉽게 박물관 언어로 되지 않을 것이라는 논의를 제시하면서, 인터넷과 위성방송의 발달이 오히려 다문화·다언어주의를 활성화시킬 것이라는 전망을 소개하고 있다.[12] 인터넷의 발달로 소품종 대량생산의 시대에서 다품종 소량생산의 시대로 바뀌고 있다는 것을 감안할 때 상당히 설득력 있는 주장이라고 할 수 있다.

　셋째로, 국제어를 모국어로 해야 한다는 주장의 이유로 모국어와 외국어를 관장하는 뇌의 부분이 다르기 때문에 영어를 외국어로 배우는 데는 근본적으로 한계가 있음을 들고 있다. 물론 모국어 습득과 외국어 습득에는 많은 차이가 있으며 아무리 열심히 외국어를 배우더라도 모국어처럼 자연스럽게 사용하기는 어렵다. 얼핏 생각하기에는 이런 점이 영어 모국어화를 위한 강력한 뒷받침이 될 것 같지만, 영어를 모국어로 한다는 것 자체가 실현 불가능한 것이기 때문에 적절한 이유가 되지 못한다. 이는 영어 조기교육이 효과가 있는지 없는지의 논의와 관련된 사항이지 영어 공용어화나 영어 모국어화와는 직접적인 관련이 없는 논점이다.

모국어와 외국어를 관장하는 뇌의 부분이 다르다고 해서 반드시 조기에 외국어를 접하는 것이 좋은지에 대해서도 찬반양론이 있다. 이런 논의에서 항상 염두에 두어야 하는 것은 단순히 외국어에 접하는 시기가 빠르면 빠를수록 실력이 더 늘어난다는 점만을 고려해서는 안 된다는 것이다. 외국어 조기교육의 긍정적인 효과뿐만 아니라 조기교육에 어떤 부정적인 측면이 있는지도 함께 생각해야 한다. 조기 영어교육에 드는 경제적 부담과 학생들의 시간과 노력도 계산해 보아야 한다. 그 비용을 교육시설을 개선하는 데 투자하고 시간과 노력을 수학이나 과학을 공부하는 데 투자하면 국가적으로 훨씬 큰 도움이 될 것이다. 단순히 어릴 때 외국어에 접하게 되면 그만큼 외국어 실력이 더 늘어난다고 해서 다른 부정적인 요소를 무시한다면 아주 비효율적인 투자가 될 것이다. 조기 영어교육의 이점만 따진다면 이 땅의 모든 아이들을 태어나자마자 영어권 국가로 보내 살게 하면 된다.

넷째로, 언어는 단순히 의사소통 수단이며 이 의사소통 수단으로서의 언어는 모국어가 가장 효과적이기 때문에 사람들은 필요에 따라 모국어를 쉽게 바꾼다는 주장에서 복거일은 유대인의 언어변화를 예로 들고 있다. 역사적으로 볼 때, 유대인들은 상황에 따라 히브리어·아람어·그리스어·이디시어 등을 모국어로 쓰다가 다시 히브리어를 쓴다는 것이다.

원하는 대로 특정 언어를 골라 그것을 모국어로 삼았다는 것은 너무나 실상과 동떨어진 단순한 생각에서 나온 발상이다. 유대인들은 경쟁력을 극대화하기 위해 자발적으로 모국어를 바꾼 것이 아니라, 고유어를 쓰면 살아남을 수가 없었기 때문에 선택의 여지가 없이 고유어를 버린 것이다. 그리고 유대인들은 그들의 고유어를 완전히 버린 것도 아니다. 어쩔 수 없이 정착지역의 언어를 사용했지만 고유어의 명맥을 계속 유지해 왔다고 할 수 있다.[13] 무엇보다도 복거일의 주장이 허구라는 것은 유대인들이 지금 영어를 모국어로 채택하지 않고 있다는 사실이 잘 보여준다. 필요에 따라 쉽게 모국어를 버리고 다른 언어를 채택할 수 있다면 히브리어 대신에 당연히 영어를 모국어로 채택해야 할 것이다. 누구도 영어보다 히브리어가 더 경쟁력이 있는 언어라고 보지 않는다.

다섯째로, 영어를 못해서 발생하는 손해가 크며 통역이나 번역에도 한계가 있기 때문에 결국은 영어를 우리말로 할 수밖에 없다고 하는 주장에 대해 생각해 보자. 이 주장의 문제점은 앞에서 이미 살펴보았다. 영어를 못하면 대외협상 등에서 손해를 볼 수 있다는 것은 누구나 알고 있는 사실이다. 그렇지만 영어 공용어화와 영어실력 향상은 서로 관계가 없으며, 소위 영어를 못해서 발생하는 손해라는 것이 단순히 영어 자체의 문제가 아니라 해당 분야의 지식 부족 때문인 측면이 훨씬 크다. 다시 말하면 단순히 의사소통 수단의 문제만은 아니라는 것이다.

도구보다 그 도구에 실릴 내용이 더 중요하며 이는 영어실력과 직접적인 관계가 없다. 그리고 통역과 번역이 대책이 될 수 없다는 주장을 하면서 기계번역 시스템 사용이 활성화되리라는 것을 전혀 고려하지 않고 있다. 통/번역이 대책이 될 수 없다는 이유로 내세우는 것 중의 하나가 번역과 통역이 큰 자원을 쓰는 활동이라는 것인데, 영어를 공용어로 채택하게 되면 우리 일상생활에서 접할 수 있는 거의 모든 한국어 자료가 (문어이든 구어이든 관계없이) 영어로 통역이나 번역이 되어야 한다는 것을 왜 모르고 있는지 궁금하다.

여섯째, 영어를 당장 모국어로 삼기는 어려우므로 그 이전에 '현실적 방안'으로 영어를 우리말과 함께 공용어로 삼자고 제안하고 있다. 지금 영어교육에 적지 않은 투자를 하고 있지만 투자의 효율이 낮은 이유는 영어를 일상적인 생활을 통해서 자연히 익힐 기회가 없기 때문이라고 한다. 그래서 "영어를 공용어로 삼으면, 우리 시민들은 영어가 일상적으로 쓰이는 환경에서 영어를 쉽고 자연스럽게 배우게 될 것"이라고 한다. 영어 공용어화 내지 영어 모국어화 주장의 핵심 내용인데, 우리는 이미 이 가정이 잘못되었다는 것을 잘 알고 있다. 각종 여론조사에서 영어 공용어화에 찬성하는 사람들은 대부분이 이런 잘못된 가정에 사로잡혀 있으리라고 생각한다.

영어를 공용어로 한다고 해서 영어교육을 위한 자연스러운 환경이 조성되는 것은 아니다. 지금도 쉽게 접할 수 있는 영자 신문과 잡지가 있고 영어방송 및 기타의 자료가 수없이 많이 있다. 영어가 공용어로 채택되면 영어로 된 자료의 양이 많아지기는 하겠지만 기존의 자료도 충분하기 때문에 별 효과가 없을 것이다. 영어실력 향상은 영어 공용어화로 풀릴 문제가 아니라 영어교육의 환경과 방법을 개선함으로써만 해결할 수 있다.

마지막으로, 영어를 공용어로 함으로써 우리 후손들이 실질적인 혜택을 누릴 것이므로 모국어 선택권을 후손들에게 주자고 주장하고 있다. 이것이 복거일씨 주장의 결론인데, 이 부분도 논리적으로 문제가 많다. 복씨도 말했듯이 어린아이들이 특정 모국어를 습득하는 것은 자신들의 선택으로 되는 것이 아니라 태어나는 환경에 의해 자동적으로 결정된다. 어린아이들이 자신들의 의지로 영어와 한국어 중에서 하나를 모국어로 선택할 수 있는 것이 아니다. 그렇기 때문에 복씨의 주장은 한국어와 영어 중 하나를 선택할 수 있는 권한을 후손들에게 주자는 것이 아니라, (공용어로든 모국어로든) 영어를 선택할 수밖에 없는 환경을 만들어놓자는 주장에 불과하다.

지금까지 복거일을 중심으로 영어 공용어화 내지 영어 모국어화 주장의 문제점을 논점별로 살펴보았다. 영어 모국어화에 대한 공식적인 주장은 이것이 처음이라고 생각되지만 영어 공용어화에 대한 논의는 가끔 언론매체에 등장하곤 한다. 그런데 이들 주장의 핵심은 영어를 공용어로 하면 우리 국민들의 영어실력이 괄목상대하게 늘어난다는 잘못된 가정에 근거하고 있다. 예를 들어 양수길은 "영어 제2공용어화론의 근본적 취지는 국민들이 세계사회와 자유롭게 의사소통과 정보교환을 할 수 있게끔 하자는 데 있다"고 말하고 있다.[14]

5. 과정과 결과의 문제점

기계번역 기술의 발달에도 불구하고 앞으로 점점 더 영어의 지배력이 커질 것이며, 그렇기 때문에 각 개인의 영어사용 능력이 더욱더 중요해질 것이라고 가정해 보자. 그리고 영어 공용어화가 우리 국민들의 영어실력 향상에 큰 도움이 되고 공용화 과정을 거쳐 영어를 모국어로 하는 것이 가능해진다고 가정해 보자. 이 가정에 아무런 하자가 없으며 우리의 이제까지 논의가 다 틀렸다고 하더라도 영어 공용어화와 모국어화에는 다음과 같은 문제가 있다. 크게 보아 비용의 문제, 계층간 위화감 조성의 문제 그리고 민족의 정체성 상실이라는 문제가 있다.[15]

영어가 공용어로 채택되면 "국민에게 한국어와 영어 중 하나를 선택할 권리를 보장해 주고 둘 중 어느 하나만으로도 국민생활을 불편 없이 할 수 있도록 해주어야 한다."[16] 이렇게 하기 위해서는 교육언어가 한국어와 영어가 되어야 하기 때문에 교과서가 한국어판과 영어판이 나와야 하며 교사도 한국어와 영어를 모두 사용할 수 있든지 한국어를 쓰는 교사와 영어를 쓰는 교사의 수가 비슷하게 되어야 한다. 그리고 관공서·법원·국회의 모든 문서가 영어와 한국어로 작성되어야 하며 모든 업무 또한 한국어와 영어로 수행되어야 한다. 그뿐만 아니라 모든 신문과 잡지도 한국어판과 영어판이 나와야 하며 라디오와 텔레비전 방송도 두 언어로 실시되어야 할 것이다.

이를 위해서는 천문학적인 숫자의 비용이 들겠지만 그 효용은 크지 않을 것이기 때문에 엄청난 낭비를 초래할 것이다. 그리고 모든 한국어 자료를 영어화하기 위해서는 거대한 '영어시장'이 형성될 것이며 이 수요를 충족하기 위해 다수의 우수인력이 영어를 전공하려고 할 것이기 때문에, 생산적인 일에 참여할 사람의 수는 그만큼 줄어들 것이다.

영어 공용어화의 두번째 문제는 계층간의 위화감을 조성하게 된다는 것이다. 한국어 사용계층과 영어 사용계층 간의 갈등으로 사회가 혼란해질 것이다. 영어를 잘하는 계층은 정치·경제·사회적으로 지배계층이 될 것이며, 영어를 잘 못하는 계층은 자연히 소외계층이 될 수밖에 없다. 언어 문제로 인한 사회의 혼란상은 영어와 모국어를 모두 공식언어로 채택하고 있는 인도, 필리핀, 나이지리아 등지에서 흔히 볼 수 있는 현상이다. 이들 나라에서 영어를 잘하는 사람들에게 더 많은 기회가 있다는 것은 당연한 이치이다. 여기서 한 가지 짚고 넘어가야 할 것은 이들 중 어떤 나라도 스스로 외국어를 끌어들여 공용어로 채택한 나라는 없다는 것이다.

복거일은 영어를 공용어로 함으로써 영어교육 기회의 평등에 이바지한다고 말하지만,[17] 오히려 공용어화로 인해 영어교육의 불평등은 더 심화될 것이다.[18] 영어가 공용어가 되면 우선 경제적으로 여유가 있는 계층의 자녀들은 모두 미국이나 다른 영어권 국가에 가서 교육을 받게 되고 여유가 없는 집 자식들은 이 나라에서 열악한 환경에서 영어를 배우게 될 것이다.

마지막으로, 영어 공용어화/모국어화를 내세우는 사람들이 주장하듯이 영어가 성공적으로 공용어의 역할을 수행하고 결국 영어가 우리의 모국어로 된다고 하더라도 과연 그것이 무엇을 의미하는지 진지하게 생각을 해보아야 한다.[19] 영어 공용어화/모국어화 주장은 근본적으로 효율성과 경쟁력 강화를 위주로 한 논의이기 때문에 그외의 중요 사항을 놓치고 있다.

언어의 역사적 변천과정을 살펴보면, 힘없는 언어는 힘 있는 언어

에 밀려 사라지는 특성을 가지고 있기 때문에 만약에 영어가 공용
어로 된다면 한국어는 사라지고 결국은 영어가 우리의 모국어가 될
것이다. 한국어를 선택할 수 있는 후세대의 선택권은 없어진다. 한
국어가 사라졌을 때 과연 우리의 정체성, 대한민국의 정체성이 어
떻게 될 것인지를 생각해 보아야 한다.

   이 점에 있어서도 복거일은 우리 전통과 문화의 보존에 전혀 해
가 없을 것이라고 주장하지만,[20]전혀 설득력이 없는 희망에 불과하
다. 우리말은 우리의 역사와 문화 및 정신이 담겨 있는 그릇이며 정
신적 토대이기 때문에 우리말이 사라진 이후에도 우리 민족과 우리
나라가 존재할 수 있는지는 의문이다. 자연스럽게 영어권 국가의
일부로 전락할 것이다.

   이상의 여러 가지 심각한 문제가 있음에도 불구하고 이러한 문제
들은 온 세계가 하나로 통합되어 지구의 공동 번영을 이룩하기 위
해 겪어야 하는 과도기적 문제라고 주장할 수도 있을 것이다. 그렇
다면 훨씬 더 현실적인 방법은, 세계시민이 되기를 원하는 사람은
모두 영어권 사회로 이사를 가는 것이다. 그러면 그 자손들의 영어
실력이 획기적으로 늘어날 것은 물론 영어권 사회가 점점 넓어지게
될 것이며 결국은 지구상의 모든 인류가 하나의 영어권 사회로 통
일될 수도 있을 것이다. 우리의 입장에서도 많은 사람들이 이민 가
서 해외에서 활동하게 되면 국익에 많은 도움이 될 것이다.

6. 영어실력 향상과 국제경쟁력 강화 방안

영어 공용어화는 영어실력 향상을 위한 효과적인 방안이 될 수 없으며 영어 공용어화와 영어교육은 별개의 문제이다. 활용할 수 있는 영어자료는 이미 주위에서 넘치고 있기 때문에 공용어화를 위한 엄청난 비용에 비해 효과는 아주 미미할 것이다. 영어 공용어화조차 이루어지기 어려울 것이므로 우리의 자발적 의지에 의한 영어 모국어화는 더더욱 불가능할 것이다.

그렇다면 우리 국민이 취약한 영어실력을 함양하고 우리의 대외경쟁력을 강화할 수 있는 방안은 무엇인지 생각해 보자. 한마디로 요약하면, KBS한국어연구회의 영어 공용어화 주장을 배격하는 성명에서 밝히고 있듯이, 영어교육 방식을 혁신하여 실용적이고 효과적인 영어학습 방법을 개발·보급하고 동시 번역기/통역기 등의 전세계 언어 호환시스템 개발에 총력을 기울이는 것이다. 그리고 세계 각 지역의 사정에 밝은 지역 전문가를 배출해야 한다.

우리의 국가경쟁력을 키우기 위해서는 영어를 잘 활용할 수 있어야 한다. 영어로 된 정보를 빠르게 받아들이고 우리의 것을 효과적으로 외부에 알리기 위해서는 영어로 의사소통을 할 수 있는 능력이 있어야 한다. 이런 목적을 달성하기 위해서 영어를 공용어/모국어로 채택해야 한다는 주장까지 나온 것을 감안하면, 영어교육 문제가 정말 심각하다는 것을 우리 모두가 인식해야 한다. 지금이야말로 우리 국민의 영어실력 향상을 위해 범국가적인 노력을 기울어야 할 때라고 생각한다. 효과적인 영어교육 방법을 개발하고 보급하기 위해서는 획기적인 규모의 투자가 선행되어야 할 것이다. 정부는 먼저 영어를 공용어화하기 위해 어느 정도의 비용이 들지를 계산해서 그 비용의 최소한 1/4 정도는 영어교육에 더 투자할 수 있어야 한다.

　지면관계상 효과적인 영어교육 방안에 대해 자세히 논의할 수는 없지만,[21] 간단히 세 가지 측면에서 고려해 보기로 하자.[22] 우선, 영어교육에 대한 확실한 동기부여가 되어 있어야 한다. 영어를 배우는 구체적 목적이 없으면 오랫동안 영어에 접하더라도 효과가 나지 않을 것이다. 둘째로, 영어에 노출되는 시간이 될 수 있으면 많아야 한다. 그런데 여기서 유의해야 할 것은 영어학습자의 의도와 관계없이 외부에서 피상적으로 다가오는 자료는 아무리 많아도 별 도움이 되지 않는다는 것이다. 필요에 의해서 학습자가 원할 때는 언제든지 영어에 접할 수 있는 환경이 조성되어야 하며 이로써 충분하다. 이럴 때만 학습자가 능동적인 자세로 영어자료에 접할 수 있고 영어에 노출된 시간만큼의 효과가 나타난다. 그리고 각 학습자가 될 수 있으면 본인의 영어실력 수준에 맞는 자료에 노출될 수 있으면 효과가 배가될 것이다. 셋째로, 영어를 가르치는 교사가 기본적인 실력을 갖추고 있어야 한다. 이를 위해서 영어관련 대학교수는 물론 초·중등학교 영어교사들도 최소한 1~2년 정도는 영어권 국가에서 연수를 받을 수 있도록 제도적 장치를 마련해야 한다. 그리고 유자격자 원어민 교사를 많이 확보하여 영어교육의 1/3 정도는 원어민이 담당할 수 있도록 하면 좋을 것이다.

　원어민 영어교사를 확보하면서 다른 여러 가지 부수적인 효과를 얻을 수 있는 방법으로는 재외 영어권 지역에 있는 동포2세들을 활용하는 방안이 있다.[23] 그들의 입장으로는 한국에서 일정 기간을 지내면서 조국에 대해 여러 가지를 배울 수 있으며 영어도 가르칠 수 있기 때문에 그들에게도 도움이 될 것이다. 우리는 그들을 우선 학교의 영어교사로 활용할 수 있으며 상황에 따라서 영어 집중캠프도 운영할 수 있다. 영어 집중캠프는 하루 종일 영어만 사용하면서 살아가도록 하는 제도로, 독립기관에서 장기적으로 운용할 수도 있고 방학기간중 기존 학교의 유휴시설을 활용하여 단기적으로 운용하는 방법 등이 있을 수 있다. 이런 제도를 통하여 학생들은 단순히 영어만을 배우는 것이 아니라 교포들의 출신지역에 대한 정보도 얻을 수 있게 되므로 다목적 학습이 이루어질 수 있다.

한편으로는 영어교육에 힘쓰면서 다른 한편으로는 한국어를 중심으로 한 세계 주요 언어들 간의 자동번역기 개발에도 노력해야 한다. 영어교육 진흥책에서와 마찬가지로 영어를 공용어화하기 위해 드는 비용의 1/4 정도만 기계번역 연구와 시스템 개발에 더 투자하면 영어를 몰라도 국제경쟁력에 손실이 가지 않는 세상이 훨씬 빨리 도래할 것이다. 이제까지는 가시적인 효과가 금방 드러나는 시스템 개발에 치중했다면 앞으로는 장기적인 안목으로 인간 언어를 좀더 잘 처리할 수 있는 시스템을 개발할 수 있도록 기초연구에 지원을 강화하여야 할 것이다.

국가경쟁력 강화를 위해 필요한 영어는 우리가 외부의 정보를 좀더 쉽게 획득하고 우리의 정보를 좀더 원활하게 외부에 전달하기 위한 도구에 불과하다. 기계번역 시스템이 발달하면 도구로서의 영어에는 더 이상 신경을 쓸 필요가 없게 된다. 진정한 경쟁력은 영어실력 자체가 아니라 우리가 활용할 수 있는 정보의 질과 양에 달려 있다. 이런 의미에서 우리는 우리가 활용할 수 있는 정보망을 강화해야 하며 이를 위해서 우리에게 가장 효과적인 언어는 우리의 모국어인 한국어이다. 따라서 우리는 정보화시대에 맞는 한국어 진흥책을 마련해야 하며 정보의 한국어화와 한국어 정보망 강화에 신경을 써야 할 것이다. 정보망을 강화하기 위해서는 물론 영어뿐만 아니라 다른 외국어도 잘 활용할 수 있어야 한다. 그리고 외교 및 국제통상을 원활히 이끌어 가기 위해서는, 이렇게 강화된 정보망을 바탕으로 세계 각 지역의 제도와 문화 등에 정통한 지역 전문가도 많이 양성해야 한다.

7. 맺음말

우리는 이 글에서 영어 공용어화와 모국어화 주장이 논리적으로 많은 문제점을 내포하고 있으며 실현성이 없다는 것을 알았다. 이런 부실한 주장에 대해 반대를 한다고 해서 맹목적이고 배타적인 애국심 때문에 반대하는 '민족주의자'로 몰아세우는 것은 적반하장 격으로 이성적인 행동이라고 볼 수는 없다. 더 이상 언론에서 영어 공용어화/모국어화에 대해 반응을 보이는 것 자체가 문제라고 생각한다. 이제 우리의 관심은 효과적인 영어 교육과 기계번역 시스템 연구 및 국제전문가 양성에 돌려야 한다. 다시 한번 강조하는데, 영어 공용어화를 위해 드는 비용의 절반만 영어 교육과 기계번역에 추가

로 투자하면 외국어를 더 이상 배울 필요가 없는 세상이 곧 도래할 것
이다. (『실천문학』 59호, 2000)

주

1. 영어 공용어화를 주장하는 사람들은 일반적으로 '공용'(共用)과 '공용'(公用)을 구분하지 않
   고 혼동하여 쓰고 있는 것 같다(유재원, 「복거일의 영어 공용화론에 대한 의견」, 한국외국어
   대학교 언어인지과학과). 국제사회의 공용어(共用語)인 영어는 배워야 하지만 이를 공용어
   (公用語)로 할 까닭은 없다는 것이다. 우리 사회에서 영어는 이미 共用語로서의 지위를 인정
   받고 있다. 우리는 이 글에서 복거일 등이 주장하는 영어 공용어화는 영어를 대한민국의 공
   식(official) 언어, 즉 公用語로 채택하자는 주장으로 받아들이고 논의를 전개하겠다(복거일,
   「소위 민족주의자들이여! 당신네 자식이 선택하게 하라」, 『신동아』 3월호, 2000).
2. 복거일, 앞의 글.
3. 신문 등 언론기관에서 제시하고 있는 각종 여론조사의 결과를 보면, 영어 공용어화에 대해
   절반 이상의 응답자가 찬성한 경우도 있다. 그러나 영어실력 향상과 영어 공용어화는 서로
   별개의 문제라는 것을 정확하게 인식하게 되면 그 비율은 훨씬 낮아질 것이다.
4. 한학성, 「국내 영어교육의 문제점: 영어 공용어화는 본말전도 발상」, 『교수신문』 제182호,
   2000. 6. 19.
5. 복거일, 앞의 글.
6. 같은 글.
7. 유재원, 앞의 글.
8. 기계번역의 발달이 아니더라도 이미 지구상에는 언어와 문화의 다양성에 대한 가치가 점점
   크게 부각되고 있으며 이 대세에 따르는 현상을 보이고 있다(정시호, 「영어 찬미자들에게 엄
   중 경고함!」, 『신동아』 4월호, 2000, 4절과 8절 참조). 인터넷과 위성방송의 발달로 예상과
   는 달리 지역화가 가속되고 있으며 언어와 문화의 다양성을 유지하기 위한 노력이 세계적으
   로 활발히 진행되고 있다.
9. 하이텔 mebe.
10. 복거일, 앞의 글.
11. 물론 언어의 경제적 가치가 순전히 사용자의 수에 따라 결정된다고 볼 수는 없다. 좀더 정
    확하게 이야기하면 그 언어를 말하는 사람들의 국제사회에서의 영향력에 따라 가치가 결정
    될 것이다. 그리고 복거일은 인터넷을 통해 전파되는 정보의 70~80%가 영어로 표현되어

있다는 것이 영어의 위력을 보여주는 것이라고 하지만(같은 글), 이 비율은 점점 떨어지고 있는 추세이며 10년 이내에 40% 정도로 떨어질 것이라는 예측도 있다(정시호, 앞의 글, 4절 참조).

12. 같은 글, 3절, 4절.

13. 같은 글, 5조 참조.

14. 양수길, 「영어공용화론의 배경」, 『중앙일보』 2000. 3. 21.

15. 그 이외에 영어 공용화는 헌법에 위배된다는 주장도 있다(김재환, 「영어 공용화는 헌법에 위배됩니다」, 『한글새소식』 제330호, 2000/2월호). 우리의 전통을 계승 발전시켜야 한다는 헌법전문에 위배되며, 영어를 공용어화하면 다른 외국어 사용자들에 대한 차별이 되기 때문에 헌법 제11조의 평등권에도 위배된다고 한다. 영어를 모국어로 사용하고 있는 미국에서도 공무원들이 업무시간에 영어만을 사용하도록 의무화하는 것은 연방헌법에 위배된다는 판결이 1999년 초에 나왔다.

16. 박병수, 「영어의 제2공용어화의 문제점」, 『한글새소식』 제332호, 2000/4월호.

17. 복거일, 앞의 글, 11절.

18. 유재원, 앞의 글.

19. 만약 영어를 우리의 모국어로 채택하게 된다면 우리의 이 결정으로 북한동포와 해외동포들이 엄청난 피해를 입을 뿐만 아니라 민족통일도 그만큼 더 어려워질 것이다(정시호, 앞의 글; KBS 한국어연구회, 「영어 공용화 주장을 배격한다」 성명서, 2000. 4. 27 참조).

20. 복거일, 앞의 글, 12절.

21. 지금까지의 영어교육이 별로 효과적이지 못한 것은 입시 위주로 영어를 공부했기 때문일 수도 있다. 이런 의미에서 영어를 모든 입시과목에서 완전히 빼버리는 것도 고려해 보아야 한다(김동훈, 「영어에 맺힌 한 풀려면」, 『중앙일보』 2000. 2. 14). 영어가 입시과목에 들어 있는 한 점수 올리는 요령에만 치우쳐 공부할 것이기 때문에 자연스러운 환경에서의 의사소통 실력 향상에는 별다른 도움이 안 될 수도 있다.

22. 한학성, 앞의 글.

23. 이상억, 「영어교육 이렇게 해보자」, 『중앙일보』 2000. 4. 21.

제국주의 시절의 영어 정책과 영어 공용화에 부치는 몇 가지 단상들

이석호*

1. 근거 없는 기우 혹은 타당한 예후

단군의 먼 후예 세종이 한글로 후천개벽을 한 지 약 500여 년, 다섯 번의 세기가 지나고 스물네 번의 성조가 바뀌도록 그리고도 한 100년 더그 간난한 질곡의 역사가 이어져 내리도록, 한글이 열었던 하늘은 그언어를 부리는 사람들의 독특한 숨결을 그렇게 주렁주렁 매달아놓았다. 그 하늘이 사시장철 그렇게 열리도록 지나온 길이 결코 순탄한 것만은 아니었다. 때론 중국이라는 사대의 말뚝이 그리고 일본이라는 왜곡된 근대의 신작로가 그 오랜 나름의 질서를 교란 혹은 현혹하기도했다. 하나는 명분이라는 이름으로, 다른 하나는 실리라는 이름으로.

　마침내 과거의 적과는 비교도 되지 않는 골리앗이 2000년 가을 다

---

* |사| 아프리카문화연구소 소장. 한국외국어대 강사

윗의 앞에 오롯이 섰다. 공활한 하늘을 배경으로 역사의 장막을 갈
아 끼우면서. 뒷목을 깊게 꺾어 수직으로 오래 쏘아다 본 난쟁이의
두 눈으로는 왼편에는 명분 오른편에는 실리라는 위압적인 박공이
근거 없이 펄럭거리고 있었다. 타당한 기우인가 아니면 근거 없는
예후인가?

2. 영어 공용화에 부치는 몇 가지 단상들

우리 시대 소위 영어 공용화를 주장하는 사람들이 이구동성으로 내
세우는 논리 중의 하나가 명분과 실리이다. 영어가 이미 실질적인
국제어로 자리 잡았다느니 영어를 못하면 국제사회에서 경제적으
로 커다란 낭패를 당하기 십상이라느니 등의 논리가 그것이다. 이
들이 내세우는 명분과 실리론이 상당히 일리가 있는 것은 사실이
다. 그러나 문제는 명분과 실리를 지나치게 절대화하여 그 이외의
것들을 백안시한다는 데 있다.

　사실 우리 시대의 영어 공용화론은 명분과 실리에 배타적·독점적
지위를 부여하느냐 아니면 소박한 상대적 우선권을 부여하느냐라
는 입장의 문제로 크게 압축해 볼 수 있다. 다시 말해 영어가 이 시
대 한국어와 공용어로 쓰일 만큼, 그러다가 때가 무르익으면 한국
어를 제치고 모국어의 자리로 당당히 등극할 만큼 유아독존적 필연
성을 담보하고 있느냐 아니면 다만 기능적이고 실용적인 차원에서

한국어보다 국제적 위상에서 비교 우위적인 측면을 감당하고 있느냐 문제로 정리해 볼 수 있다는 말이다. 문제를 이렇게 압축해 보면 쟁점은 더욱 확연해진다.

먼저, 영어 공용화의 필연성 여부를 쟁점화해 볼 수 있다. 영어의 절대 우위적 지위를 주장하는 측이든 아니면 비교 우위적 지위를 인정하는 측이든, 영어가 동시대 기타 언어에 비해 명분과 실리 면에서 독점적 카리스마를 행사하고 있음을 부인하기는 힘들다. 그렇다면 중요한 것은 영어 공용화의 '명분과 실리론'을 심문하는 데 귀추를 주목하는 것이 아니라 '공용화론 자체'의 현실 정합성 여부를 논구하는 데 심혈을 기울이는 일이다.

사실 영어 공용화라는 명제는 '공용화'라는 단어가 환기하는, 관대하면서 중성적인 이미지의 조작을 통해서 매우 중요한 사실 하나를 절묘하게 은폐한다. '영어의 모국어화'가 그것이다. 다시 말해 현실적으로 막강한 권력을 행사하는 거인 언어인 영어가 볼품없는 난쟁이 언어인 한국어와 눈높이를 맞추기 위해 황송하게도 그 뻣뻣한 무릎을 꺾는 겸양을 감행한다는 식의 너그러운 이미지가 '공용화'라는 단어를 통해 유포됨으로써 그 이후의 필연적 수순, 곧 영어의 모국어화 과정이 자연스럽게 감추어진다는 것이다.

단언컨대 영어 공용화는 영어의 모국어화의 다른 이름에 지나지 않는다. 따라서 영어 공용화론은 단순히 영어가 한국어와 동일한 수위에서 병렬적으로 사용되는 문제와 결부되어 있는 것이 아니라 궁극적으로는 모국어를 교체하는 문제와 밀접하게 연관되어 있다.

모국어를 교체하는 문제와 관련하여 역으로 또 한 가지 쟁점화해 볼 수 있는 것은 한국어의 경쟁력 문제이다. 한국어가 진정 정보통신과 인터넷 그리고 디지털 등으로 대변되는 작금의 국경 없는 '지구제국'[1] 시대의 효율성을 감당해 낼 수 있는 언어인가? 영어와의 관련하에서 한국어의 경쟁력을 물을 때 자연스럽게 소급될 수 있는 이 물음에도 몇 가지 왜곡과 참칭이 있기는 마찬가지이다.

먼저, 국제적인 효율성을 논할 경우 한국어가 영어에 크게 미치지 못하는 바는 사실이다. 그러나 한 언어의 가치를 국제적인 효율성으로만 재단하는 논리는 제국주의적 혐의의 소지가 없지 않다. 게다가 작금의 시대가 국가와 국경, 민족과 인종 그리고 성별의 차이 및 민족어의 특권을 초월한 통일된 '지구제국' 시대라는 단정에는 다소 근거 없는 일반화의 오류가 숨어 있다. 진정 우리 시대가 국가와 국경, 민족과 인종 그리고 성별의 차이 및 민족어의 특권을 폐기해도 좋을 만큼 공평무사한 시대인지 그리고 이 모든 다양성과 변별성이 일사불란한 '지구제국'의 질서를 위해 지양되어도 좋을 만큼 그 제국이 그토록 아름다운 대안세계의 면모를 내장하게 될 것인지는 재고해 볼 여지가 있다.

필자는 설령 '지구제국'의 시대가 가까운 미래에 도래하게 된다고 할지라도 국가·민족·인종·성별·민족어 간의 기왕의 위계적 분화가 혁명적인 형태로 재편될 것이라고는 믿지 않는다. 기존의 질서가 거의 동일한 형태로 반복 혹은 재생산될 것이라고 생각한다. 그리하여 '지구제국'하에서도 중심부는 여전히 과거의 그 유쾌한 특권을 즐길 것이고, 반주변부 혹은 주변부는 과거와 마찬가지로 시대를 초월해 세습되는 변방의 소외를 애도할 것이다. 왜냐하면 '지구제국'이라는 유토피아도 어차피 중심부의 기호에 따라 편성될 것이므로. 따라서 '지구제국' 시대가 오면 반주변부 혹은 주변부는 중심부가 되고, 한편 중심부는 변방의 지위로 추락하게 될 것이라는 기대는 불쾌한 한여름 밤의 꿈으로 끝날 공산이 다분하다.

사실 기타 제국어와의 관계에서 한국어의 경쟁력을 역사적으로 반추해 볼 때, 한국어가 열세의 지위를 극복한 역사를 찾아보기는 쉽지 않다. 조선시대에는 중국어, 일제시대에는 일본어 그리고 해방 이후에는 영어라는 거인의 언어에 줄곧 주눅 들어 눈칫밥을 먹던 것이 곧 우리 민족어의 왜소한 초상이다. 그럼에도 불구하고 우리의 말글살이는 팔자에도 없는 그 희대의 시집살이를 용케도 견디어내었다. 언제라도 쥐도 새도 모르게 존재 자체가 박멸되어 버릴지도 모른다는 그 실존적 긴장을 말이다. 이런 와중에도 묘한 것은 중국어 공용화론이나 일본어 공용화론이 불거져 나온 바가 없다는 사실이다. 영어 공용화론이 커다란 사회적 파장을 일으킨 이유도 이 때문이다.

그렇다면 왜 영어 공용화론이 문제인가? 어째서 영어 공용화/모국어화 주창자들은 전대미문의 역사를 만들어가려 하는가? 영어 공용화/모국어화 주창자들은 영어가 과거 중국어나 일본어가 누렸던 비중과는 비교도 되지 않을 정도의 중량감을 현재 전지구적으로 행사하고 있다고 주장하면서 영어라는 언어에 초월적 지위를 부여한다. 뿐만 아니라 우리가 살고 있는 이 시대에도 과거 조선시대 그리고 일제시대와는 상대도 되지 않을 정도의 차별성을 부과한다. 이들이 영어라는 언어에 배타적 선점권을 수여하고 현 시대의 특수성을 강조함으로써 부각시키고자 하는 것은 영어의 절대적 중요성과 그 영어를 모국어로 부리는 국가들의 예정된 세계제패이다. 따라서 앞으로 변화무쌍하게 펼쳐질 무한경쟁에서 성긴 목숨이나마 부지하기 위해서는 영어를 잘하는 길 외에는 달리 선택이 없다는 것이다.

그러나 이러한 주장 속에는 일련의 역사의식을 휘발시키는 얄궂은 이데올로기가 숨어 있다. 하나는 한국어의 화석화와 관련되어 있고, 다른 하나는 현 체제의 현상유지와 관련되어 있다.

먼저, 한국어의 화석화와 관련된 이데올로기라 함은 영어는 근대이래로 국제질서의 변화를 진두지휘하면서 작금에 이르기까지 그위상과 영향력 면에서 초고속성장을 거듭하고 있는 데 반해, 한국어는 현실의 변화를 따라잡기에는 역부족일 정도로 너무 더디게 발전하거나 아니면 아예 답보상태에 머물러 있다는 주장을 일컫는다. 그러나 실제로는 한국어도 조선시대나 일제시대에 고착화된 언어가 아닌 이상 현실의 변화를 충실히 따라가고 있다고 볼 수 있다. 중국어 공용화론이나 일본어 공용화론이 거론되지 않는 이유 중의하나도 한국어의 충분한 변화 대처능력 때문이라고 말할 수 있다. 따라서 영어의 위력만을 지나치게 절대화하거나 신비화하는 태도는 지양할 필요가 있다.

또 하나, 현 시대를 과거와 단절적으로 바라보는 태도가 현 체제의 현상유지와 관련되어 있다는 비판은 사실 새삼스러운 것은 아니다. 현재를 과거로부터 이탈시켜 그 불연속성을 강조함으로써 현재의 상대적 긴장감 및 중요성을 확보하는 방식은 익히 낯익은 수법이기 때문이다.

영어 공용화론은 한마디로 영어의 무소불위한 위력과 동시대성의 무차별한 차별화에 대한 다소 과민한 반응에서 빚어진 일종의 징후적 조기대응이라고 볼 수 있다. 그러나 항상 앞서나가는 것이 선은 아니다. 때론 피 말리는 기다림이 최선일 때가 있다. 우리 시대 영어의 권력은 결코 운명이 아니다. 다만 우연일 뿐이다. 그 불가해한 우연의 미래에 한민족의 반만 년 역사 그리고 앞으로도 더 오래 이어질지도 모를 그 미완의 시간을 배팅할 수는 없다.

3. 첫번째 신념: 영어는 가치중립적이다

영어 공용화를 내세우는 사람들 사이에는 대체적으로 '영어'에 대한 몇 가지 흔들리지 않는 신념이 있다. 먼저, 영어는 가치중립적인 언어라는 신념이다. 다시 말해 영어는 더 이상 과거 그 신물 나는 지배자의 언어가 아니라는 말이다. 그 예로 영어 공용화론의 주창자들은 영어가 유통되는 콘텍스트가 과거와 크게 달라졌다는 점을 강변한다. 그러나 아프리카와 인도 등지의 사례를 통해서 볼 때 실제로 영어가 과거와는 다른 맥락에서 사용되고 있는지는 의문이다. 일례로 영어의 아프리카 진출사를 간단하게 살펴보자.

  영어가 아프리카에 최초로 진출한 시점을 학자들은 대개 1530년대로 잡는다. 윌리엄 호킨스(William Hawkins) 장로가 당시 브라질로 가기 위해 잠시 회유했던 곳이 서아프리카였다. 당시 서아프리카는 1480년대 이후로 주로 포르투갈의 무역 전초기지 역할을 담당하고 있었는데, 윌리엄 호킨스의 예기치 않은 정박과 그로부터 약 30년

후 존 호킨스(Sir John Hawkins)가 '예수호'라는 배를 타고 기니(Guinea) 해안에 나타나 향료와 상아 그리고 노예를 거래하기 시작한 이후 영국상선의 본격적인 진출을 맞이하게 된다. 그 이후로 기니는 설탕과 술 그리고 면직물과 노예 거래에 있어 유럽과 아프리카 그리고 아메리카를 잇는 중차대한 중간항로 역할을 감당하게 된다.² 그러나 이때까지만 해도 영어는 프랑스어, 스페인어, 포르투갈어 그리고 화란어보다도 국제적인 위상이 약해 아프리카 내에서조차 별다른 영향력을 행사하지 못했다.

사실 영어가 아프리카에서 다소 공식적으로 이목을 끌기 시작하는 시점은 영국이 서인도제도와 인도로 향하는 자국 상선의 안전한 상품수송과 항로확보를 위해 해양권 장악에 나서기 시작하는 시기부터이다. 영국은 자메이카와 바베이도스로 가는 항로를 안전하게 보호하기 위해 서아프리카의 시에라리온(Sierra Leone)에 거대한 교두보를 건설하는 한편, 인도로 가는 상선을 쉬어가게 하기 위해 남아프리카공화국의 케이프타운에 중간 기착지를 마련한다. 특히 '인도로 가는 길'의 배타적 항해권을 유지하기 위해 서아프리카에서 동아프리카에 이르는 조그만 섬들—어센션(Ascension), 세인트헬레나(St. Helena), 트리스탄 다 쿠냐(Tristan da Cunha), 모리셔스(Mauritius) 그리고 세이셸 제도(the Seychelles) 등—을 조직적으로 점령해 버리는 야만을 감행한다. 이 이후로 아프리카에서 영어의 존재가 눈에 띄게 부상하게 된다. 그러나 노예무역이 자유롭게 횡행하던 이때까지만 해도 아프리카에서 영어가 그다지 체계적으로 사용되던 것은 아니었다.

역설적이게도 아프리카에서 영어가 조직적으로 팽창하기 시작하는 시기는 영국본토에서 '노예제 폐지론'이 심심찮게 인구에 회자되던 시기와 일치한다. 그것은 노예제 폐지론에 고무된 본토의 인권옹호론자들이 노예 귀향운동 등을 펴면서 그 방편으로 흑인노예들의 고향에 대학을 세워 인도주의적인 차원의 교육을 감행하던 시도 때문이었다.

1774년 맨스필드 경(Lord Mansfield)이 법정에서 노예제 폐지를 공식적으로 선포한 후 영국의 인권옹호론자들은 1787년 시에라리온의 수도 프리타운(Free Town)에 최초로 일군의 자유로운 신분의 흑인집단들이 거처할 터전을 마련한다. 영국본토에서 가난과 고된 노역에 시달리던 흑인들, 노바스코샤(Nova Scotian)라 불리던 미국 독립전쟁에 참여했던 군인들, 자메이카 출신의 도망노예들 그리고 노예선에서 탈출한 노예들이 이 터전에 자리를 잡는다.

그로부터 정확하게 40년 후인 1827년에 이곳에 푸라 대학(Fourah Bay College)이라는 이름의 정식 대학이 설립된다. 이 기관은 이후로 서아프리카 전역에 영어 및 영국식 교육의 영향력을 확장하는 데 중요한 역할을 담당하게 된다. 그러나 앞서 지적한 이러한 과정이 역설적이라는 것은 이 대학에서 정식으로 영어교육이 시작된 이후로 영어를 구사할 줄 아는 흑인과 그렇지 못한 원주민들 사이의 갈등이 불거지게 되기 때문이다. 인권옹호론자들의 순박한 의지에 반하게도 영어가 해방의 도구가 아니라 또 다른 구속의 매개가 되어버린 것이다.

영어가 이러한 반전의 도구로 전유된 역사는 이외에도 부지기수이다. 라이베리아의 예가 그중 하나이다. 영국의 인권옹호론자들과 마찬가지로 미국의 노예폐지론자들도 1820년대 도망노예들을 동원해 아프리카의 라이베리아에 역사상 최초의 흑인국가를 세운다. 이 국가는 그로부터 27년 후인 1847년에 급기야 오랜 갈등 끝에 미국정부로부터 독립을 공인받는다. 그러나 문제는 그 이후에 발생한다. 미국 출신의 라이베리아인(American Liberian)과 라이베리아 토착민(African Liberian) 사이의 갈등이 국가권력의 경영권을 놓고 부상하기 때문이다. 이런저런 이유로 노예의 삶을 살면서 완벽하지는 않지만 파편적인 영어나마 구사할 줄 알게 된 미국 출신의 라이베리아인들이 국가권력의 주도권을 잡겠다고 나서면서 갈등이 전면화된 것이다.

영어 공용화론과 관련해 라이베리아의 예에서 주목해 보아야 하는 것은 영국영어와 미국영어 사이의 갈등이다. 전통적으로 수세기동안 영국영어의 자장권 아래 있던 라이베리아 토착민들이 미국정부의 비호 아래 갑자기 발음 등을 포함해 구사방식이 다소 다른 미국영어를 가지고 귀향한 미국 출신의 라이베리아인과 패권을 다투는 과정에서 이 갈등의 한 진면목이 잘 드러난다. 한편 영국영어와 미국영어의 갈등은 하나의 중요한 정보를 제공하는데, 영어의 중층성이 그것이다. 다시 말해 영어는 하나의 통일된 평등한 언어가 아니라 발음·인종·지역·성별 등에 따라 각기 다른 층위를 가지고 있는 언어라는 뜻이다.

실제로 이 시기 미국영어는 영국인들에 의해 족보에도 없는 언어 취급을 당하기 일쑤였다. 이렇듯 영어는 누가 쓰느냐에 따라 자리매김을 달리했다. 레이몬드 윌리엄스(Raymond Williams)는 『핵심어』(*Keywords*)라는 책에서 '영문학'(English Literature)이라는 표제어의 문헌학적 기원을 밝히면서 그것이 사무엘 존슨(Samuel Johnson)의 민족적 우월의식에서 비롯한 것임을 지적한 바 있다.[3] 영국에서 최초로 영어로 사전을 편찬해 영어를 공식적인 사전언어의 반열에 올린 바 있는 사무엘 존슨은 영어라는 언어 자체에 암각되어 있는 성차별을 당연시했을 뿐만 아니라 특정 계급의 영어를 공공연하게 선호했던 것으로도 익히 알려져 있다.[4]

　이러한 점을 염두에 둔다면 영어를 공용화해 비교적 영어를 자유자재로 구사하게 된 오늘날의 아프리카인들이나 인도인들 그리고 일개의 동남아시아인들이 왜 그들의 수려한 영어 구사능력에도 불구하고 알게 모르게 끊임없이 본토영어 사용자들에 의해 차별화되는지를 미루어 짐작해 볼 수 있을 것이다. 인종과 성 나아가 발음의 차이 때문이다. 인종과 성 그리고 발음의 차이는 비본토영어 사용자들이 자신의 어머니를 임의로 바꾸어 태어나지 않는 한 바뀌지 않는다. 이러한 불가역성을 사유하지 않는 영어 공용화론은 다분히 피상적이다.

　따라서 영어 공용화론은 단순히 영어로 의사소통을 할 수 있느냐 없느냐의 문제가 아니다. 그리고 영어로 의사소통을 하게 될 때 그로 인해 얻게 될 경제적 이득이 얼마나 큰가 작은가를 따지는 문제도 아니다. 그보다는 훨씬 더 근원적인 문제이다. 이 문제는 영어 공용화가 진정 가치중립적일 수 있는가 하는 점과도 결부되어 있다.

　조수아 피시맨(Joshua Fishman)은 그가 과거 영국 식민지였던 곳을 포함해 현재 영어를 제2외국어로 혹은 공용어로 사용하고 있는 전세계 102개 국가를 대상으로 조사해 본 결과 영어는 "인종적으로도 이데올로기적으로도 가치중립적"이라고 단언한다.[5] 그 이유를 그는 다음과 같이 설명한다.

　영국의 제국주의도 미국의 자본주의도, 나아가 영어를 모국어로 쓰는 이들 나라의 민주주의 풍토도 영어가 전세계로 팽창해 나가는 데 딱히 이렇다 할 도움이 된 것도, 장벽이 된 것도 아니다. 영어는 오히려 현대적인 생활, 대중적인 기술, 소비재 상품, 생기발랄한 청년문화 그리고 사회적 진보의 희망을 대변해 왔다.[6]

　그에 따르면 영어는 과거 식민지 시절에조차도 식민지 본국의 식민지 운영정책이나 교육정책과 무관하게 영어가 표상하던 그 세련된 이미지 때문에 식민지인들이 가장 애호하던 배움의 대상이었다는 것이다. 그러나 필립슨(Phillipson)은 피시맨의 연구방법론 자체가 가장 기본적인 질문, 곧 "왜 과거 식민지인들은 영어를 배우지 않으면 안 되었는가"를 묻지 않았다고 비판하면서 그의 주장을 용도 폐기한다.[7]

　홀보로우(Holborow)도 영어는 피시맨의 주장과 달리 불평등한 확장의 역사를 밟아왔다고 지적한다. 그는 영어를 전세계적으로 모국어(English as Native Language, ENL), 제2외국어(English as Second Language, ESL), 국제어(English as International Language, EIL), 외국어(English as Foreign Language, EFL) 그리고 세계어(English as World Language, EWL) 등속으로 구분한 슈미드(Schmied)와 골라크(Gorlach)의 명명법에 따라 각 영어의 지위와 등급을 구분한다. 그는 이러한 영어구분법이 단순히

교육적 목적으로만 시행된 것은 아니라고 주장한다. 그 예로 그는 동일한 지역에서 영어를 모국어로 사용하는 흑인과 백인의 경우에도, 그들의 영어가 등급의 차이를 수반하고 있음을 방증거리로 내세운다.[8]

이러한 사례들을 통해서 볼 때 영어의 역사는 곧 지배자의 역사라고 볼 수 있다. 다만 그 지배의 방식이 식민지 시절, 신식민지 시절 그리고 탈식민지 시절이라는 시간적 변화의 추이에 따라 보다 세련되게 바뀌고 있을 뿐이다. 영어 공용화도 지배의 논리의 연장선상에 있음을 부인하기 어렵다. 홀보로우는 아프리카와 인도에 한때 불어닥친 영어 공용화론이 엘리트주의와 결탁하여 영국 신식민주의자들의 통제를 보다 수월하게 하는 데 일조했다고 주장한다.[9] 따라서 영어가 인종적으로도 이데올로기적으로도 중립적이며, 더 이상 지배자의 언어가 아니라는 주장은 요원한 희망사항에 가까운 발언일 뿐이다.

4. 두번째 신념: 영어는 과학적 진보 혹은 발전적 근대를 상징한다

영어 공용화를 내세우는 사람들의 흔들리지 않는 두번째 신념은 영어를 과학적 진보 혹은 발전적 근대와 자동적으로 동일화하는 믿음이다. 이 믿음의 연원에는 19세기의 언어 기능주의가 자리하고 있다. 곧 영어라는 언어를 진보, 무역 그리고 과학이라는 이름과 동일시하여 영어와 영문학 나아가 영국의 문명 자체를 절대화하는 것이다.

1846년 영어라는 제국의 언어에 바쳐진 결의에 찬 한 헌사를 들어

보자.

영국의 언어가 전세계 시장과 학교에 시장의 문서로 그리고 종교의 언어로 다가서게 합시다. 영국의 언어가 권력과 번듯한 직장 그리고 승진의 사다리가 되게 합시다. 동시에 영어로 쓰인 문학이 케이프코모린(Cape Comorin)에서 히말라야에 이르는 그리고 인더스에서 부란푸터(Burranpooter)에 이르는 사람들 모두에게로 널리널리 퍼지게 합시다. 그리하여 영국의 지배가 공고화되고, 평등한 영국의 법이 길이길이 보존되게 합시다. 뿐만 아니라 우뚝한 영국의 경제가, 기독교가 그리고 영국의 문학이 그 위력을 세계 방방곡곡에 떨치도록 합시다.[10]

19세기의 언어 기능주의가 20세기에 이르면 공리주의의 외피를 걸치게 된다. 따라서 가장 용도가 다양한 그리고 가장 유용성이 높은 언어가 가치론 및 존재론적으로 최상의 언어라는 지위를 부여받게 된다. 이러한 입장은 20세기 후반에 들어와 영어가 미국에 의해 유일무이한 세계어로 부상하게 되면서 기승을 부리게 된다. 이러한 입장을 가장 과격하게 담지하고 있는 학자가 쿨마스(Coulmas)이다. 그는 정치, 경제, 사회, 문화 등 전분야에 걸쳐 영어만큼 전방위적으로 유용한 언어는 없으며, 따라서 영어가 세계 공용어가 되는 것은 시간문제라는 논리를 편다. 나아가 그는 근대화와 관련해서도 근대화의 주체는 서구일 수밖에 없으며, 서구적 근대화는 그 언어를 통달하지 않고는 불가능하다는 주장을 편다. 그의 이러한 주장에는 제3세계인, 여성 그리고 노동자 등과 같은 주변부인의 입지를 위축시키는 논리가 공공연하게 나타나 있다.

그의 유럽인/유럽언어 중심주의적인, 나아가 영국인/영어 중심주의적인 발언의 도발성은 다언어주의(Multilingualism)와 관련된 지론을 펼 때 위험수위를 넘어선다. 예정된 수순이기는 하다. 그는 다문화주의는 기본적으로 진보의 걸림돌이라고 평가한다. 다시 말해 영어를 기능적으로 완벽하게 숙달하면 만사형통인 것을 굳이 유용성도 없는 소수언어에까지 존재론적 가치를 인정할 필요가 있겠느냐는 것이다. 다언어주의의 폐해를 거론하는 한 예로 그는 미국 내 소수민족인 히스패닉계 집단의 언어를 지목한다. 그는 그들이 사회심리적인 이유 때문에 영어의 경제적 유용성을 인정하지 않고 영어 배우기를 소홀히 하는 것에 대해 조소를 금치 못한다.

물론 그가 다언어주의의 가치를 인정하는 경우도 있다. 매우 예외적인 경우에 한해서 말이다. 가령 영국의 런던 동쪽 변방에서 레스토랑이나 세탁소 등을 운영하는 인도인이 사용하는 힌디어 혹은 벵골어 또는 펀자브어의 경우가 그것이다. 그는 이러한 집단의 언어를 '특정 집단의 공리적 가치'가 담보된 언어라고 명명하면서 그 존재를 인정한다. 물론 이러한 언어로는 인지과학이나 기술공학과 관련된 학문을 논할 수 없다는 편견 어린 충고를 잊지 않으면서 말이다.[11] 따라서 홀보로우가 그에게서 19세기식 구닥다리 제국주의의 언어기능주의를 다시 보는 것은 타당하다.[12]

19세기의 언어기능주의나 쿨마스의 공리주의적 입장처럼 한 언어의 가치를 시장적 의미의 효율성과 경제성으로만 재단하는 논리는 숙명론적 시장 제일주의에 매몰될 가능성이 크다. 이러한 논리는 결국 시장적 의미의 경쟁력이 없는 소수언어의 필멸을 당연시하게 된다. 소수민족의 언어일지라도 그 언어는 그 언어를 사용하는 민족 구성원들만의 삶과 문화를 견결하게 반영한다. 무릇 언어는 어떤 언어이건 앞에서 말한 시장주의적 환원을 초월하는 내용을 거느리기 때문이다.

"각각의 언어와 문화는 근본적으로 상호비교가 불가능하다"는 '약분불가 테제'(incommensurable thesis)를 비롯해 '사피어(Sapir)와 훠프(Whorf)의 가설'도 이 주장을 지지한다. 특히 훠프의 호피 동사(Hopi verbs) 시제 연구결과는 주목을 요한다. 그는 호피 동사의 시제를 연구한 결과 모든 인간은 기본적으로 언어 종속적이며, 어떤 언어이고 그 언어만의 독특한 시공간 개념이 존재한다는 유명한 가설을 제출한다.[13] 따라서 이런 차이와 변별점을 무화하는 시장 제일주의는 궁극적으로는 제1세계 언어 나아가 제1세계 문명의 항구화로 자연스럽게 이행된다.

한 언어의 가치를 시장적 의미의 효율성과 경제성으로만 재단하는 논리가 궁극에는 제1세계 언어와 문명의 항구화로 귀결되고 만다는 지적은 아프리카와 인도의 예를 통해서 다시 한번 검증해 볼 수 있다. 1995년 세계은행에서 조사한 바에 따르면, 미국과 영국 등 제1세계 자본주의 국가들이 추동한 자본의 전지구화 과정이 1980년대 이래로 제1세계 내의 경제성장률은 꾸준히 증가시킨 데 반해 제3세계의 그것은 오히려 둔화시키고 있다고 보고한다. 특히 아프리카는 인구수에 있어서 전세계 인구의 약 10% 이상을 차지하고 있

는 데 반해, 그들의 세계경제 기여도는 단 1%에도 못 미친다고 한
다.[14] 인도의 경우도 상황이 별반 다르지 않을 것이다. 이 통계에 비추
어볼 때 자본의 전지구화 과정과 더불어 전세계화되었을 법한 영어가
제1세계 내에서 그리고 제3세계 내에서 각기 다른 양태로 활약상을
드러내 보인 사실은 자명하다. 따라서 영어가 가치중립적일 수 없음
을 다시 한번 확인해 볼 수 있다.

이 점과 관련해 영어를 과학적 진보 혹은 발전적 근대와 자동적으
로 동일화하는 믿음도 보다 진중하게 심문해 볼 필요가 있다. 혹자는
영어의 아프리카 진출이 아프리카 원시대륙의 야만의 밤을 청산하고
근대적인 문명의 빛을 선사했을 뿐만 아니라 아프리카인들끼리의 노
예사냥 그리고 원시 부족주의를 지양하는 데 크게 공헌했다고 주장한
다. 이러한 주장 역시 새삼스러울 것은 없다. 식민주의의 긍정적 공과
를 논할 때마다 전가의 보도처럼 활용되는 논리가 바로 이것이기 때
문이다.

그러나 랑거(Ranger)는 오히려 영어 때문에 아프리카인들간의 노
예사냥 그리고 부족주의 나아가 아프리카 대륙 자체와 관련된 진실
등이 훨씬 위악적으로 굴절되는 경험을 겪게 되었다고 주장한다. 그
예로 랑거는 식민지 이전시기 아프리카 대륙 내에서의 '부족 중심주
의'가 식민주의가 강제한 단일체제보다 유연했음을 강조한다. 그는
동시에 아프리카의 부족주의가 야만성을 환기하는 이유를 식민주의
자들의 조직적 왜곡과 추장이나 지식인 등과 같은 내부의 매판 부르
주아계급의 훼절 때문이라고 강변한다.[15]

영어가 과학적 진보 혹은 발전적 근대와 동질화되면서 영어 공용화

내지는 모국어화가 불가피한 선택처럼 인식되게 된 데는 문학과 작가의 음덕이 적지 않다. 소잉카와 아체베가 대표적인 경우인데, 이들은 영어가 더 이상 제국의 언어가 아님을 토로한다. 설사 영어가 제국의 언어라 할지라도, 그 언어를 아프리카 식으로 제대로 전유하기만 한다면 그 언어로 아프리카인의 변별적 세계관 및 심상을 전달하는 데 아무런 무리가 따르지 않는다는 것이다. 그리고 무엇보다도 특히 지난 300~400여 년에 이르는 식민주의의 역사를 완전한 형태로 청산하는 것이 불가능에 가까운 이상, 개인의 호(好)·불호(不好)를 떠나 어쩔 수 없이 영어를 창작어의 매개 내지는 공용어로 사용해야 한다는 것이다. 물론 그것을 어떻게 아프리카 식으로 변주해 낼 것인가라는 과제를 남기면서 말이다. 소잉카의 영어변론을 들어보자.

우리가 남의 언어를 빌려와 조각을 하고 그림을 그리기 위해서는 무엇보다도 먼저 그 언어의 전체적인 속성을 우리 고유의 사유체계 내지는 표현체계와 접목시켜야만 한다. 다시 말해 우리는 그 언어를 줄일 수도 있고 늘일 수도 있어야만 하고, 뭉칠 수도 있고 흩트릴 수도 있어야만 하며, 쪼갤 수도 있고 다시 모을 수도 있어야만 한다.[16]

이번에는 아체베의 희화적인 변론을 들어보기로 하자.

언어에 관한 한 우리의 처방은 단순하다. 영어를 폐기하는 것이 그것이다. 그러나 문제는 그 이후이다. 영어를 폐기한 이후 그 자리에 무엇을 둘 것인가라는 문제. 한 처방전 중에는 이런 것도 있다. 200여 개가 넘는 이상야릇한 나이지리아의 언어들은 다 집어치우고 동부 아프리카로 가서 스와힐리어를 빌려다 쓰자는 주장. 과거에 왕위계승 문제 때문에 고민하던 한 왕국이 다른 왕국에 가서 왕위책봉에 실패한 왕자를 데려다 왕을 삼은 것처럼 말이다.[17]

앞의 인용문을 통해서 볼 때 소잉카의 경우 영어는 적극적 수용의 대상이고 아체베의 경우는 특별한 대안부재의 대용물이다. 달리 말해 아체베에게 영어는 딱히 이렇다 할 대안이 없는 상황에서 어쩔 수 없이 빌려다 쓸 수밖에 없는 언어라는 뜻이다. 이런 관점에서 본다면 아체베가 소잉카에 비해 영어수용에 있어 다소 비극적 태도를 보이고 있다고 말할 수 있다. 그럼에도 불구하고 그 결과는 같다. 그 징후는 다음과 같은 문장에서 잘 나타난다.

내 생각에 영어의 전위를 확장해 아프리카인의 사고 패턴까지도 담아내려는 작업을 염두에 두고 있는 작가라면 모름지기 영어를 완벽하게 통달해야만 한다. 순진한 생각만 가지고는 어림도 없다.[18]

소잉카도 아체베도 영어가 과학적 진보와 근대적 발전을 담보한 언어라는 데는 이견이 없다. 그러나 문제는 소잉카의 변주능력도 아체베의 야심만만한 시도도 기본적으로 영어를 능수능란하게 부릴 줄 아는 능력이 없으면 그림의 떡이 되고 만다는 데 있다. 게다가 대다수의 민중이 문맹에서 벗어나지 못한 아프리카를 비롯한 제3세계에서 과연 이런 식의 주문이 의미가 있는가 하는 점도 고려해 봄직하다. 영어의 변주능력을 익히기 이전에 토착어로 문맹을 깨치는 것이 선결 과제라고 사료되기 때문이다.

이렇듯 영어가 세계 여러 지역에서 공용화론으로 이어지기까지는 영어는 곧 과학적 진보 혹은 발전적 근대를 수반한다는 신념이 크게 작용한다. 그러나 앞서 보았듯 영어가 상징하는 과학적 진보 혹은 발전적 근대가 말 그대로 상징이라는 차원을 뛰어넘어 실제적인 차원에서 그 내용을 실현하는지는 의문이다. 특히 아프리카와 인도 등지를 비롯한 제3세계의 경우 영어 공용화를 통한 진보 혹은 근대화라는 명분과 실리론이 수구세력의 기득권 유지와 매우 밀접한 관련이 있다는 사실은 의심의 여지가 없다.

| 사족 |

우리 사회에서 일고 있는 영어 공용화론이 가지는 맥락은 아프리카나 인도의 예와는 물론 다르다. 우리에게는 아프리카나 인도와 달리 영어에 대해 부정적 선입견을 기투할 수 있는 역사적 여지가 존재하지 않기 때문이다. 그렇다고 그것이 영어 자체가 지닌 지배자 언어의 부정적 속성을 면제해 주는 것은 아니다. 19세기의 팍스 브리태니커에서 20세기의 팍스 아메리카나로 이어지면서 그 언어가 점철했던 그 화려한 지배의 역사와 거기에서 연유하는 필연적인 후유증의 역사, 그 부정의 흔적들은 지금까지도 면면히 이어져 내려

오기 때문이다.

아프리카와 인도의 사례를 통해 또 한 가지 덧붙이고 싶은 사족은 앞으로는 영어 구사력이 인류의 미래를 좌지우지하게 될 것이라는 근거 없는 예후에 대한 비판이다. 사실 따지고 보면 아프리카인들이나 인도인들이 영어를 못해서 주변부인으로 소외되고 있는 것은 아니다. 어쩌면 기득권층의 능숙한 영어실력 때문에 오히려 제1세계인들에 의해 보다 손쉬운 통제의 대상으로 전락되고 있는지도 모를 일이다.

그러나 무엇보다도 우리 시대 영어 공용화와 관련해 필자가 부치고 싶은 발언은 이것이다. 영어가 누리는 동시대의 권력은 모두(冒頭)에서 지적한 바대로 우연에 불과하다는 점 말이다. 프랑스의 나폴레옹이 헬레나섬을 만나지만 않았다면, 독일의 히틀러의 운명이 그렇게 박복하지만 않았다면, 줄루의 전사 샤카 대왕의 창과 방패가 내부의 모순을 일으키지만 않았다면 그리고 미국이 독립전쟁에서 패배해 바나나공화국이란 오명을 뒤집어쓰게 되었다면, 오늘날 일본이 줄루어로, 독일어로, 프랑스어로 자국의 상품을 선전하지 말라는 법은 없다. 이런 유형의 역사적 복병은 앞으로도 무한대에 가깝게 펼쳐질 것이다. 영어가 그중 어느 하나의 복병에 발목을 잡히지 말라는 법도 없다. 따라서 중요한 것은 불편부당한 우연의 미래에 전존재의 운명을 저당하는 것이 아니라, 그 변화를 보다 유기적으로 그리고 보다 유연하게 읽어내고 대처해 내는 일이다.　　　　　(『실천문학』 59호, 2000)

1. 복거일,『국제어 시대의 민족어』, 문학과지성사, 1998.
2. Joseph Schmied, *English in Africa*, London: Longman, 1991, pp. 6~7.
3. Raymond Williams, *Keywords*, London: Fontana Paperbacks, 1983, p. 185.
4. Colin MacCabe ed., *Futures for English*, Manchester: Manchester University Press, 1988, p. 4.
5. J. A. Fishman, R. L. Cooper, and Y. Rosenbaum, *The Spread of English: the Sociology of English as an Additional Language*, Roweley/MA: Newbury House, 1977, p. 118.
6. J. A. Fishman, "English: Neutral Tool or Ideological Protagonist? A 19th century East-Central Europe Jewish intellectual views of English from afar," *English World-Wide* 8(1)/1~10, 1987.
7. Marnie Holborow, *The Politics of English*, London: Sage Publications, 1999, pp, 69~70
8. 같은 책, p. 59.
9. 같은 책, p. 64.
10. R. W. Bailey, *Images of English: A Cultural History of Language*, Ann Arbor: University of Michigan Press, 1991, p. 116.
11. F. Coulmas, *Language and Economy*, Oxford: Blackwell, 1992, p. 68.
12. M. Holborow, *The Politics of English*, London: Sage Publications, 1999, pp. 73.
13. C. MacCabe ed., *Futures for English*, Manchester: Manchester University Press, 1988, p. 6.
14. M. Holborow, *The Politics of English*, London: Sage Publications, 1999, p. 58.
15. M T. Ranger, "The Invention of Tradition in Colonial Africa," E. J. Hobsbawm and T. Ranger eds., *The Invention of Tradition*, Cambridge: Cambridge University Press, 1983, pp. 247~52
16. Wole Soyinka, "Aesthetic Illusion: Prescriptions for the Suicide of Poetry," *Third Press Review* 1, 1975, p. 67.
17. 치누아 아체베,『제3세계 문학과 식민주의 비평』, 이석호 옮김, 인간사랑, 1999. 106쪽.
18. Chinua Achebe, "The Role of the Writer in a New Nation," G. D. Killam ed., *African Writers on African Writing*, London: Heinemann, 1973, p. 12.

일본의 영어공용어화론

이연숙[*]

1. 영어 제2공용어화론의 출현

'영어 제2공용어화' 논쟁에 불이 붙기 시작한 것은 정부의 자문기관인 '21세기 일본의 구상' 간담회가 2000년 1월에 최종 보고서 『일본의 프런티어는 일본 안에 있다』를 발표하면서부터이다. 물론 그전에도 영어를 공용어로 채택하자고 주장하는 사람이 전혀 없었던 것은 아니었다. 그렇지만 그것은 어디까지 개인적인 의견에 지나지 않는 것이었기 때문에 그 파장이 얼마나 컸는가에 상관없이, 극단적으로 말한다면 지식인들 사이의 논쟁에 지나지 않는 것이었다고 할 수 있다.

그러나 이번의 경우는 정부의 자문기관이 공식적으로 이 주장을 들고 나왔다는 데서 지금까지와는 큰 차이가 있다. 즉 영어공용어화론

* 히토츠바시대학 사회언어학 교수

이 공적인 무대에 당당히 등장했다는 것이다.

이 영어공용어화론은 지금도 찬반양론이 계속되고 있지만, 경제계와 일부 지식인을 제외하고는 거의 대부분이 반대론 쪽으로 기울어지고 있다. 그러나 반대론이라고 해도, 그 내용과 질에 있어서는 대단히 폭이 넓어, 한마디로 정리할 수는 없다.

단순히 배외주의적인 감정적 반발에서 주장하는 반대론이 있는가 하면, 단단한 사회언어학적인 지견(知見)에서 펼치는 반대론도 있기 때문이다. 찬성파도 이 점에서는 마찬가지이어서, 무엇 때문에 영어를 공용어로 해야 하는지에 대해서는 의견의 일치를 보지 못하고 있는 실정이다.

원래 '영어공용어화' 논쟁의 배경에는 일본사람들의 영어능력 저하라는 문제가 도사리고 있었다. 중학생 정도의 초보적인 영어실력도 없는 대학생들이 늘어났다는 사실 및 TOEFL 시험에서 일본이 꼴찌에서 세번째라는 사실이 매스컴에 대대적으로 보도가 되면서 이에 대한 비판의 소리가 높아졌던 것이다.[1] 세계는 바야흐로 글로벌리제이션의 조류가 휩쓸고 있는데, 일본인의 영어실력이 지금처럼 저하 일변도여서는 살아남기 어렵다고 심각하게 고민하는 사람들이 속출했던 것이다. 그러므로 그들에게 있어서 영어공용어화론은, 일본사람들의 영어실력을 높이기 위한 최후의 강력한 수단으로 등장한 것으로 볼 수 있다.

그러나 이 논법은 누가 보아도 괴상한 논리다. 영어실력의 향상을 목적으로 영어를 공용어로 정한 나라는, 이 세상에 단 한 나라도 없다. 공용어 문제는 언어교육과 전혀 다른 차원의 이야기이기 때문이다. 영어를 공용어로 하고 있는 나라라 할지라도 반드시 회의 구석구석에까지 영어가 침투한 것은 아니며, 북유럽처럼 영어가 공용어가 아닌 경우에도 국민들의 영어실력이 비교적 높은 나라도 있다. 다시 말하면 영어 공용어화를 영어교육에 직결시키는 것은 폭론에 가깝다.

　단언컨대 국내에 그 언어의 화자가 없는데도 일부러 그 언어를 공용어로 하고 있는 나라는 없다. 있다고 한다면, 영어가 식민지 시대의 구 종주국의 언어로 아직껏 다른 언어를 누르고 기능과 위신을 보지하고 있는 경우로만 한정된다.

　그러므로 일본 국내에 영어화자가 없는데도 영어를 공용어로 하겠다는 것은 대단히 난폭한 논의가 아닐 수 없다. 즉 국내사정은 전혀 고려하지 않은 채, 오직 국외용의 공용어란 것이 도대체 가능한지조차도 논의되지 않고 있는 실정인 것이다.

　일본에서의 영어공용어화론은 '공용어'란 무엇인가 하는 정의도, '공용어화'를 위한 언어정책의 방침도, 구체적인 것은 완전히 사상된 채 진행되고 있는 매우 엉성한 논의라고 하지 않을 수 없다. 그러나 근대 일본의 언어의식이라는 문맥에서 보자면, 영어공용어화론은 일본의 언어 이데올로기의 틀을 대단히 명료하게 비추어주는 거울이라고 할 수 있다. 이 글에서는 시야를 넓혀, 일본에서 영어공용어화론이 나오게 된 배경 그리고 그것이 가지는 의미를 중심으로 논의해 보고자 한다.

지금부터 약 150년 전에도 일본어를 폐지하고 영어를 채용하자고
제언한 이가 있었다. 메이지(明治) 정부의 초대 문부대신을 지낸 모
리 아리노리(森有礼)가 바로 그 장본인이다. 모리 아리노리(1847~
89)는 메이지 초기에 활약한 정치가였다. 모리는 사츠마항(薩摩藩,
현재의 가고시마 현)의 사무라이의 아들로 태어났다. 그는 19세이
던 1865년에 영국의 런던대학으로 유학을 갔다가, 1867년에는 미국
으로 건너가 스웨덴볼크의 그리스도교적인 신비주의를 신봉하는
공동체에서 약 1년간 생활을 했다. 1868년에는 일단 귀국하지만,
1870년에는 다시 미국으로 건너가 최초의 변무공사(지금의 대사)에
취임했다. 1873년에 귀국해서는 계몽사상의 보급을 목적으로 하는
메이로쿠샤(明六社)를 결성했다. 1876년부터 1877년까지 영국공사
를 역임한 뒤, 그는 1885년에 메이지 정부의 초대 문부대신에 취임
해 국가주의에 근거한 갖가지 교육령을 제정했다. 그러나 1889년
'대일본제국헌법'을 반포하는 날, 크리스천이었던 그는 한 국수주
의자의 손에 의해 암살을 당하고 말았는데, 그 이유는 이세(伊勢)
신궁에서 취한 모리 아리노리의 태도가 '불경'했기 때문이라는 것
이었다.

　모리 아리노리는, 그의 경력에서도 알 수 있듯이 이른바 '서구화
주의자'의 대표로 여겨져 왔다. 그의 서구화주의적인 태도가 가장
극단적인 모습으로 나타난 것이 영어채용론이었는데, 그것이 구체
적으로 드러난 것은 미국의 언어학자 휘트니(W. D. Whitney)에

게 보낸 1872년 5월 21일자의 서간 그리고 1873년에 간행된 영문저작 *Education in Japan*(『日本の敎育』)의 서문이다. 여기에서는 후자, 즉『일본의 교육』을 중심으로 논의하기로 한다.

모리가 일본에 영어를 도입해야 한다고 생각했던 이유는 두 가지였다. 하나는, 지금까지 일본에서 학문어·고전어의 지위를 누려왔던 한문=중국어를 추방하고, 영어를 채택하는 것이 '문명의 진보'에 필수조건이라는 것이다.[2] 다른 하나는, 일본은 국토도 좁고 자원도 빈약하기 때문에 국제세계에서는 '상업민족'으로 살아가지 않을 수 없는데, 여기에는 영어가 절대적으로 필요하다는 것이다. 모리는 "영어를 쓰는 종족의 상업력"을 획득하는 것만이 상업민족인 "우리들의 독립을 보지하기 위한 필수조건"이라고 하면서, 다음과 같이 역설하고 있다.

일본에서 근대문명의 발걸음은 이미 국민들 속으로 깊숙이 파고들었다. 그에 발맞추어 영어는 일본어와 중국어, 양쪽의 사용을 억누르고 있다… 이런 상황 아래서 우리 열도 밖에서는 결코 사용되지 않는 우리들의 빈약한 언어는 영어의 지배에 굴해야 할 운명에 처해 있다. 특히 증기, 전기의 힘이 이 나라에 널리 퍼지는 시기는 더욱 그렇다. 지식추구에 여념이 없는 우리 지적 민족은 서양의 학문·예술·종교라는 귀중한 보고에서 중요한 진리를 획득하려고 힘쓸 때, 쇠약하고 불확실한 커뮤니케이션 매체에 의존할 수는 없다. 일본의 언어로서는 국가 법률을 결코 보지할 수가 없다. 이 모든 이유가 그것의 사용을 폐기할 것을 시사하고 있다.

이처럼 모리는 당시의 일본어[3]는 결코 근대국가를 담당할 만한 언어가 아니라는 비통한 인식을 가지고 있었다. 일본의 대표적인 사회언어학자인 다나카 가츠히코(田中克彥)의 "일본의 지식인에게 는 모어 페시미즘의 전통이 있다"[4]는 말이나, 스즈키 다카오(鈴木孝 夫)의 "일본사람들은 심층의식 속에서 일본어를 저주하고 있다"[5]는 말은, 이러한 모리의 인식을 달리 표현한 것이라고 할 수 있다. 이 같은 '모어 페시미즘'이 감상적인 차원을 넘어서 의도적인 '언어바 꿈'에까지 이르렀던 것이 바로 모리의 영어채용론이었던 것이다.

메이지 이후 일본의 언어 이데올로기는 이 모어 페시미즘을 극복 하는 데 전력을 쏟았다. 이렇게 해서 생긴 것이 '국가＝언어＝국민' 이라는 삼위일체에서 '태어난 고쿠고(國語)[6] 이데올로기'이다. 그러 나 일단 이 고쿠고(國語) 이데올로기가 확립된 후에는 모리 아리노 리에게 용서할 수 없는 '언어적 매국노'란 딱지가 붙어, 보수파든 혁신파든 모든 사람들의 비난의 대상이 되었다.

그러나 모리 아리노리의 '영어채용론'에는 또 하나의 중요한 측 면이 내재되어 있는 것을 간과해서는 안 된다. 그것은 "영어를 받아 들이는 것"이야말로 일본이 '독립'하기 위한 필요조건이라는 인식 이다. 제국주의 열강이 패권을 다투는 시대에 최강국의 언어이자 가장 '상업력'에 뛰어난 언어인 영어를 익히는 것이야말로, '제국일 본'이 살아남기 위해 불가결하다는 것이다. 즉 모리의 영어채용론은 복고적 국수주의와 겉모습만 달리한 내셔널리즘의 또 다른 표명이 었다는 것이다.

모리의 논의에 숨겨져 있는 것은 철저한 실리주의적인 공리주의였다. 모리는 이 같은 입장에서 일본이 채용해야 할 영어는 현재 쓰이고 있는 영어가 아니라, 불규칙한 정서법·문법을 빼어버린 한정된 어휘를 갖는 '간이영어'(simplified English)여야 한다고 주창한다.[7] 그러나 모리의 영어채용론에는 모어 페시미즘과 함께, 그것과 모순되지 않는 형태로 공리적인 내셔널리즘이 하나의 고리에 연결되어 있다는 것만은 확실히 짚고 넘어갈 필요가 있다. 덧붙여 말하자면, 약 150년 후에 나타난 영어 제2공용어화론에 자신과 흡사한 인식이 재현되리라고는 모리 자신도 전혀 예상하지 못했을 것이다.

3. 1980년대 '일본어 국제화' 시대

영어공용어화론의 의미를 측정하기 위한 역사적인 문맥으로서, 또 하나 언급해야 할 것은 1980년대에 나타난 '일본어의 국제화' 논의이다. '국제화'라는 말은 1980년대의 일본사회를 화려하게 장식한 유행어였다. 마치 뭔가에 쫓기기라도 하듯이 사람들은 입을 모아 국제화에 대해서 떠들기 시작했다. 덩달아 일본어도 이 같은 국제화 바람을 타지 않을 수 없었다. 특히 일본어를 배우는 외국인들이 늘어나면서, '일본어의 국제화'는 많은 사람들의 관심을 모으게 되었다.

일본어의 국제화와 관련하여 제일 처음에 등장한 것은 이른바 '간략 일본어'라는 것이었다. 간략 일본어란 1988년에 '국립고쿠고연구소'(國立國語研究所)의 노모토 키쿠오(野元菊雄)가 제안한 것으로, 일본어를 배우는 외국인들을 대상으로 하여 최소한의 어휘와 복잡한 문법형식을 떼어내 버린 간단한 일본어를 가리키는데, 이 발상의 원점은 찰스 옥덴(Charles Ogden)이 고안한 'Basic English'이다. 이 간략 일본어는 에센스의 전달만을 주목적으로 하기 때문에, 때에 따라서는 일반적인 관용에 맞지 않는 부자연스러운 표현도 생겨날 수 있다. 그 때문에 격심한 찬반양론을 불러일으키기도 했지만, 이 간략 일본어의 시도는 시간이 흐름에 따라 차츰 잊혀져 가고 말았다.

이러한 국제화의 바람 속에서 무슨 일에든지 반응이 느리기로 유명한 '고쿠고심의회'(國語審議會)도 90년대에 들어서는 '일본어의 국제화'에 대한 대책을 생각하지 않을 수 없게 되었다. 고쿠고심의회란 국어정책·국어교육의 방침을 정하기 위해서 설치된 기관이며, 그 조사결과를 문부대신에게 건의하는 권한을 가지고 있다. 이러한 고쿠고심의회는 '고쿠고조사위원회'(國語調查委員會, 1902~13), '임시고쿠고조사회'(臨時國語調查會, 1921~34)의 뒤를 이어 1934년에 설치된 기관이다.

그러므로 고쿠고심의회는 제2차 세계대전 이전에 생겨, 패전이라는 역사의 전환점을 교묘하게 뚫고 패전 이후에도 살아남은 몇몇 기관 중의 하나라고 할 수 있다. 사실 설치 당시에는 고쿠고심의회는 고쿠고(國語) 개혁파의 아성으로, 보수파들로부터 격심한 공격을 받는 일도 흔히 있었다.

제2차 세계대전 후 현재 일본어 글말의 기준이 된 '당용한자표'(當用漢字表), '현대 가나사용법' 등의 기초를 만든 것도 이 고쿠고심의회이다. 그러나 지금은 그때그때 시대의 요구에 응하면서 일본어의 전통을 지키려고 하는 보수적인 색채가 훨씬 더 강하다.

제19기 고쿠고심의회의 보고서『현대 고쿠고(國語)를 둘러싼 제문제에 대하여』(1993. 6. 8)에는 '국제사회 대응에 관한 사항'이 채택되기도 했지만, 그 기술은 매우 간략한 것이었다. 그런데 제20차 고쿠고심의회에 의한 심의 경과보고인『새로운 시대에 따른 고쿠고 시책에 대하여』(1995. 11. 8)에서는 '말씨에 관한 것' '정보화 대응에 관한 것'과 더불어 '국제사회에 관한 것'이라는 항목이 중요한 줄기로 설정되었다.

첫째로, '근본적인 인식'으로서 '국제화와 언어 문제'가 채택되었다. 거기에서 "일본사회의 국제화가 진전"되고 있는 가운데, '여러 나라와의 문화교류' '다양한 장면에서 다른 문화와의 접촉'이 일반화되어 가고 있다는 인식을 언급한 후, 이 같은 상황 속에서 일본어의 바람직한 모습에 대한 제언을 시도하고 있다. 그리고 "오늘날 국제화라는 현상이 효율화와 다양화라는 상반된 두 측면을 가지고 있으면서 진전되고 있는" 가운데 "일본어 및 일본문화를 사랑하고, 그 전통을 존중하는 정신을 귀중하게 여기면서 이 두 측면의 밸런스를 생각해 국제화의 문제에 정진하는 것이 논의의 대전제"라고 기술하고 있다.

이 보고서를 검토해 보면, 고쿠고심의회는 가능한 한 일본어의 '전통'을 지키면서 '국제화'의 기류에 편승하려는 자세로 일관되어 있다는 것을 알 수 있다. 사실 이 보고서도 1976년의 고쿠고심의회의 건의서『고쿠고 교육의 진흥에 대하여』에서 말하고 있는 "고쿠고는 우리가 선조로부터 계승하고, 또 자손들에게 전해 줄 역사적·전통적인 것으로서, 국민의 사상·문화의 기반을 이룩하는 것"을 그 기본적인 전제로 삼고 있음을 명백히 하고 있다. 그런데 여기에서 말하는 '우리'란 과연 누구를 가리키는 것일까? "선조로부터 계승해 자손에게 전해 준다"는 혈통적인 이미지는 '일본인'들의 입장에서는 당연한 것일지 모르지만, 일본인 이외의 사람들에게는 전혀 무관한 이야기이다.

이런 식의 국제화란 아무리 국제화에 힘을 기울인다고 해도, '일본인' 이외의 사람들을 암암리에 배제함으로써만 성립하는 국제화일 뿐이다. 다시 말해 이 보고서에서 말하고 있는 국제화란, 어디까지나 일본 내부에서 본 국제화 문제에 불과하다. 그렇기 때문에 일본 밖에서 본 국제화, 일본어를 모어로 하지 않는 사람들 및 일본어가 모어이면서도 일본민족에 속하지 않는 사람들(예를 들면 재일교포, 재일중국인, 해외노동자의 자녀들)은 전혀 염두에 두지 않은 '허구의 국제화'일 뿐이다.

따라서 '국제화'라는 구호를 크게 외치면 외칠수록, 일본어와 일본문화의 고유성을 지키려는 움직임이 농후하게 되는 결과를 낳는다. 국제화의 목표를 나라와 나라, 민족과 민족 간의 대등한 관계 수립에 둔다고 할 때, 일본은 자기 나라의 전통을 지키려고 하는 것이 곧 국제화의 전제라고 생각하는 사람들이 속출하는 오히려 국제화와는 반대방향의 벡터가 생겨나게 된다. 즉 일본의 국제화가 가는 방향은 '내셔널리즘'이라는 불가사의한 방정식이 성립되고 만다.

이 보고서에서는 또한 '국제화' 문제에 대처하기 위해서는 "고쿠고(國語)를 일본어로 파악해 일본어를 중심으로 하면서 다른 언어도 시야에 두는, 종합적인 언어정책이라는 관점"이 필요하다고 역설하고 있다.

'고쿠고를 일본어로 파악'한다는 것은 참으로 기묘하다고 하지 않을 수 없다. 언어교육의 차원에서 보면 '고쿠고(國語) 교육'과 '일본어 교육'은 다음과 같은 차이가 있다. 고쿠고 교육이란 이미 일본어를 모어로 체득한 어린이들을 위한 교육이며, 일본어 교육이란 일본어 이외의 언어를 모어로 하는 화자를 위한, 제2언어 교육이라고 말할 수 있다.

그러나 여기에서 중요한 것은 교육방법의 구분이 아니라, 고쿠고와 일본어라는 개념에 박혀 있는 이데올로기이다. 고쿠고심의회의 말을 빌리자면, 다른 언어도 시야에 넣고 고쿠고를 파악했을 때, 고쿠고는 '일본어'가 된다고 한다. 그리하여 고쿠고란 '다른 언어'와의 관계를 분리한, 내부에서 유아독존적인 폐쇄적 세계임을 전제로 하는 것이 되었다.[8]

이렇게 해서 국내용으로는 '고쿠고'(國語), 국외용으로는 '일본어', 다시 말하면 일본사람에게는 고쿠고, 외국사람에게는 일본어라는 일그러진 구분이 생기게 된 것이다. 그런데 고쿠고심의회는 고쿠고와 일본어의 개념구분 속에 숨겨진 심각한 문제에는 거의 무감각한 상태이다. 곧 '국제화'를 주창하면서도 이와 같이 선조로부터 계승한 역사와 전통을 지키는 것을 절대적인 전제로 생각하는 자세에는, 보수성이 농후한 내셔널리즘의 냄새가 짙게 풍기고 있는 것이다.

앞에서 논한 '일본어의 국제화'는 일본경제의 국제적 지위가 상승한 것을 발판으로 한 자신감이 그 토대가 되었다. 이 경향은 거품경제라고 불린, 일찍이 없었던 호경기가 찾아오자 정점에 달했다. 사람들은 너나 할 것 없이 땅과 맨션을 사들이고, 빈번하게 해외로 여행을 가서는 일본돈을 뿌렸다.

그러나 90년대에 들어 불황이 찾아들고 경제회복의 조짐이 보이지 않게 되자, 낙관론은 차츰 그 자취를 감추었다. '일본어의 국제화' '한자문화의 복권' 등의 적극적인 자세보다는 방어적인 태도가 번져갔다. 그 전형이라고 할 수 있는 것이 '영어 제국주의'의 위협에서 일본어를 지키자는 논의이다.

물론 영어 제국주의라는 개념 그 자체는 일본에서 생겨난 것은 아니다. 냉전이 종결되고 소련이 붕괴하자, 정치·경제·문화의 모든 면에서 미국의 압도적인 우위가 확고하게 되었다. 특히 코카콜라, 맥도날드, 디즈니랜드 등과 같은 소비문화의 차원에서 한층 미국적인 것이 세계로 확대되어 갔다.

이 같은 미국적인 문화의 석권에 의해 세계 각지의 문화의 다양성과 고유성이 파괴되어 미국의 헤게모니 슬하에서 획일화되지 않을까 하는 의구심이 생겨났던 것이다.

찰스 톰린슨(Charles Tomlinson)의 『문화 제국주의』(*Cultural Imperialism*, 1991)는 이 같은 비판의 선구였다. 그리고 이 책은 즉각 일본에서도 번역이 되었다. 또 한편에서는 로버트 필립슨

(Robert Phillipson)의 『언어 제국주의』(*Linguistic Imperialism*, 1992)와 앨러스티어 페니쿡(Alastair Pennycook)의 『국제어로서의 영어의 문화정치학』(*The Cultural Politics of English as an International Language*, 1994) 등이 출판되면서 '영어 제국주의' 논의가 널리 주목을 받았다.

일본에서의 영어 제국주의론도 이 같은 국제적인 흐름 속에서 제기되었다고 할 수 있지만, 거기에는 미묘한 형태로 일본 내셔널리즘의 요소가 비집고 들어가 일본 특유의 성격을 띠고 있다. 예를 들면 영어학 교수인 쓰다 유키오(津田幸男)는 다른 누구보다 이른 시기에 '영어 제국주의' 문제를 제기해 1990년에 벌써 『영어지배의 구조』라는 책을 내어 일본사회에 만연한 영어숭배의 풍조를 혹독하게 비판했다. 그리고 영어로 하면 뭐든지 멋있는 것으로 알고 있는 젊은이들이나, 필요하지도 않은 곳에 마구 영어를 남발하는 매스컴의 태도의 밑바닥에는 메이지 시대부터 배양되어 온 일본사람들의 '백인 콤플렉스'가 있다고 진단했다.

이렇게 보았을 때는, 영어 제국주의를 극복하려면 일본인으로서의 자신감을 회복해야 한다는 것이 너무도 당연한 사고의 회로일 것이다. 사실 쓰다의 최근 저서인 『침략하는 영어, 반격하는 일본어』(1996)에는 "아름다운 문화를 어떻게 지킬 것인가"라는 부제가 붙어 있다. 여기에서도 알 수 있듯이, 쓰다의 주장은 "아름다운 일본어를 지키자"는 내셔널리스틱한 입장에 한없이 접근하고 있다.

영어 제국주의론은 다른 측면에서도 논의되고 있다. 즉 인터넷의 급속한 보급으로 말미암은 영어 의존도의 심화가 그것이다. 왜냐하면

인터넷을 사용하기 위해서는 영어지식이 절대적으로 필요하며, 전자메일을 보낼 때는 상대방이 문자 변환장치를 가지고 있지 않는 한, 알파벳 이외의 문자를 쓸 수 없기 때문이다. 이에 따라 당연히 알파벳 이외의 문자, 영어 이외의 언어라도 인터넷을 사용할 수 있게 해달라는 요구가 나오게 된 것이다. 그러나 그 때 알파벳에 없는 한자의 우수성·예술성 등이 주장되면, 이것도 또한 전통적·보수적인 입장과 매우 비슷해질 것이다.

이 같은 논의 끝에 등장한 것이 '일본어 멸망론'이다. 최근에 필자는 언어와 사회에 관련된 심포지엄이나 연구회에 나갈 기회가 여러 번 있었다. 그때마다 "21세기에는 일본어는 없어질지도 모른다"는 위기감에 넘친 발언을 자주 듣는다. 인터넷에서 자유롭게 일본어를 사용할 수 없다든지, 연구논문·국제회의에서는 오로지 영어만을 사용한다든지, 일본 국내에서도 대기업의 전략회의 등은 영어로 한다든지 등 이런저런 사태가 지적되면서 어떻게 해서든지 '아름다운 일본어'를 지켜야 한다고 부르짖는다.

이 구호를 인도해 주는 수호신은 "아름다운 일본어"라는 슬로건이다. 그러나 일본사람 누구에게 물어도 어떤 것이 '아름다운 일본어'인지 대답하지 못한다. 이와 같은 사실은, 메이지 시대 이후 형성된 일본 내셔널리즘이 패전 이후인 오늘날에도 근본적인 면에서는 전혀 변하지 않았다는 것을 실감하게 해준다.

그러면 이 같은 역사적인 문맥의 점검을 토대로 해서 지금 거론되고 있는 영어 제2공용어화론을 우리는 어떻게 파악해야 할 것인지를 생각해 보지 않으면 안 된다. 첫머리에서도 언급한 것처럼 영어 제2공용어화론에 불이 붙은 것은 정부의 자문기관인 '21세기 일본의 구상' 간담회가 2000년 1월에 그 최종보고서 『일본의 프런티어는 일본 안에 있다』를 발표하면서부터이다.

우선, 그 보고서의 내용을 검토해 보기로 한다. 이 보고서는 꽤 방대한 것으로, '제1장 총론' '제2장 풍부함과 활력' '제3장 안심과 윤택한 생활' '제4장 아름다운 국토와 안전한 사회' '제5장 일본인의 미래' '제6장 세계 속에 사는 일본'으로 구성되어 있다. 영어의 공용어화와 관련하여 보고서는 "영어 실용능력을 일본인이 갖추는 것은 불가결"하다고 말하면서, 그에 이어 다음과 같이 말하고 있다.

장기적으로는 영어를 제2공용어로 하는 것도 시야에 넣어야 하나, 국민적인 논의가 필요하다. 우선은 영어를 국민의 실용어로 하기 위해 전력을 쏟아야 할 것이다.

이 보고서에서 '영어공용어화'에 대한 언급으로 볼 수 있는 것은 앞에서 인용한 '제1장 총론' 속의 극히 일부에 지나지 않으며, 그것도 전체적인 논의에서 위치는 쭈뼛쭈뼛거리며 대단히 조심스럽게 한 제안에 불과하다. 그럼에도 불구하고 이 보고서 중에서 유독 '영어공용어화' 문제가 세간의 관심을 모았던 것은 지금까지 한번도 정부기관이 이같이 대담한 제안을 한 적이 없었기 때문이다. 그러나 '영어공용어화' 문제가 어떤 배경과 의미를 가지고 있는지를 정확히 파악하기 위해서는 이 보고서의 다른 부분과 비춰가며 살펴볼 필요가 있다.

보고서는 '21세기 세계의 주요한 조류'로서 '글로벌화' '글로벌리터러시'(국제대화능력), '정보기술능력' '과학기술진화' '소자(小子) 고령화'의 네 가지를 축으로 삼고 있다. 그중에서도 가장 중시된 것은 역시 '글로벌화'라는 문제였는데, 이에 대한 보고서의 언급은 다음과 같다.

글로벌화(글로벌리제이션)는 이제는 프로세스가 아니다. 그것은 엄연한 현실인 것이다. 세계시장과 미디어의 일체화가 진행되고 있다. 사람, 물건, 돈, 정보, 이미지가 국경을 넘어서 자유롭게 대규모로 이동한다. 나라간의 울타리는 점점 낮아지고, 순식간에 세계는 서로 영향을 주고받으며, 지구는 날이 갈수록 좁아질 것이다.

이와 더불어 우리는 "국가 안에서만 완결되는 '닫힌 시스템'은 텅비게 될 것이며, 피폐해 갈 것이다"라는 보고서의 언급에도 주목할 필요가 있다. 그렇다면 글로벌화는 결국 '미국화'에 불과한 것일까. 누구든 이 같은 의문을 즉시 떠올릴 것이다. 보고서에서는 글로벌화와 미국화의 관계를 다음과 같이 논하고 있다.

글로벌화는 미국화에 지나지 않는다. 아니, 미국 기준을 억지로 강요한다는 견해도 있다. 확실히 글로벌화 속에서 미국은 현재 압도적으로 유리한 입장에 서 있다. 그러나 미국이라고 해도 미국 국내와 세계의 소득격차 확대와 거기에 대한 반발과 반감이 퍼져, 반미감정의 고양에 직면하지 않을 수 없다. 내외에서 반글로벌화 운동, 보호주의의 움직임이 높아지면 국제적인 룰에 대한 국제적 합의 형성이 어렵게 된다. 일본은 이 같은 글로벌의 그늘부분도 충분히 배려하면서, 밝은 부분을 과감하게 활용해야 할 것이다. 거기에 그치지 말고 글로벌한 제도와 기준 형성, 한 걸음 나아가 룰 만들기를 향해 더욱 적극적으로 참가·기획해 나아야 할 것이다.

"글로벌의 그늘부분도 충분히 배려하면서, 밝은 부분을 과감하게 활용해야 할 것이다"라는 것은 대단히 실리주의적이자 공리주의적인 사고방식이다. 실은 보고서의 거의 대부분이 이 같은 실리주의·공리주의로 일관하고 있다. 이 사고방식을 언어에 적용하면, 영어를 중심으로 하는 '글로벌 리터러시의 확립'이라는 생각에 도달하리라는 것은 아주 쉽게 추측할 수 있다.

또 보고서는 "글로벌화와 정보화가 급속히 진행되는 가운데, 선구성은 세계에 통용되는 수준이 되어야 한다. 그러기 위해서는 정보기술을 충분히 사용할 수 있는 것에 덧붙여, 영어 실용능력을 일본인이 익히는 것이 불가결하다"고 논하고 있다. 두말할 것도 없이, 영어는 영국과 미국이라는 대국 언어다. 그러나 지금은 영어는 이 두 나라의 소유물임을 포기하고, 국제적인 커뮤니케이션의 도구가 되었다고 한

다. 그렇기 때문에 일본인들이 익혀야 할 영어는 '단순한 외국어의
하나'로서가 아니라 '국제 공통어로서의 영어'라는 것이 보고서의주
장이다. 즉 영어를 습득하고자 하는 목적은 영어를 통해서 영국이
나 미국의 문화를 배우자는 것이 아니라, 세계의 모든 나라와 커뮤
니케이션을 하고 일본에서 세계를 향해 정보를 발신하기 위한 중립
적인 도구로 사용하자는 것이다.

　이를 위해서 어떻게 해야 할 것인가에 대해서 보고서는 여러 가
지 제안을 하고 있는데, 특히 학교의 영어교육을 근본적으로 변혁
할 필요가 있다는 것을 강조하고 있다. 그러나 학교교육만으로는
사회의 모든 분야에 영어를 침투시키기에는 충분치 않다는 데서 나
온 발상이 다름 아닌 '영어의 제2공용어화'인 것이다. 앞에서도 소
개했던 "장기적으로는 영어를 제2공용어로 하는 것도 시야에 넣어
야 하나, 국민적인 논의가 필요하다. 우선은 영어를 국민의 실용어
로 하기 위해 전력을 쏟아야 할 것이다. 이것은 단순한 외국어 교육
의 문제가 아니다. 일본의 전략 문제로 파악해야 할 것이다"라는 표
현은 이러한 사실을 유감없이 나타내 주고 있다.

　물론 보고서에서는 영어의 '제2공용어'를 제안하기보다는 '국민적
논의'에 맡기자는 온건한 형태를 취하고 있기는 하다. 그러나 여기서
주목해야 할 것은 "영어를 국민의 실용어로 하는 것"이 '단순한 외국
어 교육의 문제'가 아니라 '일본의 전략 문제', 즉 국가전략의 일환으
로 파악하고 있다는 바로 이 점이다. 도대체 영어공용어화론에 숨어
있는 전략문제란 무엇인가. 보고서에서는 그것을 '언력정치(言力政
治, word politics)의 강화'라고 하면서, 다음과 같이 힘주어 말하고

있다.

전전(戰前)의 일본은 군사력을 최종 수단으로 행사하는 권력정치(power politics) 지향국가였는데, 전후는 경제활동에 전력을 다하는 금력정치(money politics)형으로 바뀐다. 양자에 대해, 오늘날의 국제관계에 있어서 급속히 중요성이 높아진 것은 언어를 무기로 하는 언력정치(言力政治, word politics)이다.

다시 말해 국제사회에서 국가의 운명을 결정하는 것은 예전과 같은 군사력·경제력이 아니라, 언어라는 것이다. 특히 일본은 옛날과 같은 경제성장을 기대하기 어렵다면, 이제 더 이상의 경제력 강화는 거의 기대할 수 없다. 거기다가 일본은 정보기술 혁명이나 글로벌 리터러시라는 측면에서도 매우 뒤떨어져 있다. 우리는 이 같은 초조함을 보고서의 곳곳에서 엿볼 수 있다. 언어를 국력으로 장비하는 것과 같은 언어정책이야말로, 지금부터 일본이 취해야 할 지침이라는 결론은 이렇게 해서 뽑아낸 것이다.

언어사회학자 스즈키 다카오는 일찍이 『무기로서의 일본어』라는 책을 낸 적이 있다. 스즈키 다카오는 80년대 '일본어의 국제화'에 앞장선 사람이었는데, 지금은 영어공용어화에 반대입장을 표명하고 있다. 그런데 가장 적극적인 영어공용어 추진론자인 『아사히신문』(朝日新聞)의 기자 후나바시 요이치(船橋洋一)와의 최근 대담을 보면, 이 두 사람은 정면충돌은커녕 오히려 공통의 인식지반을 나누는 사이인 것처럼 보인다. 그것은 다름 아닌 언어를 '무기' '국력'으로 파악하는 발상을 그 두 사람이 공유하고 있는 데 연유한다. 영어공용어화라든 가 일본어의 국제화 등 언어정책을 대외적인 국가경쟁력의 하나로 생각하는 발상에서는 두 사람이 완전히 의기투합을 하고 있는 것이다.

후나바시 요이치는 앞에서 논한 간담회의 멤버이자, 실은 보고서가 발표되기 전부터 신문·잡지 등의 저널리즘에서 영어공용어화의 가능성에 대해 열심히 논해 왔다. 간담회의 보고서에 영어공용어화가 언급된 것도, 후나바시의 의향이 크게 반영된 것이라고 한다. 요즘 후나바시는 『굳이 영어공용어론』이라는 책을 내고, 보고서보다 더 대담하게 '영어공용어화'를 실현하기 위한 구체적인 계획을 제안하고 있다.

먼저 후나바시는, 영어는 어디까지나 커뮤니케이션의 도구에 그치는 것이며 '국민'의 아이덴티티와 문화 형성을 지탱하는 것은 일본어라는 것을 슬쩍슬쩍 강조한다. 즉 '영어/일본어'라는 두 항목의 대립은 '정보의 언어/문화의 언어'라는 두 항목의 대립을 나타내는 것으로 교묘하게 치환해 버린다. 그러므로 여기에는 모리 아리노리에게 농후하게 있었던 모어 페시미즘은 거의 찾아볼 수가 없다. 오히려 일본어는 일본문화와 일본인의 아이덴티티를 받치고 있는 가장 중요한 기둥이라고 확언하고 있다.

이야기가 여기서 그친다면 특별히 논할 필요도, 문제시할 필요도 없을지 모른다. 그러나 여기에 '국가전략으로서의 언어정책'이라는 주장이 덧붙여지면, 내셔널리즘의 요소가 생겨나는 것은 피할 도리가 없다. 결국 "확고한 국민적 아이덴티티를 가지면서, 국제적 커뮤니케이션의 도구로서 영어를 구사하는 일본인"이 후나바시의 이상

형인 것이다.

그렇다면 과연 '일본인'이란 누구인가? 일본어를 하는 사람은 모두가 일본인인가. 일본인이란 국민개념인가, 민족개념인가. '시민권'이란 발상 그 자체가 존재하지 않는 일본에서 이 같은 물음은 일본에 사는 비일본인에게 대단히 구체적이고 절실한 의미를 갖는다. 여기서 주목해야 할 점은, 영어공용어화론과 이민정책의 관계이다. 앞에서 언급한 보고서는 일본의 이민정책에 대해 다음과 같이 논하고 있다.

일본에 거주하고 있는 외국인 수는 총인구의 1.2%를 넘었다. 거주 외국인 중에서도 새로운 목적을 가지고 일본에 온 외국인의 비율이 65%를 웃돌고 있다. 그렇지만 외국인의 총인구에 대한 비율은 선진국보다 결코 높지 않으며, 일본에서는 '정주(定住) 외국인 정책'이 '출입국관리 정책'의 일환으로 생각되고 있기는 있지만, 법적 지위, 생활환경, 인권, 거주 지원 등이 종합적으로 감안된 외국인 정책이 아직 미발달인 상태이다.

그러나 글로벌화에 적극적으로 대응하고 일본의 활력을 유지하려면 21세기에는 많은 외국인이 일상으로 쾌적하게 살 수 있는 종합적인 환경을 만드는 일이 불가피하다. 한마디로 말하면 외국인이 일본에 살며 일해 보고 싶다고 생각하는 이민정책을 만드는 것이다. 국내를 민족적으로도 다양화해 나가는 것은 일본의 지적 창조력의 폭을 넓혀감으로써, 사회의 활력과 국제경쟁력을 높여갈 수 있다.

즉 선진국 정도로 이민정책을 확립시켜야 한다는 것인데, 그것은 일본에 온 이민을 위하기보다는 '이민'의 '활력'을 일본의 지위 향상을 위한 에너지로 이용하자고 하는, 매우 공리주의적인 발상에서 출발하고 있다.[9] 이 같은 발상이 정말 이민을 위해 고안한 것인지는 대단히 의심스럽다.

후나바시는 한 걸음 더 나아가 영어공용어화는 일본에 '다언어주의'를 뿌리내리기 위한 정책이라고 주장한다. 후나바시는 일본은 결코 '단일 민족국가'가 아니라, 아이누 민족이나 정주 외국인을 포함한 '다민족국가'라고 말한다. 그리고 지금까지처럼 '비일본인'을 일방적으로 배제·동화시키지 말고, "새로운 일본을 같이 만들어가는 파트너"로서 파악해야 하며 "거기에 맞는 법적 대우와 언어적 환경, 이것을 위한 법제, 물질적인 기초 만들기"를 할 필요가 있다고 주장한다. 이 점만으로 보면 후나바시의 주장은 대단히 바람직한 면을 가지고 있다. 그런데 이 같은 다민족·다언어 사회와 영어공용어화가 어떻게 연결되는지를 후나바시는 명확하게 설명하고 있지 않다. 단지 "영어는 일본과 세계의 공존의 방법론으로서도 파악해야 할 것이다"는 애매모호한 말로 얼버무리고 있을 뿐이다.

일본사회에서 가장 다수를 차지하고 있는 '정주 외국인'은 재일한국인이며, 다음이 재일중국인이다. 그런데 입국관리법 개정과 더불어, 최근 10년간 브라질 출신 노동자 수가 급증해, 가장 다수를 차지하는 정주 외국인이 브라질사람인 현(縣)과 시(市)까지 등장했다. 물론 이들의 모어는 브라질 포르투갈어이다. 그러나 많은 이민과 마찬가지로, 일본에서 태어난 아이들은 일본어를 어릴 때부터 습득해 나간다. 그렇게 되면 한 가정 안에서 부모들과 자녀들 사이에 커뮤니케이션의 문제가 생긴다.

보고서가 제안한 것처럼, 만약 지금부터 일본으로 많은 이민이 오게 된다면, 영어를 공용어로 하는 것과 이민문제는 어떤 관계에 있다는 것일까. 더구나 아마 앞으로도 일본으로 오는 이민의 대부분은, 그들의 모어가 영어일 가능성이 별로 없다는 것이 거의 확실하다면 이 문제는 결코 회피할 수 없다. 이와 관련하여 후나바시의 다음과 같은 발언은 의미심장하다.

다언어주의에 기초를 둔 언어정책은 일본어를 지키기 위해서도 요청될지 모른다. 일본이 장래에 이민국가가 되어, 수백만 단위로 외국인이 살게 되면 일본어를 공용어로 위치시켜야 할 필요가 생길지 모른다. 일본은 언어에 대해 지금처럼 무방비하게 있을 수는 없을 것이다.[10]

현재 일본어에는 공용어 규정이 없다. 고작 재판용어를 정리한 법률이 있는 정도이다. 이것은 결코 언어적 관대함의 표현이 아니다. 근대일본에서는 '국가＝고쿠고(國語)＝국민'이라는 삼위일체가 완성되자, '일본어＝고쿠고(國語)'가 독점적인 지위를 차지하는 것이 자명한 것으로 여겨져 왔다. 고쿠고(國語)의 지배는 어떤 정치적·법적 권력에도 기초를 두지 않는, 마치 '자연'의 영역에서 일어난 것처럼 여겨왔던 것이다.[11]

영어공용어화론은 이 삼위일체에 균열을 낳게 한다. 이제부터는 고쿠고가 법세계의 초월을 허락하지 않을 것이다. 영어를 제2공용어로 정한다면, 일본어를 공용어로 법적으로 규정할 필요가 생길 것이다. 그러나 그 목적이 일본에 언어적 공공성을 세우기 위한 것이 아니라 '밀고 들어오는 이민의 방파제'를 그 목적으로 한다면, 일본에 사는 비일본은 또다시 언어적으로 배제되고 말 것이다.

후나바시는 "일본은 언어에 대해 지금처럼 무방비하게 있을 수는 없을 것이다"라고 말하는데, '무방비'라고 할 때는 어떤 '공격'을 예상하는 듯하다. 그렇다면 일본의 영어공용어화론에는 장래에 일본이 이민국가가 되었을 때 다언어·다민족 사회를 일본어와 영어라는 두 바퀴로 공적 규제를 하려고 하는 목적이 담겨 있다고 하지 않을 수 없다. 우리는 결코 이 점을 간과해서는 안 될 것이다. 즉 영어공용어화론 속에 숨겨진 내셔널리즘의 요소를 놓쳐서는 안 된다는 것이다. 이렇게 보았을 때, 영어공용어화론은 단순히 글로벌화에 따른 유행의 추종이라기보다는, 90년대에 가속화된 글로벌리제이션의 조류에서 생겨난 새로운 내셔널리즘의 지침이라는 의미를 가지고 있다는 것을 알 수 있다.

90년대에 들어 일본에서는 예전의 국수주의적인 내셔널리즘과 달리, 자유주의에 근거한 네오내셔널리즘의 흐름이 생겨났다. 특히 걸프전쟁 이후 세계에 대한 일본의 공헌방법에 물음이 던져지면서, 해외에 자위대를 파견하는 문제가 심각하게 검토되기 시작했다. 전전(戰前)의 군국주의, 전후(戰後)의 경제제일주의와는 달리, 국가로서의 일본을 어떤 기초 위에 둘 것인가 하는 것이 큰 문제로 부상되었던 것이다. 또 이 같은 사고의 견지에서 전후 민주주의와 일국(一國) 평화주의를 재검토하자는 움직임도 벌써부터 행동을 개시하

고 있다. 따라서 일본의 영어공용어화론은 영어 제국주의에 대한 논의
만으로는 충분하지 않으며, 일본의 특이한 역사적 배경에 대한 이해가
있고 난 다음에 비로소 그에 대한 진지한 논의가 가능해질 것이다.

(『아시아문화』 2001)

주

1. 이 책임은 1981년부터 공립중학교에서 영어시간을 일주일에 네 시간에서 세 시간으로 줄인 문부과학성에 있다는 주장까지 나오고 있을 정도이다.
2. 이 같은 주장은, 모리처럼 극단적이지는 않지만 메이지 초기의 계몽주의자들에게서 흔히 볼 수 있었다.
3. 그러나 모리가 'Japanese'라고 부른 것은 현재의 '일본어'와는 아주 이질적인 의미를 가진 것이었음을 주의할 필요가 있다.
4. 田中克彦, 『國家語をこえて』, 范摩書房, 1989, 14~16쪽
5. 鈴木孝夫, 「日本語國際化への障害: 日本人の言語觀」, 『日本語は國際語になるか』, 講談社, 15쪽.
6. '고쿠고'는 國語라는 한자어이지만, 우리말로 안이하게 '국어'로 번역할 수 없는 복잡한 역사적·이데올로기적인 배경이 있으므로 이 글에서는 '고쿠고'라는 원음을 그대로 쓰기로 한다.
7. 바로 이 점이 미국의 언어학자 휘트니가 비판한 것인데, 이것은 이 글의 논의와 직접 관련이 없으므로 이에 대한 구체적인 것은 더 이상 논의하지 않기로 한다.
8. 여기에서 우리는 중대한 의문이 생기지 않을 수 없다. 곧 일본에 정주한 외국인 2세가 일본어를 모어로 했을 때, 그들의 말을 '고쿠고'라고 할 수는 도저히 없는 것이다.
9. 이것은 일본사회의 '고령화·소자(少子)화' 현상과 밀접한 관계가 있다.
10. 船橋洋一, 「英語公用語の思想」, 『月刊言語』, 2000/8月號, 大修館書店, 26쪽.
11. 덧붙여 말한다면, 이 같은 고쿠고 이데올로기의 구조는 천황제 이데올로기와 대단히 닮은 데가 있다. 적어도 전전(戰前)의 천황은 법과 정치를 초월한 존재로 여겨져 왔다.

아체베와 응구기: 영어제국주의와 탈식민적 저항의 가능성

이경원[*]

1. 탈식민인가 신식민인가?

우리 사회가 IMF라는 미증유의 소용돌이에 휩싸여 있을 무렵, 국내 일간지와 인터넷에서 영어공용화를 둘러싸고 열띤 공방이 벌어진 적이 있다. 어느 소설가가 불씨를 지핀 이 논쟁은 영어의 의사소통적 기능을 넘어서서 영어의 정치적 이해관계와 이데올로기적 역할을 되새겨보는 계기가 되었다. 동시에 이 논쟁은 한국의 지식사회에 잠재하는 전통과 근대성 혹은 민족주의와 세계주의의 긴장관계를 다시 표면화시킨 사건이기도 했다. 그러한 논쟁은 한국 특유의 현상만은 아니다.

어떻게 보면 영어공용화 문제는 미국 중심적 세계질서에 속한 비

---

* 연세대 영문학과 교수. 탈식민주의와 셰익스피어에 관한 다수의 논문이 있다.

영어권 국가들의 공통된 고민거리이다. 특히 제3세계의 입장에서 볼때 이 문제는 산뜻한 해결책을 찾기 힘든 일종의 딜레마이다. 그것은 한국을 포함한 오늘의 제3세계가 탈식민과 신식민을 동시에 경험해야 하는 시대적 모순에 처해 있기 때문이다. 즉 정치적으로는 식민지 해방이 이루어졌지만 경제적으로나 문화적으로는 여전히 식민지 상태에서 벗어나지 못하고 있는 것이다. 오히려 서구 제국주의의 헤게모니가 이전보다 더 교묘하게 제3세계 사회에 침투하고 있는 것이 사실이다.

이러한 모순구조의 한가운데에 바로 영어가 놓여 있다. 세계화가 곧 미국화를 뜻하는 상황에서, 영어는 미국의 경제적·문화적 헤게모니를 재생산하고 '중심부'와 '주변부'의 불균등한 권력관계를 매개하는 가장 제국주의적인 언어이다. 하지만 '근대 세계체제'의 바깥에 선다는 것이 불가능한 이상, 우리에게 영어는 불가피한 현실이자 불가결한 생존수단이기도 하다. 말하자면 영어는 제3세계가 근대성의 기원이 아니라 이식이고 모방임을 확인시켜 주는 서글픈 거울인 동시에 서구가 그려놓은 근대성의 미로를 뒤따라가는 데 필요한 지도와도 같다. 따라서 영어는 완전한 거부/고립과 완전한 동화/예속의 양극단 사이에서 줄다리기를 해야 하는 제3세계의 역사적 곤경이 구체화되는 장이라고 할 수 있다. 오늘의 한국사회도 이런 제3세계적 곤경이 가장 극명히 드러나는 지역에 속한다.

한국사회에서의 영어는 매체로서의 기능을 넘어서서 이미 '물신'(物神)이 되어버렸다.[1] 한글도 제대로 못 깨우친 유치원 아이들부터 정년을 앞둔 기업간부들에 이르기까지 영어는 개인의 능력과 적성을 가늠하는 보편적 잣대로 군림하고 있다. 타자의 언어이면서도 언제나 우리의 타자성을 상기시켜 주는 영어, 우리 스스로를 '결핍'과 '부재'로 규정짓고 일상을 불안과 강박으로 짓누르는 영어야말로 한국인의 사회적 (무)의식을 지배하는 '초월적 기표'이다. 또한 영어실력에 따라 '인간다운' 삶의 등급이 매겨지고 '훌륭한' 부모를 만나야만 영어에 접근할 수 있다는 점에서 영어는 우리 사회의 모순된 계급구조를 재생산하는 일종의 '문화자본'이다.

문제는 한국사회가 영어의 정치성에 대해 너무 무감각하다는 사실이다. 더 큰 문제는 설령 영어와 초국적/신식민적 자본주의의 공모관계를 인식한다 하더라도 마땅히 내세울 만한 대안이 없다는 점이다. 언어와 권력의 문제는 권력의 불균형이 해소되지 않는 한 딜레마로 남을 수밖에 없기 때문이다. 근자에 국내 학계에서도 영어와 관련된 문제들을 학술적 논의의 대상으로 삼기는 해도 문제제기의 차원에서 그치는 경우가 대부분이다. 그럼에도 불구하고 거듭 문제제기를 하는 것은 영어의 이데올로기를 드러냄으로써 저항의 실마리를 찾아보자는 의도일 것이다.

이 글의 의도 역시 그러한 기획의 연장선상에 있다. 여기서는 아프리카 문학의 매체로 영어를 채택할 것인가의 여부를 놓고 벌어진 아체베(Chinua Achebe)와 응구기(Ngugi wa Thiong'o)의 논쟁을 소개하고 그들의 논쟁이 우리 시대에 어떤 의미가 있는지, 그리고 영어 제국주의에 맞서 어떤 식의 저항이 가능한지를 살펴보고자 한다.

영어 제국주의의 문제는 최근 탈식민주의가 서구의 제도권 담론으로
잡으면서 중요한 화두로 부상하고 있지만, 그 이전에도 제3세계를 중
심으로 활발하게 논의되고 있었다. 그 대표적인 예가 아프리카 작가
의 영어사용에 관한 아체베와 응구기의 논쟁이다. 이는 루카치
(Georg Lukács)와 브레히트(Bertolt Brecht) 사이의 리얼리즘 논
쟁이나 하버마스(Jürgen Habermas)와 리오타르(J. F. Lyotard)의
포스트모더니즘 논쟁에 비견될 만한 비평적 '사건'이었다.

아체베와 응구기는 각각 나이지리아와 케냐 태생으로서 마르크스
주의나 네그리튀드(Negritude) 등의 문제에 있어서는 다소 이견을
드러내기도 했지만, 식민지 해방 이후 아프리카의 영어권 문학을 대
표하는 작가로서 '정신의 탈식민화'라는 공동의 목표를 위해 노력해
왔다. 비록 이들은 '탈식민주의'라는 단어를 사용하지는 않았지만 소
설을 통해 아프리카의 식민적 과거와 신식민적 현재를 재조명함으로
써 제3세계 탈식민주의 문학의 전통을 확립하는 데 많은 기여를 한
인물들이다. 어떻게 보면 이들의 논쟁도 그러한 탈식민주의적 실천의
일환이라고 할 수 있다.

먼저, 영어가 아프리카 민족문학의 매체가 되어야 한다고 주장하는
아체베의 논지를 살펴보자. 아체베의 주장은 민족이라는 것 자체가
역사적 실재가 아니라 담론적 효과라는 구성주의적 입장에 근거하고
있다. 아체베는 우선 '아프리카 문학'이라는 개념을 문제 삼는다. 아
프리카 문학이란 아프리카 안에서 생산된 문학인가, 아니면 아프리카

에 관해 쓴 문학인가? 아프리카 문학의 범위는 대륙 전체인가, 사하라사막 이남에만 해당하는가? 아니면 남아프리카공화국의 백인문학도 포함되어야 하는가? 아프리카 문학의 언어는 아프리카 토착어이어야만 하는가 아니면 영어, 프랑스어, 아랍어 등의 외국어가 되어야 하는가? 이러한 질문들은 민족의 본질론적 개념을 인정하던 70년대 독자들에게는 꽤나 흥미로우면서도 당혹스러웠을 것이다.

계속해서 아체베는 '아프리카 문학'의 정체성을 재정립하기 위해 민족문학(national literature)과 부족문학(ethnic literature)을 구분한다. 아체베의 분류에 따르면, 민족문학이 국가단위의 개념이라면 부족문학은 국가 내부의 특정 부족에게 해당하는 개념이다. 나이지리아를 예로 들면 민족문학은 다수의 나이지리아 국민이 접근할 수 있는 영어로 쓴 문학이고, 부족문학은 하우사·이보·요루바·에픽·에도·이죠 등의 특정 부족언어로 쓴 문학이다. 흔히 나이지리아의 민족문학으로 (잘못) 일컬어지는 것은 의사소통이 불가능한 여러 개의 부족문학을 모아놓은 것에 불과하며, 따라서 나이지리아의 유일한 민족문학은 영어로 쓴 문학밖에 없다는 결론에 도달한다. 거기에 덧붙여서 아체베는 아프리카의 특수성을 간과한 채 아프리카의 민족문학을 이해하려는 시도는 실패하게 마련이라고 경고한다.[2]

여기서 아체베가 의미하는 '아프리카의 특수성'이란 아프리카의 민족국가가 유럽 식민주의의 부산물이라는, 엄연하면서도 잊기 쉬운 혹은 잊고 싶은 역사적 사실이다. 아프리카 신생독립국들의 민족문학이 영어로 씌어져야 하는 이유도 바로 그런 역사에서 비롯된

'오늘날 아프리카의 현실' 때문이다. 아체베의 도발적인 주장은 여기서 그치지 않는다. 아체베가 보기에, 식민주의는 그 어떤 논리로도 정당화될 수 없는 역사의 죄악임은 분명하지만, 그것이 가져다준 긍정적 효과도 부인할 수 없다. 수백 개의 크고 작은 부족들로 나누어져 있던 나이지리아를 근대적 민족국가로 '창조'해 준 것도 영국 식민통치의 '덕분'이며, 특히 영어는 서로간의 의사소통이 불가능한 수많은 부족들을 하나의 '상상적 공동체'로 묶어주는 구심점이다.

아체베의 구절을 인용하면 "식민주의는 아프리카인들이 서로 얘기할 수 있는 언어를 주었다. 그것이 우리에게 노래를 선물하지는 않았지만, 적어도 함께 탄식할 수 있는 말은 가져다주었다. 오늘날 전국적으로 통하는 하나의 언어는 좋든 싫든 간에 영어뿐이며, 내일이 되면 다른 언어로 대체될지 모르지만 그 가능성은 매우 희박하다. 우리가 식민주의의 유산 중에서 나쁜 것은 폐기해야겠지만 그 과정에서 좋은 것까지 송두리째 내버리지는 말자."³

이러한 아체베의 주장을 두고 응구기는 제국주의의 승리를 기정사실화하는 숙명론적 논리의 표본이라고 반박한다. 응구기는 언어가 의사소통의 수단이라는 아체베의 전제에는 동의하면서도 언어는 문화의 담지물이며 권력의 매개체임을 강조한다. 특히 식민통치에서 언어는 가장 필수적이고 효과적인 '이데올로기적 국가장치'이다. 식민지 시대에 영어가 수행한 기능에 대해 응구기는 아체베와는 달리 철저하게 일면적인 평가를 내린다.

총칼이 난무하는 밤이 지나고 분필과 칠판으로 말하는 아침이 다가

왔다. 전쟁터의 물리적 폭력이 교실의 심리적 폭력으로 이어진 것이다. 겉으로 보기에, 전자는 잔인했지만 후자는 부드러웠다. 검은 대륙을 지배하는 그들의 진정한 힘은 첫째 날의 대포보다는 그 뒤에 따라오는 것이었다. 대포 뒤에 신교육이 있었다. 신교육은 대포와 자석의 속성을 동시에 지니고 있었다. 그것은 대포보다 더 효과적인 무기가 되었으며, 정복을 영구적으로 만들었다. 대포는 우리의 몸을 짓이겼고 학교는 우리의 얼을 빼앗았다. 총알은 물질적 정복의 수단이었지만 언어는 정신적 정복의 수단이었다.[4]

응구기는 이러한 이데올로기적 폭력으로서의 영어의 기능이 과거 식민지 시대나 현재 신식민지 시대나 별로 달라진 게 없음을 강조한다. 즉 경제적 수탈과 정치적 지배는 식민지 해방과 더불어 적어도 공식적으로는 종식되었어도 정신적 억압은 영어를 매개로 한층 더 교묘하게 지속되고 있다는 것이다. 특히 케냐의 경우, 영어는 아체베가 말하듯 '여러 언어 중의 하나'가 아니라 '언어 그 자체'이며 다른 모든 언어는 영어의 권위 앞에 경의를 표하며 굴복한다는 데 문제의 심각성이 있다.

응구기가 보기에, 학교 강의실에서 기쿠유 대신 영어를 가르치는 한, 자신이 시종일관 역설하는 '정신의 탈식민화'도 민족주의자의 헛된 미망에 불과해질 것이다. 그런 점에서 영어사용의 불가피성을 설파하는 아체베나 흑인 문화운동인 네그리튀드를 주도하면서도 프랑스어의 심미적 우수성을 예찬하는 셍고르(Léopold Sédar Senghor)는 정신적으로 식민화된 지식인의 전형이다.[5] 이들을 질타하는 응구기의 목소리는 준엄하고 신랄하다.

우리는 아프리카 작가의 입장에서 언제나 유럽-미국의 정치적·경제적 신식민주의를 비판해 왔다. 그렇다. 하지만 우리 스스로가 외국언어를 존경하며 그 언어로 글쓰기를 계속한다면, 이것이야말로 문화적 차원에서 신식민주의에 굴종하는 것이 아니고 무엇인가? 아프리카는 제국주의 없이는 못산다고 말하는 정치가와 아프리카는 유럽언어 없이는 아무것도 못한다고 말하는 작가 사이에 무슨 차이가 있는가?[6]

응구기가 아체베의 주장을 비판하는 또 다른 근거는 영어의 상용화가 아프리카 사회 내부의 계급적 모순을 심화시킨다는 점이다. 구술문명에서 비롯된 아프리카 문학과 유럽의 문자문명을 대표하는 영어의 모순적 결합은 애초부터 식민지 교육을 받은 프티부르주아의 산물이며, 때문에 민중이 주체가 된 아프리카 민족문학과 양립할 수 없다. 한때는 '영어로 쓴 아프리카 소설'이 반식민주의적 저항과 민족주의적 투쟁을 문학적으로 실천한 것이 사실이지만, 식민지 독립 이후에는 그러한 문학의 발전과정이 아프리카의 토착 프티부르주아가 자신들의 경제적·문화적 헤게모니를 장악하는 과정과 맞물려 있다는 것이다. 즉 이들이 주도한 아프리카 문학은 대외적으로는 아프리카의 역사와 문화를 알리고 대내적으로는 원래 뿌리가 없었던 프티부르주아의 계급적 정체성을 확보하는 결과를 가져왔다는 것이다.

따라서 응구기는 아프리카 작가들이 서구 출판시장과 국내 프티부

르주아를 겨냥한 '잡종적' 글쓰기를 하기 이전에 먼저 농민과 노동
자를 독자로 삼고 이들의 역사적 경험을 모국어로 전달하는 민족문
학의 전통을 확립하는 데 주력해야 한다고 주장한다.[7]

이러한 민족문학론의 연장선상에서 응구기는 영문과 폐지론을
주장한다. 그 이유는 아프리카 대학의 영문과가 서구 문화 제국주
의의 전초기지 역할을 한다고 보기 때문이다. 케냐의 나이로비 대
학을 모델로 한 글에서 응구기는 기존의 영문과를 폐지하고 그 자
리를 어문학과(Department of Linguistics and Literature)로 대
체할 것을 제안한다. 그리고 어문학과에는 스와힐리어를 매개로 한
아프리카 민족문학을 중심으로 아시아 문학, 카리브 문학, 프랑스
문학, 영국 문학 등이 균형 있게 배치되어야 한다고 주장한다.

응구기의 제안은 일견 토착주의적 발언처럼 들릴 수도 있지만,
그가 의도하는 바는 서구문학 전반을 통째로 거부하자는 것이 아니
라 영문과의 특권적 위치를 극복하기 위해 아프리카 언어와 문학을
대학교육의 주변에서 중심으로 이동시키자는 것이다. 응구기가 지
향하는 교육의 궁극적 목표는 제국주의에 대한 저항이며 유럽 중심
주의의 극복이다.

교육이란 우리 자신에 대한 지식을 습득하는 수단이다. 우리 스
스로를 되새겨본 이후에야 바깥으로 눈을 돌려 우리를 둘러싸고 있
는 사람들과 세계를 발견할 수 있다. 아프리카를 다른 나라의 부속
품이나 위성국의 위치가 아닌 중심에 두고 아프리카적 시각에서 세
계를 바라봐야 한다.[8]

이러한 응구기의 비판에 맞서 아체베는 완곡하지만 확고한 어조로 입장을 개진한다. 아체베는 영어와 민족문학이라는 '중대한 문제'를 놓고 자신도 충분히 고민해 왔지만 '납득할 만한 대답'을 찾기 힘들다고 토로한다. 그러나 아체베는 '진지하지 못한 사람들'이 영어문제를 놓고 '즉각적이고 손쉬운 치유책'을 내놓는 데 대해 강한 불만을 표시한다.

영어사용을 폐지하라니! 그렇게 되면 무엇이 영어의 자리를 대신할 것인가를 놓고 완전히 사분오열 상태에 빠질 것이다. 누가 제안하기를 상이한 200여 개의 언어를 지닌 나이지리아는 너무 골치 아프니까 관두고 동부아프리카로 건너가서 스와힐리어를 빌려오면 된다고 한다. 이거야말로 옛날에 왕위계승 문제로 시끄러운 왕국이 다른 왕국에서 왕권경쟁에서 밀려난 왕자를 데리고 오는 것과 무엇이 다른가?

여기서 아체베는 응구기의 이름을 거명하지는 않지만 그를 염두에 두고 있음은 어렵잖게 짐작할 수 있다. 계속해서 아체베는 응구기 식의 '지극히 단순한 처방'은 유명한 가수를 초청해 놓고서는 관객이 귀머거리이므로 노래를 부르는 대신 춤을 추라고 요구하는 것과 마찬가지이며, 실제 상황이 그렇다면 "그 가수는 관객을 위한답시고 어쭙잖게 춤을 추는 것보다는 자기 혼자만 알아듣더라도 노래를 멋들어지게 부르는 것이 낫다"고 주장한다.[9]

응구기는 아체베의 반론을 의식이라도 한 듯, 최근 평론집에서 논

의의 범위를 영어문제에서 영문학과 서구문화 전반으로 확장하며
이전의 주장을 거듭 천명한다. 응구기가 씨름하는 문제는 역시 문
화 제국주의이다. 그의 표현에 따르면, "신식민주의 시대의 문화 제
국주의는 더 위험한 암세포이다. 그것은 새롭고 교묘한 모습을 취
하며 가면으로 자신의 본색을 숨기기 때문이다."**10**

   응구기의 가장 큰 불만은 아프리카 사회가 유럽 문화의 침투에
무방비상태로 노출되어 있다는 사실이다. 문학을 공부한다는 것이
셰익스피어(William Shakespeare)와 다니엘 디포(Daniel
Defoe)를 읽는 것을 의미하는 교육제도하에서, 아프리카 청년들은
매일 프로스페로(Prospero)의 눈으로 캘리번(Caliban)을 보고 크
루소(Crusoe)의 눈으로 프라이데이(Friday)를 보는 훈련을 받는
다. 그리고 이들은 할리우드 영화만 상영하는 극장에서 아프리카와
중동의 '야만인들'을 유린하는 백인영웅의 모험을 보며 박수갈채를
보낸다.

   이것이 바로 문화 제국주의이다. 그것은 매우 강력한 억압의 도
구로서, 역사에서 차지하는 우리 자신의 위치와 우리를 둘러싼 세
계를 바라보는 시각을 왜곡시킨다. 아프리카 사람이 유럽 문화와
역사를 통해 자기실현을 하는 것은 스스로를 정신적 불구자로 만드
는 것과 다름없다.**11**

   이러한 상황에서 아프리카 작가가 영어로만 소설을 쓰고 아프리
카 대학에서 영문학이 인문학의 중심이 되는 것이 과연 정당한가라

는 것이 응구기의 질문이자 질책이다.

이상에서 간략히 소개한 아체베와 응구기의 논쟁은 지금까지 많은 관심만큼이나 많은 오해도 불러일으켰다. 언뜻 들으면 이들의 논쟁은 타협점을 찾을 수 없는 평행선처럼 보이고, 제3세계 독자들은 이들의 상반된 입장을 두고 양자택일을 강요당하는 듯한 느낌을 받기 십상이다. 그러나 이들의 주장을 곰곰이 되새겨보면 대립의 행간에서 양립의 틈새가 있음을 알 수 있다. 비록 응구기는 아체베가 "영어라는 제국주의 유산을 물려받고 감지덕지한다"고 비난하고 아체베는 응구기의 발언을 두고 "인기는 끌지 몰라도 현실성이 없는 흑백논리"로 치부하지만, 이들의 논쟁은 민족주의적 고민과 열정을 바탕으로 하고 있다.

어떻게 보면 아체베와 응구기의 논쟁은 세계주의와 민족주의의 대립이라기보다 아프리카 민족문학의 내부갈등에 가깝다. 물론 세계주의는 그것의 대립항인 민족주의만큼이나 정의 내리기 힘든 개념이다. 그러나 세계주의의 개념을 어떤 식으로 규정하든 아체베의 입장을 세계주의로 보기는 어렵다. 아체베는 민족국가의 경계선을 해체하기보다는 오히려 그것을 인정하고 전유함으로써 아프리카의 정체성을 재구성하려고 하기 때문이다.

실제로 문화 제국주의 비판에 관한 한 아체베는 응구기 못지않게 분명한 민족주의적 입장을 견지한다. 아체베가 가장 집요하게 공격하는 문화 제국주의의 핵심은 유럽 중심주의적 보편성이다. 아프리카 문학을 대하는 서구 비평가는 "아프리카 작가를 다소 미흡한 유럽작가로 보려는 대형(大兄)의 오만"을 드러낸다는 것이 아체베의 생각이다. "아프리카인은 진정한 내 형제다. 하지만 그는 내 동생이다"라는 슈바이처의 '격언'이 서구인의 무의식에 항상 도사리고 있다는 것이다.[12] 특히 탈식민화라는 역사성과 정치성을 지닌 아프리카 민족문학을 유럽 모더니즘의 미학적 잣대로 평가하려는 보편성의 논리는 아프리카 문학의 '조야함'을 입증하려는 '식민주의적 비평'의 독단에 불과하다.[13]

따라서 아체베는 '아프리카 전문가'로 행세하는 유럽 비평가를 향해 그러한 오만과 독단을 버리고 겸허한 자세로 아프리카 문학에 접근할 것을 요구하는 반면, 아프리카 작가에게는 아프리카를 유럽의 도제(徒弟) 혹은 유럽의 과거나 어린 시절로 간주하는 유럽 중심주의적 보편성의 미학에 동조하거나 현혹되지 말 것을 당부한다. 세계주의/탈민족주의 성향의 작가로 분류되는 나이폴(V. S. Naipaul)에 대해 아체베가 비판적 입장을 취하는 것도 이런 연유에서이다. 나이폴이 그리는 '모방자'(the mimic man)는 제3세계가 스스로를 서구의 '모조품'으로 여기는 '자기모멸의 상투형'에 속한다는 것이다.[14]

아체베가 역설하는 아프리카 문학의 지상과제는 보편주의와 인본주의의 가면을 쓴 인종주의 이데올로기의 극복이다. "이유 여하를 막론하고 인종적 열등의식을 우리 스스로 받아들이는 것이 가장 심각한 죄악"이라고 생각하는 아체베는 「교사로서의 소설가」(The Novelist as Teacher)라는 글에서 아프리카 소설가의 임무를 이렇게 규정한다.

작가로서 내가 해야 할 일은 아프리카 젊은이들에게 아프리카 기후가 결코 부끄럽지 않고 종려나무도 시의 적합한 소재라는 사실을 가르쳐주는 것이다. 이것은 내가 마땅히 추진해야 할 혁명이다. 나는 이 사회가 자신에 대한 믿음을 회복하고 모욕과 자기비하로 점철된 오랜 세월의 콤플렉스를 떨쳐버리도록 도와주고자 한다. 우리의 과거가 비록 불완전하긴 해도 아프리카에 처음 도착한 유럽인들이 하나님을 대신하여 우리를 해방시켜 줬다는 그런 기나긴 미개의 밤은 아니었다. 내 소설이 독자들에게 이 사실을 가르쳐줄 수만 있다면 더 이상 바랄 게 없다.

이를 위해 아체베는 사르트르(J. P. Sartre)가 말한 '반인종주의적 인종주의', 즉 우리가 그들보다 못하지 않을 뿐더러 훨씬 더 낫다는 자세가 필요하다고 주장한다.[15] 이는 '친웨이주 삼총사'로 대표되는 토착주의자의 '역전된 자민족 중심주의'를 방불케 하는 발언으로서,[16] 그만큼 작가로서의 아체베의 입장이 민족주의적 노선에 충실함을 보여주는 대목이다.

응구기 역시 반제국주의적 민족주의를 자신의 문학적 지향점으로 내세운다. 어느 인터뷰에서 자신의 정체성을 기쿠유 작가, 케냐 작가, 아프리카 작가 중 어느 것으로 생각하느냐는 질문에 응구기는 이렇게 대답한다.

작가로서 나는 좀더 인간다운 삶의 질과 인간관계의 실현을 가로막는 모든 사회적 영향력을 분석하는 데 주력한다. 우리의 경우 문제는 제국주의이다. 이것이 우리가 자연이나 사회 환경과 관련하여 우리 스스로를 평가할 수 있는 능력을 왜곡시킨다. 케냐 민중이 제국주의에 맞서 투쟁하는 한, 이들은 동일한 현상과 싸우는 아프리카·아시아·라틴아메리카의 민중과 한배를 탄 것이다. 이것이 나의 정체성이다. 나는 케냐 작가이자 아프리카 작가이고 또한 제3세계 작가이기도 하다.[17]

　이러한 맥락에서 응구기는 박정희 정권에 맞선 한국 지식인과 민중의 반체제운동에 지속적인 관심을 보이며, 특히 김지하의 「오적」에 많은 감명과 영향을 받았다고 술회한 바 있다.[18] 이는 응구기가 민족주의를 반제국주의 투쟁의 국제적 연대를 가능케 하는 연결고리로 상정하고 있으며, 민족주의의 다양한 스펙트럼과 내부의 차이보다는 그것을 포괄하는 연대와 제휴의 가능성에 더 많은 무게중심을 두고 있음을 의미한다.

　결국 아체베와 응구기의 논쟁도 반제국주의적 저항을 목표로 상정하는 민족주의의 틀 안에서 파악되어야 한다. 물론 엄밀히 말하면 각자가 말하는 아프리카 '민족'이 동일한 개념은 아니다. 아체베의 민족개념이 아프리카 내부의 계급적 차이를 고려하지 않는 데 비해 응구기가 의미하는 민족은 인종과 계급이 중층 결정된 개념이다. 응구기에게 많은 영향을 끼친 파농(Frantz Fanon)의 경우처럼, 마르크스주의에 근거한 응구기의 민족주의는 아프리카 사회의 계급적 타자인 농민과 노동자를 저항주체로 내세우고 있으며 그가 말하는 민족문학은 민중문학의 별칭이나 마찬가지이다. 응구기가

영어폐기를 주장하는 주된 이유 가운데 하나도 아프리카에서의 영어
는 엘리트 계층의 전유물이기 때문이다.

그러나 아체베와 응구기가 제국주의에 대한 저항을 아프리카 문학
의 궁극적 목표로 설정한다는 점에서 양자간의 계급 이데올로기의 차
이는 민족주의의 명제 속으로 포섭될 수 있다. 두 사람 모두에게 민족
은 초극과 해체의 대상이 아니라 저항의 근거이자 전략이다. 그런 점
에서 영어를 아프리카 민족문학의 매개어로 채택하느냐 마느냐의 여
부도 영어제국주의에 대한 저항의 상이한 방식으로 이해되어야 할 것
이다.

3. 탈식민주의의 전략과 효과

아체베와 응구기의 논쟁은 아프리카 민족문학의 방향을 놓고 아프리
카 작가들 사이에 일어난 사건이지만, 이들의 문제의식은 한국을 포
함한 제3세계 사회 전반에 보편적으로 적용될 수 있다. 다시 말해서
이들의 논쟁은 아프리카적 특수성과 제3세계적 보편성을 동시에 지
니고 있다. 물론 나이지리아나 케냐는 아체베의 지적처럼 "단일 언어
를 지녔던 행복한 유년시절"이 없었고, 따라서 한국의 경우와는 달리
식민지 해방 이후의 아프리카 국가들로서는 공용어의 선택이 그들의
사회적·문화적 풍토를 결정짓는 가장 중요한 문제가 된다.

그러나 세계화와 정보화의 기치하에 전지구적 차원으로 확산된 영
어 제국주의의 헤게모니가 그들의 고민과 우리의 현실을 연결시켜 주

고 있다. 응구기에 따르면 아프리카와 아시아는 서구의 식민지라는 역사적 경험을 공유함으로써 피억압자로서의 친연성과 저항주체로 서의 연대의식을 동시에 가질 수 있다. 아시아와 아프리카의 지정 학적 통로이자 영국 식민지배의 부산물인 수에즈운하가 상징하듯, 제국주의와 그것에 대한 저항의 역사는 "우리를 하나로 묶어주는 연결고리"가 된다.[19]

응구기의 말대로 (신)식민주의의 억압이 아프리카와 아시아의 역사적 공통분모라면 탈식민주의적 저항은 하나의 이데올로기적 연결고리이다. 우리가 아체베와 응구기의 논쟁을 '아프리카적' 사 건으로만 흘려들을 수 없는 이유가 여기에 있다. 이들이 우려한 아 프리카의 신식민적 현실이 바로 우리의 모습인 것이다. 무엇보다도 영어 위주의 사교육과 입시제도가 한국사회의 계급적 모순을 심화 시키는 현실은 응구기가 개탄한 아프리카 사회의 모습과 너무나 흡 사하다.

그런 점에서 영어 제국주의의 '혜택'을 누리고 있는—좋든 싫든 간에—한국의 영문학자들에게 이들의 논쟁은 자기성찰의 거울로 다가온다. 영어의 물신성과 영문학의 상품성이 팽배한 지금이야말 로 스피박(Gayatri Chakravorty Spivak)이 말한 '특권에서 벗어 나기'가 한국의 영문학자들에게 요구되는 시점이다. 특히 남의 언 어, 남의 문학을 왜 그리고 어떻게 가르쳐야 하는지를 두고 씨름하 는 탈식민주의 연구자들에게 이들의 논쟁은 시사하는 바가 적지 않 다. 이들의 상반된 입장은 탈식민주의적 저항의 두 가지 가능성을 대변하기 때문이다.

더구나 '공허한 수입이론'이라는 꼬리표를 완전히 떼어내지 못한 탈식민주의가 한국현실에 개입할 수 있는 지점이 바로 영어 제국주의라는 점을 감안할 때, 이들의 논쟁은 우리 사회에서의 탈식민주의적 실천의 단초를 제공하고 있다.

애슈크로프트(Bill Ashcroft)를 비롯한 세 명의 오스트레일리아 비평가들에 따르면. 탈식민적 글쓰기는 폐기와 전유의 두 가지 방식에 의존한다.

영어의 특권을 폐기하고 부인한다는 것은 의사소통 수단에 대한 중심부의 권위를 거부하는 것이다. 그것은 제국의 문화, 미학, 정상적이고 '올바른' 용법의 기준 그리고 단어에 각인된 전통적이고 고정된 의미의 기본 전제를 거부하는 것이다. 반면에 중심부 언어를 전유하고 재구성하는 것은 그 언어를 포획하여 새로운 용도로 전환하고 식민주의적 특권의 장으로부터 분리시키는 작업이다. 이는 영어가 우리의 문화적 경험을 떠맡도록 만드는 것이며, 우리 것이 아닌 언어로 우리의 정신을 전달하는 과정이다.

또한 거부와 전유는 동시 발생적이고 상호 보완적인 과정이며, 그래야만 저항은 효과적일 수 있다. 왜냐하면 모든 탈식민주의 문학은 상이한 세계의 간극을 조정한다는 점에서 상호 문화적이며, 중심부의 표준영어(English)와 주변부의 토착화된 영어(englishes) 사이의 긴장을 내포하기 때문이다.[20]

거부와 전유가 상호 보완적이라는 말은 두 가지 방식 모두 나름대로의 장점이 있음을 뜻한다. 우선 아체베가 제안하는 전유는 분노와 독선에 빠지기 쉬운 제3세계 작가/비평가에게 유연하고 생산적인 분석틀을 제공해 주며, 특히 탈식민주의적 '되받아 쓰기'를 가능케 한다. 가령 아체베의 대표작이자 탈식민 문학의 고전이라고 할 수 있는 『모든 것이 무너지다』(*Things Fall Apart*)는 콘래드(Joseph Conrad)의 『암흑의 핵심』(*Heart of Darkness*) 같은 서구의 인종주의적 정전에 대한 반응이다.

콘래드의 소설에서 아프리카는 시간의 흐름이 정지된 역사 이전의 공간으로, 온갖 야만적 본능과 억압된 무의식적 충동이 휴화산처럼 동면하는 곳으로, 백인 주인공의 가치와 규범이 도전을 받고 시련을 겪는 일종의 형이상학적 전쟁터로 그려진다. 그러나 아체베는 서구의 장르인 소설과 서구의 언어인 영어를 빌려 서구가 만들어놓은 아프리카의 정체성을 해체하고 재구성하는 작업을 시도한다. 아프리카를 비하하는 데 사용된 영어를 되받아 사용함으로써 그 언어가 복무해 온 식민주의 이데올로기를 비판하는 것이다.[21] 서구 리얼리즘 기법을 차용한 아체베는, 식민지 이전의 아프리카에도 유구한 역사와 고유한 문화가 엄연히 존재했으며 문명과 기독교의 전파라는 슬로건을 내건 유럽의 식민지배는 아프리카 전통사회의 붕괴와 소멸을 가져왔다는 사실을 다큐멘터리처럼 서술하고 있다. 이는 아프리카 역사를 유럽 중심주의적 시각이 아닌 아프리카의 시각에서 재구성하는 과정이며, 역사발전의 동인을 박탈당한 채 신화화되고 '로망스화'된 아프리카에 역사성을 부여하는 작업이다.

탈식민주의의 기본 과제가 서구 중심적 역사와 문화의 '비틀어 읽기'와 '되받아 쓰기'라고 할 때, 아체베의 작업은 탈식민주의 문학의 전범이라 할 만하다. 탈식민주의가 서구 정전의 '다시 읽기'와 '다시 쓰기'를 일차적 임무로 상정하는 것은 '순수하고 오염되지 않은' 식민지 이전으로의 회귀가 불가능하기 때문이다. 지워버리고 싶은 식민주의의 흔적들은 우리의 일상적 의식구조와 언어행위 속에 너무나 깊이 침투해 있으며 심지어 탈식민주의적 '다시 읽기'와 '다시 쓰기'에도 어김없이 남아 있다. 폐기와 거부에 앞서 전유를 탈식민주의의 전략으로 생각해야 하는 이유도 여기에 있다.

식민주의에 오염되고 얼룩진 부분들이 모조리 삭제된 탈식민 문화는 유토피아적 상상력 속에서만 가능하다. 뿐만 아니라 혼종성은 탈식민 시대의 존재론적 현실이자 탈식민주의의 인식론적 토대이기도 하다. 모든 형태의 저항이 지배와 억압을 전제하듯이, 탈식민주의도 자생적이고 자족적인 담론이 아니라 식민주의라는 선행 담론에 대한 반응이며 그것의 극복과 해체를 지향하는 역(逆)담론이다. 말하자면 탈식민주의로서는 식민주의가 투쟁의 대상인 동시에 존재의 이유인 셈이다.

마찬가지로 아체베가 '영어로 쓴 아프리카 문학'을 옹호하는 주된 이유도 영어가 지배담론과 저항담론이 조우하는 전쟁터라고 생각하기 때문이다. 즉 영어가 대표하는 서구 언어와 문학은 (신)식민주의의 헤게모니를 강화하는 수단이면서 동시에 탈식민주의의 저항이 전개되는 공간이라고 보는 것이다. 영국이 그어놓은 국경선을 인정해야 하듯이 영국이 남겨놓은 언어를 사용할 수밖에 없는 현실은 아체베에게 오히려 긍정적인 여건으로 받아들여진다. 영어는 분명 강요된 선택이긴 하지만 서구 문화 제국주의에 맞서 '대화'할 수 있는 거의 유일한 통로이며 그 속에 침투하여 교란작전을 펼 수 있는 효과적인 수단이기 때문이다.

따라서 아프리카 언어와 비아프리카 언어의 구분은 아체베에게는 불필요하고 무의미하다. 중요한 것은 그것이 영어든 아랍어든 스와힐리어든 간에 현재 아프리카 땅에서 아프리카 사람들이 사용하고 있다는 사실이다. '아프리카 문학'의 범주에 콘래드는 아니지만 고디머(Nadine Gordimer)는 포함시키는 것도 같은 연유에서이다.[22] 출처보다는 용도를 중시하고 모방과 포섭의 위험보다는 비판적 전유의 가능성을 우선시하는 아체베의 실용주의는 응구기의 원칙주의보다 현행 탈식민주의 이론이 더 선호할 수 있는 부분이기도 하다.

그러나 아체베 식의 '되받아 쓰기'는 스피박이 경고한 '균열 속의 반복'을 수반할 위험이 있다. 즉 지배자의 언어를 차용하여 지배 이데올로기의 균열을 유도하려는 작업 자체가 식민주의적 인식과 재현의 틀을 부지중에 반복하는 위험이다. 다시 말해서 주체-타자, 중심—주변, 우리-그들의 이분법적 사유에서 벗어나지 못하는 한, 탈식민주의는 식민주의의 논리와 언어를 거꾸로 되풀이하게 된다는 것이다. 더구나 '비틀어 읽기'와 '되받아 쓰기'의 단계에 머물러 있는 탈식민주의는 결국 제3세계가 서구의 피조물이라는 서구 중심적 시각을 스스로 추인하는 모순에 빠지게 된다. 이러한 위험은 슬레먼(Stephen Slemon)이 지적한 대로 탈식민주의가 "제국의 담론에 가려진 채 문학 텍스트의 생산이 결정론으로 채색되는" 부작용을 초래할 수 있다.[23] 이에 대해 무케르지(Arun Mukherjee)도 비슷한 우려를 표명한다.

이분법적 틀에 기초한 탈식민주의는 탈식민 문화의 주체성을 과거의 점령자들에게 얽매이게 만든다. 그것은 "제국이 글쓰기의 중심으로 회귀한다"고 주장하는 것이며, 우리의 글쓰기가 우리 자신의 필요에서보다는 부재하는 타자에 대한 강박관념에서 비롯된다는 것을 은연중에 나타내는 것이다.[24]

응구기의 문제의식이 요구되는 지점이 바로 여기이다. 응구기가 '영어로 쓴 아프리카 문학'을 반대하는 이유는 다양하다. 그렇게 되면 민중의 삶이 녹아 있는 구전문학의 전통을 주변화시키고 아프리카 사회 내부의 계급적 모순을 고착화시킬 뿐더러 서구 문화 제국주의를 강화하게 된다는 것이 응구기의 논지이다.

그가 제기하는 또 다른 이유는 탈식민주의적 전유가 수반하는 한계이다. 아체베 식의 '되받아 쓰기'는 과도기적 단계에는 필요하지만 궁극적 목표가 될 수 없다는 것이다. 응구기라고 해서 비판적 전유의 가능성을 완전히 부정하는 것은 아니다. 가령 케냐의 독립운동(Mau Mau) 과정에서 성서와 찬송가를 민중교육에 활용한 것을 두고 마르크스가 헤겔의 변증법을 전유한 것에 비유하며 그 효과를 높이 평가하고, 아체베의 영어소설에 대해서도 아프리카를 서구세계에 올바로 알리는 데 많은 기여를 했다고 인정한다.[25] 응구기 자신도 1986년『정신의 탈식민화』(*Decolonising the Mind*)의 출간을 기점으로 기쿠유어로만 작품활동을 하기 전까지는 『한 톨의 밀알』(*A Grain of Wheat*)을 비롯한 여러 편의 영어소설을 발표한 바 있다. 그러나 응구기의 초점은 탈식민화의 수단과 목적을 동일시하지 말자는 것이다. 식민적 과거와 신식민적 현재를 극복하려는 노력 못지않게 탈식민적 미래를 지향하는 자세가 중요하다고 믿기 때문이다.

그런 점에서 응구기의 실천은 상징적이면서도 전복적이다. 자기가 속한 대학의 영문과를 폐지할 것을 주장하고 영어 대신 기쿠유어로 소설을 쓰며 미국에서 활동하면서도 기쿠유어 학술지를 발간하는 일련의 작업은 그 자체로는 현실적 파급력이 미약한 '찻잔 속의 태풍'처럼 보인다.

그러나 응구기는 영어 제국주의 시대를 살아가면서도 영어 없이 살 수 있는 세상을 꿈꾸어볼 것을 우리에게 요구한다. 또한 기쿠유어가 영어 못지않은 미학적·학술적 가치를 지닌 언어이며, 한때의 필명이었던 '제임스 응구기'보다 '응구기 와 씨옹오'라는 본명이 더 아름답고 자연스럽다는 사실을 우리에게 확인시켜 주고자 한다. 그렇기에 응구기의 실천은 현실에서 동떨어진 소망 충족적 행위가 아니다. 그것은 현실에 개입하면서도 현실에 함몰되지 않으려는 이중의 기획이다. 그 이면에는 "아프리카를 서구의 눈으로 보는 습관을 극복하는 것은 아프리카어의 주변성을 극복함으로써만 가능하다"는 희망 섞인 믿음이 자리 잡고 있다.[26] 동시에 거기에는 "자신을 노예로 인정하지 않는 노예는 결코 온전한 노예가 아니다"는 제3세계 작가의 자긍심과 저항의지가 깔려 있다.[27]

응구기의 이러한 믿음과 용기는 오늘의 탈식민주의가 갖추지 못한 미덕이다. 포스트모더니즘의 그늘에 편입되면서 주변성은 극복했지만 전복성은 상실한 탈식민주의로서는, 응구기의 주장을 토착주의자의 무모하고 시대착오적인 발언으로 일축하기 이전에 한번쯤 곱씹어볼 필요가 있다. 어쩌면 응구기는 서구화와 제도화의 길을 걸어온 탈식민주의를 불편하게 만들지 모르지만, 그러한 불편함은 생산적 긴장으로 작용할 수 있다. 그것은 점점 잊혀져 가는 탈식민주의의 뿌리를 기억나게 하고, 파농의 성난 절규와 바바(Homi K. Bhabha)의 정교한 이론적 유희 사이에 놓인 괴리를 확인시켜 준다. 만약 응구기의 외침이 서구의 제도권 아카데미즘에 안착한 탈식민주의에게 달갑지 않은 참견으로 느껴진다면, 그것은 탈식민주의가 그만큼 자신의 이데올로기적 뿌리로부터 멀어졌음을 반증하는 것이다.

논의를 요약하자면 아체베와 응구기는 영어 제국주의에 대한 두 가지 저항방식을 대변한다. 한쪽이 현실론이라면, 다른 한쪽은 당위론이다. 혹은 전자가 상대적으로 언어의 도구성을 강조한다면, 후자는 언어의 이념성에 주목한다고 볼 수 있다. 중요한 것은 이러한 입장차이가 이분법적 대립을 넘어서야 한다는 점이다. 아체베와 응구기가 탈식민주의의 실천방안으로 내세우는 전유와 거부는 양자택일의 상호 배타적 관계가 아닌 수단과 목적의 상호 보완적 관계로 파악되어야 한다. 거부가 탈식민주의의 욕망이요 의지라면, 전유는 그것을 성취하기 위한 방편이다. 즉 응구기의 원칙주의는 아체베의 실용주의가 서구의 담론적 전략에 포섭되지 않도록 지켜주는 불침번이며, 탈식민주의의 무디어진 비판의 칼날을 다시 예리하게 만드는 벼루의 역할을 한다.

아체베를 어중간한 타협주의자로, 응구기를 완고한 거부주의자로 간단히 규정할 수 없는 이유도 여기에 있다. 게릴라전을 펼치는 아체베의 지혜와 정면도전을 외치는 응구기의 용기가 동시에 필요하기 때문이다. 이러한 변증법적 접근이 이루어질 때 프로스페로의 억압에 대한 캘리번의 저항은 더욱 효과적으로 전개될 수 있을 것이다.　　(『안과밖』 12호, 2002)

주

1. 송승철, 「영어: 근대화, 민족, 영문학」, 『안과밖』 4호, 1988, 15쪽.
2. Chinua Achebe, "The African Language and the English Language," *Morning Yet on Creation Day*, Garden City/New York: Anchor Press, 1975, pp. 91~93.
3. 같은 글, pp. 95~96.
4. Ngugi wa Thiong'o, *Decolonising the Mind: The Politics of Language in African Literature*, London: James Currey, 1986, p. 9.
5. 같은 책, pp. 18~20.
6. 같은 책, p. 26.
7. 같은 책, pp. 26~30.
8. Ngugi, "On the Abolition of the English Department," *Homecoming: Essays on African and Caribbean Literature, Culture and Politics*, London: Heinemann, 1972, p. 150.
9. Achebe, "The Writer and His Community," *Hopes and Impediments: Selected Essays*, New York: Doubleday, 1989, pp. 60~61.
10. Ngugi, "Literature and Society: The Politics of the Canon," *Writers in Politics: A Re-engagement with Issues of Literature and Society*, Oxford: James Currey, 1997, p. 18.
11. Ngugi, "Standing on Our Grounds: Literature, Education, and Images of Self," *Writers in Politics*, pp. 29~30.
12. Achebe, "Colonialist Criticism," *Morning Yet on Creation Day*, p. 4.
13. Achebe, "Where Angels Fear to Tread," 같은 책, pp. 75~79.
14. Achebe, "Colonialist Criticism," pp. 6~10, 19.

386

15. Achebe, "The Novelist as Teacher," *Morning Yet on Creation Day*, pp. 70~72.

16. '친웨이주 삼총사'란 Chinweizu, Onwuchekwa Jemie, Ihechukwu Madubuike를 두고 일컫는 말로서, 이들은 *Toward Decolonization of African Literature*(Washington D. C.: Howard University Press 1983)에서 유럽 중심적 가치와 규범에 물들지 않은 아프리카 문학 고유의 진정성과 순수성을 복원해야 한다고 주장한 바 있다.

17. Jane Wilkinson ed., *Talking with African Writers*, London: James Currey, 1992, pp. 131~32.

18. Ngugi, "Repression in South Korea," *Writers in Politics*, London: Heinemann, 1981, pp. 107~16; "The South Korean People's Struggle Is the Struggle of All Oppressed Peoples," 같은 책, pp. 117~22; "Africa and Asia: The History that Refuses to be Silenced," *Writers in Politics: A Re-engagement with Issues of Literature and Society*, pp. 121~25.

19. Ngugi, "Preface to the Revised Edition 1997," *Writers in Politics*, p. xiii.

20. Bill Ashcroft, Gareth Griffiths and Helen Tiffin, *The Empire Writes Back: Theory and Practice in Post-colonial Literatures*, London: Routledge, 1989, pp. 38~39.

21. 이석구, 「식민주의 역사와 탈식민주의 담론」, 『외국문학』 50, 1997/봄, 122~42쪽.

22. Achebe, "Thoughts on the African Novel," *Hopes and Impediments*, p. 93.

23. Stephen Slemon, "Monuments of Empire Allegory/Counter-Discourse/Post-Colonial Writing," *Kunapipi* 9, 1987, p. 13.

24. Arun Mukherjee, "Whose Post-Colonialism and Whose Post-Modernism," *World Literature Written in English* 30, 1990, p. 6.

25. Ngugi, "Literature and Society," pp. 20~22.

26. Ngugi, "Preface to the Revised Edition 1997," p. xiv.

27. Ngugi, "Literature and Society," p. 8.

영어, 내 마음의 식민주의

윤지관

1. 머리말: 영어의 억압

영어라는 외국어는 단지 외국어들 가운데 하나가 아니라, 우리 사회의 거의 모든 부문에서 요구되는 필수어가 되다시피 하였다. 이것은 사회적 현상으로도 심상치 않은 일이며 마땅히 사회과학적 분석의 대상이 될 만한 것이다. 필자는 언젠가 우리 현실과 관련하여 '영어의 정치경제학'을 본격적으로 논의해 볼 욕망을 가지고 있지만, 과학적인 탐구 이전에 이 영어라는 것이 공적일 뿐만 아니라 사적인 삶에조차 드리워놓은 거대한 그림자를 우선 성찰해 볼 필요를 느낀다. 그것은 필자에게만 해당되는 질문이 아니라, 어떤 점에서는 이 시대에 영어의 억압을 느껴온 대다수 사람들의 공통된 문제일 수 있다. 영어의 사회적인 의미를 묻는 일은, 영어의 그림자 속에서 살 수밖에 없는 운명에 처한 사람들의 심리에 대한 물음과 떨어질 수 없다.

　진작부터 그러했지만, 부쩍 영어를 둘러싼 논란과 담론들이 팽배하고 있는 요즈음이다. 담론의 이러한 팽창에는 그와 맺어진 일종의 현실적인 토대가 있게 마련이다. 무엇보다 영어라는 외국어는 이미 엄청난 시장규모를 가진 하나의 산업으로 자리잡고 또 확장되고 있다. 돈이 모이는 곳에 사람이 꾀고 말도 많아지는 것은 당연하다. 영어시장은 자연히 형성된 부분도 있지만, 국가 차원의 정책과 단단히 결합해 있다. 영어가 제1외국어로 도입된 이후, 중등교육과정에서 영어는 국어보다 편성된 수업시간으로도 많거니와, 학생들이 바치는 시간으로는 비교도 되지 않을 정도로 국어를 압도한다. 근래 들어 초등학교에까지 영어교육이 확장되고, 조기 영어교육에 대한 담론과 그를 위한 제도들이 갖추어지고 있다. 시쳇말로 이제 영어는 '장난'이 아니다. 영어공부는 권장되던 차원에서 벗어나 강요되는 지위로 옮겨가고 있다. 영어는 바야흐로 우리를 억압하는 기제가 된 것이다.

　영어로 생업을 삼고 있는 필자이지만, 영어! 영어!라는 말이 도처에서 마치 구호처럼 울려대는 현실은 착잡한 심정에 빠지게 만든다. 스스로 영어를 여느 사람보다 더 많이 접해 왔고, 교실에서 십수 년간 영어를 가지고 학생들을 닦달해 온 처지이니, 영어가 이렇게 환영받는 세상에서 환희작약까지는 아니더라도 뿌듯한 기분 정도는 들어야 할 터인데, 전혀 그렇지가 않다. 영어교육을 통해서 같은 한국인들을 무지에서 '해방'시킨다는 것보다 본의 아니게 영어를 앞세워 군림하는 '억압자'라는 느낌이 갈수록 더 심해진다. 이런 느낌은 최근 우리 사회의 영어열풍이나 영어숭배가 거의 집단광기의 차원에까지 이르고 있다는 판단 때문에 더 절실해진 것이다. 작년부터 특히 언론을 타며 한바탕 야단법석을 치렀던 '영어공용어'론을 둘러싼 논의가 그 한 예이다. 영어를 모국어로 삼자는 전혀 실현성 없는, 말하자면 일종의 썰렁한 농담을 두고 온 나라가 벌인 소동 자체가 이 나라의 각 계층에 퍼진 영어광증을 입증한다.

그러나 어느 정도 영어 전문가라고 해서 영어에 대한 집단광기의 여파에서 완전히 자유로울 수는 없다. 필자 또한 멀찍이 이 소동을 지켜보고 혀를 차고 있을 입장에 있지 못한 것이다. 영어가 모국어가 아닌 이상, 영어의 숙달수준이 좀 높다고 해서 영어라는 억압을 피할 수 없고 영어에 대해 오래도록 내면화된 콤플렉스가 깨끗이 소멸되는 것도 아니다. 그런 만큼 영어실력이 사회적인 심지어 인간적인 중요한 덕목이 되고, 고부가가치가 부여되는 능력이라고 치켜세워질수록, 영어가 모국어가 아니라는 운명의 덫은 언필칭 영어 전문가의 목을 사뭇 조르게 된다. 마음속의 억압과 내밀한 숭배의 복합감정은 사회적인 집단광기의 와중에서 더욱 풀기 어렵게 꼬여가고, 영어에 관한 한 한풀 접히고 주눅 들게 마련인 한국인 특유의 심리에 속절없이 빠지게 된다. 영어 전문가로 통하는 경우에조차도 영어에 대한 주눅은, 비록 발현되는 방식이 다소 다르지만, 엄연히 존재한다.

필자는 영문학자라는 직업상 미국방문을 가끔씩 하게 되는데, 미국대학에서 강의를 맡든 학술대회에 참석하든, 끊임없이 따라다니며 괴롭히는 악령처럼 영어문제는 내 두뇌조직의 어딘가에 달라붙어 떨어지지 않는다. 영어라는 구슬을 자신의 것으로 소유한, 그리고 그것을 마음대로 놀려대는 구슬놀이의 대가들 앞에서, 자신의 보잘것없는 구슬놀이 실력을 마지못해 보여줄 수밖에 없게 된 시골선생의 난처한 자의식이 있는 한편으로, 나에게도 너무나 잘 놀릴 수 있는 나 자신의 구슬이 따로 있다는 억울한 생각 때문에, 이 주눅은 때로는 분개가 되고 때로는 한탄이 된다. 가령 학술대회장에서 못다 한 토론을 동료 한국인들과 밤을 새워 우리말로 마음껏 해보는 것으로 복수할 수도 있지만, 그렇다고 변방인의 비애를 완전히 지울 수는 없는 것이다. 남의 구슬로 놀이해야 한다는 그 한스런 규칙을 바꾸지 못하는 이상, 변방의 지식인으로서 어찌 이 모든 곤혹스러움과 구차스러움을 피해 갈 수 있을 것인가?

물론 개인적으로 필자는 비록 영문학을 전공으로 선택했음에도 오히려 민족문학의 유효성을 강조하고, 영문학을 우리의 주체적인 관점에서 읽어야 함을 역설해 왔다. 그러나 영어라는 이 이방인의 언어 앞에서 주체의 자리를 온전히 유지하는 일이 만만한 상황이 아님을 절감한다. 영어는 소통의 도구일 뿐이고 밥벌이 수단이기까지 하지만, 나의 혀와 입술은 영어를 발음하는 것에 저항하고(그러면서도 굴복하고), 나의 마음은 끊임없이 영어라는 제국 앞에서 앙앙불락 불편한 마음으로 약간 비켜서 있다(그러면서도 그 권력을 누린다). 언어에 있어서든 문학에 있어서든, 영원한 아류, 말하자면 넘버 투나 넘버 쓰리일 수밖에 없다는 의식도 연구자로서는 불미스런 추문이지만 억압과 숭배, 열등감과 우월감이 복잡하게 얽혀 있는 일종의 자기분열에 비하면 덜 고통스런 것이다.

영어의 정치학이 억압과 저항의 심리학을 동반하게 되는 것은 필연적인 일이다. 영어는 어느새 우리 마음에 자리잡은 억압의 원천이되었고, 그 억압에 복종하고 따르라는 사회적인 압력이 강화되는가운데, 우리의 내면은 분열에 시달린다. 영어숭배라는 사회적인집단광기의 연원과 그 역학을 들여다보는 일이, 다름 아닌 우리 자신에 대한 탐구이자 정신분석이기도 한 것은 이 때문이다.

2. 영어라는 권력과 민족문제

영어가 지금에 와서 하나의 권력(힘)이 되었다는 사실을 부정할 사람은 드물 것이다. "영어가 국가경쟁력"이라는 일반화된 구호가 말해 주듯, 영어는 세계적으로 가장 널리 통용되는 소통수단이요, 무엇보다도 국가간의 생존을 둘러싼 경제전쟁에서의 필수무기로 되어 있다. 이처럼 결정적인 유용성을 가지기 때문에 영어를 소유하고 행사하는 것은 어디서나 일어나게 마련인 힘의 관계에서 지배적인 권력을 확보하는 것이기도 하다. 따지고 보면 어떤 언어든 거기에는 권력의 요소가 내재해 있다. 한 언어의 구사력은 그것을 구사하지 못하는 자들을 그 공동체 혹은 체계에서 배제한다는 점에서 권력적이다. 영어가 권력어 혹은 지배어가 되어 있는 지금의 상황은, 영어가 전지구상의 언어 가운데서 이 같은 언어의 권력적 성격을 가장 잘 구현하고 있다는 것을 말해 준다.

　물론 현재 일종의 세계어 혹은 보편어적인 성격을 가진 만큼 영어가 가진 힘이 꼭 부정적인 것만은 아니다. 영어를 모국어로 하지 않는 나라의 사람들도 영어를 잘 배우고 활용하면 개인적으로나 국가적으로 자기실현을 이룩하는 한 방편이 될 수 있을 것이다. 즉 정작 중요한 것은 영어 자체라기보다, 그것을 통해서 이룩하고자 하는 자기 삶의 실현일 것이다.

그런데 문제는 영어라는 권력이 중립적인 성격을 가지는 도구일 뿐만 아니라, 지배의 언어라는 데 있다. 영어를 습득하고 활용하는 과정에서, 영어는 그것을 접하는 개인이나 민족국가의 자기실현에 반드시 긍정적으로 작용하지 않을 뿐 아니라 오히려 훼손하고 왜곡시키는 결과를 빚기도 한다는 것이다. 영어라는 언어의 역사 자체도 그렇거니와, 우리나라에 유입된 과정도 그렇다.

영어가 남한에서 어떤 외국어에 비해서도 결정적인 우위를 점하게 된 것은 물론 해방 이후의 일이다. 주지하다시피 남북이 분단되고 미국의 점령지가 된 남한 땅에서 영어는 점령군이 사용하는 언어라는 생소한 형태로 우리에게 다가왔다. 미군정청을 통해 시작된 남한의 제도수립, 특히 교육정책의 수립은 영어로 의사소통이 가능한 미국 출신 지식인이 주도하였고, 그렇게 수립된 교육제도는 남한사회의 기성 질서를 확립하는 데 큰 역할을 하였다. 미군들을 쫓아다니면서 "초콜레트 기브 미!"를 외쳐대는 헐벗은 아이들의 초상은, 미국을 시혜자로 보는 관념과 이어지고, 서양인을 보면 영어로 말을 못할 바에야 달아나기를 택할 정도의 공포에 가까운 강박감에 시달리는 평범한 오늘날의 일반인에게까지 연결된다.

또한 미국지배하에서 영어 구사력의 획득은 곧바로 권력의 우산 아래, 그 영광에 참여하는 일이 된다. 즉 영어의 유입은 처음부터 대미

종속을 벗어날 수 없었던 남한의 정치적 여건과 역사 속에서 필연적으로 생겨난 친미적인 지배엘리트의 고착과 유관한 것이다. 통계를 확인해 볼 필요도 없을 정도로, 남한 지도층의 절대 다수가 미국 유학파로 구성되어 있다는 것은 상식이다.

필자가 이처럼 이미 상식이 된 사실을 새삼 확인하는 것은, 우리 사회에서 영어가 차지하는 특별한 지위가 정치권력의 형성과 긴밀하게 맺어져 있음을 환기시키기 위해서이다. 일차적으로 외국군대가 상주하는, 그런 의미에서 종속성이 어느 곳보다 두드러지는 신식민지 국가로서의 성격 때문에, 영어는 교육제도에서부터 시작하여 일상적 삶의 중요한 국면들에서 우리 사회의 한 권력으로 자리 잡아갔던 것이다(미국을 방문하고자 하는 사람들이 미국비자를 얻는 과정에서 겪어왔고, 또 많이 개선되었다고는 하지만 지금도 겪고 있는 수모감은 이 사회에서 영어의 권력성이 어디서 발원하며 어떻게 행사되는가를 말해 주는 가장 상징적인 사례이다).

영어가 우리 땅에서 힘을 얻게 되는 역사는 식민지 시대 초기까지 거슬러 올라간다. 즉 근대화의 초기 국면부터 영어문헌들은, 비록 일어를 통한 번역을 거쳐서이긴 하지만, 우리 사회에 유입되었다. 우리 문학에서 최초의 근대소설이라고 일컬어지는 이광수의 『무정』의 주인공 형식은 영어교사이다. 재산도 없고 배경도 없는 이 청년이 전통적인 지주집안의 무남독녀와 혼인할 수 있게 된 것은, 영어의 습득으로 표상되는 서양문물을 흡수한 새로운 지식층이 우리 사회에 새 지배층으로 부상하는 현상을 반영한다. 즉 영어는 우리 사회의 근대화 초기국면에서부터 그 음영을 드리우기 시작하여,

세계대전 이후 세계의 중심 세력으로 떠오른 미국의 절대적인 영향 아래 본격적인 근대화의 길에 들어선 남한사회에서 가장 권력적인 언어로 절대화되는 과정을 밟게 된 것이다.

영어가 대다수 국민에게 강요되고 또 하나의 억압으로 내면에 자리 잡는 과정이, 이처럼 정치적인 종속과 맺어져 있다는 것은 그러나 반드시 우리나라의 경우에만 해당되는 것은 아니다. 영어사용국인 영국이나 미국의 식민지를 경험한 나라들, 가령 인도나 필리핀 같은 서남아시아 민족들이나, 케냐와 나이지리아 같은 아프리카 민족들에서는 좀더 직접적으로 식민화의 과정에서 영어의 강요된 유입이 일어나기도 했거니와, 기본적으로 영어의 지배는 이전의 다른 보편어들, 가령 로마제국 시대의 라틴어나 중세기의 프랑스어와도 그 성격이 다르다.

즉 영어의 권력화는 근대라는 현상의 발생과 결합되어 있다는 것이다. 다시 말해서 역사적으로 프랑스어의 위세에 눌려 있던 영어가 그 위력을 발휘하기 시작하는 것은 자본주의가 본격적으로 발흥하기 시작하는 18세기부터였고, 19세기 후반 영국 자본주의가 세계지배를 이룩한 대영제국의 시대에는 가장 영향력 있는 언어로 자리잡는다. 그리고 20세기 들어와서 영어사용국 미국이 패권국으로 부상하면서 영어의 세계전파는 다시 한번 강화된다. 이 과정에서 영국식 영어에서 미국식 영어로의 전환이 일어나지만, 전반적으로 영어가 자본의 확장과 함께 확장되어 온 역사는 역시 주목되어야 할 것이다.

영어가 밟아온 이 같은 경로로 인해 영어는 근대화를 촉진하는 언어의 자리를 차지하게 된다. 그러나 근대화가 곧바로 식민주의와 연결되어 온 역사에 비추어보면, 영어의 다른 이면은 그것이 동시에 식민화의 도구라는 것이다. 근대화이자 식민화라는 두 가지 야누스의 얼굴을 한 채 낯선 언어로 도래한 영어의 모습은 비서구민족에게는 애초부터 동경과 욕망, 그리고 공포와 좌절의 심리적 드라마를 예비하는 것이었다. 우리는 식민지를 경험한 아시아나 아프리카의 문학이나 기록들에서 이 같은 강렬한 정서적 반응의 표지들을 확인할 수 있다.

이처럼 특별한 성격과 힘을 간직한 이 영어라는 외국어의 에너지는 서구적인 근대화의 국면들에 부착되어 끊임없이 영향력을 끼쳐왔지만, 최근 지구화의 이름으로 진행되는 세계질서의 변화 속에서 다시 한번 과거 식민지에서 강요되던 것에 버금가는 위용을 과시하며 비영어사용국들에게 거세게 몰아닥친다. 지구화란 지구가 하나의 세계로 통합되어 가는 현상을 지칭하는 것이되 냉전체제의 종식과 더불어 시작된 미국 중심의 세계재편 과정이기도 하다는 것은 주지의 사실이다. 그리고 이것은 언어의 영역에서는 곧바로 영어, 더 구체적으로는 미국식 영어의 세계화를 의미하는 것이다.

최근의 현상에 대하여 일찍부터 영어의 세계적 보급에 종사해 온 영국문화원이 영어의 세계화가 본격화되었음을 말하면서, 영어가 '경제적 사회적 진보'와 맺어져 있고 또 '개인적 발전'의 지표임을 확인하면서 여섯 가지 주요 분야에서 유일한 소통어임을 선언하였으니, 즉 "다국적 기업, 인터넷 통신, 과학연구, 청년문화, 국제적 상품유통, 뉴스 및 오락 매체"가 그것이다. 그리고 사실상 이 같은 관점이 비단 영어모국에서뿐 아니라 우리 사회에서도 일반화되어 있는 것이다.

영어가 지구화된 세계의 각 주요 분야에서 유일한 소통어라는 주장은, 그 나름대로 현실적인 판단인 면이 있다. 그리고 이 같은 판단이 우리 사회에서도 영어의 확산과 영어의 힘에 대한 의존과 맹신조차 부르는 근거가 된다. 그러나 한편으로 이러한 상황 자체는 지구화가 그렇듯이 미국의 헤게모니가 각 국지적인 민족국가에 관철되는 과정이기도 하며, 영어의 위력이 이 같은 신식민주의적인 팽창 가운데서 발휘되는 만큼은 분명히 억압적이고 공격적인 면모를 가진다. 이러한 권력관계가 부착된 영어팽창 현상을 당연시하고 심지어 맹목적으로 추수하는 태도가 그만큼 위험한 것은 이 때문이다.

이 국면에서 영어의 절대적 가치와 그 운명성을 솔선해서 받아들이고 선전하는 이데올로그들이 등장하는 것은 자연스러운데, 작금의 영어공용어론에 쏠리는 관심에는 분명 지구화의 이념이 드리워놓은 제국의 영향력이 깊이 스며들어 있다. 영어를 공용어로 하자거나 모국어화하자는 주장은 영어에 대해 심리적 억압과 강박을 느끼는 일반인의 심정을 교묘하게 파고든다. 이 같은 심리상태 자체가 개인적인 차원만이 아니라 거의 제도화된 강압을 통해 발생한 것이니, 영어의 요청은 개인이 마음먹기 따라 쉽게 물리칠 수 있는 심리적인 태도의 문제만은 아닌 것이다.

대개 지구화의 이념이 가장 중요한 공격목표로 삼는 것은 민족주의 이념이다. 지구화가 하나의 세계를 상정하고 그것을 이상화하는 경향을 가지고 있다면, 민족국가의 경계에 집착하는 태도는 이 흐름에 역행하는 것이다. 또한 현실적으로 민족주의적인 경향은 자본의 자유로운 유통에 제한을 가하는 만큼 새로운 세계질서의 장애요인이 된다.

이것이 지구화가 진행되는 와중에서 민족주의에 대한 거의 무차별적인 단죄가 이루어지게 된 근본원인인데, 민족주의를 대상으로 한 이러한 일종의 마녀사냥은 영어의 보편성과 현실적 가치를 앞세우는 태도와 일맥상통한다.

그런데 실제로 지구화는 민족경계를 허무는 면이 있되 그것의 실현은 각 국지를 통해서 관철될 수밖에 없다. 지구화가 외쳐지는 가운데서도 민족을 포함한 국지적인 가치가 오히려 고양되는 것도 그 때문이며, 이로써 지구화는 동시에 국지화를 동반하는 양면성을 띠게 된다. 언어에 있어서도 이는 마찬가지다. 영어확산의 이면에는 오히려 각 민족의 고유한 언어를 보존하고 유지하려는 싸움이 치열해지는 현상이 존재한다. 이처럼 상반된 움직임이 갈등하고 충돌하는 복합적인 공간이 지구화의 실상이다.

지구시대에 영어가 가지는 현실적인 힘을 부정하고 그야말로 조야한 민족주의적인 감정을 앞세워 영어의 침탈을 배격하는 것만으로는, 이 복합적인 싸움을 감당하는 것이 되지 못할 것이다. 영어에 대한 착잡한 심정과는 별개로 우리가 이러한 현상을 냉정하게 관찰하고 대응할 필요가 있음은 물론이며, 실제로 우리 현실에서 영어수요를 감당할 영어전문가들이 더 나와야 한다는 것에도 의문의 여지가 없다. 그러나 정치적 역학관계에서 비롯되는 영어 이데올로기의 확산에 대한 비판적 인식 없이, 그 같은 싸움이 제대로 이루어질 리도 만무하다.

영어가 국제적인 소통력을 가지고 있는 한, 영어를 익히는 일은 개인
적으로나 국가적으로나 세계화에 대응하는 하나의 요건이 된다. 영어
의 습득은, 각 개인마다 차별성이 없지 않겠으되, 무엇보다도 학교교
육을 통해서 집단적으로 이루어진다. 외국어 교육여건의 미비라거나
교육방법상의 혼선이라거나 등에 대해서 본격적인 논의를 할 자리는
아니지만, 영어교육에서도 일종의 개혁이 필요함은 사실이다.

그러나 여하간 영어교육에는 항상 그것에 과도한 의미를 부여하고
또 그러한 의미부여를 부추기는 영어 이데올로기에 대한 비판의식이
따라야 한다. 단적으로 영어공부가 중요한 것을 아는 것만큼은 국어
공부가 자신의 삶에 얼마나 중요한 것인가를 깨닫는 마음이 있어야
한다는 것이다. 알고 보면 영어실력과 국어실력은 궁극적으로 통하는
것임에도, 영어의 효용성에 대한 관심이 고조되면서 이 연관성에 대
한 인식은 흐려진다.

필자가 보기에, 영어가 추구되는 방식에서 엿보이는 이 같은 실용
성과 효용성에 대한 절대적인 의미부여는, 영어 자체를 살아 있는 언
어가 아니라 물신화하는 효과를 빚는다. 영어는 언어인 만큼은 그 자
체대로 문화의 담지체이면서 현실적으로 살아 생동하고 변화하는 것
이기도 하다. 그런데 학교에서도 그렇고 사회에서도, 영어가 추구되
는 방식은 새로운 하나의 언어를 배운다는 의식보다는, 그것이 무엇
이든 그 구사의 기술을 습득하여 어떤 이득을 보겠다는 생각에 지배
되고 있다. 이 같은 태도는 영어를 살아 있는 문맥에서 떼어내어 죽어

버린 하나의 대상으로 대하는 것이면서, 거기에 가짜 위광을 덮어씌우는 일이다. 달리 말해 그것을 사물화하여 하나의 사물로서 숭배하는 것, 한마디로 물신숭배의 대상으로 삼는 것이다.

영어교육을 개혁하고자 하는 근자의 움직임이 가지는 가장 근본적인 문제가 바로 이 물신숭배이고, 그것은 다름 아닌 실용영어의 강조라는 방식으로 나타났다. "십수년간 영어공부를 해도 외국인 앞에서 말 한마디 하지 못한다"라는 한탄과 비난이, 특히 영어를 배우고 전공하는 사람들에게로 쏟아지고, 이 같은 엉터리 영어교육을 송두리째 뒤엎고 그야말로 실용적인 영어교육을 해야 한다는 요란스런 목소리들이 뒤따른다. 그 결과로 나타난 것이 실용영어라는 정체불명의 관념이고, 이 관념이 정책입안자들의 머릿속에 새겨지면서 영어교육은 언필칭 실용성을 위주로 재편되는 방향을 잡았다. 대학 영어시험이 그런 방향으로 개편되고, 듣기와 말하기가 강조되고, 조기교육이 초보적으로나마 실천되었다. 무언가 변화가 일어난 것처럼도 보였다.

그러나 이 같은 개혁 아닌 개혁으로 영어능력이 향상되리라고 생각하는 것은 큰 오산이다. 필자의 경험에 따르면, 소위 실용영어 중심의 교육을 받은 학생들의 영어실력은 과거에 비해 현저하게 저하되었다. 간단한 구문 몇 가지 익혀서 외국인을 만나 몇 분간의 대화를 할 수 있는 능력이 다행히도 생겼다 치자. 그렇더라도 날씨나 취미 이야기 따위를 주고받을 줄 아는 것이 영어능력은 아니다. 조금만 구문이 복잡해지면 무슨 소린지 이해하지 못하고, 어느 정도 자신의 생각을 담은 영어를 써낼 줄도 모른다면, 아무리 말을 좀 알아들고 대화할 줄 안다고 해도, 영어라는 언어에 관한 한 거의 문맹이라고 해야 할 것이다.

언어로서의 영어에 대한 인식을 바탕으로 해서 상당한 어휘력과 독해력이 뒷받침되지 않은 그런 영어공부로는 경쟁력의 차원에서도 형편없는 것이 될 것이다. 경쟁력의 핵심은 전문적인 식견과 폭넓은 교양이지, 초보적인 회화능력일 수는 없다는 단순한 사실조차, 실용영어의 전도사들의 저 '공리주의적' 머리에는 들어오지 않는 듯 보인다. "외국인과 한두 마디 대화라도 할 수 있는 영어교육이 되어야 한다"는 생각 자체가 영어에 강박된 의식이고, 전국민을 토막영어가 가능한 얼치기 영어 구사자로 만들고야 말겠다는 의지조차 엿보이는 이러한 어리석은 정책방향이 영어공용어화를 둘러싼 쓸데없는 소동의 한 진원지라고 할 것이다.

실용영어에 대한 관념은 기본적으로 언어를 도구로 보는 관점과 결합되어 있다. 영어면 영어지 거기에 실용영어가 있고 비실용영어가 따로 있는 것은 아닐 터인데, 이처럼 실용성을 유독 강조한 것은 국제사회에서의 교류 그리고 무엇보다도 무역에서의 영어의 쓰임새를 염두에 둔 발상이다. 언어에 도구성이 있음은 말할 것도 없고, 영어가 실질적으로 유용하다는 것도 사실이다. 그러나 문제는 이 같은 도구성이 언어의, 혹은 영어의 전부인 것처럼 착각하게 하고, 그 같은 사고에 매몰되게 만드는 어떤 메커니즘이 존재한다는 것이다.

영어를 도구로 부릴 줄 아는 능력도 분명히 더 길러져야 하고, 특히 국가적 경쟁력을 위해서 전문적인 영어기술자들이 더 요구되는 것은 사실이다. 그럼에도 일반적인 교육에 더 필요한 것은 하나의 언어가 가지고 있는 도구 이상의 무엇에 대한 존중과 깨달음이다. 어떤 점에서 영어에 대한 도구주의적 발상은 가령 셰익스피어의 영어에 대한 모독일 수도 있다. 대학에서조차 실용영어가 교양영어를 몰아내고 있는 것이 현금의 추세이지만, 교양이 없는 실용은 결코 진정한 실력이 될 수는 없을 것이다.

영어가 모국어가 아닌 사람의 영어 구사력은 아무리 숙달된다 하더라도 한계를 가지게 마련이며, 모국어로서의 언어사용자에 비해서 떨어지게 마련이다. 영어를 구사하는 기술로만 본다면, 우리는 영원히 모국어 구사자의 아래에 머물 수밖에 없다. 영어 구사력으로 얻는 알량한 경쟁력은 언제나 진다는 것을 전제로 하는 경쟁력이지 그것이 경쟁력의 본질일 수는 없다. 오히려 영어 구사력이 좀 떨어지더라도, 스스로에 대한 자존과 전문가로서의 식견 및 실력에서 나오는 어떤 당당함이 더 효과적인 경쟁력일 수 있다. 그런데 적어도 언어문제에 관한 한, 현재 통용되는 영어에 대한 실용영어적인 관념 자체가 한국인의 주눅을 더욱 부추긴다. 차라리 직접 소통이 덜되더라도, 주눅 들리지 않는 주체적인 태도가 인간관계에서는 더 중요한데, 영어실력을 높이겠다는 열망이 지나쳐 마치 광기에 휩싸인 듯한, 영어에 대한 물신숭배가 일반화되고 있는 가운데서 주체의 망실이 깊어지고 민족적인 열등감이 강화되어 가고 있다는 것은 단순한 아이러니만은 아니다.

앞에서 말한 것처럼 언어는 도구이지만 단순히 도구에서 그치는 것은 아니다. 언어는 현실에서 사람들에 의해 사용되는 것이며, 사람들의 관계가 본질적으로 정치적인 한 언어에는 항상 정치적인 차원이 동반되게 마련이다. 영어가 일찍부터 식민지배의 기반이 되어온 점이 그것을 말해 주거니와, 이것은 역으로 언어가 한 민족의, 혹은 한 개인의 주체성의 문제와 긴밀히 맺어져 있다는 말이기도 하다. 노예무역이 그 극단적인 사례가 되겠지만, 영어가 강요되면서 식민지의 민중에게 일어난 자기정체성의 망실과 고통은 그야말로 참혹한 것이었다. 언어가 가지는 정치성의 차원은 이처럼 언어가 한 민족이나 개인의 삶의 실현과 무관하지 않다는 것을 말해 준다.

한 민족 혹은 종족의 구성원의 삶은 그들이 자기의 것으로 해온 언어, 곧 모국어의 환경 속에서 가장 충일해질 수 있다. 이방인의 언어, 특히 영어처럼 폭력과 힘을 동반한 언어가 언제나 주게 마련인 억압의 체험은 이 같은 자기실현의 가능성에 위기를 야기한다. 영어 앞에만 서면, 혹은 외국인 앞에만 서면 난처해지고 작아지고 마는 주눅 들린 심리 속에서 대등한 인간관계 혹은 의미 있는 교류는 한계를 가진다. 자기 언어 속에서 길러진 정체성에 대한 확신 가운데서 비로소 진정한 교류가 시작되며, 그것이야말로 진정으로 의미 있는 경쟁력이기도 한 것이다. 베네딕트 앤더슨의 표현을 빌리면, "어머니의 무릎에서 처음 접하고, 무덤에 가서야 헤어지는 그 언어", 즉 모국어의 의미는 여기에 있다.

필자는 작년 대산문화재단에서 주최한 국제문학포럼에 참석한 적이 있는데, 이 포럼에는 외국의 석학과 유명작가들이 다수 초청되기도 했지만, 우리 작가들이 자신들의 문학관을 밝히는 기회가 되기도 하였다. 언어의 문제가 중요해질 수밖에 없었던 이 포럼에서 기억에 특히 남는 것은 같은 세션에서 토론하였던 소설가 박상륭씨와 필자가 청중으로 경청했던 소설가 박완서씨의 발표였다.

박상륭씨는 오랫동안 영어사용국 캐나다에서 살면서 한국어로 작품활동을 해온 드문 경력의 원로 소설가로, 그날의 주제였던 '비서구인으로서의 글쓰기'에 대해서, 그 자신의 언어체험을 토대로 의미심장한 발언을 남겼다. 자신은 다시 이 세상에 태어날 기회가 생긴다면, 소설가로 태어나되 "그 언어가 가장 적게 개발된 오지 같은 데서 태어나기를 바랄 것"이라고 한다. 언어는 혹사당하면 당할수록 훼손되기 때문에, "범세계적으로 통화수단이 된 언어야말로 문학을 위해 최상의 것이라고 믿는 생각"이 꼭 옳은 것이 아니라는 것이다.

이것은 세계화의 시대를 맞아 "영어로 번역될 것을 염두에 두고 작품을 써야 한다"는 취지의 발언을 한 중견 인기작가와도 반대되고, 문학을 상품처럼 국제적인 경쟁력의 관점에서 보는 일반화된 태도와도 상반된다. 이런 식의 일반적인 태도가 단견(短見)에서 나온 것임을 길게 설명할 필요는 없을 터이나, 이 점만은 짚어야 할 것 같다. 영어로의 번역이 세계화의 필수요건임은 분명하지만, 그렇다고 창작이 이처럼 영어를 의식하고 이루어지는 것은, 서구에서 이미 굳어진 동양 혹은 한국에 대한 상투형에 맞추어, 그들의 눈과 생각에 맞추어 작품을 쓰는 꼴이 되기 십상이다. 이것은 서구인의 눈에 따라 자신의 삶을 조형하려고 하는 식민지 주체의 내면화된 식민주의가, 무엇보다도 모국어와의 싸움을 통해 도달할 수밖에 없는 언어의 문제에까지 깊이 개입해 있는 현실을 상기시킨다.

강요된 외국어와 모국어의 길항에 대한 체험을 고백한 박완서씨는, 자신이 식민지 시대에 교육을 받으면서 어떻게 이중언어 사용자가 되었는가, 그리고 그로 인하여 초래된 정신의 분열과 왜곡을 극복하기가 얼마나 힘들었던가를 말하면서, 이 과정에서 스스로 벗어날 수 없게 속절없이 얽매여 버린 일종의 '언어 사대주의'에 대해서 말하고 있다.

우리가 일본의 식민지였던 적은 반세기도 넘어 전의 일이다. 잊을 때도 됐지만 생각하고 싶지도 않다. 우리만이 아니라 세계 도처에서 약소민족을 억압하던 식민지 경영은 사라진 것처럼 보인다. 그 대신 세상은 부자 나라와 가난한 나라로 양분됐고, 가난한 나라가 부자 나라에 대해 갖는 비굴한 의존성과 닮고 섬기려는 사대주의는 식민지시대보다 훨씬 더 자발적이다. 내가 아무리 내 나라에서 알아주는 작가라 해도 구미언어권 작가들 사이에 섞이면 단지 영어를 못한다는 이유로 주눅이 든다. 그쪽에서 우리말을 못하기는 마찬가지인데도 말이다. 주눅 들기 싫어서 교류의 기회도 피하고 싶어진다. 나를 주눅 들게 하는 건 상대방이 아니라 어디까지나 내 안의 사대주의임을 알면서도 그게 극복이 안 된다. 강대국이 약소국에게 대등한 대우를 하는 것처럼 보이는 것은 시혜(施惠)일 뿐 우정이 아닌 게 뻔히 보이는 걸 어쩌랴.

한 원로작가의 이 같은 고백을 접하고, 주눅 들더라도 싫다고만 말고 억지로라도 교류를 해서 세계화에 동참하고 영어공부도 열심히 하여 대등해지려고 노력은 해야 하지 않겠느냐고 지당한 말씀을 할 수는 있다. 그리고 이것이야말로 세계화와 영어의 확산을 '현실주의적'으로 인정해야 한다는 사람들의 논리이기도 하다. 그러나 영어 선생인 필자의 귀에도 이 같은 세계화주의자들의 현실주의는 현상(現狀)을 바꾸려는 생각은커녕 그대로 추인하고자 한다는 점에서 사이비처럼 들리고, 차라리 "나는 모국어 안에서만 비로소 자유로울 수 있다. 그게 내 한계이자 정체성이다"라고 떳떳이 말하는 작가의 목소리에 감동한다.

작가에게는 자신의 체험의 깊이를 표현해 낼 유일한 언어, 즉 모국어와의 고투가 중요하고 세계성은 바로 그런 노력에서 발현된다. 영어로의 번역으로 말하자면 훌륭한 번역을 할 수 있는 영어전문가들을 기르고 그들이 활동할 수 있는 여건을 만들어주면 된다. 누구나 영어를 조금씩 지껄이는 것이 중요한 것이 아니라, 영어를 한마디도 못하더라도 자기 존재의 충일함을 견지하고 실현하는 데 도움을 주는 교육이 영어지배의 세상일수록 더욱 긴요해지는 것이다.

4. 맺음말: 자기의 언어에서 유배당한 자들

지구화로 총칭되는 새로운 대세 속에서 영어의 지배가 더욱 강화되어 가리라는 것은 누구나 예상할 수 있다. 진작부터 차지하고 있던 우리 사회에서의 비중에다 이 같은 대세가 가세함으로써 이 죄 많은 외국어는 가일층의 무게로 우리의 마음을 억누르고 핍박한다. 우리는 초조하고 조급하게 돈과 시간을 바쳐, 대개는 실패를 거듭

하면서도, 이 물신을 숭배하는 예식을 멈추지 않는다. 왜냐하면 이 언어와의 접촉과 친교는 곧바로 현실을 지배하는 힘에 동참하는 것이요, 여기에는 물질적인 이득뿐 아니라 심리적인 우월감조차 주어질 수 있기 때문이다(혹은 그렇다고 믿기 때문이다). 이런 사정이니 영어에 대한 사회적인 광증을 어찌 이해하지 않을 수 있겠는가?

그러나 영어의 지배를 당연시하고 따르는 것만으로는 지구화의 현실에 맞서는 주체적인 대응이라고 할 수 없다. 언어의 침투는 삶의 전국면에서 존재의 위기를, 삶의 의미의 위기를 유발하는 것이다. 새로운 언어의 도전을 도외시하고 무시할 필요는 없고 또 그럴 수도 없는 상황이지만, 너무나 자연스러워서 의식하지 못했던 모국어가 우리의 삶에서 차지하는 의미를 새롭게 깨닫는 계기가 될 수도 있다. 모국어로 작품활동을 하는 작가에게만 그러한 것이 아니라, 모국어를 마음대로 사용하고 그것으로 자기 삶의 많은 부분을 실현하고 있는 다수 민족구성원에게 있어서도 그러하다.

이것은 어느 사이에 내면화되어 있는 영어의 우월성 신화를 자각하고 그것과 싸우는 일과도 통한다. 즉 자기 속의 식민근성을 적발해 내고 새롭게 스스로를 이룩해 내려는 싸움이, 영어를 필수어로 배우고 접해야 하는 일상 속에서 더욱 절실해지는 것이다. 그러나 신식민지의 민중이 처한 양가적이고도 자기분열적인 입지를 고려할 때 이 싸움이 결코 만만한 것은 아니다.

일찍이 반제국주의 투쟁의 한 기수였던 프란츠 파농은 자신의 저서 『검은 피부, 흰 가면』에서 식민지인 속에 형성되는 이 같은 분열과 소외를 절실하게 그려낸 바 있다. 자신의 민족성(검은 피부)을 감추고 서구를 모방(흰 가면)하고자 하는 욕망이 식민지인들의 의식을 왜곡시켜 위선적이 되게 하고 결국 자신의 정체성을 위기에 빠뜨린다. 지난 70년대 말 이 책을 번역한 시인 고(故) 김남주는 제목을 『자기의 땅에서 유배당한 자들』이라고 바꾸어 출판하였다. 추측컨대 이 제목은 파농의 고향이었던 프랑스 식민지 서인도제도의 곤경이 곧바로 당시 우리 현실과 유비된다는 점을 환기시키고자 한 것이 아니었을까? 프랑스어에 접근하는 정도에 따라 자신의 식민지적 정체성을 탈각하여 서구인에 접근할 수 있다고 착각하였던 당시 마르티니크 사람들이 '자기의 땅'에서 유배당한 셈이라면, 영어에 대한 숭배에 빠져 모국어가 자신의 삶에서 가지는 의미조차 망각하는 사람들은, 김남주 시인의 의역을 빌리자면, "자기의 언어에서 유배당한" 것이다. 이산(離散)이 하나의 흐름을 이루는 세계화의 시대이지만, 누가 강제한 것도 아닌데 자신의 땅에서 스스로를 이산의 올가미에 빠뜨리는 것이야말로 은밀하게 진행되는 식민화 과정의 한 극점이라고 해야 할 것이다.   (『사회비평』 28호, 2001)